天鵝與蝙蝠

王蘊潔 譯

東野圭吾

白鳥とコウモリ

【本文將提到部分關鍵劇情，請斟酌閱讀】

推薦序

隨著時光，顯示全景的罪與罰

【作家】吳曉樂

一百多年前，杜斯妥也夫斯基出版《罪與罰》，法律系大學生拉斯柯尼科夫，經過謀劃，以斧頭砍死刻薄的當鋪老嫗，失手殺死了目擊的老嫗妹妹，溫順的麗莎維塔，從此拉斯柯尼柯夫深陷罪惡感的糾纏，看似逍遙法外，無止盡的審判夜夜於心中迴盪。杜斯妥也夫斯基對「罪」與「罰」所為之申辯，至今仍是許多小說家窮盡思考的題材，亦常為東野圭吾創作的元素。以台灣人耳熟能詳的《白夜行》為例，論斷雪穗與亮司手上的鮮血，卻又避而不談他們的童年，幾乎是不可能之事。而這回《天鵝與蝙蝠》，初登場的是一樁駭人命案，聲譽良好的律師白石健介慘遭殺害，警方懷疑的對象倉木達郎坦率認罪，一併坦承自己是一九八四年愛知縣「東岡崎站前金融業者命案」的真兇，易言之，當時被警方認定為畏罪自殺的福間淳二，實際是含冤而死。倉木達郎宣稱，自己懷抱著贖罪的心情，探視福間淳二的遺族，豈料竟與這對母女建立起和諧的情誼。一度請教的律師白石健介頻頻催促他表明身分，倉木達郎為了守護秘密，只能痛下殺手。一九八四年的死者灰谷，是一位「魚肉鄉里」的角色，彷彿《罪與罰》裡那位一再趁人之危、落井下石的當鋪老闆，我們或可模仿拉斯柯尼科夫的口吻，稱其為「大眾的利益去剷除一隻吸人血的虱子」；然而，白石健介是一位兢兢業業、體恤當事人的辯護律師。如何以兩份截然不同的情境去還原同一位加害者倉木達郎，這是讀者首先面臨的精采疑難。

東野圭吾近幾年的創作，屢屢嘗試以創作來聯繫人們所經驗的現實。如《空洞的十字架》，他對於「死刑的存在」進行了深入肯綮的辯證。《天鵝與蝙蝠》，他的目光投向「追訴時效」。二〇一九年，一則新聞震驚亞洲社會，導演奉俊昊改編為電影《殺人回憶》的「華城連續殺人案」，警方破獲了嫌犯，同時調查小組，主張「法律追訴期已過，但我們將帶著歷史使命，竭盡全力辦案」。華城一案指出，人民的憤慨並不必然隨著時光流逝而消停。日本國會在二〇一〇年通過殺人等重罪的追訴時效修正案，宣告立法者嶄新的意志，「犯下重大罪行之人並不能因時間推進而獲赦」，韓國與台灣也紛紛在二〇一五年、二〇一九年，做出類似跟進。新法既成，人們仍需要故事，需要人生，才能確切明白制度變革投射於現實時的座標。回望《天鵝與蝙蝠》，一九八四年的犯罪，追訴時效早已消滅，既然如此，法庭上，民情上，倉木達郎的現身，能否以「初犯」的角色視之？這是潛藏在小說表面底下，撩撥讀者思緒的伏流。

東野圭吾善於在情節上略施巧勁，從細微的差異中再次譜寫複雜的人性。罪與罰能夠受株連幾族？甚至幾代？灰谷一案，檢警懷疑是素有結怨的福間淳二所為，對其不當刑求，導致憾事發生，福間淳二的妻女受輿論所逼，改姓移居，女兒淺羽織惠的婚事在數十年後依然受其制約，此一橋段也道盡了「消滅時效有時盡，此恨綿綿無絕期」的面向。另一方面，倉木達郎的供述乍似合情合理，但聽在死者白石健介的女兒白石美令耳裡，始終與經驗中的父親形象扞格不入。但旁人一致認為，倉木達郎已坦承不諱，沒有細細追究的必要，換句話說，白石美令深深執著的細節，在多數人眼中無關宏旨，白石美令一再重申了自己的立場，「我追求的是真相，能不能判死刑是其次」，讀者也能辨識出小說家試圖透過她傳遞出的訊號。白石美令彰顯出每一民眾試圖透過訴訟釐清的命題，也許大異其趣，甲眼中的旁枝末節，對乙而言說不定是與生命和解的金鑰。現實中不受青睞的原石，卻被小說家珍視地掇起，琢磨成佳玉。是我在小說中讀到，「現實愛莫能助，創作綽綽有餘」的意外驚喜。

天鵝因其潔白優雅而常受眷愛，蝙蝠晝伏夜出的特性而令人屢屢聯想至不幸，物種憑其本性而活，世人評價卻有如雲泥，然而誰能擔保太陽永遠高掛，任職辯護律師多年的德國小說家費迪南・馮・席拉赫曾說道，「很少有人會在早上起床的時候說：好吧，我今天要犯罪。但是，每個人都可能犯下罪行。」這幾乎可以解為《天鵝與蝙蝠》的最大公因數。東野圭吾不經意地安排讀者站在「罪人」的眼睛後方，我們望出去，善惡之間的複雜錯節，瞬時昭現，以其獨有的形式。整本小說的場景高度集中於門前仲町，小說家生動的描述喚起了我的好奇心，上網查詢，竟找到石原聰美的代言廣告，讀者不妨隨著石原聰美的腳步，想像書中的五代、中町、白石父女、倉木父子、淺羽母女等角色，在這洋溢著下町風情的街道，為著心中的信念而加緊了腳步。

1

二〇一七年秋天——

窗外天空的下半部分是紅色，上半部分是灰色。厚實的雲漸漸吞噬晚霞映紅的天空。上網確認了天氣預報，並沒有看到顯示會下雨的符號。

「中町，你有沒有帶雨傘？」五代努問身旁的年輕刑警。

「我沒帶，會下雨嗎？」

「我擔心會下雨，所以才問你。」

「我記得這附近好像有便利商店？如果下雨，我去買傘。」

「不，那倒是不必。」

五代看著手錶。快傍晚五點了。時序已進入十一月，微寒的日子持續，他在內心祈禱，千萬別下雨。他不想把轄區刑警當勤務兵使喚。

他們正在足立區某家小工廠的辦公室內，但這裡並不是會客室這麼體面的空間，而是用廉價的隔板隔出接待客人的空間。這家公司的主力產品似乎是自來水管線相關的零件，牆邊的架子上陳列著水管、閥門和轉接頭等商品樣本。

五代聽到了動靜，抬眼一看，發現一名年輕人走了進來，向他們鞠躬。年輕人身上的灰色工作服和一頭淺棕色的頭髮竟然格外搭調。

「我是山田裕太。」年輕人自我介紹說。

五代起身出示了警視廳的徽章，自我介紹說是搜查一課的偵查員，也向他介紹了中町。

五代和中町面對山田，在會議桌兩側坐了下來。

「那我就直接進入正題，今天來這裡，是想要向你請教幾個關於白石健介先生的問題，你應該認識白石先生吧？」

「認識。」山田聽了五代的問題後回答。清瘦的他下巴很尖，低著頭，沒有正視兩名刑警，可能對刑警並沒有好印象。

「請問你們是怎樣的關係？」

「關係？」

「對，就是你和白石先生的關係，可以請你告訴我們嗎？」

山田終於抬起頭看著五代，露出不知所措的眼神。

「但是……你們不是因為知道我們的關係，才會來這裡嗎？」

五代對他笑了笑說：

「因為我們想聽當事人親口說，拜託了。」

山田露出摻雜了不滿、不安和困惑的表情後，再度看著下方開了口。

「在我犯案時，他曾經為我辯護。」

「請問是什麼時候的什麼案子？」

山田微微皺起眉頭。他可能想說，為什麼要明知故問。

辦案時的鐵律，就是無論任何事，都要讓當事人親自說出口。除此以外，這麼問還有另一個原因。那就是故意惹惱對方，有助於讓對方說出真心話。人在情緒浮躁時通常不擅長說謊。

「差不多是一年前的傷害案件。我在ＫＴＶ打工，打了那家店的店長，把他打傷了。店長說我逃走時帶走了店裡的款項，所以還被以竊盜罪起訴。我明明說了沒有拿錢，但警察完全不相信我……這個案子審判時，由白石律師擔任我的辯護律師。」

「你之前就認識白石先生嗎？」

山田搖了搖頭說：「不認識。」

五代點了點頭。他已經在事前確認，白石健介是山田的公設辯護人。

「審判的結果如何？」

「判了三年緩刑。多虧白石律師查到是店長記錯了，才會說我偷錢……其實是店長亂栽贓，而且也證明了他平時經常找我麻煩，如果不是因為這個原因，法官不可能判我緩刑。」

山田說的情況和五代他們事先調查的內容一致。

「你最近有沒有和白石先生見面？」

「他兩個星期前曾經來這裡，那時候剛好是午休時間。」

「有什麼事嗎？」

山田微微歪著頭說：

「不，好像也沒有特別的事……他說只是來看我一下。」

「你們當時聊了什麼？如果你不介意，可不可以告訴我們？」

「沒聊什麼特別的事，他問我是否適應了這裡的工作，因為是白石律師介紹我來這裡工作。」

「我們也聽說是這樣，白石先生當時的態度如何？有沒有和平時不一樣的地方？比方說，有沒有說他最近關心的事？」

山田再度歪著頭，露出了沉思的表情。

「雖然他沒有明說，但我覺得他好像沒什麼精神。平時他總是說很多鼓勵我的話，但那天什麼都沒說，感覺他好像在想其他事。但是——」山田立刻搖了搖手說：「這只是我的感覺而已，有可能是我想太多了，請你們不要當一回事，聽聽就好。」

他似乎擔心自己說的話受到重視。他經歷過審判，可能想到不該隨便亂說話。

「你應該知道這次的案件吧？」五代向他確認。

「我知道。」山田點了一下頭，表情有點緊張。

「你有什麼想法？」

「想法……當然很吃驚啊。」

「為什麼？」

「因為怎麼可能發生白石律師被人殺害這種事，我完全搞不懂為什麼。」

「所以你對這起案件沒有頭緒嗎？」

「沒有。」山田用強烈的語氣說。

「你是否知道有人憎恨白石先生？」

「雖然我不知道，但我認為不可能有這種人。如果真的有，那個人一定是混蛋。不僅是混蛋，還是人渣，而且死有餘辜。怎麼可能有人會恨那位律師，絕對不可能。」

山田的語氣很激動。雖然起初低頭不看五代，但此刻正視五代的雙眼。

2

一通電話拉開了整起案件的序幕。

根據勤務指揮中心的紀錄，十一月一日上午七點接獲民眾通報，發現一輛可疑車輛停在路上，希望警方前來處理。打電話報案的是附近一家公司的警衛。

那輛可疑車輛停在竹芝棧橋附近的馬路上，那裡的地名是港區海岸。深藍色的轎車違規停在和東京臨海新交通臨海線平行的路旁。

附近警察分局所屬的交通課出動後，立刻把這起案子交給刑事課處理。因為在車輛的後座發現了一具男性遺體，身上穿著暗色西裝，腹部中了刀。兇器的刀子仍然插在遺體身上，可能因為這個原因，並沒有流太多血。

遺體身上的皮夾並沒有失竊，員警在西裝內側口袋中找到後，發現有大約七萬圓的現金留在皮夾內。皮夾中有駕照，所以立刻查明了遺體的身分。

死者名叫白石健介，今年五十五歲，住在港區南青山。從他攜帶的名片得知他是律師，在青山大道附近開了一家律師事務所，現場並沒有發現手機。

從律師事務所交給附近警察分局的巡邏聯絡卡中，查到了死者住家的電話。偵查員聯絡之後，發現比被害人小一歲的妻子，和今年二十七歲的女兒正在考慮向警方報失蹤。被害人在前一天早上出門後就沒有回家，也失去了聯絡，家屬擔心是否出了什麼事。母女兩個前往分局，在安置室認屍後，哭著證實就是白石健介。

據她們母女說，白石健介同時有傳統手機和智慧型手機，工作上都使用傳統手機，和家人通話時都使用智慧型手機。兩支手機應該都被兇手拿走了，傳統手機完全打不通，但智慧型手機似乎可以接通。

警方很快就藉由追蹤ＧＰＳ的定位資訊，找到了那支智慧型手機。發現手機的地點是江東區佐賀，就在隅田川清洲橋旁，下了堤防後那條名為隅田川堤頂的散步道。地上血跡斑斑，智慧型手機上也沾到了血跡。鑑識人員分析之後，判斷是白石健介的血跡，但目前仍然沒有找到那支傳統手機。

警方當天就成立了特搜總部。五代等警視廳搜查一課的偵查員在下午一點時，參加了第一次偵查會議，由轄區分局的刑事課長說明了案件的概要。

分析智慧型手機的定位資訊後，在相當程度上瞭解了被害人的行蹤。他在十月三十一日上午八點二十分左右離開位在南青山的住家，八點三十分抵達事務所，然後一直在事務所內，傍晚六點多開車離開。大約三十分鐘後，來到江東區富岡一丁目。富岡八幡宮就在富岡一丁目，他應該是把車子停在旁邊的投幣式停車場。他在那裡停留十分鐘後再次移動，在晚上七點之前，抵達智慧型手機被發現的隅田川堤頂。

由於智慧型手機沾到了血跡，研判這裡是遇害現場的可能性相當高。案發的時間並不算太晚，那裡平時有許多人散步和慢跑，只不過，案發當時的情況不太一樣。由於旁邊的排水抽水站正在進行修補工程，所以隅田川堤頂無法通行，也就是形成了死路的狀態，很適合犯案。如果兇手在瞭解這種情況的基礎上，設計被害人前往該處，代表是很熟悉當地情況的人犯案。

兇手在犯案之後，把遺體放在轎車的後車座。被害人很瘦，體重大約六十公斤左右，只要是有體力的人，搬運遺體並不困難。車子雖然停在港區海岸的馬路上，但不知道是從命案現場直接前往該處，還是先去了其他地方。雖然研判是兇手移動了車子，但目前尚無法瞭解兇手的意圖。

說明了以上的情況後，在討論偵查方向的同時，決定了偵查員的工作分配。五代的搭檔是轄區刑事課的中町巡查，中町是一名高個子刑警，一臉精悍，今年二十八歲，剛好比五代小十歲。原本五代還擔心萬一他是個血氣方剛的人就很頭痛，但稍微聊了幾句後，發現他屬於凡事淡然處之的人，暗自鬆了一口氣。

五代這一組的任務是清查被害人的交友關係。他們首先去向被害人家屬瞭解了情況。

白石健介位在南青山的住家是一棟小洋房，因為地名和律師這個職業的關係，原本以為會看到一棟豪宅，所以五代有點意外。

在客廳面對白石的妻子綾子和他的女兒美令時，這對母女看起來似乎已經恢復了平靜，她們正在分頭聯絡親朋好友，安排守靈夜和葬禮事宜。綾子個子嬌小，五官一看就知道是日本人，美令的五官很立體。五代在腦海中和遺體比較後，認為她應該是像父親。

向她們母女表示哀悼後，首先詢問了白石健介最後離開家裡時的情況。

「昨天應該沒有和平時不一樣的地方。」綾子一臉鬱悶的表情開了口，「沒有說工作之外要和誰見面，也沒有交代下班之後會晚回家。」她說到這裡，又補充說：「但他這一陣子好像有點無精打采，或者說經常在想事情，所以我還以為他是接了什麼複雜的官司。」

白石的妻子和女兒都不知道他目前經手的案子，母女兩人都說，白石回家從來不談工作上的具體內容。

五代持續發問制式的問題，問她們對這起案件是否有什麼線索，白石最近有沒有什麼變化。

「我完全沒有頭緒。」綾子斷言道，「我認為他沒有做任何會招人怨恨的事。因為他向來都是真心誠意處理每一個案子，也有好幾個委託人寫信感謝他。」

但是，律師的工作是為被告辯護，是否經常遭到被害人方面的嫌惡？當五代這麼問時，他的妻子無言以對，但他女兒反駁說：

「雖然從被害人的角度來看，或許會把父親視為敵人，但父親並不是不分青紅皂白地為被告說話。雖然父親從來沒有和我談過詳細的案情，但他經常和我分享自己身為律師的生活方式。他說他在辯護時並不只是以減刑為目標，而是首先要讓被告瞭解自己犯下了多麼深重的罪行，還說徹底調查案件，正確衡量罪行的嚴重程度，是辯護工作的基本。我無法想像這樣的父親會因為別人的憎恨而遭到殺害。」美令在說話時情緒越來越激動，聲音從中途開始變得很尖，眼睛也微微充血。

最後，五代說明了白石健介在遭到殺害之前的行動，問她們聽了富岡八幡宮、隅田川堤頂、港區海岸這些地名後，是否能夠想到什麼？

從她們母女口中並沒有問到任何對案情有幫助的情況，五代留下名片，請她們如果想到任何情況，隨時和他聯絡後，就和中町一起離開了。

接著，五代他們又前往青山大道附近的律師事務所。事務所位在牆壁閃著銀光的大樓四樓，一樓是咖啡店。

名叫長井節子的女人在事務所等候他們。她戴著眼鏡，名片上的頭銜是『助理』。年紀大約四十歲左右，在白石健介手下工作了十五年。

長井節子說，白石健介主要承接刑事案件、交通意外和少年犯罪的案子，他也登記為公設辯護人，所以也經常有這方面的委託。

五代問長井節子，是否有委託人被判了意想不到的重刑，認為是白石律師辯護不力而心生怨恨。

「一種米養百樣人，當然有各式各樣的人，」長井節子並沒有否認，「有些人根本不知道自己在說什麼，他們聲稱自己什麼都沒做，主張自己無罪，但就連白石律師也認為他們絕對有重大嫌疑，這種時候，律師就會很有耐心地說服被告，說實話的結果會對自己更有利，但當事人堅持不改變說詞，律師當然也就無從辯護。因為在法庭上，那些自相矛盾的話根本行不通。這當然會影響法官的心證，不可能指望獲得減刑。這種情況根本是委託人自作自受，但有時候會有人責怪律師。」

五代完全能夠理解，以前逮捕的嫌犯中，也有這種人。

「但是白石律師在判刑確定之後，還會繼續熱心地關心這些人，所以最後幾乎所有委託人都接受了結果。還曾經有好幾個人在判決確定時頗有怨言，但在服刑期滿後，特地上門來向律師道謝。」

五代聽了長井節子的話，腦海中浮現了「富有同情心」這幾個字。

他又重複了剛才問了白石母女的問題──是否有遭到被害人方面怨恨的可能性。

長井節子說，並非完全沒有可能。

「聽說好幾次在談和解時，律師都差一點挨打。因為被害人通常都很生氣，可能覺得律師想要息事寧人的態度像在蒙蔽欺騙。」

但長井節子又補充說，她想不起有什麼案例會讓人對律師產生引發殺機的怨恨。

「雖然除了白石律師以外，我並沒有認識很多律師，但我認為他是一位非常善良誠懇的律師，在辯護時，除了考慮到委託人，也很重視對方。難以想像他會因為別人的怨恨或是憎恨遭到殺害。當然，這個世界上有一些奇奇怪怪的人，無法說絕對不可能有這種事。」

五代又接著問，她認為這次案件的動機是什麼。長井節子發出痛苦的低吟說：

「雖然有幾個官司打了很久，但即使殺了律師，也不見得對對方有利。會不會和工作無關，而是因為私人因素？只不過白石律師應該不會和別人有金錢糾紛，也沒聽說他有任何緋聞。會不會是精神有問題的人，沒有明確的動機，在衝動之下殺人？我認為只有這個可能。」

五代再度問了關於富岡八幡宮、隅田川堤頂和港區海岸這幾個地方，詢問她是否瞭解什麼情況。長井節子說，她完全沒有任何頭緒。

五代和中町拿了白石健介最近著手案子的相關資料，和打到事務所的電話清單影本後，就離開了事務所。他決定把白石至今接受過的官司相關資料交給負責調查證據的刑警。

之後，五代和中町去拜訪了幾名目前或是以前的委託人，向他們瞭解情況。每個人得知白石健介遭到殺害都大吃一驚，而且都說了幾乎相同的話。

難以想像竟然有人憎恨那位律師。

3

向山田裕太瞭解情況後，五代和中町決定提早吃晚餐。五代正在思考要去哪裡吃飯，中町提出了很有吸引力的建議。他說去門前仲町吃飯。

「真不錯，好主意。」五代拍了一下手。

回特搜總部時，剛好會經過門前仲町。門前町是從大型寺院和神社周圍發展而成的城鎮，目前那裡的商店街仍然很熱鬧，是深川具代表性的鬧區。更重要的是，富岡八幡宮就在門前仲町。

他們換了電車，走出門前仲町車站時，已經傍晚六點多了。

五代完全不知道哪一家餐廳比較好，中町用智慧型手機查到了幾家不錯的餐廳。其中一家是賣爐端燒的店，據說用蒸籠蒸出來的深川飯是該店名產。五代聽了就垂涎欲滴，於是他們決定去那家。

那家店就在地鐵車站附近，一走進店裡，就看到一張ㄇ字形的吧檯，一個身穿白色罩衣的男人在正中央烤蔬菜和海鮮。店裡還有很多空位，他們在深處的桌子旁坐了下來。因為坐在吧檯前不方便密談。

年輕女店員走過來為他們點餐，他們點了生啤酒、毛豆和涼拌豆腐。雖然帶著酒氣回特搜總部不太妥，但他們來這裡的途中討論後決定，喝一杯啤酒應該問題不大。

「所有認識他的人都說了相同的話。」中町打開小型筆記本，嘆了一口氣。

「無法相信有人憎恨白石律師嗎？嗯，我認為這應該是事實，正如長井小姐所說，他應該對任何案子都很誠懇。律師是容易引起一般民眾反感的職業，過去也的確有過律師遭到殺害的情況，但很少有人真的痛恨律師到這種程度，所以我認為也許可以排除仇殺的可能性。」

生啤酒和毛豆送了上來，五代拿起酒杯，對中町說了聲：「辛苦了。」仰頭喝著啤酒，立刻感受到略帶苦味的液體滲入奔波了一天的疲憊身體。

「如果不是仇殺，那又是什麼呢？長井小姐說，可能和工作無關，是私人因素引發殺機。」

「到底會是什麼呢？」五代歪著頭，伸手拿起毛豆，「既沒有金錢糾紛，也沒有桃色糾紛，除此以外，好像就只剩下嫉恨了。」

「嫉恨？你是說嫉妒嗎？」

五代從上衣口袋裡拿出記事本。

「白石健介，東京都練馬區出生，國立大學的法學院畢業後不久，就通過了司法考試。進入飯田橋的一家法律事務所擔任律師，二十八歲時，和學生時代交往的同學結婚，三十八歲自立門戶，開了目前這家事務所。這樣看起來，他的人生一帆風順，即使有人嫉妒他也很正常。」

「雖然如此，但會因為這樣就殺了他嗎？對律師來說，這樣的經歷很正常啊。」

「就是有人會嫉妒他的這種正常啊，比方說，學生時代的競爭對手，應該有不少人雖然想當律師，卻因為無法通過司法考試，最後只能放棄。」

「原來是這樣，的確有可能。」

「雖然剛才是我提出這種可能性，現在又自己否認有點奇怪，但如果是這種情況，即使有殺人的念頭，應該也是一時衝動，不可能事先準備兇器行兇殺人。」五代聳了聳肩，把記事本放回了口袋。

雖然五代剛才用了「一帆風順」這四個字，但據白石的妻子綾子所說，白石健介並不是沒有吃過苦。他出生的家庭並不富裕，從小到大都讀公立學校，在讀國中時，他的父親意外身亡，他在讀高中時，必須打工幫忙養家。前年去世的母親生前罹患失智症，白石健介也一起照護，所以他這輩子吃了不少苦。正因為他有這樣的身世，所以才會接受被認為賺不了什麼錢的公設辯護人工作。

配著毛豆和涼拌豆腐喝完啤酒後，點了這家店的名產深川飯。

「話說回來，這個地方到底有什麼？」五代看著貼在店內，寫了深川飯說明的紙，說出了內心的疑問。

「被害人看起來和這個地方完全沒有任何關係，這件事真令人在意。」

五代抱起雙臂沉思起來。

案發當天，白石健介離開事務所後，開著車最先來到富岡八幡宮旁的投幣式停車場。停車場的監視器拍到了他的車子，停了車約十分鐘後，也拍到了白石健介為了付停車費出入車子的身影，但並沒有其他人靠近他的車子。

有一種可能，就是白石健介在兇手的指示下，把車子停在停車場，但在他停好車之後，再度接到兇手的聯絡，重新指定了地點，而那個地點就是成為命案現場的隅田川堤頂。

選擇哪裡做為命案現場是兇手的自由，但特搜總部認為白石健介最初把車停在富岡八幡宮這件事並不單純。因為從白石健介的智慧型手機定位紀錄，發現他在這一個月內，曾經來門前仲町兩次。

第一次是十月七日，他似乎在周圍走了不少路。第二次是十月二十日，那一天幾乎毫不猶豫地直奔永代大道旁的一家咖啡店。兩次都把車子停在和這次相同的停車場。

負責在這個區域查訪的刑警去了那家咖啡店打聽，確認了拍到白石健介出入那家店的監視器影像。他當時穿著西裝，只帶了公事包，並沒有店員記得白石健介這個客人。

白石健介為什麼來這裡？負責調查證物的刑警在目前為止的調查中，並沒有發現他接受委任的案子中，有誰住在這裡，或是來這裡上班、上學。

深川飯送上來了。五代聞到從蒸籠飄出來的香味，忍不住嘴角上揚。

「我們就暫時把案子的事拋在腦後。」

「同意。」中町也注視著蒸籠回答。

吃完晚餐後，他們決定去那家咖啡店看一下。因為那家咖啡店離深川飯的店只有五十公尺左右。

咖啡店是一棟兩層樓的房子，一樓只有吧檯。他們買了咖啡後，上了二樓。雖然還有空桌，但和隔壁桌的間隔很窄，於是他們一起坐在窗邊的吧檯席。

「根據智慧型手機的定位紀錄，白石先生在這家店停留了將近兩個小時。他和這個地方完全沒有任何關係，卻在這裡的咖啡店坐了兩個小時，到底在幹什麼？」

「最有可能就是和誰在這裡見面。」

「雖然是這樣，但你也參加了偵查會議，所以應該知道，監視器拍到無論是進來還是離開，都只有他一個人。姑且不論進來的時候，離開的時候不是通常會一起走嗎？」

「嗯。」中町低吟了一聲，「是啊。但如果不是和人見面，在這種地方坐兩個小時到底在幹什麼？看書嗎？還是像他們一樣？」他說話時，用大拇指指向後方。

五代悄悄回頭一看，發現坐在桌旁的客人幾乎都在滑手機。

「應該不可能吧，」五代苦笑著說：「不可能為了做這種事，特地來到和他完全沒有關係的地方，而且我記得白石先生事務所的一樓，就有一家咖啡店。」

「被害人很愛喝咖啡，這家店的咖啡出了名的好喝，所以他特地來這裡……好像也不太可能。」

「雖然你的推理很有意思，但這家店只是普通的連鎖咖啡店。」

「沒錯。」中町露出沮喪的表情，把紙杯舉到嘴邊。

五代也喝了一口咖啡，看向前方。窗外可以看到下方的永代大道。他突然想到一件事，從鼻孔發出了笑聲。

「怎麼了？」中町問他。

「既沒有看書，也沒有滑手機，卻一個人在咖啡店內坐了兩個小時。普通人不會做這種事，但不是有人不得不這麼做嗎？」

中町似乎不瞭解五代的意思，露出了困惑的表情。五代指著他的臉說：

「就是我們，就是刑警啊。在監視的時候，必須連續坐好幾個小時。」

「啊！」中町微張著嘴巴。

五代指著車來車往的永代大道說：

「你看，你不覺得這裡是監視的絕佳地點嗎？門前仲町的主要商店都在這條馬路上，對面的那些店家，哪家店有哪些客人出入簡直一目瞭然。而且來這裡的人，或是從這裡離開的人，幾乎都會經過這條路。」

「的確是這樣，」中町低頭看著馬路說：「所以你認為這就是被害人來這間店的理由嗎？也就是為了監視某個人的行動。」

「我不知道用監視這兩個字是否恰當，因為白石先生並不是刑警，所以是否可以認為他在等人出現？」

「是行人嗎？」

「這就不知道了，是有可能，但也可能是會把車子停在路旁停車位的人，或是走進某家店，遲早會出來的客人。雖然有各種不同的可能性，但唯一可以確定的是，這裡是監視的最佳場所，而且還可以喝咖啡。」

中町雙眼發亮地說：「要把這件事向上面報告嗎？」

五代淡淡地笑了笑，好像在趕走什麼東西般輕輕揮了揮手。

「暫時先不要。因為沒有什麼根據，只是連推理也稱不上的幻想。如果這種事都要報告，有多少個主任和股長都不夠用。」

「是嗎？」中町露出氣餒的表情，「因為我很想帶點線索回總部。」

「我能夠理解你的心情，但不必為沒有收穫感到愧疚。找不到獵物不是獵犬的錯，而是他們不該把獵犬送到沒有獵物的地方，所以要抬頭挺胸回總部。」五代說完，拍了拍年輕刑警的肩膀。

發現遺體至今已經過了四天。負責調查被害人交友關係的偵查組和其他組一樣，都沒有查到任何成果，所以中町覺得有點抬不起頭。

五代和中町根據傳統手機和智慧型手機的通話紀錄，清查了最近可能和白石健介有接觸的人。雖然傳統手機目前仍然沒有找到，但他們向電信公司調閱了撥打紀錄，山田裕太的電話號碼就留在撥打紀錄上。

到目前為止，他們已經查訪了超過三十個人。除了目前和以前的委託人以外，還去見了白石的律師朋友，以及簽約的稅務師，甚至還去了他經常造訪的理髮店，但每個人都說完全想不到有任何線索。其中一名律師朋友還說：「如果抓到了兇手，而兇手來委託我辯護，我應該不會想接這種案子。」他的意思是，無論是基於任何動機殺人，他都不認為兇手有酌情減刑的餘地。

五代和中町在八點半過後回到特搜總部，負責管理被害人交友關係工作的筒井副警部還在特搜總部，於是就向他報告了查訪的結果。

少年白的筒井有一張方臉，即使聽到部下報告沒有收穫也面不改色。刑警這種工作，連續揮棒落空是很正常的事。

「辛苦了，今天就回去休息吧，但明天要出差。」筒井把一份資料遞給五代。

「要去哪裡？」五代接過了資料，那是駕照的影本，照片上有一個精瘦的男人。年紀大約六十歲左右。

地址位在愛知縣安城市。

4

從東京車站出發的「回音號」比想像中擁擠，幸好買自由座的票也坐到了座位。到三河安城車站大約要兩小時三十分鐘。如果搭「希望號」到名古屋站，再換「回音號」往回搭一站，就可以節省三十分鐘的時間，但因為車票的票價貴兩千圓，所以就不列入考慮了。更別說這次因為要節省經費，所以中町也無法同行。

五代坐在靠窗的座位，重新看著筒井昨天給他的資料。

倉木達郎——就是他等一下要去見的那個人的名字。根據駕照上的生日，目前六十六歲。除此以外，幾乎沒有任何資訊。

白石法律事務所記錄了打電話到事務所的人的名字和日期、時間。因為有來電顯示，所以知道對方的號碼時，也會同時記錄下來。這是白石健介從自立門戶後開始的習慣，他用這種方式在每天下班前看這些紀錄，回想和客戶的談話內容。

根據這份紀錄，顯示十月二日曾經接到一個姓「倉木」的人的電話。當時記錄的電話號碼是手機的號碼。在向長井節子確認後，她說記得這件事，但她立刻把那通電話轉接給白石健介，所以除了知道對方是男人以外，完全不知道是怎樣的人，當然也不知道那個人打電話找白石健介有什麼事。

在委託人的名單中並沒有發現這個名字。對方只打了這一通電話，也沒有留下曾經造訪事務所的紀錄。

這個人到底是誰？如果是嫌犯，就可以去申請搜索令，要求電信公司提供通話紀錄，但在目前的階段還無法這麼做。

最後只能撥打紀錄下的電話號碼，直接向當事人確認。基於接到異性的電話可能比較聊得起來的想法，所以派了女警打電話。

女警沒有透露案件的詳細內容，只說是為了辦案的需要，詢問了對方姓名和地址。對方並沒有拒絕回答，自我介紹說叫倉木達郎，也回答了住址。根據女警的印象，認為對方接到電話時並沒有感到慌張。

之後，筒井再次撥打了那個電話號碼，說有幾個問題想要請教，問他是否方便安排時間。倉木回答說，他已經退休，所以隨時都有時間。

於是，筒井就派五代今天前往三河安城。

倉木似乎在電話中再三向筒井詢問，到底想要問他什麼事。這也很正常。既然有刑警特地從東京去那裡，他一定認為事情非同小可，即使沒有做虧心事，也會很在意。

筒井當然只回答說：「等見了面就知道了。」雖然不知道倉木是否和這起命案有關，但在實際見到對方之前，不提供不必要的資訊是辦案的鐵律。

五代在上午十一點多時抵達了三河安城車站。走出車站，發現車站前有一個小型圓環。停車場內零星停了幾輛車，周圍沒什麼高大建築，也不見花俏的招牌，有一種田園牧歌的氣氛。

計程車招呼站只有一輛空車，五代向司機出示了事先列印的地圖。

「喔，原來是篠目（Sasame）。」司機說完，發動了車子的引擎。

「這兩個字讀『Sa-sa-me』，不是『Shi-no-me』嗎？」五代問。地名是安城市篠目。

「是啊。外地人都會唸錯，這裡沒有任何有名的東西。」司機笑著說的話帶有一點口音，可能是三河話的口音吧。

五代看向車窗外。這裡的馬路很寬，人行道也很寬。道路兩旁是民宅和商店，雖然看不到高樓，但無論民宅還是商店的占地面積都很大。五代忍不住想，如果在這種地方住習慣之後，恐怕很難適應東京密集的住宅區。

計程車開了不到十分鐘就停了下來，司機說：「就是這一帶。」

「那我就在這裡下車。」

五代付了錢，下了計程車，邊走邊比較著周圍的風景和地圖。路旁有許多新舊不一的房子，但所有房子都有車庫，甚至有不少住家的車庫停了不只一輛車。

門口掛著寫了「倉木」門牌的房子前也是一個車棚，車棚內停了一輛灰色小型車，後視鏡上掛著平安符。

門牌下方有一個對講機，五代按了按鈕，等待片刻，聽到一個男人的聲音。

「請問是哪位？」

「我從東京來這裡。」

「好的。」

不一會兒，就聽到門鎖打開的聲音，玄關的門打開了。一個穿著開襟外套，與駕照照片相同的瘦臉男人出現了，但他的身材比五代想像中更結實。

「我姓五代，不好意思，在你百忙之中打擾。」五代拿出警視廳的徽章走向前，向對方出示後，立刻收進懷裡，然後遞上了名片。

倉木瞇眼打量著接過去的名片後說：「請進。」

「打擾了。」五代鞠躬行禮後，走進屋內。

倉木帶他來到玄關旁的和室，但榻榻米上放著籐桌和籐椅。牆邊有一個小佛龕，佛龕上方的牆掛著像是在葬禮上做為遺照使用的女人大頭照。照片上的人年紀大約五十歲左右，圓臉配短髮很好看。

「那是我太太。」倉木似乎察覺了五代的視線，「她在十六年前去世了。她比我大一歲，當時五十一歲。」

「還這麼年輕，真令人遺憾。是因為車禍或是什麼意外嗎？」

「不，她罹患了骨髓性白血病，如果可以接受骨髓移植，或許還有救，但最後無法找到捐贈者。」

「原來是這樣……」五代不知道該說什麼，一時說不出話。

「所以我現在一個男人過著獨居生活，已經好幾年沒有用茶壺泡茶了，如果你不介意喝寶特瓶裝的茶——」

「不，沒關係，請你不必客氣。」

「是嗎？謝謝你的體諒，啊，你請坐。」

五代在倉木的催促下坐了下來。

「我相信你已經從昨天的電話中得知，警方在偵辦某起案件的過程中，出現了你的名字。在東京白石法律事務所的來電紀錄上，出現你的電話號碼。至於我們為什麼會重視這件事，是因為我們正在偵辦白石先生遭到殺害的案件。」

五代一口氣說完後，觀察著倉木的反應。瘦臉老人幾乎面不改色，只是輕輕點了一下頭。

「你已經知道白石先生遇害的事嗎？」

「昨天接到警方的電話之後，我上網查了一下。別看我這樣，我會使用電腦。得知這起案件後，我大吃一驚，也難怪警察會來找我。」倉木說話的聲音很平靜。

「既然你已經知道了，事情就簡單了。今天想要向你請教的是，你打電話給白石先生的理由。請問你和白石先生是什麼關係？」

倉木向後撥了撥一頭短髮。

「沒有什麼特別的關係，我也從來沒有見過他，那天是我第一次，也是最後一次和他說話。」

「你打電話給從來沒有見過的人嗎？為什麼？」

「是為了諮詢。」

「諮詢？」

「法律諮詢。目前遇到一件讓我有點頭痛的事，是關於金錢的煩惱。我和某個人發生了糾紛，我想瞭解法律的見解，所以就打了那通電話。」

「為什麼找上白石律師？」

「其實無論哪裡都沒有關係，我上網查了一下，發現網站上寫著，如果只是簡單的諮詢，可以在電話中回答，而且是免費服務。因為我並不打算正式委託律師，所以無論是東京或是大阪的律師都無所謂。」

五代聽了倉木流利的回答，內心感到很無力。原本對住在愛知縣的人為什麼特地打電話到東京的律師事務所產生了很大的興趣，一問之下，發現理由這麼簡單，而且很有說服力。

「可以請你具體說明一下諮詢的內容嗎？」

倉木聽了五代的要求，皺起眉頭問：「我有這個義務嗎？」

「不，並不是這樣，只是如果方便的話，想請教一下。」

倉木露出不悅的表情搖了搖頭說：

「很抱歉，這是涉及隱私的問題，恕我無法回答。因為不光是我，還牽涉到別人的隱私。」

「這樣啊，那我就不追問了。」

五代用原子筆的筆尾部分搔了搔後腦勺。因為倉木打電話的理由讓人洩氣，所以他一時想不到接下來該問什麼，而且也產生了尿意。

這時，不知道哪裡傳來了電話鈴聲。倉木的電話在響。

「啊，有電話，我放在那裡，我可以去接電話嗎？」倉木問。

「當然沒問題，對了，可以借用一下廁所嗎？」

「請便，就在走廊對面。」

五代目送倉木快步走向走廊深處的背影後，走進了廁所。他在上廁所時思考的不是要問倉木什麼問題，而是該如何寫報告。

五代走出廁所，正打算回到剛才的房間時，目光停留在貼在旁邊柱子上的護符上。看到上面的文字，身體僵在那裡。

護符上寫著「富岡八幡宮大前」，下面寫著「全家平安」和「諸業繁榮」。

五代從懷裡拿出智慧型手機，正打算拍照，聽到腳步聲，倉木從走廊深處走了過來。

「怎麼了嗎？」倉木問。

「不，沒事。」五代把智慧型手機放回口袋。

五代再度和倉木面對面坐在桌前，心態和幾分鐘前有了一百八十度的改變。

「你有沒有去過東京？」五代問。他察覺到自己問話的語氣有點僵硬。

「有，因為我兒子在東京。」

「你兒子嗎？他在哪裡？」

「他住在高圓寺。在東京讀完大學後，就在那裡找了工作。」

「原來是這樣，你經常去和他見面嗎？」

倉木微微歪著頭回答：「一年差不多有幾次吧。」

「你最近一次去東京是什麼時候？」

「什麼時候呢？差不多三個月前……我記得是那個時候。」

「如果可以知道正確的日期，就太感恩不盡了。」

倉木露出銳利的眼神注視著五代問：「為什麼？」

「很抱歉，是因為我方的因素。」五代鞠了一躬，「目前會向所有相關人士確認這個問題，敬請諒解。」

「雖說是相關人士，但我只是打了一通電話而已……」

「很抱歉。」五代再次重複。

「請等一下。」倉木嘆了一口氣，拿起旁邊的傳統手機。他並沒有使用智慧型手機，一臉嚴肅地操作著手機。他是在拖延時間，思考該怎麼應付從東京來的刑警嗎？五代忍不住這麼猜想。

「是八月十六日。」倉木看著手機螢幕回答，「手機上有我和兒子互通電子郵件的紀錄。我十六日去東京，兩天一夜。因為兒子中元節假期不回來，所以我就去看他。差不多每年都這樣。」

「你去東京時，都住在兒子家裡嗎？」

「對，因為我兒子還是單身，所以不必有什麼顧慮。」

「如果你不介意，是否可以請教你兒子的姓名和電話？」

倉木聽了五代的話，低頭看著下方，眼睛眨了幾下，似乎在猶豫。過了一會兒，倉木開了口。

「他叫和真。和平的和，真實的真。他任職的公司是——」

倉木說了一家大型廣告代理公司的名字，然後看著手機，說了電話號碼。五代立刻記了下來。

「你去東京時都做些什麼？有沒有經常去的地方？」

「看當時的心情，如果有只能東京才能看到的東西，我就會去那些地方。幾年前，我曾經上去晴空塔。雖然只是很高而已，並沒有什麼稀奇。」
「會不會去神社寺院呢？有很多人喜歡去這些地方巡禮。」
「神社寺院……嗎？我不太清楚，雖然我自己不討厭，但也沒有特別喜歡。」
「廁所前的柱子上貼了富岡八幡宮的護符，看起來不是很舊，是你貼的嗎？」
「喔，你是說那個。那是別人送的，我並不是很相信，但既然別人送了，所以就貼起來。」
「別人送的？所以不是你自己去了富岡八幡宮嗎？」
「不是，是別人送的。」
「誰送的？請問是誰送你的？」
倉木詫異地看著五代，眼神更加警戒。
「為什麼要問這種事？我認為誰送的並不重要。」
「我會判斷是否重要，可以請你告訴我，是誰送你的嗎？」
倉木用力吸了一口氣後，微微閉上眼睛。他可能在回想，但五代再次覺得他在拖延時間。
「很抱歉，」倉木睜開眼睛說，「我忘了。」
「忘了？照理說，不熟的人不可能送神社的護符。」
「你會這麼想很合理，但我想不起來，所以也沒辦法。不好意思，年紀大了，越來越昏聵。」

在查訪或是偵訊時，最棘手的回答之一，就是「忘記了」。如果對方說「不知道」，只要提出物證，就可以追究對方不可能不知道，但遇到對方回答「忘記了」，就會束手無策。

但是，五代覺得很有收穫。這次出差並沒有白跑一趟。

「你剛才說，打電話給白石先生只是單純的法律諮詢，請問你有沒有針對這件事，向其他法律事務所諮詢呢？」

倉木搖了搖頭說：「沒有。」

「向白石先生諮詢後，解決了你的問題嗎？」

「不是，剛好相反。白石律師的回答很敷衍，都是只要在網路上稍微查一下就知道的內容。我後來想一想，因為是免費，所以也不意外。我覺得再問也沒什麼意義，於是就沒有再找其他地方諮詢。」倉木並沒有移開視線，泰然自若地回答。看起來像是如實回答事實，但也可以認為是他有絕對的自信，認為自己的謊言不會被識破。

無論如何，五代認為不可能在這裡釐清這些事，但還有一件事必須向他確認。

「不好意思，耽誤了你這麼長時間。接下來是最後一個問題，請問你十月三十一日有沒有去東京？」

「十月三十一日……聽起來像在確認我的不在場證明。」

「我知道問這個問題很失禮，但這是必須向所有相關人員確認的問題，如果能夠得到你的諒解，就太萬幸了。」

倉木一臉不悅把頭轉到一旁，抬頭看著牆壁。那裡掛著一本月曆。

「上個月的三十一日嗎？剛好沒有任何行程，也就是說，是和平時一樣平淡無奇的一天。」

「請問這是什麼意思？」

倉木轉頭看著五代。

「就是既沒有出門，也沒有人來家裡。我在家裡，一整天都在家。」

「請問是否可以證明……」

「沒辦法。」倉木不假思索地回答，「很遺憾，我沒有那天的不在場證明。」

他回答時的態度感受不到絲毫的卑怯。五代心想，也許接下來必須調查一下他哪來的這份自信。

五代又看了一眼手錶。已經過了正午。

「我瞭解了，這樣就行了。不好意思，在你忙碌時上門叨擾。」

五代站了起來，倉木也跟著站起來。

「不好意思，好像沒幫到什麼忙。」

「不，這——」正代正視著倉木的臉說：「現在還很難說。」

「是這樣嗎？」倉木沒有移開視線。
「我告辭了。」五代行了禮，準備走向玄關。
「刑警先生，」倉木叫住了他，「我有一件事記錯了。」
「記錯了？」
「就是最後一次去東京的日子。剛才我說是兒子在中元節假期的時候，我忘了之後還去過一次。」
五代拿出了記事本問：「請問是什麼時候？」
「十月五日。沒有特別的理由，只是想看看兒子，就搭上了新幹線。和之前一樣，住了一晚，隔天就回來了。因為沒有什麼印象特別深刻的事，所以就忘了。」
十月五日——五代立刻思考起來。白石健介第一次去門前仲町是十月七日。
倉木為什麼在五代準備離開時提這件事？他真的直到前一刻都忘了這件事？如果真是這樣，那也沒辦法，但有沒有其他可能？
五代向倉木打聽了他兒子的電話。
倉木是否預料到警方會去找兒子，所以想到隱瞞十月五日的事不妙？因為只要向他兒子確認，就馬上知道了。如此一來，就很好奇他原本為什麼想要隱瞞這件事？
但即使問他，也不可能得到答案，他一定會堅稱只是忘記了。
「感謝你的協助，謝謝。」

五代道謝後，走出房間。在前往玄關的途中，在那張護符前停下腳步。

「如果我想起是誰送的，是否需要打電話通知你？」倉木問。

「請你務必通知我。」

「那我會努力回想，雖然不知道能不能想起來。」

「麻煩你了。」

五代穿好鞋子後，抬頭看著倉木。

「如果還有新的狀況，可能會再來叨擾你。」

倉木不悅地皺了皺眉頭後，輕輕點了點頭說：「是啊，如果有什麼狀況，隨時歡迎你來。」

「告辭了。」五代說完，走出門外。當門關上後，立刻聽到了鎖門的聲音。

他正準備走去路上時，突然想到一件事，走向旁邊的那輛車。他探出頭，定睛看向擋風玻璃內。後視鏡上掛著平安符。

果然不出所料，紅色的布上用金色的線繡著「富岡八幡宮交通安全御守護」幾個字。

倉木又會說這是別人送的嗎？而且也忘了是誰送的嗎？

五代走到馬路上邁開步伐後思考，倉木為什麼不說是自己買的？只要說是自己買的，就不需要說忘了是誰送的這麼不自然的回答。

也許那是事實。因為真的是別人送的，所以他脫口這麼回答，但因為不能透露那個人的名字，所以只能迫不得已說自己忘了。

五代在不知不覺中加快了腳步。他知道回東京之後，增加了不少該做的事。

5

倉木和真任職的公司位在九段下，靖國大道旁的辦公大樓內。但是五代並沒有走進那棟辦公大樓，而是在外面撥打了他的手機。倉木的兒子接電話後，得知是警視廳的人打來，發出了意外的聲音。五代說，因為有事想要請教他，希望和他見面，他立刻問是什麼事。他的父親似乎沒有告訴他這件事。

幸好和真在公司內，而且可以短時間離開公司，於是就約在公司附近的一家看起來頗有歷史的咖啡店見面。今天中町也在，他們並排坐在後方的桌子旁。

「倉木到底在打什麼主意？」中町問，「為什麼沒有通知兒子，警視廳的刑警可能會去找他？還是以為警察不可能去找他兒子？」

「這不可能，」五代斷言道，「那個傢伙老奸巨猾，他應該察覺自己遭到懷疑，也知道我為什麼問他兒子的事。我猜想他認為即使通知兒子也沒有意義，事先套招串供，反而對自己不利，所以才會告訴我十月五日來過東京這件事。」

「有道理，只要他們父子串供，就可以隱瞞他十月五日來過東京這件事。」

「就是這麼一回事。即使倉木和這起案件有關，他兒子應該沒有關係。」

五代雖然措詞很小心謹慎，但他內心不僅認為倉木和這起案件有關，甚至認為兇手應該就是倉木。無論是曾經打電話給白石，在那之後白石開始去門前仲町，以及住家柱子上的護符，和車子上的平安符，所有的事都太可疑了。幾位上司也同意五代的看法，已經指示其他偵查員清查倉木的人際關係。同時也已經有多名偵查員拿著倉木的照片，開始在門前仲町打聽消息。

咖啡店的門打開，一個男人走了進來。年紀大約三十歲左右，鼻子很挺，五官端正。五代立刻知道他是倉木的兒子，因為他們父子的眼睛一模一樣。

咖啡店內的其他客人都是情侶和女性客人，那個男人看到五代和中町後，帶著略微緊張的表情走了過來。五代和中町站了起來。

「請問你是剛才打電話給我的那位先生嗎？」

「對，不好意思，打擾你工作。」五代沒有出示警視廳的徽章，而是遞上了名片。倉木和真看到名字後，詫異地皺起眉頭。也許是對「搜查一課」幾個字產生了反應。最近連一般民眾也知道，搜查一課是專門偵辦殺人等重大案子的部門。

和真一臉不知所措地坐下來後，五代和中町也重新坐了下來。白頭髮的老闆為他送上水，和真點了咖啡。

「請問你們要問我什麼問題？我很好奇。」和真似乎表達出內心的真實想法。

「很抱歉，電話中有點故弄玄虛。我們想要向你請教的不是別的事，而是有關於你的父親，想請教你幾個問題。」

「我父親？」和真露出意外的表情，他似乎完全沒有想到。「你是說我父親倉木達郎嗎？」

「當然。」

和真一臉不解，眨了好幾次眼睛。

「我父親做了什麼？他住在愛知縣安城市啊。」

「我們知道，但聽說他有時候會來東京。」

「雖然是這樣沒錯……」

「請問他最近什麼時候來過東京？」

「請等一下。」和真微微伸出雙手，輪流打量著五代和中町的臉，「請問這是在偵辦什麼案子？我父親和這起案子有什麼關係？如果不先向我說明，我也不知道該怎麼回答你們的問題。」

「沒這回事吧？」中町笑著說，「即使不知道在偵辦什麼案子，應該也可以回答你父親什麼時候來東京這件事。」

「這是心情上的問題。」和真露出強烈的視線，「我的意思是，因為這是涉及隱私的問題，所以你們至少應該先回答我的疑問。」

氣氛開始有點緊張時，咖啡送了上來，但和真並沒有喝。

「請先喝咖啡，」五代笑了笑對他說，「聽說這裡的咖啡很有名，冷掉就太可惜了。你先喝再說。」

在五代的催促下，和真一臉很不甘願的表情把牛奶倒進咖啡。

「是一起殺人命案。」五代在和真把咖啡杯舉到嘴邊之前說道。「有一個人在東京遭到了殺害，所以我們正在調查曾經和被害人接觸過的人，以及有可能接觸過的所有人。即使沒有直接見面，曾經用電話、電子郵件或是書信聯絡也算是接觸。」

「我父親的名字也在其中嗎？」和真仍然舉著杯子。

「就是這樣。他曾經打電話給被害人。」

和真喝了一口咖啡，放下了杯子。

「對方是什麼人？你們方便告訴我……」

「我們不太方便說，如果你很想知道，可以問你父親，他知道是誰。」

「你們已經去見過我父親了嗎？」

「之前已經和他見過了，是他告訴我你的公司和電話。」

「我父親完全沒有向我提這件事……」

「你父親可能有他的想法。好了，我已經向你說明了大致的情況，可以請你回答剛才的問題嗎？你父親最近什麼時候來過東京？」

「請等一下。」和真說完，拿出智慧型手機操作起來，似乎正在確認行程表。

「十月五日。」和真的回答在五代他們的意料之中，但他接下來說的話，引起了他們的警覺，「正確地說，是十月六日。」

「啊？」五代忍不住發出了驚叫聲，「這是怎麼回事？」

「我不知道他五日幾點的時候抵達東京，但他到我家時已經是隔天凌晨一點左右了。」

「他去你家之前在幹什麼？」

「我不知道詳細情況，即使我問他，他也只是回答東晃西晃。他每次來東京時都這樣，所以我也就不再多問了。」

「每次都這樣……所以你們父子會一起吃晚餐嗎？」

「剛開始一起吃過幾次，但已經有好幾年沒有一起吃晚餐了。因為我配合父親調整時間也很麻煩，所以隔天早晨一起吃早餐就夠了。父親和兒子即使長時間相處，也沒有什麼話好說。」

「你父親隔天馬上就回去了嗎？」

「應該是這樣，但我不是很清楚。我家附近有一家很早就開始營業的定食屋，我們在那裡吃完飯後，就在店門口道別了。」

「你父親多久來東京一次？」

「大約兩、三個月來一次。」

這點和倉木的供述一致。

「你來東京幾年了？」

「我大學讀了四年後畢業，然後就在這裡找了工作，工作了十一年，所以總共十五年。」

「你父親從什麼時候開始來東京玩？」

「我記得是從他退休的時候開始，他說現在有空了，所以就來東京走走。」

「之後就以目前的頻率來東京嗎？」

「是啊。對，應該就是這樣。」

「他來東京期間，有沒有什麼和以前不一樣的事？無論是好事或是壞事都無妨。你父親會不會告訴你，今天發生了什麼事？」

「沒什麼印象，」和真的手掌摸著額頭，「可能有什麼小事，但我不記得了，不好意思。」

「你父親來東京時都獨來獨往嗎？有沒有和誰見面？」

「這種事，」五代發現和真的臉上有一絲慌張，「我沒有聽我父親提起過。他在這裡並沒有朋友，也沒有聽說他新認識了什麼朋友。我想他應該都是獨來獨往。」

「這樣啊，請再讓我問兩個問題。你聽到門前仲町這個地方，或是富岡八幡宮，有沒有想到什麼？」

「門前仲町？」和真聽到意想不到的地方，似乎有點混亂，看起來不像是假裝的。他搖了搖頭反問道：「這是怎麼回事？為什麼會提到這些地方？」他似乎真的沒有頭緒。

「很抱歉，恕我們無法回答你這個問題。最後再請教一個問題，最近你父親有沒有和你討論涉及法律的問題？」

「法律？什麼法律？」

「任何和法律相關的事都沒關係，可能是金錢相關的事，也可能是涉及某些權利的問題，他有沒有和你討論過？」

「不，他沒有和我討論過。」

「我瞭解了，我都問完了，謝謝你。」五代闔起了自己的記事本。

「我可以請教一個問題嗎？」剛才一直沉默不語的中町開了口：「請問你對你父親來東京有沒有什麼感想？」

「有什麼感想？什麼意思？」

「因為我也是外地人所以很瞭解，父親經常來東京的話會覺得很煩。兩、三個月就來一次算很頻繁，通常不是會納悶，為什麼這麼經常來東京嗎？即使要來東京觀光，能去的地方也有限，當然會猜測是否有其他目的。」

和真明顯露出了不悅的表情。他皺起眉頭，撇著嘴角，拿起了咖啡杯。他一口氣喝完已經冷掉的咖啡後，粗暴地放下了杯子。

「我不知道你家的父子關係如何，我們家是互不干涉主義。即使我父親頻繁來東京，也和我無關，所以也不會去胡亂猜測。」和真看向五代說：「我還有工作要忙，我可以告辭了嗎？」

「當然，謝謝你。」

五代鞠了一躬，當他抬起頭時，和真已經大步走向門口。

「你的最後一擊太精采了。」五代對身旁的中町笑著說：「倉木和真平時應該也在猜疑這件事，結果被你一語道破，他一下子慌了手腳。」

「你說他也在猜疑，所以……」

「哼哼，」五代冷笑著，「倉木經常來東京，卻沒有告訴兒子他去哪裡，然後深夜才到兒子家，兩個人沒聊什麼，倉木隔天就回去了。男人會做這種事，只有一個理由。」

「是女人吧？」

五代用力點頭說：

「富岡八幡宮的護符和平安符應該都是『女人』給他的，只要找到這個『女人』，這起案件就會有進展。」

「看來可以帶很大的伴手禮回總部了。」中町興奮地瞇起眼睛。

6

五代他們和倉木和真見面的三天後，找到了可能就是那個「女人」的對象。這次是拿著倉木達郎的照片在門前仲町四處打聽的偵查員立了功。他們發揮毅力持續打聽，就連偏僻角落的小店也不放過，最後終於有酒舖的店員證實「曾經看過這個人好幾次」。那家酒舖並沒有飲酒區，店員是在一家小餐館看到倉木。那家小餐館供應給客人喝的酒不夠，店員臨時去送貨時，看到倉木坐在吧檯前。

那家名叫「翌檜」的小餐館在門前仲町經營了超過二十年。老闆是年近七十歲的老婦人，但實際由她女兒張羅店內的大小事。她的女兒目前四十歲左右，完全有可能是六十六歲倉木的「女人」。

「這件事是你們找到的線索，所以你們去瞭解情況。」筒井交給他一張地圖，上面是「翌檜」所在的位置。

五代和中町一起前往門前仲町，但是五代在去那家小餐館前，打算先去另一個地方。他告訴中町後，中町也表示同意：「好主意，我們去看看。」

他想去的地方就是白石健介曾經造訪的那家咖啡店。他們和上次一樣去了大樓，一起坐在可以俯視永代大道的吧檯座位。

「五代先生，」中町叫了一聲，他手上拿著筒井交給他們的地圖，「我認為猜對了。」

五代探頭看著地圖。他們來這裡之前，就已經確認「翌檜」所在的那棟大樓，就在這家咖啡店的正對面，認為白石健介在這裡監視出入「翌檜」人員的想法並非牽強附會。

「現在下定論還太早，但應該不至於完全猜錯。」五代說完，拿起了紙杯。雖然裡面裝的是連鎖咖啡店的咖啡，但今天有特別的味道。

如今無論是什麼樣的小餐館，只要上網一查，就可以輕鬆查到相關資料。「翌檜」從傍晚五點半開始營業，他們在四點半剛過時站了起來。

「翌檜」所在的那棟大樓並不大，而且很老舊。一樓是拉麵店，旁邊有樓梯，上方掛著「翌檜」的招牌。

他們沿著樓梯來到二樓，入口的門上掛著「準備中」的牌子。

五代推門而入，高湯的香氣最先刺激了他的五感，接著店內的情況映入眼簾。店內有一張使用了原木的吧檯，一個年輕女人站在吧檯內。她穿著運動套裝，繫著圍裙，但似乎已經化了妝，精心修飾的眉毛令人印象深刻。

「啊，五點半才開始營業。」女人對他們說。

「不，我們不是客人，這是我的證件。」五代向她出示了警視廳的徽章。

女人有點不知所措，拿著飯杓的手停在那裡。她深呼吸之後回答說：「好的，請問有什麼事嗎？」

雖然第一眼看到她時，以為她是「年輕女人」，但仔細觀察後，發現她眼角有一些細紋，只不過看起來不像四十多歲。她的臉很小，五官很立體。

「請問妳是這家店的經營者嗎？」

「不是，經營者是我媽媽，她現在出去買東西了。」

「是淺羽洋子女士嗎？」

「對，淺羽洋子就是我媽媽。」

「妳好像也在這家餐館工作，可以請教妳的名字嗎？」

「我叫淺羽織惠……請問這家餐館有什麼問題嗎？」

五代沒有理會對方露出不安眼神所問的問題，問她的名字怎麼寫。

女人回答說，是織物的織，恩惠的惠。中町在一旁記了下來。

五代遞上一張大頭照問：「請問妳認識這個人嗎？」

織惠看了照片，微微瞪大眼睛，點了點頭說：「認識。」

「妳知道他的名字嗎？」

「他姓……倉木，有時候會來這裡。」

「除了姓氏，妳知道他的名字嗎？」
「我記得……好像叫達郎，但也可能記錯了。」
織惠的語氣聽起來沒什麼把握。如果他們之間是男女關係，她不可能不知道，但很可能是巧妙的演技。這個世界上所有的女人都是出色的演員。這是五代當刑警多年，根據至今為止的經驗所得到的教訓。
「他最近一次來這裡是什麼時候？」
織惠歪著頭說：「我記得是上個月的月初。」
「他多久來一次？」
「每年會來幾次，有時候連續出現，有時候會隔一段時間。」
「他從什麼時候開始光顧這裡？」
「我不記得正確的時間了，應該是五、六年前。」
織惠的回答與和真說的情況一致。倉木似乎每次來東京，都會光顧這家店。
「妳有沒有聽說他來這家店的契機，像是聽誰的介紹之類的。」
「不太清楚，」織惠歪著頭，「應該沒有聽他提起過。我猜他只是偶然走進這家店，然後剛好很滿意。」
「他一個人來這裡嗎？還是和誰一起來？」
「不，他每次都一個人。」

「他一個人在這裡幹什麼？」

「幹什麼……這裡是小餐館，當然是在這裡吃飯喝酒。」

「他通常幾點來，幾點離開？」

「他大部分都七點左右進來，快打烊的時候離開。」

「這裡幾點打烊？」

「最後點餐時間是十一點，十一點半打烊。」

「他坐在哪個座位？」

「啊？」織惠露出措手不及的表情。

「通常在熟識的店，都想要坐在固定的座位，所以我猜想他也會有固定的座位。」

「喔。」織惠點了點頭，指著牆邊的座位說：「在那裡。」

五代看著那個座位，想像著倉木坐在那裡的情況。那裡不會打擾到其他客人，他在打烊之前，獨自坐在那裡喝四個半小時的酒——如果不是對這家店有特殊的感情，恐怕無法做到。

不，不是對這家店，而是對人。

「請問，」織惠下定決心問道，「請問你們在偵辦什麼案子嗎？倉木先生出了什麼事嗎？」

五代沒有吭氣，中町用平靜的語氣說：「妳只要回答我們的問題就好，不需要知道不必要的事。」

「但你們這樣追根究柢地問倉木先生的事，我當然會好奇。我不知道倉木先生下次來店裡時，我該怎麼面對他。雖然他只是偶爾來這裡，但他是個好人，無論是對我還是對我媽媽都很好。我可以把今天的事告訴倉木先生嗎？」

「當然沒有問題。」五代毫不猶豫回答，「因為已經和他見過面了。」

「這樣啊……」

織惠似乎感到很意外，眼神飄忽著，五代注視著她的臉。如果她和倉木有特殊關係，不可能不知道東京的刑警去愛知縣找倉木這件事。但是五代當然不打算相信她的表情，他再度提醒自己，女人都是演員。

「雖然妳剛才說我們追根究柢，但我們根本還沒有問什麼。」五代看著織惠端正的臉，「現在才要開始正式發問。可以請妳把妳所瞭解的、有關倉木達郎這個人的事都告訴我們嗎？任何枝微末節的事都無妨——中町，你準備好做紀錄了嗎？」

「隨時都沒問題。」中町打開小型記事本，握著原子筆對織惠說：「請說吧。」

「即使你們這麼說，我對他也不是很瞭解。倉木先生很少聊自己的事……我記得他住在愛知縣，聽說他兒子在東京。他好像來看兒子時，會順便來我們店裡。來的時候通常會帶愛知縣的特產。除此之外……」織惠歪著頭，露出了沉思的表情。「他好像是中日龍隊的球迷，並沒有什麼興趣愛好，他說剛退休時不知道怎麼打發時間，曾經很苦惱，其他的話……」她嘆了一口氣之後，緩緩搖了搖頭說：「對不起，應該還聽他聊過更多事，只是我現在一時想不起來。」

「那請妳有空的時候回想一下，反正我們應該還會來打擾幾次。」

織惠聽了五代的話，憂鬱地皺起了眉頭，她的表情似乎在說：「你們還要再來啊。」這應該不是裝出來的。

身後傳來開門的聲音。回頭一看，一個身穿米色上衣的矮小女人一臉驚訝地站在那裡。她的手上拎著超市的塑膠袋，年紀大約七十歲左右，戴著眼鏡的巴掌臉上有無數皺紋。五代只看一眼就知道她是織惠的母親，因為她們長得一模一樣。

「請問是淺羽洋子女士嗎？」

她沒有回答五代的問題，看向了吧檯。

「他們是警察，」織惠說，「來打聽倉木先生的事。」

「打擾了。」五代向洋子出示了徽章。

洋子根本沒看一眼，似乎表示對警察的徽章完全沒有興趣。她走向吧檯，把手上的袋子交給了織惠，才終於轉頭看向五代和中町問：「倉木先生出了什麼事嗎？」

「目前還不清楚，所以我們正在四處查訪，也來這裡打聽情況。」

「原來是這樣。雖然我不知道你們在偵辦什麼案子，如果懷疑倉木先生，那絕對找錯人了，他不可能做什麼壞事。」洋子語氣堅定地斷言道。

「我們會參考妳的意見。」五代在回答的同時，產生了奇妙的感覺。他覺得洋子剛才說的話有哪裡不太對勁，只是他也不知道究竟是哪裡不對勁。

「你們是從倉木先生口中得知這家店嗎？」洋子問。

五代苦笑著，輕輕搖了搖手說：「這件事不能透露。」

「我們只要回答他們問的問題就好。」織惠在吧檯內語帶諷刺地說。

「喔，是這樣啊，那就請你們速戰速決，開店的時間快到了。而且這樣說可能有點失禮，我向來討厭警察。」洋子抬頭看五代的雙眼帶著令人驚訝的冷漠。

「我瞭解了，那我想請教兩位，請問妳們認識一個叫白石健介的人嗎？他是律師。」

「我認識的人中沒有這個人，妳呢？」洋子問織惠，看到織惠默默搖頭後對五代說：「她也不認識。」

「這樣啊。富岡八幡宮就在這附近，妳們去過嗎？」

「當然去過啊，因為就在附近。」

「曾經在那裡買平安符或是護符嗎？」

「買過，」洋子點了點頭後，指著廚房的牆壁說：「那裡也有啊。」在廚房的天花板附近，貼了一張和在倉木家看到的很相似的護符。

「有沒有曾經買了平安符和護符送給別人？」

「經常會啊，像是送給店裡的熟客。」

「有沒有送給倉木先生？」

「倉木先生？啊，對了，」洋子輕輕拍了拍手，「你這麼一問，我想起來了，之前也送過倉木先生。我忘了是幾年前，差不多三年前吧。因為他經常帶伴手禮送我們，所以也送給他作為答謝。」

五代聽了她的回答，暗自思考著。參考洋子的說法，倉木說忘了誰送他的回答果然很不自然，所以必須查明倉木為什麼試圖隱瞞這家小餐館。

「聽了妳們說明的情況，不難想像倉木先生和兩位很熟，請問其他熟客中，有沒有人和倉木先生交情不錯？」

「這就不清楚了，因為這家店並不大，應該有客人遇到幾次之後，就自然熟了起來。」

「可以請妳告訴我，都是一些什麼樣的客人嗎？」

「這怎麼可能？」洋子笑著說，「如果你無論如何都想知道，那就請你在營業時間來這裡，用自己的眼睛和耳朵確認，但必須以客人的身分來這裡。如果你像剛才一樣亮出徽章，我會去告你妨礙我做生意。」

五代苦笑著點了點頭說：「我會考慮。」

「刑警先生，如果你還有其他問題，可以請你改天再來嗎？我們已經火燒眉毛了。」洋子看著牆上的時鐘說道。

五代聽她說這句話的瞬間，立刻察覺了剛才覺得哪裡不對勁。是說話的語調。洋子說話時有一點口音，和五代最近在哪裡聽到的口音很像。是在三河安城車站搭計程車時，那個司機說話的口音。那是三河話的口音。

「怎麼了嗎？」洋子露出了詫異的表情。

「不，沒事。那我就請教最後一個問題，請問十月三十一日，這裡也像平時一樣營業嗎？」

「上個月的三十一嗎？我不記得那時候曾經臨時休息。」

「妳們兩個人都在店裡嗎？」

「都在啊，這裡的生意一個人根本忙不過來。那天發生了什麼事嗎？」

「嗯對……」

「啊，我忘了，我們不可以發問。」洋子掩著嘴，聳了聳肩。

「謝謝兩位。如果方便的話，可以請教兩位的住家地址和電話嗎？」

洋子皺著眉頭問：「你們還打算去家裡嗎？」

「不，目前並沒有這個打算，只是謹慎起見。」

洋子嘆了一口氣，在旁邊的便條紙上寫了地址和兩個人的手機號碼。她們目前一起住在東陽町的一棟公寓。

「請問兩位是哪裡人？」五代看了便條紙後抬起頭，注視著洋子，「姑且不論織惠小姐，妳應該並不是在東京出生吧？」

洋子頓時面無表情，甚至感受不到前一刻對警察的嫌惡。

她重重地嘆了一口氣，和在吧檯內的織惠互看一眼後，轉頭看著五代說：

「你說對了，我在愛知縣瀨戶出生，結婚後，在三十多歲之前都一直住在豐川，在我丈夫去世後不久，我才搬來東京。」

「原來是這樣啊，感覺妳經常和倉木先生聊過故鄉的事。」

「不，我們從來沒有聊過，我也沒有提過自己在愛知出生這件事。倉木先生應該察覺到了，但從來沒有問我。因為我沒有提起，他可能認為不該問。」

「不該問……嗎？」

洋子仍然面無表情，深呼吸了一次。

「因為我不喜歡你們透過各種方式調查，所以就主動告訴你。我剛才說討厭警察，這件事有明確的原因。」

「請問是什麼原因？」

「外子……我的丈夫……」

原本毫無表情的臉上漸漸有了表情。她的雙眼通紅，臉頰僵硬，撇著嘴角，臉上出現了極度悲傷的表情。

「警察害死了他。」洋子被皺紋包圍的嘴唇發出了像呻吟般的聲音，「他涉嫌殺人遭到逮捕，結果就再也沒有回來。他在拘留室上吊自殺了。」

7

「案件發生在一九八四年五月十五日星期二，地點在名古屋線東岡崎車站附近的一棟工商大樓內。一名經營金融業，在那棟大樓設立事務所的男子遭到殺害。被害人名叫灰谷昭造，年齡五十一歲，單身。該事務所的員工發現了他的屍體，當天晚上七點三十分左右向警方報案。兇器是一把殺魚刀，刺進被害人的胸口。」

並不寬敞的會議室內響起筒井低沉的聲音。除了五代和筒井以外，坐在桌旁的是搜查一課重案股股長、轄區分局的分局長、刑事課長和搜查一課的股長等幹部。

「五月十八日，也就是案發三天後，福間淳二遭到逮捕。」筒井看著資料繼續說道，「雖然不知道是以什麼嫌疑逮捕他，從之後的發展推測，另案逮捕的可能性相當高。福間當時四十四歲，除了知道他住在豐川市以外，並不瞭解詳細情況。四天之後，他在警局的拘留室內自殺。他似乎使用衣物上吊自殺。之後這起案件以嫌犯死亡移送檢方，遭到不起訴處分，這起案件也就宣告偵結。一九九九年五月公訴時效消滅，相關偵查資料幾乎都遭到銷毀。」

筒井朗讀的資料是五代以淺羽洋子告訴他的情況為基礎，調查之後製作而成。洋子雖然記得丈夫遭到逮捕的正確日期，但並不瞭解案件的情況。
「有一天，不知道是刑警還是警察突然來到家裡，把我丈夫帶走了。雖然我丈夫對我說，他應該馬上可以回來，叫我不必擔心，但等了好幾天，他都沒有回來，之後就接到通知，說他在牢裡上吊自殺了。」
五代無法忘記洋子淡淡訴說的臉。即使已經過了三十多年，她內心的創傷顯然仍然沒有癒合。
然而，從記錄的角度來說，這起案件已經完全被遺忘了。雖然向愛知縣警確認後，瞭解了這起案件的內容，但已經無法瞭解當時進行了哪些調查，以及經由怎樣的來龍去脈，逮捕了嫌犯這些事。筒井剛才朗讀的內容中，有一部分是引用當時的新聞報導。
「所以是關係人主動提起這件事嗎？」重案股的櫻川股長確認。他是五代和筒井的直屬上司。
「對，」五代回答，「她認為既然刑警已經上門，一定會調查他們之前在愛知縣時的事。那裡是個小地方，只要稍微問一下，馬上就會知道。既然這樣，還不如主動說明。」
五代之前已經向櫻川報告過這些情況，所以對著其他幹部說明著這件事。
「這件事要怎麼處理？」櫻川徵求其他幹部的意見，「被害人的行動中，最匪夷所思的就是包括案發當天在內，這一個月內，去了門前仲町三次，卻完全不知道其中的原因。唯一的交集就是倉木達郎這個人。我打算讓五代他們繼續追查倉木、小餐館『翌檜』，以及和被害人之間的關係。問題在於要多深入調查筒井剛才說明的那起三十多年前的案件。」

「嗯，」臉很細長的分局長發出低吟，「這件事有點傷腦筋啊。」

「沒錯。」

「我認為愛知縣警並不希望提這起案子，因為嫌犯在遭到羈押期間身亡，讓他們顏面盡失，他們應該很想忘記這件事，或者說當作沒有發生過。」

「是啊，」櫻川點了點頭，「所以想要請教各位的意見。」

「那家小餐館的老闆娘母女是兇手的可能性應該很低吧？」

「據五代所說，應該是這樣，因為案發當時，她們應該在店裡工作。」

「既然這樣，如果因為那家小餐館可能以某種形式和這起案子有關，針對老闆娘母女個人進行調查並沒有太大的意義，更何況已經是超過三十年前的往事了。」

分局長顯然有所顧慮，他應該不想刺激他縣的警察。

「五代，」刑事課長叫著他的名字，「你的看法呢？你認為老闆娘母女和這起案件無關嗎？」

五代微微歪著頭回答說：

「老實說，我也不太清楚。只是我很好奇，倉木達郎為什麼要隱瞞那家店。他說忘了誰送他護符很不自然。我認為倉木想隱瞞的並不是那家餐館，而是那對母女，所以──」

「好，不用再說了。」刑事課長伸出手制止五代後，轉頭看向分局長，「雖然愛知縣警應該不希望別人提起這件事，但當時負責這起案件的人應該已經不在了，所以我認為不必過度在意。」

分局長聽到下屬這麼說，似乎也終於下定了決心，他很不甘願地對櫻川點了點頭說：「好，那就交給你處理。」

「那我會和上司討論之後，請求愛知縣警的協助。」櫻川說完，向筒井和五代使了一個眼色，意思是說他們可以離開了。

「那我們先告辭了。」五代和筒井向長官鞠躬後，一起走出了會議室。

「這件事可能會很麻煩。」筒井走在走廊上時，甩著剛才朗讀的資料說。

「一九八四年嗎？」五代嘆了一口氣，「那時候我還沒上學呢。」

「偵查資料當然不可能保留下來，所以只能去向當時偵辦這起案子的人員打聽了。」

「當時偵辦的人應該差不多都死了吧。」

「如果當時辦案人員和我們現在相同的年紀，現在就七十多歲了。即使還活著，這裡可能有問題。」筒井指著太陽穴說。

五代苦笑著，心情有點沉重。即使有人清楚記得那起案件，現在應該也不願回想，自己上門打聽，想必不會受到歡迎。

8

「我沒吃過味噌炸豬排，五代先生，你吃過嗎？」坐在旁邊的中町滑著智慧型手機問。

「其實我也沒吃過。上次出差時原本想吃看看，但最後還是沒吃，因為我無法想像到底是什麼味道。不瞞你說，我這個人很容易在嘗試之前就直接排斥。」

「是嗎？完全看不出來。」

「我老媽經常說我就是因為這樣，所以才結不了婚。但如果你想吃，我可以陪你一起吃。等我們辦完正事，如果有不錯的店，就去試一試。」

「好像有不少家都不錯，畢竟這裡是名古屋啊。」中町雙眼緊盯著智慧型手機。

車內廣播通知，列車即將抵達名古屋車站。五代確認了放在口袋裡的車票。

五代出席只有幹部參加的會議後第四天，奉命再度去愛知縣出差。這次要去名古屋市的天白區。因為要在名古屋車站下車，所以可以搭「希望號」，而且這次上司還同意中町同行。中町似乎很久沒出差了，他幹勁十足，摩拳擦掌。

一九八四年發生的「東岡崎車站前金融業者命案」果然沒有留下任何偵查資料。

因為時效已經消滅，再加上案件發生至今多年，這也是很正常的事，應該不是愛知縣警刻意隱瞞。而且縣警積極提供協助，發揮毅力找到了當時偵辦此案的人員。因為並沒有留下任何紀錄，只能靠那些上了年紀的老刑警的記憶，不難想像找人的過程相當辛苦。五代很欽佩他們的毅力。

五代和中町等一下就要和縣警透過這種方式找到的人見面。那個人似乎是當時偵辦此案的前偵查員，今年七十二歲，案發當時還不到四十歲，五代對這位第一線的刑警充滿了期待。

至於白石律師命案，就很難說有什麼進展。兇器是在量販店也可以買到的刀子，在命案現場也沒有發現任何像是兇手留下的東西。目前也沒有從現場附近的監視器中找到任何有助於釐清案情的影像。之前查到倉木不時去「翌檜」這件事的偵查小組在之後也沒有任何成果。

目前只能寄望於根據白石健介的智慧型手機定位資訊進行的偵查工作。因為兇手不太可能殺害第一次見面的人，所以白石健介應該曾經在哪裡和兇手見過面。於是就決定追查白石健介最近的行蹤，如果曾經在店家停留，很可能在那裡和別人談話，所以就調查那家店設置的監視器在那一天、那個時間的影像。如果店家沒有設置監視器，就透過附近的監視器確認人行道的情況。雖然這項作業需要發揮耐心，但好處是可以正確瞭解被害人最近和哪些人見過面。

只不過不一定能夠透過這種方式查到兇手。如果只拍到工作上的合作對象或是委託人，之後就一籌莫展了。

五代和中町走出名古屋車站的驗票口，一個男人走了過來。他的年紀大約三十歲左右，戴著眼鏡，看起來很親切。

打完招呼後，相互確認了身分。對方是愛知縣警地域課的巡查長片瀨，他們事先就已經決定，將由縣警派人為他們帶路。

「真不好意思，這次拜託你們協助這件麻煩的事。」五代把伴手禮交給片瀨時向他道歉。

「不必放在心上，大家互相嘛。」片瀨微笑著說。

片瀨說要開車去目的地。走出車站後，片瀨請他們留在原地，他去開車。不一會兒，就有一輛白色轎車出現在眼前。開車的正是片瀨。

中町打算坐在副駕駛座，五代制止了他，自己坐進副駕駛座。因為這樣比較方便和片瀨聊天。

「你們會不會覺得東京請你們協助是一件麻煩事？畢竟這已經是三十多年前的案件。」車子出發後，五代問片瀨。

「我個人很期待，因為這是我第一次調查自己出生之前的案件。」片瀨說話的語氣很平靜，聽起來不像是客套話。

「你也會加入這次的調查工作嗎？」

「這次要找的人雖然以前是警察，但現在只是普通的爺爺，所以就需要地域課出動。」

片瀨說，等一下要去見的人名叫村松重則，在「東岡崎車站前金融業者命案」發生時，他是轄區刑事一股的刑警，當時的警階是巡查部長，在第一線偵辦這起案件。

「他的頭腦很清楚，也明確記得案件的事。還有一件我認為應該是最重要的事，就是他保留了當時的偵查紀錄。」

「啊？真的嗎？」

「但只是他私人的偵查紀錄，他說他捨不得丟掉以前當刑警時使用的記事本和檔案，裡面也有那起案件的相關資料。」

「原來是這樣。」

五代完全能夠理解，他也把至今為止的偵查紀錄都保留在自己房間內。雖然明知道根本無法發揮任何作用，但還是捨不得丟。因為只有自己知道，那些都是自己踏破鐵鞋，才蒐集到的線索。

車子開了三十分鐘左右，片瀨把車子停下來。那裡是住宅區，附近有一家幼稚園。放眼望去，可以看到集合住宅，可能有很多上班族家庭住在這裡。

片瀨帶他們來到一棟日西合璧的老舊透天厝。這棟房子的車庫也非常大，可以輕鬆停兩輛車，但目前只停了一輛輕型汽車。
片瀨用對講機和屋內的人交談後，玄關的門打開，一個白髮男人從屋內走了出來。他比五代想像中矮，五官看起來也很溫和，不像是以前當過刑警的人。
白髮男人親切地招呼五代等人進了屋，來到一間可以看到小院子的西式客廳，五代他們和村松面對面坐在大理石茶几前。再次打招呼後，村松太太為他們端上了日本茶。村松太太看起來很文靜，一頭短髮染成明亮的顏色，可能因為有客人上門，臉上化了漂亮的妝。
「不好意思，在您百忙之中打擾。」
五代鞠躬說道，村松搖著手說：
「不會不會，我一點都不忙。不久之前還是專門開違停罰單的駐車監視員，但後來被解僱了，每天都閒來無事。如果我可以幫上忙，必定鼎力相助。」村松說話的語氣很爽快，片瀨說的沒錯，他的腦袋很靈活。
「也許您已經聽說了，在偵查日前在東京發生的一起命案過程中，發現其中一位關係人是愛知縣出生，而且是以前在這裡發生的一起命案嫌犯的妻子。就是一九八四年的『東岡崎車站前金融業者命案』。」
村松聽了五代的話，一臉嚴肅地點了點頭說：
「我聽說了，原來她現在住在東京。我雖然曾經見過她一、兩次，但想不起她的長相了。」

「雖然不知道和我們目前正在偵辦的案子是否有關，但我們想瞭解一下到底是怎樣的案件，所以今天來府上叨擾。」

村松滿意地點了點頭。

「雖然自己說有點不好意思，但如果是這樣的話，我是理想的人選。因為我從一開始到最後，都在第一線參與這起案件，而且還是最初趕到現場的人之一。報案的人站在屍體身旁，還沒有離開事務所。」

「原來是這樣啊。」五代瞪大了眼睛。果真如此的話，他的確是理想人選。

村松從放在旁邊的紙袋中拿出一本舊大學筆記，戴上了放在茶几上的眼鏡。

「我清楚記得那一天的事。我當時住在矢作川旁，正在吃晚餐時，突然被呼叫，於是慌忙趕去現場。那是名鐵東岡崎車站旁的住商混合大樓的二樓，掛了『綠商店』這種可疑招牌的事務所，一個身穿西裝的男人遭到刺殺，已經死了。沾滿血跡的殺魚刀掉在地上，但那是事務所的備品，所以我認為並非計畫犯案，而是雙方發生爭執後，兇手在衝動之下殺人。於是立刻成立了搜查總部展開偵查，在調查之後發現，被害人灰谷是一個壞蛋。雖然這麼說有點那個，他是那種死有餘辜的人。」

「他做了什麼？」

「你們還年輕，可能不太瞭解，有沒有聽過『東西商事案件』？」

「東西商事……啊，我記得在警察學校曾經學過，好像是大規模的詐騙案。」

村松緩緩用力點頭說：

「他們首先把黃金賣給客人，說黃金有資產價值，而且絕對會升值。這件事本身並沒有問題，但問題在於他們並不會把黃金交給客人，而是用名為證券的紙代替黃金，聲稱黃金由公司負責保管。如果真是如此，當然也沒有問題，問題就在於事實並非如此。公司並沒有購買黃金，而是把從客戶那裡收來的錢放進自己口袋。或許你們會納悶，這種方法竟然行得通，但他們的確用這種手法欺騙了許多人，其中更以老人居多。他們當然不可能一直瞞天過海，有很多人開始投訴，公司的勾當也被揭穿了。公司倒閉，剩下的資產賠償給那些受害者，但聽說金額少得可憐。」村松一口氣說到這裡，喝了一口茶。

「和那起案件有關嗎？」五代問。

「有間接的關係。東西商事那家公司倒閉了，但有不少幹部和員工利用在東西商事時代掌握的知識和經驗，開始做新的詐騙生意。有的賣高爾夫球會員證，有的做貴金屬鈀的期貨，或是把廉價的珠寶高額出售——總之用各種手法欺騙客人，詐騙錢財，最後不是逃走就是有計畫地讓公司破產，每次都有許多老人淪為犧牲品。他們都鎖定獨居老人為目標，先是亂槍打鳥，隨便亂打電話，一旦知道對方是獨居老人，就用盡各種方法騙錢。說什麼銀行存款的金額太高，老人年金的金額就會減少，反正就是亂說一通。這些人根本是人渣，但被害人灰谷昭造就像鬣狗一樣巴結這種人，想要分一杯羹。」

終於和要打聽的案件產生了關聯。五代微微探出身體。

「那些做詐騙生意的傢伙隨時都在尋找獵物，灰谷接近他們，把有可能受騙上當的人介紹給他們。他以前在保險公司上班，離職時，擅自帶走了顧客名冊，也成為他的本錢。因為除了顧客的年紀、收入和存款金額，甚至還掌握了家庭成員，對企圖詐騙的人來說，當然是求之不得。灰谷和那種公司的業務員一起去拜訪鎖定的老人，偽裝成提供老人之前加入保險的售後服務，然後把業務員介紹給那些老人。那些老人以為和自己加入保險的保險公司有關，所以一下子就被騙了。而且聽說灰谷這個傢伙能言善道，有時候還會帶伴手禮上門，那些寂寞空虛的老人把他當成自己人，完全相信他。」

五代聽了村松的話，覺得灰谷的確是死有餘辜的傢伙。

「所以不難猜到他遭到刺殺的動機。」

「沒錯，當時偵辦的方針也以查訪被灰谷欺騙的被害人為主，但在調查後意外發現，在案件發生當時，很少有人意識到自己被騙了。甚至還有老太太相信他，得知他死了的消息，哭著說，為什麼這麼善良的人竟然遇到這種事。」

坐在五代身旁的中町小聲嘟噥說：「真是太厲害了。」應該是對灰谷身為詐騙高手的技巧表達感想。

「在偵查過程中，發現了福間淳二這個人。他在豐川經營一家電器行，在灰谷的介紹下，開始做鈀的期貨交易。福間淳二四十四歲，在被害人中算是年紀很輕，但壞就壞在他對電子方面有一定的知識，在稍微研究之後，認為鈀的確是後勢看好的金屬，只不過他對期貨交易一竅不通。業者每次都在價格最高時買進，價格最低時幫他賣出，幾次之後，他的財產很快就見了底。至於那個業者做了什麼，就是在福間買進時賣出，賣出時買進，所以和福間剛好相反，買在最低點，賣在最高點，當然穩賺不賠。福間的錢全都進了業者的口袋。」

「太惡劣了。」五代皺起眉頭，「但是他為什麼持續做期貨交易？」

「因為業者對他說可以保本，所以福間可能以為即使無法在交易中賺錢，自己的本金也可以拿回來。沒想到業者之後竟然失蹤了，福間這才發現自己受騙了，於是就去向灰谷抗議，說灰谷一定是同夥，要求把自己虧損的錢拿回來。灰谷當然不可能點頭答應，堅稱他只是居中介紹，完全不知情。灰谷找了自己的外甥在事務所負責接電話，據那個外甥說，福間曾經多次去事務所。」村松扶著眼鏡，低頭看著筆記，「在案發當天也有人曾經看到福間，在報案前三十分鐘左右，蕎麥麵店送外賣的夥計在大樓的樓梯上和他擦身而過，所以我們當然就要求他主動到案說明。」

「福間承認是他殺的嗎？」

村松垂下嘴角，搖了搖頭說：

「他承認曾經去事務所和灰谷見了面，但他說並沒有刺殺灰谷，他只是打了灰谷而已。」

「啊？」五代忍不住問：「打了灰谷嗎？」

「他似乎動手打了人，也承認打了人。聽到他這麼承認，立刻就以傷害罪逮捕了他。因為遺體臉部的確有內出血，我們認為是兇手打的。」

原來是這樣。五代終於瞭解了。如果是這樣，並不算是另案逮捕。

「所以從那一刻起，就立刻羈押了福間。」

「沒錯，在以傷害罪移送檢方後開始偵訊他。」

「當時由你負責偵訊嗎？」

「不是，負責偵訊福間的是來自縣警總部的副警部和巡查部長，我記得他們叫……」村松看了筆記本之後說，是山下副警部和吉岡巡查部長，「他們是以嚴厲偵訊出名的搭檔，當時認為福間只承認打人，卻不承認殺人，最好的方法就是用威脅的方式讓這種狡辯的人吐實。所以聽說由山下他們負責偵訊時，我們也認為是妥善的安排，也期待他們很快就可以搞定這個案子。雖然也有人認為太粗暴了，但當時的偵查工作差不多就是這樣。」

說到偵訊的問題時，村松開始有點吞吞吐吐。

「你沒有參與偵訊嗎？」

「沒有，但曾經從負責記錄的同事口中聽說過偵訊室內的情況。主要由吉岡先生負責偵訊，因為他氣勢洶洶地逼問，福間似乎嚇壞了。山下先生則是責備吉岡先生，然後對福間說幾句親切的話，暗示如果不趕快招供，會遭到更可怕的對待。負責記錄的同事說，面對這麼可怕的偵訊，他應該撐不了多久，很快就會招供。沒想到……」村松重重地嘆了一口氣，「做夢都沒有想到，最後會是那樣的結果。」

「聽說他上吊自殺了。」

「沒錯，他把衣服捲成細長條，綁在鐵窗上上吊自殺了。」村松拿起了茶杯，但茶杯裡的茶似乎已經喝完了，他看了看茶杯後，又放回茶几，「以上就是那起案件的大致情況。雖然拘留室的管理的確不夠嚴謹，但在偵查方面並沒有什麼疏失。」

五代點了點頭。聽村松剛才說明的情況，他也認為如此，也能夠接受嫌犯死亡後移送檢方，最後不起訴的結果。

村松請坐在遠處的太太倒茶後，再度看向五代問：「關於那起案件，還有其他想問的問題嗎？」

五代坐直了身體問：

「請問案件的關係人中，有沒有一個姓倉木的人？名叫倉木達郎。」

「倉木？」村松重複了這個姓氏後歪著頭，「我不記得了，因為已經是三十多年前的事了，這三十多年來，我也見了很多人，如果要記住所有關係人的名字，我的腦袋可能會爆炸。至少在那起案件的重要人物中，應該沒有這個人。」

村松從紙袋中拿出一個檔案夾，不小心把其他東西也一起拿了出來，掉在地上。那是一本黑色皮革封面的小型記事本。村松把記事本放回紙袋後，把檔案夾交給了五代說：

「這是灰谷向詐騙集團介紹的人員名單，有人受騙後買了奇怪的罈子，也有人受騙加入了老鼠會，簡直就是各種詐騙手法大彙集。」

五代接過檔案夾後交給中町說：「你看一下有沒有倉木的名字。」

「好。」

五代看著中町翻開檔案後，將視線移回紙袋問：

「剛才的記事本是你在辦案過程中使用的嗎？」

「這個嗎？」村松拿出記事本，「對，我在辦案時都帶在身上。」

「可以借我看一下嗎？」

「請隨便看、隨便看。我當時買了很多本這種記事本，每次有案件發生，就會用一本新的。」

「原來是這樣，很有效的方式。」

五代翻開了舊記事本，第一頁上寫著「五月十五日　七點五十五分抵達　矢作川

大樓二樓　綠商店　害　灰谷昭造」。「害」應該是被害人的簡稱，雖然字跡很潦草，但勉強可以辨識，可以感受到他當年吃晚餐吃到一半就趕去現場的緊張氣氛。

下一頁寫著「坂野雅彥 妹妹的兒子 接線生」，之後的字更加潦草，看不清楚。

「請問這是寫什麼？」

「哪裡？啊，對不起，我寫得太潦草了。哪裡哪裡？給我看一下。」

五代把記事本交給村松，中町把檔案夾交還給他說：「這份名單中並沒有倉木的名字。」

「這樣啊。」

五代並不意外。聽村松說，被害人幾乎都是老人，當時才三十歲左右的倉木遭騙的可能性很低。

「這是向灰谷的外甥瞭解情況的內容，」村松說，「我剛才不是也說了嗎？灰谷僱用他妹妹的兒子當接線生，上面寫的坂野雅彥就是他的外甥。我們趕到現場時，他還等在那裡，所以當場向他瞭解了大致的情況。嗯，這裡寫著在用公用電話報警後，一直等在大樓外。」

「啊？」五代看著村松的臉問：「你剛才不是說，報案的人守在遺體旁，沒有離開事務所嗎？」

「我的確這麼說了，我記得是這樣。咦？太奇怪了。」村松開始翻閱自己的記事本，隨即大聲說：「喔，原來是這樣。我想起來了，對不起，我記錯了，當時有兩個人。」

「兩個人？」

「有兩個人發現了屍體。一個是報案的外甥，另一個人就是留在事務所的那個人，據那個外甥說，他是司機。」

「司機？是計程車司機嗎？」

「不是。啊，這裡有寫。」村松把記事本稍微拿遠，可能即使戴了老花眼鏡，仍然看不清楚，「發生車禍的男人負責接送他作為賠償，啊，當時好像的確聽過這件事。」

「請問是怎麼回事？」

「雖然我記不太清楚了，但並不是什麼重要的事。灰谷因為車禍受了點輕傷，所以在他的傷勢痊癒之前，撞到他的男人擔任他的司機。灰谷的外甥和那個男人一起走進事務所，發現了他的屍體。那個男人完全沒有任何問題，我記得很早就排除了他的嫌疑。」村松在說話的同時翻著記事本，突然停下了手，「啊」了一聲。

「怎麼了？」

村松瞪大了老花眼鏡後方的雙眼，把翻開的記事本遞到五代面前，然後用另一隻手指著頁面的一部分。

五代微微站了起來，看著記事本。

那裡用潦草的字跡雜亂地寫了幾個名詞和簡短的句子，都看不太清楚，村松手指的位置寫的是片假名，比較容易辨識。

那是「倉木」這個姓氏的片假名。

9

離開村松家後，片瀨送他們到名古屋車站。五代請中町坐在副駕駛座上，自己打電話回特搜總部。

「我正打算打電話給你，」櫻川說，「但還是先聽聽你那裡的情況，你的聲音聽起來很振奮，是不是掌握了什麼線索？」

「發現了驚人的事實。」

五代向櫻川報告了在村松家掌握的情況。

「的確令人驚訝，沒想到倉木竟然和那起案件有關。」

「除了村松先生的記事本上提到他的名字，在清查村松先生保管的資料後，發現了採集指紋同意書的影本，他親筆簽了倉木達郎的名字，絕對不會錯。」

「如此一來，就和那家小餐館產生了交集。原來謎題揭曉就是這樣的感覺，一張接著一張翻牌。」

「你們那裡也發現了什麼狀況嗎？」

「何止發現，調查監視器影像的人立了大功。十月六日，白石先生曾經走進東京車站旁的一家咖啡店，設置在那家咖啡店門口的監視器拍到了在白石先生走進咖啡店的兩分鐘後，走進咖啡店的人。不需要我說明，你也應該猜到是誰了。」

「是倉木嗎？」

「沒錯，你們馬上去倉木家裡質問他，我也已經派筒井他們去支援了。我會聯絡當地警局，可以視情況讓倉木去那裡主動到案說明。」

「去倉木家之前，不需要確認他是否在家嗎？」

「不需要。刑警再度從東京去找他，他一定知道事情不妙。如果倉木和這起命案有關，他可能會逃跑。你們目前所在的地方不是離倉木的住家很近嗎？即使白跑一趟也不會浪費太多時間。」

「有道理，那我們就不先通知，直接上門去找他。」

掛上電話後，五代把和櫻川的對話告訴了中町。

「終於有動起來的感覺了。」中町雙眼發亮。

「股長派人支援，應該是為了監視倉木的家，以免他逃走。想必股長認為倉木就是兇手。」

「真不錯啊。」坐在駕駛座上的片瀨說，「連我也興奮起來，你們加油。」

「謝謝。」五代回答。

抵達名古屋車站後，向片瀨表達感謝後道別，搭上了往東京方向的新幹線「希望號」。

「真讓人搞不懂，三十多年前的案件和這次的案件到底有什麼關係。」五代坐在自由座的座位上抱著雙臂說。

「你不覺得那件事也令人好奇嗎？倉木的確是之前那起案件的關係人，但當時的搜查總部似乎認為他並不是重要人物，差不多就像是電影中的臨演。既然他和那起案件只有這種程度的關係，會一直耿耿於懷嗎？」

「不知道，目前什麼都不知道。」五代聳了聳肩。

抵達三河安城車站後，他們走去計程車招呼站。這是五代第二次來這裡，所以已經熟門熟路了，他對計程車司機說去篠目時，也說了地名的正確發音。

他們在倉木家門口下了計程車，五代深呼吸後，走向大門，按了對講機上的門鈴，但等待片刻後，沒有聽到任何反應。倉木不在家嗎？五代和中町互看了一眼。

「又有什麼事嗎？」就在這時，背後傳來一個聲音。回頭一看，倉木站在那裡，手上拎著紙袋。

「因為有重要的事向你確認。」五代說。

「這樣啊，既然這樣，那就請進屋吧，雖然沒什麼可以招待你們。」倉木說完，從口袋裡拿出鑰匙走了過來。

走進屋後，倉木帶他們走進和上次相同的房間後說：「請稍微等我一下。」他從紙袋內拿出鮮花，放在佛龕上，最後合起雙手。他的背影看起來格外矮小。

「失禮了。」倉木說完，在五代他們對面坐了下來。

「你會定期為佛龕供花嗎？」五代問。

「只有想到的時候而已，今天突然心血來潮。」倉木淡淡地笑了笑，他看起來似乎比上次羸弱，「請問要向我確認什麼事？」

「關於你上次去東京的事，你在十月五日去東京，隔天就回來了。請問你去東京的目的是什麼？」

「我記得上次已經回答了這個問題，因為我想看看兒子。」

「只是看兒子而已嗎？」

「什麼意思？」

「十月六日傍晚，你去了東京車站附近的一家咖啡店吧？」

可以明顯感受到倉木的表情僵硬，他不知道該怎麼回答。

「你似乎很納悶，我為什麼會知道這件事。嗯，這也很正常。」五代觀察著他的表情繼續說了下去，「我就不詳細說明了，總之，東京這個城市到處都有監視器，餐廳和便利商店基於自我防衛，當然都設置了監視器，如今就連街上也到處都是監視器。以前公用電話對做壞事的人來說是很方便的工具，但現在反而成為警方的得力助手。一旦得知歹徒使用了公用電話，就會立刻調閱整個東京所有公用電話附近的監視器影像。因為公用電話附近絕對會設置監視器，拍攝使用公用電話的人。你落入了監視社會的天羅地網。順便告訴你，監視器也同時拍到了你在那家店見面的人。我想不需要我說，你應該也知道，他就是白石律師。」

倉木默然不語，眼睛注視著半空中的某一點。看他的眼神就知道，他並沒有發呆。五代猜想他正陷入天人交戰。

「你上次回答說，和白石律師只有通電話而已，並沒有見面。至於打電話的理由，也說是因為他提供免費諮詢，但事實上，你在幾天之後去了東京，和白石律師見了面。可以請你說明一下，這到底是怎麼一回事嗎？」

倉木還是沒有說話，愣在那裡，一動也不動。

五代移動到可以和倉木對視的位置說：「我已經見過淺羽洋子女士和織惠小姐了。」

倉木的眼皮微微動了一下。

「洋子女士說，她送了富岡八幡宮的護符給你，但你為什麼說忘了這件事呢？你不可能忘記。」

倉木閉上了眼睛，五代無法再和他對視。

「你為什麼會去『翌檜』？為什麼也向你兒子隱瞞這件事？不僅如此，你甚至有事隱滿了淺羽母女。你隱瞞自己在三十多年前發生的『東岡崎車站前金融業者命案』

中，是第一個發現屍體的人。為什麼？」

倉木睜開了眼睛，緩緩站了起來。他走到佛龕面前，和剛才一樣合起雙手。

「倉木先生……」

「不要再說了。」

「啊？」

倉木轉頭看著五代和中町，五代忍不住倒吸了一口氣。因為倉木臉上露出了鎮定的表情，和前一刻判若兩人。

「全都是我幹的，兩起命案的兇手都是我。」

「都是你……你的意思是？」

「對，」倉木點了點頭，「是我殺了白石先生，也是我刺殺了灰谷昭造。」

10

那是三十三年前的事了。我當時在愛知縣一家零件製造商工作，那時候我還沒有自己買房子，每天從國鐵岡崎站附近的公寓開車去上班。沒錯，當時還稱為國鐵，還不是ＪＲ。

我在上班途中，撞到了一輛腳踏車，對方受了傷。那個人就是灰谷昭造。

雖然只是輕傷，但灰谷是一個陰險狡猾的人，他看到我向他低頭道歉，就趁機提出各種無理的要求。我認為自己支付醫藥費是理所當然的事，但他要求的金額很離譜，而且還命令我每天都要接送他去事務所。

那天晚上，我終於忍無可忍。他要求我支付撞壞的腳踏車修理費用，而且也是高得嚇人的金額。當我看到比買一輛新的腳踏車更高的數字時，忍不住火冒三丈說，我無法支付這筆錢。灰谷聽了之後就說，他要把車禍的事告訴我任職的公司。

其實我並沒有向公司報告發生車禍的事。因為我的公司是一家大型車廠的子公司，對員工發生車禍這種事很敏感，聽說只要發生車禍，在離職之前，考績都會受到影響。

我無法忍受這種男人一輩子糾纏我，於是我就拿起事務所廚房內的殺魚刀。我並不是真的想殺他，只是想嚇唬他一下，沒想到灰谷不為所動，還冷笑著說，如果我有膽量就動手啊。我看到他的臉，頓時失去理智。當我回過神時，灰谷已經倒在地上，我手上握著沾滿鮮血的殺魚刀。灰谷似乎已經死了。

我知道自己闖了大禍，覺得必須趕快離開現場，於是就在擦掉殺魚刀上的指紋後，離開了事務所。當我坐進自己的車子後，看到在灰谷的事務所當接線生的年輕人回來了，我下了車，假裝自己也剛到，和那個接線生一起去事務所，於是就和他成為最先發現屍體的人。

警方當然也向我瞭解了情況，但似乎並沒有掌握任何可以把我視為嫌犯的證據，所以既沒有羈押我，也沒有多次找我去問話。

不久之後，事情有了意外的發展。警方逮捕了兇手。那個人叫福間淳二，和灰谷有金錢糾紛，兩個人發生了衝突。

說實話，我當時感到慶幸，也希望事情可以這樣塵埃落定。福間先生一定會否認，但警方可能並不相信他。

最後，我的願望成真了。如你們所知，福間先生自殺了，警方也就沒有再繼續偵辦這起案子。

那天之後，我背上了巨大的十字架。我奪走了一個無辜男人的人生，這個自責的念頭隨時都在我的腦海角落，不，是占據了我的腦海正中央。我內心充滿了歉意，但是我沒有勇氣去向警方自首。一方面是害怕坐牢，另一方面是因為想到太太和剛出生的兒子，就無法去自首。因為我不希望他們變成罪犯的家人。

幾年之後，我才發現自己這種想法大錯特錯。那時候正是泡沫經濟的巔峰時期，許多人靠炒股票和房地產大發利市。

那時候，我因為工作關係去了豐川市，走進一家食堂時，和同事聊起投資的事，食堂的老闆娘說了意想不到的話。是關於以前在那裡開的一家電器行的事。老闆娘說，那家電器行老闆幾年前被假投資案所騙，賠掉了財產。不僅如此，他去向介紹他投資案的人抗議時，勃然大怒，用刀子殺了對方，而且遭到逮捕後，就在拘留室內自殺了。

我向老闆娘打聽了那家電器行的名字，老闆娘說，她記得叫福間電器行，我忍不住發抖，覺得一定就是那個福間先生。

而且之後的發展更令人震驚。聽老闆娘說，福間先生的太太帶著年幼的女兒悄悄離開了那裡。雖然一方面是因為她太太缺乏專業知識，無法經營那家電器行，但老闆娘說，更因為受到了左鄰右舍猛烈的攻擊。聽說因為他們是殺人兇手的家屬，所以遭到很多惡劣的攻擊。

我聽了之後，感到頭暈目眩。原本以為自己保護了自己的家庭，沒想到竟然造成了另一個家庭的不幸。這當然是不能原諒的行為。

即使發現了這件事，我仍然無法下定決心。因為我還是把保護自己和家人放在首位，然後說服自己，即使現在說出真相也無濟於事。

時間流逝，一九九九年五月，那起案件時效消滅了。我絲毫沒有感到高興，只是再次深刻體會到自己的罪孽深重。我太太剛好在那個時候罹患白血病病倒了，幾年後，當我太太去世時，我認為是上天對我的懲罰。上天讓我躲過了刑責，卻奪走了我太太的生命。

我決定僱用偵探。因為我想調查福間先生的妻女目前的下落，以及她們過著怎樣的生活。我從電話簿上找到了偵探社，我不記得那家偵探社的名字，但做生意很老實。在我委託之後，花了一個星期之後就查到了，而且也沒有向我收取不合理的費用。

調查報告中提到，福間先生的太太和女兒改成他太太的舊姓淺羽，在東京的門前仲町開了一家小餐館，女兒高中畢業後，也在小餐館幫忙。偷拍的照片是她們母女走出家門的樣子。雖然母女兩人年紀相差很多歲，但長相和氛圍就像姊妹。

我鬆了一口氣。因為原本一直擔心如果她們母女生活沒有著落，雖然我知道淺羽母女一定經歷了難以想像的辛苦，才終於有了目前的生活。

要不要找機會去看看？不，事到如今，去看她們也沒有意義。即使我對她們說出真相，向她們道歉，她們也會覺得是因為時效消滅，我才會承認這件事，這樣只會造成她們不愉快，痛罵我這麼做只是自我滿足——

我左思右想，最後又沒有採取任何行動。

又過了十年，我終於退休了。在思考趁這個機會做點什麼時，最先想到了福間太太，不，是淺羽母女。我無論如何都想親眼看看她們過得好不好。

之前在東京讀大學的兒子畢業後，在東京找了工作。我以去看兒子為由去了東京，然後謊稱去觀光，獨自去了門前仲町。

原本很擔心那家店還在不在，幸好「翌檜」還在。我告訴自己，即使見到她們母女，也絕對不能六神無主，更不能說一些莫名其妙的話，然後走進了小餐館。

小餐館內有兩個女人，雖然年歲稍長，但就是報告中照片上的淺羽母女。我費了很大的力氣，才終於克制住內心湧起的千頭萬緒。那種感覺既像是終於見到了多年來，一直想見的人產生的歡喜，又像是滿滿的歉意，同時也感謝上天讓她們至今為止，都活得好好的。

洋子和織惠當然不可能察覺我的真實身分，她們親切地招呼我，小餐館的每一道料理都很美味，難怪可以順利經營十幾年。那天也不斷有客人上門，母女兩人忙得不亦樂乎。

在我離開的時候，織惠送我到門口時說：「歡迎你下次再來。」我脫口回答說：「我改天會再來。」我知道自己太輕率，但在那家小餐館時，我真的很開心。

不到兩個月，我真的再次造訪了「翌檜」。她們母女都記得我，滿面笑容地熱情款待我。雖然內心仍然深受良心的譴責，但我的確很高興。

在多次造訪之後，我也成為店裡的熟客。雖然每隔兩、三個月才去一次，就自稱為熟客有點厚臉皮，但因為我大老遠特地前往，所以淺羽母女也對我另眼相看。

我很後悔，早知道應該到此為止。

她們過著幸福的生活，既然這樣，我就不要多管閒事，應該默默守護她們的幸福。

然而，隨著和她們的關係越來越親密，我開始思考，自己是否可以為她們做什麼，是否能夠做點什麼為自己贖罪。

差不多就是在那個時候，我遇見了白石健介先生。

我記得那是今年三月底。我去了東京巨蛋球場，因為我兒子給我巨人和中日隊對戰的門票，而且是在內野看台很不錯的座位。

比賽開始後不久，就發生了小意外。坐在我旁邊的男人想把一千圓交給賣啤酒女郎時，不小心掉了，更糟的是，那一千圓剛好飄進我前一刻買的啤酒紙杯中。那個男人向我道歉，然後為我重新買了一杯啤酒。

我們也因為這個小意外聊了起來。他也是一個人去看球。

邊看比賽邊聊棒球的事很開心。一問之下才知道，他竟然也是中日隊的球迷，我以為他也是愛知縣的人，但他說自己在東京出生、長大，原本只是討厭巨人隊，後來因為中日隊成功阻止了巨人隊的十連霸，於是成為中日隊的球迷。

比賽不到九點就結束了。我暗自慶幸，因為如果無法搭上十點的新幹線，就回不了家了。

但是當我起身時，發現大事不妙。因為我原本放在長褲口袋裡的皮夾不見了。我猛然想起比賽中途，我曾經去了一趟廁所，那時候我使用了小隔間，一定是那個時候掉了。

我慌忙去廁所察看，白石先生也陪我一起去，但並沒有在廁所內找到皮夾。我也去了服務中心，也沒有人把我的皮夾送去那裡。我感到不知所措，已經快趕不上新幹線了，卻沒有錢買車票。更不巧的是，那天我兒子出差，剛好不在東京。

這時，白石先生從皮夾裡拿出兩萬圓給我，叫我拿去用。我大吃一驚。因為我們素昧平生，而且都一直在聊棒球的事，甚至沒有自我介紹。

白石先生拿出名片，說我日後可以用現金掛號把錢寄還給他。我看了他的名片，才知道他是律師。

我沒有餘裕婉拒，接過錢，慌忙向他道了謝，就轉身離開了。搭計程車往東京車站的途中，我忍不住想，這個世界上真的有好人。

回到安城之後，我隔天就寄了錢，附上了感謝信。三天之後，收到了白石先生寫來的信，說他已經收到了錢，還說如果有什麼法律方面的疑問，他可以提供諮詢，我可以聯絡他。

之後我就暫時忘了白石先生，直到秋天時才想起他。我在電視上看了「敬老節」

相關的節目，那一集專門討論遺產繼承和遺囑的事。我看了之後，想到了一個好主意，也覺得那是向淺羽母女道歉的最佳方法。我打算在我死之後，把所有財產都交給她們母女。

問題在於我完全不知道是否可以由她們繼承，即使可以，也不知道該辦理哪些手續。

於是我就想起了白石先生，覺得可以向他請教這件事。

我在十月二日打電話給他，說有問題想要向他請教，可不可以見個面。他當然欣然答應。

正如你們經過調查已經得知的情況，我在六日和白石先生見了面。白石先生指定了東京車站附近的一家咖啡店。見到了久違的他，我先為上次我遺失皮夾時的事向他道謝，然後就進入了正題。

是否有辦法讓完全沒有血緣關係的人繼承遺產？白石先生回答說可以，只要有具法律效力的有效遺囑，就可以做到，但是必須視法定繼承人的意願，才能決定是否能夠將所有財產都由沒有血緣關係的人繼承。我的法定繼承人是我的兒子和真，即使我留下相關遺囑，他也有最多繼承我二分之一財產的權利，所以只要他同意，就可以由淺羽母女繼承我所有財產，或是絕大部分的財產。

聊完這些後，白石先生問我，我打算指定繼承遺產的對象是否知道我的這種想法。

我回答說，她們並不知道，他對我說，最好在遺囑中寫明，為什麼會有這種考量，還說只要我兒子能夠接受這樣的理由，兒子很可能願意放棄他的特留分。

雖然我們只見過一次，但白石先生很親切。他應該很好奇我為什麼打算讓完全沒有血緣關係的人繼承遺產，卻沒有問我。不可思議的是，這反而讓我想把所有的一切都告訴他，而且我認為這也方便他指導我該怎麼寫遺囑，最重要的是，也許我在尋找能夠理解我當時想法的對象。之前在東京巨蛋球場發生的事，讓我知道白石先生是值得信賴的人。

我對他說，想要告訴他一件事，然後就把至今為止的來龍去脈都告訴了他。白石先生看起來很驚訝，我發現他的表情漸漸僵硬。

白石先生說，他已經充分瞭解狀況，也能夠理解我想要讓那對母女繼承遺產的心情，還說很樂意協助我。

只不過白石先生說，他不認同我的處理方式。如果我真心想要道歉，不應該在死後表達，而是要趁活著的時候向對方道歉。

因為我沒想到他會說這種話，所以有點不知所措。白石先生說的話固然正確，但正因為我無法做到，才想到由她們繼承遺產的方法，但白石先生無法接受，他說這並不是道歉，只是我在逃避。他可能越說越激動，語氣也變得很嚴厲。

我很後悔不該找他諮詢，也不該把秘密告訴他。我對他說，希望他忘了這件事，然後就起身離開了。

回到安城的家中後，我仍然忐忑不安，很擔心白石先生會採取行動。因為我也把「翌檜」那家店告訴了他。

不久之後，我收到了白石先生寫的信。他在信中長篇大論地寫著無論如何，我都必須向淺羽母女道歉，還說他會協助我，甚至可以陪同我一起前往。

那封信充滿了使命感和正義感，也很熱血，但這種熱血讓我感到害怕。我開始擔心，如果置之不理，他可能會自己去向淺羽母女說出一切，這種恐懼與日俱增。

白石先生看到我沒有回信，幾天之後，又收到了他的第二封信。內容和第一封信相同，但多了責備我的內容。他在信中說，目前已經取消了殺人罪的追訴時效，由此可知，我犯下的罪並不會消失。律師的工作是保護受到懷疑者的權利，但無法協助兇手掩蓋罪行。如果要他做這種事，他會選擇揭發罪行。

我焦急萬分，認為這是他的最後通牒。如果我繼續保持沉默，白石先生打算向淺羽母女說出真相。

我覺得自己必須阻止他。因為和淺羽母女共度的時光，已經成為我目前人生的意義。我知道白石先生說的沒錯，等自己死後再向她們說出真相是逃避，即使如此，我仍然不願失去唯一的寶物。

十月三十一日，我下了重大的決心後，搭上了前往東京的新幹線。我在車上一次又一次反覆思考接下來該做的事，確認是否有疏失。沒錯，我當時就想要殺了白石先生，而且懷裡也藏了刀子。

我在傍晚五點左右抵達東京車站，然後撥打了白石先生的手機。白石先生接起電話後，我說自己在東京，問他能不能見面。他說還有幾項工作要處理，六點半之後可以見面，於是我們約六點四十分左右在門前仲町見面。白石先生曾經多次開車去那裡，每次都把車子停在富岡八幡宮旁的投幣式停車場，所以我就叫他把車子停在那裡等我。

在約定時間之前，我在門前仲町附近閒逛，想要尋找沒有人的地方。那時候已經是傍晚六點左右，街上到處都是人。我走向隅田川，走到高速公路的高架道路下方，人就變得很少。

然後我發現隅田川旁的工地現場，業者停車的地方剛好空著。從附近清洲橋旁的階梯往下走，可以走到隅田川堤頂的散步道，更巧的是散步道因為工程的關係無法通行。可能是因為這個原因，散步道上完全沒有人。

我決定就在這裡行動。

六點四十分剛過，我再次打電話給白石先生。他說已經到富岡八幡宮旁的停車場了，我說我在散步時迷了路，請他來清洲橋旁。

不一會兒，白石先生就開車出現了。他似乎看到我在工地現場，把車子停在旁邊後就下了車。

我說想和他聊一聊，就沿著通往隅田川堤頂的階梯走了下去。白石先生雖然跟下來，但似乎有點驚訝。他質問我在這裡幹嘛，不是要去找淺羽母女嗎？他咄咄逼人的語氣讓我下定了決心。

我看向周圍，果然完全沒有人。我認為這是大好機會，拿出預藏的刀子刺向白石先生的腹部。

白石先生稍微抵抗了一下，但很快就不動了。我猶豫了一下，不知道該如何處理屍體，最後決定搬到車上。因為我希望他在和門前仲町無關的地方被人發現。

我把屍體放在車子的後車座後，坐進了駕駛座，把車子開去其他地方。但我對東京並不熟悉，完全不知道該把車子丟在哪裡。最後開了二十分鐘左右，就把車子停在路上，拿走了他的傳統手機逃走了。事後才知道，那裡的地名是港區海岸。

一切都很順利，我又可以像之前一樣和淺羽母女見面了。在有這種想法的同時，內心也感到極度惆悵。

我又殺了人，而且是一個無辜的人。

回想起來，我後悔莫及。我和三十多年前一樣，連我都討厭自己。

我很對不起白石先生，也對不起淺羽母女。不，我也必須去那個世界向灰谷先生和福間先生道歉。

我覺得自己該被判死刑。

11

碰杯的時候，啤酒泡灑在桌上，但他不以為意，把啤酒倒進喉嚨。今天的啤酒特別好喝。

「破案之後喝的酒最美味。」中町興奮地說。

「因為這起案件相當棘手。」

「五代先生，你立了大功，考績的分數一定很高。」

「別說這種話，我對這種事沒有興趣，更何況並不是我一個人的功勞，其他組的成員也都很盡力。」

五代托著腮，看著吧檯內側。穿著白色罩衣的男人正在烤蔬菜、海鮮和雞肉。今天又來這家之前和中町一起來過的爐端燒的店。上次他們坐在餐桌旁，今天一起坐在吧檯。

倉木達郎全面招供至今已經過了兩天，已經進入針對供詞內容進行取證的階段，目前尚未發現和供詞內容矛盾之處。

五代聽了倉木的話也感到震驚不已。

「東岡崎車站前金融業者命案」的真相太出人意料。自殺的福間淳二並沒有殺人，淺羽母女受到了原本不需要承受的歧視和中傷，人生完全變了調。

但是，他也能夠理解倉木的心理。之前向村松瞭解情況後，五代也對灰谷這個男人產生了強烈的厭惡感，倉木當時應該承受了很大的屈辱，很可能在衝動之下殺人。問題在於之後的行為，即使是原本善良的人，可能也無法馬上去自首，通常會猶豫不決，這是很正常的心理。如果有更充裕的時間，倉木的想法可能會改變。然而，有其他人遭到逮捕這件事，對他的心理產生了很大的影響。人類是軟弱的動物，如果能夠矇混過關，當然想要矇混過去，這也很正常。

相反地，倉木之後也沒有忘記自己犯下的錯，他的為人很誠懇，在得知淺羽母女的事之後，產生了更強烈的罪惡感。

正因為如此，他和白石健介之間發生的事，只能說是像是扣錯了鈕釦。正如倉木自己所承認的，他的行為的確很自私輕率，但白石健介的態度似乎也有問題。

「不知道她們兩個人會有什麼感想。」中町痛切地說，「我是說淺羽母女，目前還沒有告訴她們案件的真相吧？」

「上面交代，暫時先不要告訴她們。」

「但總有一天要告訴她們。」

「是啊，總有一天要告訴她們。」五代內心有一個大疙瘩，因為他已經做好了心理準備，這份苦差事恐怕會落到自己頭上。

「不知道她們得知關係很好的熟客，其實是把殺人的罪嫁禍給她們的丈夫或父親的人，會有怎樣的感想。我完全無法想像。」

五代無法回答中町的問題，默默喝著啤酒。

「話說回來，這次真是太好了。」中町用開朗的語氣說道，「之前一度沒有任何線索，偵查工作陷入了膠著。不瞞你說，我們股長還說，照這樣下去，案情會陷入瓶頸，沒想到非但沒有走進迷宮、陷入膠著，還查出了多年前案件的真兇，簡直太厲害了。從某種意義上來說，過去的那起案件也陷入了迷宮。」

五代正準備把烤銀杏送進嘴裡，聽到這句話，停下了手。

陷入迷宮嗎？

倉木的供詞的確解釋了很多疑問，但仍然有一個很大的未解之謎。

為什麼倉木在三十多年前沒有遭到逮捕？為什麼警方排除了對他的嫌疑？照理說，警方會最先懷疑最先發現命案的人，但針對這個問題，倉木只是回答說不知道。

自己和其他人真的避開了迷宮嗎？會不會陷入了新的迷宮？——五代拚命甩開這種想法。

12

從六樓眺望的街景和故鄉的街道完全是另一個世界。這裡大小不一的大樓林立，這些大樓之間的道路複雜地交錯。倉木和真出生、長大的地方雖然面積很大，但房子都很低矮，而且房子之間的間隔很寬敞。他最近很少返鄉，他猜想現在應該和以前並沒有太大的變化。那裡自成一格，並不需要改變。

他用力深呼吸了幾次，空氣並沒有想像中那麼糟。很符合眼前季節的冷空氣冷卻了他的肺和腦袋。

他關上窗戶，拉上蕾絲窗簾後轉過頭。戴著金框眼鏡的四方臉男人坐在餐桌旁的椅子上，維持著和幾分鐘前相同的姿勢。

「不好意思。」和真說完，在男人的對面坐了下來。

「心情有稍微平靜了些嗎？」男人問。

「不，」和真歪著頭，「我也不太清楚，只覺得完全無法思考。」

男人連續點了幾次頭說：「我覺得這很正常。」

和真低頭看著放在一旁的名片，上面寫著「律師 堀部孝弘」，那是剛才從眼前這個人手上接過的名片。

即將正午時，和真正在公司上班，智慧型手機響了。當他得知對方是律師後，有點不知所措，接著聽到律師向他說明的情況，不禁感到愕然。因為律師告訴他，父親達郎遭到逮捕，而且罪名是涉嫌殺人。

和真立刻想到兩個星期前，警視廳搜查一課的刑警曾經來找他，問他達郎來東京的日期，以及在東京的行蹤。雖然聽起來像是在偵查殺人命案，但刑警並沒有告訴他詳細的情況。

那天晚上，他打電話向達郎確認，達郎的回答很乾脆。

「沒有關係，你不必放在心上。」

和真聽到達郎聲音沒有起伏的回答時，內心就掠過不祥的預感，但是他沒有追問。刑警說，因為被害人的電話中留下了達郎的來電紀錄，所以正在調查。他告訴自己，這些想法是杞人憂天，也認為父親不可能涉嫌什麼殺人命案。

律師在電話中自我介紹，他姓堀部，想要與和真詳談，希望約在沒有旁人的地方見面。和真也想趕快瞭解事情的真相，立刻提議在自己家裡見面。他取消了下午所有的行程，以家人被捲入了麻煩為由，向公司請假早退了。上司知道和真的家人只有父親，問他究竟發生了什麼事，和真只回答說，明天再向上司說明。

回去位在高圓寺的公寓途中，他試著上網查詢。他輸入倉木達郎的名字後，立刻找到了相關報導。根據報導的內容，達郎涉嫌殺害了一個姓白石的律師，在三天前遭到逮捕，目前警方正在進一步調查殺人動機等相關情況。

和真深受打擊，覺得整個世界都一片漆黑，手上的智慧型手機差一點掉落在地上。他覺得是一場惡夢。姓白石的律師？他是誰？從來沒有聽說過這個人。

這兩、三天，他工作很忙，沒有時間看和自己無關的新聞。雖然家裡有電視，但他經常不打開電視。警方抓了人，難道不通知家屬嗎？

堀部剛才來到和真的公寓，簡短打招呼後，和真得知他是公設辯護人。發生殺人命案時，只要嫌犯提出請求，就可以選任公設辯護人。

堀部說，今天早上第一次和達郎見了面。達郎心情很平靜，健康狀況看起來也不錯。他淡淡地說明了自己的犯罪行為，內容條理清晰，沒有矛盾之處。只要記錄下來，就可以做成筆錄。

堀部向和真說明了詳細的內容。事情追溯到三十多年前，和真大吃一驚，聽到當時發生的事，受到了更大的衝擊。原來達郎曾經殺過人。

歲月流逝，那起案件的追訴權時效已屆滿。達郎找到了因為莫須有的罪名而深陷痛苦的淺羽母女，想要向她們道歉，最後想到讓她們繼承自己的遺產，在向姓白石的律師請教後，白石勸導他趁活著的時候向對方道歉。白石充滿正義感和使命感，達郎認為白石可能會向淺羽母女說出真相，於是就動手殺人——

和真聽到一半時陷入了混亂。他甚至完全不知道眼前的律師在說誰的事，好幾次打斷堀部問：「我父親真的這麼說嗎？」堀部每次都告訴他：「我只是向你重複倉木達郎先生說的話。」

聽堀部說完後，和真說不出話。他幾乎懷疑自己發燒了，腦袋一片空白，思考也麻痺了。當他回過神時，發現自己起身打開了落地窗吹著風。

和真抬起原本看著名片的雙眼看著堀部。

「所以我父親目前情況怎麼樣？」

堀部推了推金框眼鏡，點了點頭說：

「已經移送檢方，檢察官開始偵訊。但警方還在取證的階段，有很多事情要向他確認，所以目前仍然羈押在警局，我也在分局的拘留室和他接見。他承認自己的犯罪行為，也全面招供，應該不會延長羈押。起訴之後，就會移送到東京看守所。」

律師說的每一句話都沒有真實感，穿越了和真的腦海。

他重重地嘆了一口氣問：

「我該怎麼辦？」

「我身為律師，能夠對家屬說的，就是請你協助達郎先生減輕刑期，要求陪審員能夠酌情減刑。」

「具體該做什麼？」

「在討論這件事之前，我要交給你一樣東西。」堀部從身旁的皮包中拿出一個信封放在桌上，「這是達郎先生交給我的，他說他請求選任公設辯護人，就是為了把這封信交給你。」

信封上寫著「和真收」幾個字。

「我可以看嗎？」

「當然。」堀部回答。

和真拿起了信封。信封的封口並沒有封住。警方當然已經確認過信的內容。打開摺起的信紙，信紙上整齊地寫著工整的文字。

「我可以想像你打開信紙時不愉快的表情，可能氣得想要撕掉這封信。你撕掉這封信也沒關係，我很清楚，自己沒有資格為這件事怨嘆，但是我希望你能夠看完之後再撕。

這次的事，真的萬分抱歉。雖然我深刻瞭解到，這不是道歉能夠解決的事，但我只能向你道歉。我相信會造成你很大的困擾，以後也一定會造成你的困擾，一想到這件事，就心如刀割。

我相信你已經從律師口中瞭解詳細情況，一切都緣自多年前犯下的錯。雖然現在為這種事嘆息已經為時太晚了，但我真的很後悔，也覺得自己很愚蠢。

我將用我的餘生來贖罪，也許只剩下短暫的歲月，但我會在有限的時間內真心悔改。

我要交代你三件事。第一件事，你可以和我斷絕父子關係，不，我希望你和我斷絕關係。希望你忘記倉木達郎這個人曾經是你的父親，走向新的人生。我不打算聯絡你，所以你也不必寫信給我，或是來和我面會。即使你來，我也不打算見你。開庭時，也不用去旁聽。律師或許會請你出庭當證人，希望你拒絕。

第二件事，就是關於千里的事。千里並不知道我殺了灰谷，她到死也不知道這件事。包括對獨生子的愛在內，她的誠實完全沒有絲毫污點。你可以從過去刪除我曾經是你父親這件事，但希望你不要忘記千里是你的母親。

最後，想請你處理篠目的房子。你可以按你的方式處理，所有權狀都放在衣櫃的抽屜裡，用便宜的價格隨便賣掉就好，家裡的東西也可以交給業者處理，我沒有任何想留的東西。

真的很對不起，如今只希望你未來的人生不會因為我這個愚蠢的父親受到影響。

保重身體，希望你有美好的人生。」

和真把四張信紙摺好後裝回信封，放在桌子上後，嘆了一口氣。他沒有任何感想，內心只感到空虛。

「怎麼樣？」堀部問他。

「你問我怎麼樣，我也……」和真皺起眉頭，抓了抓頭，「既然他這麼寫了，那就代表沒有搞錯，也沒有承受無辜之罪，但我還是想不通，我父親竟然會做這種事……」

「我非常瞭解你的心情，我今天和達郎先生見面後，也覺得他是一個很老實的人，看起來完全不像會行兇殺人。聽說他在接受警察和檢察官偵訊時，態度也很誠懇。不難想像他一定被逼得走投無路，才會犯下這次的案子。」

「也許是這樣……」

和真不知道該說什麼，他甚至不瞭解自己的心情。他當然很憤怒，覺得父親為什麼會做這種蠢事，也很納悶，難道沒有其他方法了嗎？但最後還是覺得難以相信這一切。

「律師，請問……我父親、我父親他……」他舔了舔嘴唇後，繼續說了下去，「他會被判死刑嗎？我之前聽說只殺一個人，並不會被判死刑，但如果殺了兩個人以上，就會被判處死刑。」

堀部用右手摸了摸眼鏡，眼鏡鏡片反射了燈光，亮了一下。

「我打算努力避免這種情況發生，雖然達郎先生的確奪走了兩條人命，但第一起案件追訴期已經屆滿，而且他也對代替自己遭到逮捕後自殺的人留下的家屬深感歉意，關於這起案件，可以認為他深受煎熬，並深刻反省。是否能夠讓陪審員認為過去的事已經一筆勾銷，將成為判決的關鍵。」

「但我覺得陪審員可能認為既然這樣，就應該像白石先生……那位律師是不是姓這個姓氏？就是那位律師所說的，很乾脆地主動登門道歉。」

堀部撇著嘴角，連續點了好幾次頭。

「你說的沒錯，但達郎先生和因為蒙受不白之冤而自殺的人的家屬建立了良好的關係，所以很難啟齒說出真相，這也是可以理解的人之常情。我打算強調白石律師的意見固然正確，但似乎把達郎先生逼得太緊了。總之，我認為開庭審理時並不是爭辯事實，這個問題將成為焦點。」

「你認為這將決定我父親會不會被判死刑嗎？」

「我認為也有可能判有期徒刑。」堀部的語氣很謹慎，「所以必須在開庭審理時主張達郎先生深刻反省，他原本並不是會行兇殺人的人。為此就需要周圍的人出庭作證，所以首先是家人。」

「不，但是……」和真指著放在桌子上的信封，「上面寫著要我斷絕父子關係，也不必出庭。」

「你不認為他這麼寫，正是代表他在反省嗎？他並不指望減刑，信上不是寫著，也許只剩下短暫的歲月嗎？我認為他已經做好了被判處死刑的心理準備。我打算把這封信也作為證據向法庭提出，然後在這個基礎上，由兒子請求可以酌情減刑，所以請你要好好保管這封信，千萬不能撕掉。」

和真聽了律師的話，也不太能夠理解，他甚至花了好幾秒鐘，才意識到律師說的「兒子」是指自己。

「我有幾個問題要向你確認一下。」堀部拿起記事本和筆，「你對一九八四年的案件一無所知，對嗎？」

和真搖了搖頭說：「我完全不知道，因為那時候我還不到一歲。」

「達郎先生說，他是在退休後的六年前秋天開始經常來東京，的確是這樣嗎？」

「應該是這樣。」

「他每次都會來你家嗎？」

「對，通常都是在深夜十二點左右來這裡。」

「達郎先生對這麼晚才到你家，有沒有說明什麼？」

「他說找到一家常去的酒館，在那裡喝了酒。他每次來的時候，的確都有點酒味。」

「他有沒有具體向你說明是怎樣的店？」

「他只說是在新宿，並沒有說任何詳細的情況，但現在才知道他說了謊，沒想到他竟然去門前仲町這麼有風情的地方。」和真嘟噥後補充說：「啊，對了，這件事我沒有告訴刑警。」

「刑警？」

「兩個星期前，刑警來向我打聽父親的事。當時問我父親這麼晚才到我家的理由，我騙他們說，我並不知道。」

「你為什麼騙他們？」

「也沒為什麼，只是……」和真結巴了一下後，嘆了一口氣說：「因為難以啟齒，我當時覺得父親來東京的目的，應該就是為了去那家酒館。」

「也就是說，」堀部抬眼看著他說：「你認為那裡有他喜歡的女人。」

「對，」和真點了點頭，「但我並不認為這是不好的事。我媽媽去世多年，我父親也才六十幾歲，即使有這種樂趣也不錯。」

「事實又是如何呢？達郎先生來你家時，看起來很高興嗎？」

「嗯，有嗎？」和真歪著頭，「雖然沒有不高興，但看起來也沒有特別高興。因為他也上了年紀，而且他也沒這麼輕浮。」雖然他這麼說，但想到父親犯下的罪，又覺得很難說父親是深思熟慮的人。

「總之，達郎先生並沒有和你聊過那家店或是女人的事。」

「沒有。」和真斷言道。

堀部低頭看著記事本。

「達郎先生是在一九八四年五月十五日犯下第一起案件，聽到五月十五日這個日期，你有沒有想起什麼？」

和真不瞭解這個問題的意圖，「請問是什麼意思？」

「也就是說，」堀部微微探出身體，「達郎先生會不會在每年五月十五日這一天對著佛龕拜拜，或是去哪裡，如果有去誰的墳墓掃墓之類的事就很理想。」

原來是這麼一回事。和真終於恍然大悟。

「也就是問我父親是否悼念自己殺害的人，對不對？」

「沒錯，沒錯，」堀部點了兩次頭，「或是這一天都固定不喝酒，或是在這一天抄經之類的事也可以，有沒有類似的事？」

「五月十五日，」和真重複了這個日期後搖了搖頭，「沒辦法，我完全想不起來，我不記得對我家或是對我父親來說，這是一個特別的日子。」

「不要輕言放棄，」堀部皺起眉頭，「即使再怎麼殘暴的人，也不可能忘記殺了人的日子，更何況達郎先生原本是好人，雖然他沒有遭到逮捕，但他不可能原諒自己，我認為他一定有做什麼。」

和真皺起眉頭，歪著頭。他非常瞭解堀部的意思，但他真的想不起來，這也是無可奈何的事。

「你沒有問我父親嗎？」

「還沒有問他，這種事，由當事人以外的人說更有說服力。無論當事人再怎麼強調自己每年五月十五日都在內心懺悔，合掌祭拜，別人聽起來也覺得很空洞。」

和真聽了堀部的話，覺得很有道理。

「但是我真的想不起來……」

堀部露出灰心的表情點了點頭，瞥了一眼手錶後，闔起了記事本。

「那也沒辦法，但請你把剛才的話記在心上，如果想起什麼事，請馬上和我聯絡。」

「好，雖然我沒什麼自信。」

「要努力回想，一定可以找到某些事。你聽我說，這不光是為了你父親，也關係到你往後的人生。你想一想，如果你父親是服刑人，別人不知道他犯了什麼罪，但如果是死刑囚，就只有一種罪。這兩者的差異很大，非常大。」

和真聽到他用熱切的語氣說出死刑囚這幾個字，忍不住大吃一驚。他以前一直以為這幾個字和自己的人生無關。

「我接下來該怎麼辦？」

和真問，堀部想了一下後開了口：

「你可以像平常一樣過日子，但最好避免引人注目的行為。因為必須提防媒體。」

「媒體？」和真忍不住問，因為他完全沒有想到這個問題。

「因為時效消滅而免於遭到處罰的殺人兇手再度行兇殺人，媒體可能會大肆報導，到時候應該會有人想要採訪你。那些記者都口無遮攔，而且會糾纏不清，用盡各種方式挑釁，只為了得到被採訪者的某些反應或是發言。」

和真想像那種狀況，心情就陷入沮喪。

「不能不理會他們嗎？」

「最好不要太冷淡，否則他們可能會寫，兇手的兒子一副事不關己的態度。」

和真聽了律師的話，感到輕微的暈眩，他雙手抱著頭。

「和真先生，」堀部叫著他，「如果記者問你目前的心情，你可以如實回答說，你無法相信，很震驚，但關於犯案的動機等案件的詳細情況，就絕對不能說任何一個字。如果他們苦苦追問，你就說，律師叮嚀你，這些事關係到審判，所以不能說。如果他們提到被害人和死者家屬，你就說代替父親表示由衷的歉意，然後向他們鞠躬，就用這種方式打發他們。」

和真看著牆邊的電視，腦海中浮現了談話性節目的影像，想像著自己在眾多報社和電視台記者的包圍下，深深鞠躬的樣子——

「如果你感覺到自己的隱私受到了侵害，請你聯絡我，由我來表達抗議。」

堀部的話令人感到安心的同時，似乎也在向他宣告，要為接下來不知道會發生什麼狀況做好心理準備。

「你有沒有什麼想問的問題？」

聽到堀部這麼問，和真想了一下，但想不到什麼問題。因為事情太突然，他還無法反應過來，但看到放在桌上的信，想起了一件事。

「可以……面會嗎？雖然我父親在信上說，不需要去面會。」

「並沒有禁止接見，你果然想和你父親見面嗎？」

「我想聽他親口告訴我。」

「我瞭解了，那我會向達郎先生轉達，除此以外，還有什麼需要我轉達的話嗎？」

和真想了一下後搖搖頭：「沒有，一時想不起來……」

「那要不要請他保重身體？即使是這樣簡短的一句話，家人的話語，也可以為他帶來勇氣。」

「喔……那就麻煩你轉告。」

「我瞭解了，我會和你保持聯絡。」堀部站了起來。

送堀部離開後回到房間，和真整個人倒在沙發上。他完全無法思考接下來該怎麼辦。

他拿起放在一旁的手機，打算確認明天的行程安排，立刻想起了今天以家人出了事為理由提早下班，還對上司說，明天會向上司報告詳細情況。

到底該怎麼說——他覺得眼前突然出現了一座高牆。

這時，手機響起了來電鈴聲，顯示了一個陌生的號碼。

他接起電話，聽到一個男人的聲音問，請問是倉木和真先生嗎？
「我就是……」
對方說，他是警視廳的人。

13

從東陽町車站走了大約八分鐘，五代和中町來到的那棟公寓和兩旁的幾棟公寓很相像。雖然旁邊就是一所小學，但並沒有聽到吵鬧聲。

他們走進老舊的電梯，按了五樓的按鍵。看了手錶確認時間，發現現在是兩點五十分。

走出電梯後，五代對同行的中町說：「時間還太早，我們在這裡等一下。」因為如果站在別人家門口等待，其他住戶可能會覺得很奇怪。

五代從電梯廳的窗戶俯視著附近的住宅區，在腦袋中整理思緒。其實他還沒有整理出頭緒，因為他無法預測對方會如何回答自己的問題，而且今天的查訪讓人心情沉重。

等一下要和淺羽洋子和織惠見面，就是「翌檜」的經營者和她的女兒。她們熟識的客人倉木達郎，是導致她們的丈夫和父親福間淳二在看守所自殺案件的真兇，但櫻川股長下令，這次不要告訴她們這件事。雖然媒體已經報導了倉木遭到逮捕的新聞，但警視廳還沒有正式發表有關案件的詳細情況。高層為了顧全愛知縣警的面子，似乎想要極力隱瞞倉木坦承的動機，但五代是因為其他原因心情沉重。

「不知道她們母女目前是怎樣的心情。」中町說，「會不會心神不寧，不知道我們會問她們什麼問題。」

「接到負責殺人命案的刑警的電話，說想要問她們幾個問題，任何人心情都無法平靜，即使沒有做任何虧心事也一樣。而且她們可能已經知道倉木遭到逮捕的消息了。」

「你沒有告訴她們吧？」

「我沒有說，但她們可能看新聞知道了，即使不知道，在接到我的電話之後，可能也會上網查。」

五代打電話給淺羽織惠。因為比起明確表示討厭警察的洋子，感覺她比較好說話。

中町看著手錶說：「時間差不多了。」

「那我們走吧。」

他們走在長長的戶外走廊上，淺羽母女住在五〇六室。他們在門前停下腳步後，確認戶號後，才按了對講機上的門鈴。立刻聽到一個女人的聲音說：「哪一位？」應該是織惠。

「我是剛才打電話給你的五代。」

隨即聽到門鎖打開的聲音。門打開了，開門的是淺羽織惠。她用髮帶綁著頭髮，臉上化著淡妝，灰色的毛衣下穿了一件牛仔褲。

「很抱歉，勉強兩位接受我們的拜訪。」五代鞠躬說道。

織惠輕輕點了點頭說：「請進。」

「打擾了。」五代說完，走進屋內。脫鞋處已經準備了拖鞋。

織惠帶著他們沿著彎曲的走廊來到深處，那裡是一個小客廳，放了簡單的沙發和茶几。原本坐在單人沙發上的洋子看到五代和中町後站了起來。她穿著紫色開襟衫，和織惠一樣，雖然還沒有去店裡上班，但已經化了妝。這可能是從事服務業的人的矜持。

「感謝妳日前對偵查工作的大力協助。」五代說。

「我並沒有說什麼重要的內容。」洋子又坐了下來，她面無表情，但顯然並不歡迎警察上門。

「請坐。」織惠請他們坐在和洋子坐的沙發呈直角的雙人沙發上。

「失禮了。」五代說完，和中町一起坐了下來。他不經意地打量室內，看到牆邊櫃子上的照片。照片上有一個男孩和淺羽織惠站在一起，看起來像小學高年級的學生。

「那張照片上的男孩，」五代指著照片問，「是親戚家的小孩嗎？」

「是我兒子。」織惠尷尬地回答。

「喔，是這樣啊。」

他並不知道織惠結了婚。

「是我和前夫生的孩子，目前孩子和前夫住在一起。」

其中似乎有什麼隱情。五代正在思考該不該深入問這個問題，織惠走去隔壁廚房了。她正在拿茶杯，似乎打算準備飲料。

「請不必客氣。」五代對織惠說。

「至少要請你們喝杯茶，」洋子說，「但請你們長話短說。」

「我盡量，其實今天登門打擾的目的和上次一樣，想要請教幾個有關倉木的問題。」

五代說完，洋子用力深呼吸，似乎在為自己增加氣勢。

「倉木先生似乎遭到了逮捕。」

「妳知道這件事嗎？」

「昨天晚上，聽店裡的客人說的。那個客人說，他在電視上看到一個很像倉木先生的人，被送上警車，不知道帶去哪裡了。他原本不相信，但聽到主播提到嫌犯倉木的名字，他大吃一驚。」

五代猜想是移送檢方時的影像。電視台在報導逮捕兇手時，都會拍這個畫面。

「倉木涉嫌殺人，我們負責偵辦這起案子。」

「我想也是這樣。聽那個客人說了之後，我們也立刻查了一下，聽說他涉嫌殺了一名律師？」

「沒錯。」

洋子不悅地撇著嘴，輕輕搖頭說：「不可能。」

「什麼不可能？」

「倉木先生不可能殺人，一定是搞錯了。倉木先生為什麼要做那種事？」洋子噘著嘴，用強烈的語氣說。

「目前正在調查犯罪事實和動機等詳細情況。」

五代忍不住想，不知道洋子得知倉木的動機，會有什麼反應。

織惠用托盤端著茶杯走了過來，默默把茶杯放在五代和中町面前後，把一個平坦的坐墊放在地上，跪坐在上面。

「你們最好認真調查清楚，」洋子用強烈的語氣斷言，「倉木先生不可能做這種事，絕對搞錯了。」

「是這樣嗎？」

「當然是這樣，即使沒有證據，警察也照樣會亂抓人。」洋子一臉厭惡地嘟噥，「即使那個人在牢裡上吊自殺，也覺得無所謂。」

「倉木已經招供了。」中町忍不住在一旁插嘴。

「中町！」五代責備道。中町立刻縮起腦袋說：「對不起。」

「刑警先生，」織惠開了口，「請問倉木先生是怎麼說的？」

「恕我無法奉告，」五代回答，「因為目前還在取證的階段。」

織惠並沒有露出特別不滿的表情，只是用低沉的聲音說：「這樣啊。」

「我無法相信。」洋子低下頭。

「嫌犯倉木每年都會去妳們的店幾次，對不對？」五代向她們確認，「通常都是晚上七點左右出現，一直坐到打烊——這樣沒錯吧？」

五代輪流看著織惠和洋子，她們互看了一眼，不約而同地點了點頭。

「沒錯。」織惠回答。

「妳們曾經在外面和倉木見過面嗎？」

「外面嗎？」織惠再度看向洋子，「有嗎？」

「不知道，」洋子歪著頭說：「應該沒有。」

「他有沒有提出邀約？」五代看著織惠問。

織惠露出納悶的表情看著五代問：「邀約什麼？」

「倉木經常坐到打烊，有沒有在打烊之後約去其他地方喝酒？或是店休的日子相約去吃飯。」

「約我嗎？」織惠困惑地把手放在胸口。

「不，是兩位。」五代將視線從織惠身上移向洋子後，又移回織惠身上。

「沒有，應該沒有。」

「怎麼可能有這種事？」織惠話音未落，洋子就開了口，「他是因為喜歡我們店裡的料理而來，有什麼理由要去其他的店？」

五代抓了抓眉毛旁，正在煩惱該怎麼說明。

「上次妳說，曾送過富岡八幡宮的護符給倉木，倉木有沒有送過什麼？」五代改變了問題的內容，「無論是送給兩位中的哪一位都可以。」

「喔，這倒是有。」洋子若無其事地回答，「他每次來店裡，都會帶伴手禮，像是外郎糕、布丁或是蝦仙貝，愛知縣有很多好吃的點心。」

「不，我問的不是這種食品的伴手禮，該怎麼說，是禮物性質的東西，像是首飾或是服飾之類……」

洋子不解地皺起眉頭。

織惠開了口。

「刑警先生，你該不會在調查倉木先生是不是喜歡我或是我媽媽？」

五代聽了這個問題，忍不住皺起眉頭。因為她說對了。

「嗯，是啊，就是這個意思。」五代吞吞吐吐地回答。

「莫名其妙。」洋子不悅地說。

「我已經這麼大年紀了，如果倉木先生有這個意思，應該是對我女兒吧。但是，妳覺得呢？」她問織惠，「妳有這種感覺嗎？」

織惠歪著頭說：

「因為倉木先生很捧場，所以應該並不討厭我們，但我從來沒有往這方面想過，他也從來沒有說過什麼。」

「所以他並沒有送過什麼禮物嗎？」雖然五代覺得自己很囉嗦，但還是再次確認。

「沒有。」織惠的回答很明確。

「這件事和倉木先生遭到逮捕的案件有什麼關係嗎？」洋子焦躁地問。

「我們正在調查倉木定期來東京的理由。」五代說出了事先準備好的說詞，「因為我們認為他不可能只是因為想在喜歡的店喝酒，就不惜搭新幹線來東京。」

「他兒子不是在東京嗎？我聽他提過這件事，對不對？」洋子徵求女兒的意見。

「我們認為如果來東京只是為了看兒子，頻率似乎有點高。」

母女兩人都陷入了沉默，可能認為即使對她們說這些，她們也不知道該怎麼回答。

「我再確認一次，妳們至今為止，從來不曾覺得倉木對妳們有好感嗎？」五代看著織惠的瓜子臉問。

她瞥了母親一眼後回答：「我剛才也說了，從來沒有往這方面想過。」

「那可以請妳想一下嗎？現在回想起來，有沒有什麼讓妳覺得他可能對妳有好感的事？」

織惠露出為難的表情搖了搖頭。

「如果要這麼說的話，就會沒完沒了。倉木先生很親切，我們剛才也說了，他也會帶伴手禮給我們。如果要說好感，這也算是好感，但我不知道是哪一種好感，我只能說，他從來沒有說過，或是用態度表示他喜歡我。」

織惠的回答很合理，五代完全無法反駁。

「我瞭解了。那再請教一個失禮的問題，請問妳現在有交往中的男性嗎？這個問題不需要勉強回答。」

「不，沒有。」織惠不假思索地回答。

五代點了點頭，轉頭看向洋子。

「妳剛才說，是聽客人說了之後，才知道倉木遭到逮捕的事，可以請妳告訴我那個客人的名字嗎？如果方便的話，請把他的電話也告訴我。」

「把客人捲入麻煩這種事——」

洋子還沒有說完，五代就說：「我不會造成那位客人的困擾。除此以外，如果還有其他認識倉木的客人，可以把他們的名字和電話告訴我嗎？雖然妳上次不同意，但我們是在偵查殺人命案的嫌犯，所以也不會輕言放棄。」五代收起下巴，雙眼用力注視著洋子。

洋子微微撇著嘴角說：「我並不知道所有客人的電話。」

「只要告訴我們妳知道的就好。」

洋子點了點頭，輕聲嘆氣後對織惠說：「妳去把名冊拿過來。」

織惠很不甘願地站了起來。

離開淺羽母女的家後，五代不想直接回特搜總部，和中町一起走進了永代大道旁的一家咖啡店。他原本打算喝咖啡，但和中町一起站在吧檯前，看了飲料單之後改變了心意，點了啤酒。中町大吃一驚，但隨即問：「我也可以陪你一起喝嗎？」

「當然，我請客。」

他們坐在從馬路看不到的座位，喝著啤酒解渴。

「至少該問的問題都問了。」

「五代先生，你為該怎麼發問絞盡了腦汁。」

五代聽了中町的話，撇著嘴，點了點頭說：

「她們應該覺得我都問一些莫名其妙的問題，倉木對她們有沒有戀愛感情根本不重要，其實我也這麼覺得。」

「但在開庭審理時就不行吧？」

「應該也不是不行，只是檢察官想要搞清楚這件事。」五代喝了一口啤酒，「真是麻煩。」

倉木招供了自己的犯罪行為，在開庭審理時，犯罪事實無可爭辯，焦點在於是否有酌情減刑的可能性。

倉木對於殺害白石的理由回答說，和淺羽母女共度的時光成為他目前生命的意義，不希望白石向她們母女揭露他過去的犯罪，導致他失去這樣的時光。辯方應該會為倉木辯護說，這是一個人為了保護自己生命意義的本能，但檢方似乎打算認定，把和代替自己蒙受不白之冤的人的遺族共度的時間，視為生命意義這件事本身，就證明被告對之前的犯罪行為缺乏反省，是自私扭曲的慾望，而且懷疑他對淺羽母女的感情並不純潔，而是建立在男人的慾望基礎上。

於是，五代就奉上司的命令，去蒐集倉木對淺羽母女——應該是對女兒織惠有戀愛感情的物證或是證詞。

五代根據之前接觸的印象，覺得倉木是一個正派的人。也許他把織惠視為女人，但一定會自我克制，認為不該去招惹她。五代認為既然這樣，就不必去碰觸這件事。正因為有這種想法，所以今天的查訪讓他感到心情沉重。

回到特搜總部後，向筒井主任報告了向淺羽母女打聽的情況。

「嗯，果然是這樣啊。」聽筒井的語氣，似乎早就料到了這樣的結果。

「就是這樣。」

「已經派人向倉木的兒子瞭解情況。他兒子說，懷疑父親頻繁來東京，是因為常去的酒館有喜歡的女人，但從來沒有聽當事人提起這件事，也沒有明確的根據。我猜想應該沒有說謊。」

五代想起之前和倉木和真見面時的情況，他當時很生氣地說，和父親之間互不干涉。

「既然倉木說，他對淺羽母女並沒有戀愛感情，我認為這樣就好了。」五代試著表達了自己的意見。

「我也有同感，只是承辦的檢察官應該希望有可以一些影響陪審員心證的材料，試圖證明他去淺羽母女的店並不是基於贖罪的心情，而是別有用心，不希望別人認為倉木是好人。」筒井說完，用鼻子發出笑聲，「總之，辛苦你跑了一趟，去寫報告吧。」

「是。」五代回答，這時，聽到坐在遠處座位上正在打電話的櫻川傳來的聲音。

「除了車掌以外，還要拿照片給驗票口的站務員看。……他不一定走自動驗票口啊。不要連這種事都要我說。」從他尖刻的語氣，可以察覺他心情很浮躁。

五代彎下腰，把臉湊向筒井問：「還沒有找到是哪一班新幹線嗎？」

筒井皺著眉頭，輕輕點了點頭。

「監視器似乎沒希望了，所以目前只能指望有目擊者，但顯然無法期待。」

「回程的也找不到嗎？」

「正因為查不到，股長才這麼生氣。」筒井壓低了聲音，瞥了櫻川一眼。

目前大批偵查員都在針對倉木供詞進行取證作業，也針對他聲稱十月三十一日搭上往東京方向的新幹線進行取證，但倉木說，他從名古屋車站上車，不記得搭了幾點幾分出發的列車，於是只能根據他說五點左右抵達東京車站的供詞，調查名古屋車站周圍的監視器影像，卻無法找到可以斷言是倉木的人影，只能派偵查員前往名古屋車站，拿著倉木的照片去向車掌打聽。既然也找不到他回程時的身影，代表目前也不知道他回程時搭哪一班新幹線。

「門前仲町那裡的情況怎麼樣？」五代小聲問筒井。

筒井的眉頭皺得更深了，默默搖了搖頭。

「也沒有收穫嗎？」

「小巷子內的監視器很少，而且倉木也不可能做什麼引人注目的行動，這也是無可奈何的事。」

倉木說，和白石健介見面之前，他在門前仲町附近閒逛，但目前並沒有找到目擊者，而且設置在門前仲町的所有監視器都沒有拍到他的身影。

「筒井，你不覺得有點奇怪嗎？」

「哪裡奇怪？」

「並沒有像樣的證據可以佐證，那輛車子上不是也沒有找到任何可以佐證倉木曾經開車的物證嗎？這樣真的沒問題嗎？」

「你說話太大聲了。」筒井咂著嘴，偷偷看向櫻川的方向。

「這樣很不妙吧？」五代壓低了聲音，再次問道。

那輛車當然就是指遇害的白石健介的車子。倉木說，他把白石的遺體放在車上，然後開去其他地方，但車上完全沒有發現倉木的指紋、DNA或是毛髮之類的東西。

「鑑識小組說，也有可能發生這種情況。」筒井為難地說，「即使坐上車，毛髮或是DNA也未必會掉落。至於指紋，刀子和方向盤都有用布擦過的痕跡。」

「但倉木最初招供時，並沒有提到擦指紋這件事啊。偵訊的人問他指紋的問題時，他起初回答不記得了，被問到是不是擦掉了，他才回答可能是這樣。」

「既然他說不記得，那也無可奈何啊。」

五代搖了搖頭，然後又抓著頭說：「我覺得這種說明聽起來很牽強。」

「那你說該怎麼辦？」筒井噘著嘴問。

「是不是需要再詳細調查一下？倉木說的未必都是真話。」

「你覺得他哪裡在說謊？」

「這我就不知道了，所以要調查。取證這麼困難，未免太奇怪了，搞不好我們完全搞錯了方向。」

「你千萬別在股長面前說這種話。」筒井瞪著他，「雖然的確不知道倉木說的是否都是實話，他也可能在開庭時突然搬出另一套說詞，但他是兇手這件事是不爭的事實。對警方來說，這樣就足夠了，我們做了該做的事。」

「秘密事項的揭露嗎？」

「對，沒錯，你很清楚嘛。」

倉木招供刺殺白石的地點在清洲橋附近的隅田川堤頂，媒體的報導並未提及犯罪現場，只有兇手才知道這件事。這種「秘密事項的揭露」在訴訟時被視為具有和物證相同的重要性。

「光靠這一點，能夠維持審判嗎？」

「據我的觀察，倉木不可能突然否認。別擔心，你不必想太多，趕快去寫報告。」筒井拍了拍五代的後背。

「好。」五代有點不甘願地回答，內心覺得比起倉木是否對淺羽織惠有戀愛感情，還有更重要的事。

「啊，對了，東京巨蛋球場的事，也向他兒子確認了。」筒井說，「他兒子說，三月的時候，的確曾經給他巨人對中日的門票。」

「遺失皮夾的事呢？」

「似乎並不知道，因為是出糗的經驗，所以可能不會特地告訴兒子。」筒井說完，轉身面對電腦，似乎表示這件事就到此為止。

五代邁步離開，內心感到不解。

其實還有另一件事無法找到證據佐證。

昨天晚上，五代因為有事要向家屬確認，所以獨自前往白石健介位在南青山的住家。和上次一樣，白石的太太綾子和女兒美令在客廳接待了他。

他想要確認的事，就是倉木和白石結識的契機。

倉木說，他三月底時，在東京巨蛋球場認識了白石。那天是巨人隊和中日隊的比賽，他們坐在相鄰的座位，因為一件意想不到的事聊了起來，在道別時已經變得很熟，白石甚至借錢給遺失皮夾的倉木搭新幹線——五代要向她們母女確認，是否知道這件事。

母女兩人都回答，從來沒有聽說這件事，當然也沒有聽過倉木這個人的名字。而且她們聽到白石獨自去東京巨蛋球場看比賽，都顯得很驚訝。

「他的確是中日龍隊的球迷，也曾經在別人邀請之下，去了幾次球場觀賽，但他並沒有狂熱到會獨自去現場看比賽。」綾子難以理解地說。

最後，五代只能離開白石家，也無法證明倉木供詞的真偽，只是在他離開之前，白石的女兒美令要求他說明案件的情況。

「我看新聞得知你們逮捕了一個姓倉木的人，但新聞中並沒有報導動機之類的事，請你告訴我，那個人為什麼殺了我父親？他又是誰？和父親是什麼關係？」

美令是五官輪廓很深的美女，看起來像外國人。她挑起眉毛，瞪大眼睛的樣子有一種可以稱為威脅感的震撼力。

「目前正在偵查。」五代說出了制式的回答，她也沒有罷休。

「聽新聞說，嫌犯已經承認了自己的罪行。他是怎麼承認的？還是說，他只承認自己殺了人，並沒有說原因嗎？」美令簡直就像要咬人似地氣勢洶洶問道。

五代回答說，這是偵查機密，無法告知時，美令說了好幾次「我們是遺族啊」。

「我們是遺族啊，卻什麼都不能告訴我們嗎？更何況警方逮捕到兇手，不是應該最先通知我們嗎？我們是遺族，卻受到這樣的對待，簡直太莫名其妙了。」

五代完全能夠理解美令的焦急，也很想把倉木招供的內容告訴她們，但無法保證她們不會向別人透露。即使要求她們不要告訴別人，她們也未必能夠遵守約定。既然這樣，最好的方法就是乾脆不說。五代只能不停地鞠躬說：「對不起。」

白石的家人竟然不知道在東京巨蛋球場發生的事，這到底該怎麼解釋？如果有人說，白石可能認為這種事不值得一說，當然就無法反駁，但真的只是這樣而已嗎？而且綾子或美令說白石不可能一個人去看比賽這件事，也令人感到在意。

總之，五代認為為了死者的家屬，似乎也應該繼續深入調查這起案件。

14

堀部律師登門造訪的隔天，和真以身體不舒服為由，向公司請了假。他認為以目前的心理狀況，根本無法認真工作。直屬上司山上課長似乎很在意昨天和真說的「家人被捲入麻煩」這句話，但應該做夢都不可能想到，下屬的父親遭到了逮捕。雖然和真用「改天會好好說明」暫時敷衍過去了，但想到明天之後要怎麼面對，心情就不由得沮喪起來。

昨晚開始完全沒有食慾，也幾乎沒有闔眼，他完全不知道自己接下來該怎麼辦。堀部說，媒體記者可能上門，但會從什麼時候開始？

和真看著智慧型手機，覺得隨時可能接到媒體記者的電話，還是記者會按門鈴？雖然意興闌珊，但他還是看了網路的報導，也打開電視看了談話性節目。因為他認為必須瞭解目前的狀況，才能預測自己和父親接下來會遇到的情況。

出乎意料的是，他完全沒有看到任何有關達郎引發案件的新消息。仔細思考一下就覺得不意外，每天都會發生很多新的案件，除非涉及名人，否則不可能詳細報導刑事案件的後續情況。

他在床上一直躺到將近中午，完全沒有接到任何電話。昨天堀部離開後，有兩名刑警上門，問了是否曾經送棒球比賽的門票給達郎等幾個細節問題，其中有一個問題是問達郎是否有和女人交往的跡象。和真回答說，他曾經這麼想像過，但並沒有明確的根據。不知道那種事對偵查有什麼幫助。

他滑手機後發現有幾個人傳了訊息，雖然他很好奇訊息的內容，但一旦看了，就必須回覆，他覺得很麻煩，所以乾脆不看，反正應該不會有什麼重要的事。

到了下午，他終於餓了，但懶得自己下廚，於是出了家門。他去了經常光顧的咖啡店，點了咖啡和三明治，在智慧型手機上輸入「家人」、「加害人」、「開庭」幾個關鍵字搜尋。

他很快就找到了幾篇內容，大部分都是法律事務所發表的文章。文章中提到，在開庭審理時，被告家屬只能帶著誠懇的態度去旁聽，以協助說明被告的實際情況的情狀證人身分站在證人席上。如果希望獲得酌情減刑，就必須具體說明會以怎樣的方式協助被告更生。

昨天他還無法接受自己面臨的現實，但看了這些文章之後，漸漸瞭解到這些事將會發生在自己身上，於是內心對達郎為什麼會做這件事再度浮現了疑問。雖然已經從堀部口中瞭解了情況，但還是無法接受，無論如何都想聽達郎親口說明。

他把三明治塞進胃裡之後，走到咖啡店角落打電話給堀部。堀部立刻接了電話，問他是否發生了什麼事，於是和真問他，什麼時候才能見到達郎。

「目前還在警局和檢察廳之間來來去去，很難安排時間，等他被移送去看守所後，應該就有時間好好聊天了。」

律師又接著說：

「而且，我剛才去和你父親面會，他說不打算和你見面。他可能覺得沒臉見你，所以現階段要求見面，反而可能造成他心理上的壓力。」

堀部表示，還是過一陣子見面比較理想。

律師根本不瞭解自己的想法。和真雖然很不滿，但覺得沒理由對堀部發脾氣。於是說了聲「我瞭解了」，掛上了電話。

走出咖啡店，回到家裡。他雖然擔心工作的事，卻也無法做什麼，只能寫一封電子郵件向昨天臨時取消見面的客戶道歉。雖然並不是困難的工作，卻想不出該怎麼寫，花了將近一個小時才終於完成。

傍晚五點多時，接到了山上的電話。和真一看到來電顯示，內心就感到不安。他接起電話說：「喂，我是倉木。」

「我是山上，你現在方便說話嗎？」山上的語氣聽起來有點沉重。

「沒問題，有什麼事嗎？」

「你說身體不舒服，現在情況怎麼樣？明天有辦法來上班嗎？」

「喔……是，應該沒有問題。」

「是嗎？那可以請你比平時提早一個小時到公司嗎？」

「一個小時……嗎？應該沒問題。」

「不好意思，那就先這樣，拜託了。」

和真察覺到山上準備掛電話，立刻叫了一聲：「課長，是不是有什麼重要的事？」

上司聽到和真的問話沉默片刻，和真立刻知道自己猜對了。不，只要思考一下，任何人都會想到。

「倉木，」山上用嚴肅的語氣叫了他一聲，「你等一下有空嗎？」

為了要約在哪裡見面想了很久，最後和真請山上來家裡。因為山上說，不想在公司附近見面被公司的其他同事看到。

和真大致猜到山上要和他談的內容，所以當山上坐在昨天堀部坐的椅子上說「我要說的是關於你父親的事」時，他也沒有慌亂。

「是警察打電話去公司嗎？」

「不，警察完全沒有和公司聯絡，是總務部來問，是否知道倉木的父親遭到逮捕這件事。」

「總務部？」

和真感到不解，總務部為什麼會來問這件事。

「看樣子你還不知道。」

「不知道什麼？」

「嗯……該怎麼說呢？」山上握起放在桌上的雙手，舔了舔嘴唇，看起來似乎在思考該如何表達，「今天中午，公司接到一通奇怪的電話，問公司內是否有一名叫倉木和真的員工？總機當然回答說，無法回答這種問題。對方問，為什麼無法回答？總機說，因為這是個資，結果對方說，因為是殺人兇手的兒子吧？對方很快就掛上了電話，總機大吃一驚，立刻向上司報告了這件事。上司又通知了總務部，總務部調查了一下，立刻發現看起來像是你父親的人涉嫌殺人遭到逮捕的事實，同時也發現你的名字出現在網路上。」

「我的名字？」和真對意想不到的發展感到困惑，「為什麼？」

「最初好像是出現在社群媒體上，在你父親遭到逮捕後不久，就有人發文說，這個人就住在他家附近。然後有人公開了遭到逮捕的嫌犯住的地方，以及嫌犯有一個兒子這件事。接著就有人在網路上貼了他兒子高中時代的照片和名字。」

「啊？」和真忍不住發出驚叫，「真的嗎？」

「很遺憾，是真的。」

「……我現在可以看一下嗎？」

「嗯。」山上點了點頭。

和真拿起放在手邊的智慧型手機操作起來，輸入自己的名字後，用圖片搜尋。看到突然出現的照片，他差一點暈眩。那是和真高中時代的照片，看起來像是從畢業紀念冊上翻拍的。

「開什麼玩笑……」

「現在就是這樣的時代。」山上語帶同情地說，「一旦上傳到網路，就會無限擴散。有人看到之後，想要刺探你的詳細情況。或是知道你以前讀的學校和在哪裡工作的人放了消息，有人看到之後，就打電話來公司詢問——八成是這樣。」

和真嘆著氣，「怎麼會這樣……」

「你昨天才知道你父親遭到逮捕嗎？」

「我接到律師的電話，不好意思，當時我不知道該怎麼說明……」

「我能夠理解你的慌亂，問題在於接下來該怎麼辦。」

「關於這件事，律師說，只能爭取酌量減刑……」

「不，我不是問這件事，」山上輕輕搖著右手說，「我是說公司、工作的事。」

「啊……對喔，對不起。」

審判的情況和公司或山上根本沒有關係。

和真坐直了身體，正視著上司說：

「我想反過來請教一下，我該怎麼辦？今後還可以繼續留在公司嗎？」

山上也挺直了身體，輕輕點了點頭。

「因為並不是你遭到逮捕，所以不需要考慮會遭到解僱之類的事，但可能無法再像以前那樣。」

「您的意思是……」

「接到總務部的通知後，我和幾位高層討論了該如何處理這件事。消息一旦傳開，就不可能完全消失，所以可能會有外人來打聽你，或是對你說三道四，你暫時調去不需要拋頭露面的工作比較好。」

「調去其他部門……嗎？」

「只是暫時而已，因為目前完全無法預測會造成怎樣的影響。也許過一段時間就沒事了，到時候你再回來就好。」

「要調去哪個部門？」

「我打算接下來和各部門協調，在決定之前，你可以請假嗎？大約兩個星期左右。」

「這麼久……」

「不瞞你說，」山上有點尷尬地開了口，「不知道風聲從哪裡傳了出去，這件事也在公司內傳開了，董事長說，要趕快讓員工平靜下來。」

「如果我去公司上班，大家就無心工作了……」

「嗯，」山上輕輕點頭，「差不多就是這樣。」

「那明天怎麼辦？剛才您在電話中叫我提前一個小時去公司。」

「現在不用了，我會幫你辦理請假的手續。」

和真吞著口水，點了點頭說：「我知道了。」

山上露出欲言又止的表情後說：「那就先這樣。」然後站了起來。

和真也站起來鞠了一躬說：「很抱歉，給課長添麻煩了。」

山上發出深呼吸的聲音，「話說回來，」上司說：「你父親為什麼會做這種事？是因為金錢糾紛嗎？」

「啊，不是……」

和真支支吾吾，山上慌忙搖著手說：

「不不不，你不用回答，對不起。」

然後他拍了和真的肩膀兩次說：「我會再和你聯絡。」就逃也似地離開了。

送上司離開後，和真拿起了手機。他很好奇網路上到底有哪些關於自己的內容，但是即使查這些事，也完全沒有任何好處，網路上根本不可能寫什麼好話，看了只會讓自己心情不好。

他克制了想要上網的想法，正準備放下手機時，發現收到了電子郵件。打開一看，是和他同期進公司的雨宮雅也傳來的。郵件的主旨是「我是雨宮」。他是和真在公司內最要好的同事，偶爾會一起去喝酒。和真發現他昨天就傳了訊息，可能他發現和真一直沒有讀訊息，所以就傳了電子郵件。

打開電子郵件一看，發現是以下的內容。

「我聽說了一些事，如果有什麼我可以幫忙的事儘管說。你不需要回覆我，保重身體。雨宮」

和真想了幾分鐘後，回了「謝謝」兩個字。

15

永代大道旁的腳踏車行內，一個少年騎在一輛藍色腳踏車上，跟著像是父親的男人一起來店裡。正在向父子兩人說明的人應該就是藤岡。藤岡個子不高，但身材很結實，年紀大約五十歲左右，穿著灰色工作服。

五代打量著陳列在店內五顏六色的腳踏車，等待老闆招呼完客人。藤岡不時看向他。

那對父子離開後，藤岡露出親切的笑容走了過來。「讓你久等了，你要找腳踏車嗎？」

五代苦笑著，把手伸進了上衣內側。

「不好意思，這是我的證件。」他出示了警視廳的徽章，「你是藤岡先生吧？」

藤岡微張著嘴巴看著五代的臉，一臉呆滯的表情「嗯」了一聲。

「可以請教你幾個問題嗎？是關於位在門前仲町的『翌檜』的事。」

藤岡眨了幾次眼睛後點了點頭，「啊啊……可以啊，這裡請。」

腳踏車行深處有兩張圓椅。五代坐下之後，拿出一張照片出示在藤岡面前問：「你認識這個人嗎？」

藤岡一看到照片，臉頰就抽搐了一下。「是……倉木先生吧？」

「沒錯。」五代把照片收了起來，「你知道他遭到逮捕了嗎？」

「我聽說了，真是太驚訝了。」藤岡調整了呼吸問：「但那是真的嗎？」

「你指哪一件事？」

「就是倉木先生殺了人這件事，會不會搞錯了？」

五代淡淡地笑了笑問：「你為什麼這麼認為？」

「因為難以想像。他個性很溫和，是個好人。喝酒很文雅，也從來不會大聲說話。」

五代拿出了記事本和筆。

「聽說你和嫌犯倉木在『翌檜』相當熟，對嗎？」

「我不知道算不算相當熟，但反正我們滿熟的。因為我也經常一個人去，所以經常一起坐在吧檯喝酒。」

「你們都聊些什麼？」

「聊什麼？什麼都聊啊，有時候閒聊，有時候聊政治，最近經常聊生病或是健康的話題，因為到了這個年紀，這種話題最聊得起來。」

當五代問有關倉木的事，也就是認為他和殺人兇手關係密切這件事，似乎並沒有讓藤岡感到困擾，他反而很積極地強調倉木是個正派的人。

「會不會聊棒球的話題？」

「棒球？喔，這也經常聊。倉木先生是龍隊的球迷，我是巨人隊球迷。經常用智慧型手機看比賽結果，因為勝負一喜一憂。」

「倉木似乎曾經去球場看比賽，你有沒有聽他提起過？」

「去看比賽？喔，我曾經聽他提過一次，他說那是他第一次去東京巨蛋球場。」

「是什麼時候？」

「是這個球季剛開打的時候。」

和倉木的供詞一致。倉木似乎真的去看過棒球比賽。

「你有沒有聽他提起在球場發生什麼不尋常的事？」

「不尋常的事？」

「像是見到了誰，或是遺失了什麼東西之類的。」

「沒有，」藤岡聽了五代的問題，歪著頭說：「我們是在倉木先生要去東京巨蛋球場的前一天聊起這件事，他隔天就回名古屋了，下一次見到他，已經隔了好幾個月，所以就沒再聊這件事。」

原來是這樣。五代不禁感到失望。在這裡也無法確認倉木和白石認識的過程。

「打擾一下。」外面傳來一個女人的聲音。一個中年女人站在店門口。

「啊，你好。」藤岡站了起來，跑到門口，把放在店內的一輛腳踏車交給她，似乎是女人請他修理的腳踏車。
藤岡在收銀台結完帳，送走女性客人後，又走了回來。「還有其他問題嗎？」
「可以請你告訴我倉木在『翌檜』的情況嗎？」
「他在那裡的情況……就很普通啊。他不會去糾纏別人，總是靜靜地喝酒。」
「那家店是老闆娘和她女兒一起打點，你認為她們母女和倉木之間是怎樣的感覺？」
「你問我怎樣的感覺，我也……」
「比方說，倉木似乎對淺羽織惠小姐有好感之類的。」
「嗯。」藤岡發出低吟，但對這個問題似乎並不感到意外，「織惠很漂亮，我也覺得他們很匹配，只不過不知道倉木先生怎麼想。也許是因為年紀相差有點大，好像沒有把織惠視為女人，或是刻意不把她視為女人。」
藤岡的表達方式讓五代感到有點好奇。
「你說不知道倉木先生怎麼想是什麼意思？」
「不，那個……」藤岡把手放在額頭上，「這件事可以說嗎？」
「我不會說是聽你說的，請你告訴我。」
「嗯，」藤岡又低吟了一聲，用手背擦了擦嘴巴，不知道為什麼打量了周圍後說：
「依我的印象，是覺得織惠愛上了倉木先生。」

「織惠小姐嗎？」

「我想應該不止我一個人這麼想。」藤岡壓低聲音繼續說了下去，「其他客人也都這麼說。」

「有沒有問過織惠小姐本人？」

「怎麼可能問她？刑警先生，你真的不能說是我告訴你的，拜託你了。」

五代聽著藤岡一口氣說的話，想起了淺羽母女的臉。既然客人也都在議論，洋子不可能沒有察覺女兒的心情。但是五代前幾天和她們見面時，那對母女完全不動聲色。可能她們覺得沒必要把戀愛的心情告訴刑警。

全世界的女人都是出色的演員。

16

堀部在上次造訪的六天之後再度上門，通知達郎已經遭到了起訴。達郎已經被移送到東京看守所，目前心情很平靜，對堀部說，開庭的事全都交給他處理。

「我已經拿到起訴書，也確認了起訴書的內容，基本上都是達郎先生所說的內容。達郎先生也看過了，認為記載的內容屬實。」堀部用委婉的語氣說。

「你之前曾經說，不會針對犯罪事實方面有任何爭辯。」和真說話時很無力，內心只有灰心。

「基本上是這樣。」

「所以開庭審判只是形式……」

堀部露出略微嚴肅的表情搖了搖頭說：

「並不是這樣，否則到時候法官就會按照檢察官的求刑做出判決。我們必須在承認有罪的基礎上，努力以減刑為目標。」

「雖然你這麼說，但我父親已經承認了所有的犯罪事實，所以能夠針對哪些方面爭辯？」

堀部打開了自己的筆記。

「第一個重點是計畫性。何種程度的預謀犯案，將會對量刑產生很大的影響。」

「但是，」和真努力回想著，「上次聽你說，我父親來東京，就是為了殺死對方，而且決定了犯案的地點，把對方叫去那裡。無論怎麼想，都是預謀犯案。」

「你說的沒錯，起訴書上也這麼寫。」

「既然這樣，根本不容爭辯……」

堀部推了推眼鏡，連續點了幾次頭。

「的確是這樣，但仔細聽達郎先生的談話，就會發現一些微妙的部分。比方說，達郎先生和白石律師在隅田川堤頂的對話。白石先生用責備的語氣問他在這種地方幹什麼？不是要去找淺羽母女嗎？白石先生嚴厲的口吻導致他下了決心。導致他下了決心——怎麼樣？這不是就代表在他行兇之前，還沒有下決心嗎？雖然覺得必須殺了對方，但其實還在猶豫的話，會讓人有完全不同的印象。」

「喔喔。」和真忍不住發出叫聲，「原來是這樣，但是他事先準備了兇器……」

「關於這個問題，也有辯解的餘地。」堀部翻了一頁筆記，「他在犯案時使用的刀子是戶外運動使用的折疊刀，在量販店也有販賣，也可以在網路上購買。達郎先生說，那是很久以前購買的，不記得是在哪家店買的。警方也無法查到他購買的地點，也就是說，他並不是為了犯案特地去買了那把刀子。可以認為他衝動想要殺人，在走出家門之前，就不顧一切地把家裡的刀子放在懷裡。怎麼樣？雖然不能說沒有預謀，但並不會認為他仔細推敲了犯罪計畫吧？」

「你這麼一說，的確有這種感覺……」

「因為白石先生責備他，他感到走投無路，於是決定來東京，覺得在緊要關頭，只能殺了白石先生，但還是希望能夠藉由溝通解決這件事。雖然他祈禱至少可以有一絲解決的餘地，但白石先生的態度令他感到絕望，最後在不得已的情況下行兇——我打算在開庭時這樣主張。」

和真看著堀部滔滔不絕說話的嘴，覺得好像在面對神奇的動物。第一次聽說案件的內容時，搞不懂父親為什麼會做那種蠢事，但聽了律師的說明，似乎有點能夠理解了。

他再次認識到，律師果然厲害。

「反省的態度也很重要。」堀部繼續說道，「我上次也曾經告訴你，達郎先生在接受警方和檢察官的偵訊時態度很誠懇，而且他在刑警第二次上門時，就主動坦承自己犯案，完全沒有試圖用謊言掩飾的跡象。這可以證明他承認自己的罪行，並為此反省。我相信可以讓陪審員留下不錯的印象。」

「但檢察官會有不同的主張吧？」

「因為這是他們的工作，檢方應該會強調這是自私殘酷的犯罪行為，也會質問達郎先生對追訴期已屆滿的過去那起殺人命案有什麼看法，以及如果真的反省，就應該聽從白石先生的意見。檢察官在偵訊時，應該已經問了這些問題，我認為達郎先生當時的回答，會成為訴訟時的爭點，所以必須徹底調查檢察官的紀錄。目前已經向檢察官提出了公開紀錄的要求。」

聽了堀部的話，發現訴訟需要運用各種策略。和真只能低頭拜託說：「那就麻煩你了。」

「但是，最大的問題是達郎先生本人。」堀部意味深長地降低了語調。

「請問這句話是什麼意思？」

「雖然他說開庭的事全都交給我處理，但我認為並不是他信任我，而是他覺得無所謂。不知道該說是他態度消極還是漠不關心，總覺得他有點敷衍了事。即使我問他，有沒有願意出庭為他擔保，有助於減輕刑責的人，他也堅持不想給任何人添麻煩，完全不肯透露平時和他有交情的人的名字，最後甚至說，不必勉強以酌情減刑為目標。」

和真聽著堀部語帶嘆息說的話，產生了一種奇妙的感覺。他從聽到達郎遭到逮捕之後，所聽到的內容都令他愕然，完全無法相信，只有剛才這件有關達郎的事，讓他覺得很像是父親會做的事。他眼前浮現出父親認為既然自己犯了罪，就理所當然該受到懲罰，無論是怎樣的懲罰，都勇敢接受的固執態度。

「對了，關於前幾天談到的事，」堀部把筆記收進放在一旁的皮夾內時問，「你有沒有想到什麼？」

和真不瞭解他這個問題的意圖，有點不知所措，堀部說：

「就是五月十五日的事，每年這個日子，達郎先生有沒有做什麼令你印象特別深刻的事。」

「喔，」和真想起了上一次的對話，「不好意思，我雖然想了一下，但想不起什麼……」

「果然是這樣啊，」堀部嘆了一口氣，垂下了肩膀，「我也不經意地問了他本人，問他會不會回想起以前犯下的罪。達郎先生回答說，他從來不曾忘記，隨時都感到追悔莫及，但似乎並沒有具體做祭拜或是懺悔之類的行為。」

「我想應該是這樣。」

「這件事就先這樣。你的情況怎麼樣？你好像向公司請了假，有沒有其他狀況？」

「沒什麼特別的狀況，媒體也沒有上門……」

「因為警方並沒有向媒體透露任何消息。我猜想警視廳正在為如何發表殺人動機傷腦筋，因為他們要顧慮愛知縣警。如果一九八四年在拘留室自殺的嫌犯其實是冤屈的這件事公諸於世，縣警將會因為雙重犯錯遭到批評，但既然已經起訴，可能會有所公布。媒體很可能會因為警方公布的內容大肆報導，他們即使在採訪死者家屬時也會口不擇言，所以你最好有心理準備。」

聽到死者家屬這幾個字時，和真想到一件事。

「我是不是該去向死者家屬道歉……」

堀部歪著頭，微微皺起眉頭說：

「目前先不要。因為還沒有向死者家屬說明詳細的情況，她們一定會問你很多問題，為什麼你父親要殺了她們的一家之主，他們之間到底發生了什麼事。你當然不能輕易回答這些問題，對方無法瞭解詳細的情況，你只是一味道歉，也只是徒增她們的焦慮，所以還是先靜候警方公布。除了死者家屬以外，你也要避免和這起案件的相關人員接觸，你瞭解了嗎？」

「好……我會注意。」

「那今天我就先告辭了。」堀部說完，站了起來。

「律師，請問……」和真也微微站起身，「目前還無法和我父親見面嗎？」

堀部露出溫和的表情說：

「我剛才也說了，達郎先生堅稱不想給任何人添麻煩，目前似乎也不打算和你見面，但過一段時間之後，他的想法可能會改變。我只能請你等到那時候再說。」

「這樣啊，其實我有一件事想要問我父親，可以請你代我問他嗎？」

「當然沒問題，請問是什麼問題？」

「是關於案件……但不是這次的案件，而是八四年發生的那起案件。可以請你問他，他打算一輩子都不告訴家人曾經殺人的事，還是有朝一日，會告訴家人呢？」

堀部停下了準備從皮包中拿出紙筆的手說：

「這個問題……很尖銳。」

「但我還是想知道。」

「我非常瞭解。」堀部點點頭，在記事本上寫了起來。

堀部離開後，和真從書架上拿出一個檔案夾。檔案夾內有幾張紙，那是他從網路上搜尋到的舊報導，列印出來的內容。

他坐在沙發上，看著報導的內容。那是一九八四年發生的那起殺人命案的相關報導，他已經看了好幾次，內容也幾乎都背了下來。

報導中稱那起案件為「東岡崎車站前金融業者命案」，遭到殺害的灰谷昭造這個人經營一家名為「綠商店」的事務所，命案發生後的報導中提到「被害人似乎在工作上有多起金錢上糾紛，警方研判很可能是因此導致兇手犯案」。

後續報導中提到，三天後，找到了嫌疑重大的嫌犯，但當時並沒有公布嫌犯的姓名，又過了四天，才得知嫌犯的姓名。在「東岡崎車站前金融業者命案的嫌犯在分局內自殺」的報導中，提到了福間淳二這個名字。

關於這件事，每一家報紙都指責分局的管理疏失，幾乎沒有提及案件本身。所有的報紙幾乎都主張好不容易抓到了嫌犯，竟然讓嫌犯死了，案件就再也無法真相大白，沒有人懷疑福間淳二到底是不是兇手。

和真抱著雙臂，閉上了眼睛，努力搜尋過去的記憶。最先浮現在腦海的就是從大卡車上把行李搬下來的景象。那是搬到達郎在安城市篠目建造的獨棟房子的日子，也是在和真讀小學很久之前的事。事後才聽父母說，因為覺得如果要轉學很可憐，於是他們討論後決定在他讀小學之前建好房子。

聽說在搬家之前，他們住在岡崎車站旁。之所以說「聽說」，是因為他無法明確記住位置。那是一棟老舊的兩層樓公寓，他隱約記得在狹小的房間內，和母親一起睡在被子裡。

公寓旁有一個月租停車場，家裡的車子就停在那個停車場。他對是哪個廠牌的車子記憶模糊。因為達郎經常換車，但即使換了不同的廠牌，每次都基於白色的車子在車檢時價格比較便宜的理由買白色的車子，並不知道實際是否真的比較便宜。

總之，達郎向來都開白色的車子。停車場沒有頂棚，而且達郎很少洗車，所以車子總是有點髒。達郎每天開那輛車去上班，聽堀部說，達郎在上班路上發生了車禍。對方就是騎著腳踏車的灰谷昭造。灰谷不僅要求達郎支付他受傷的醫療費，還命令達郎每天接送他去事務所。達郎在一家大型車廠的子公司任職，一旦員工發生車禍，在離職之前，都會影響考績。灰谷知道這件事，所以提出各種無理要求。

達郎最後終於忍無可忍，拿起放在事務所的殺魚刀威脅灰谷，灰谷完全不害怕，還挑釁說，如果有膽量就動手啊。達郎怒不可遏，當他回過神時，已經刺殺了灰谷——

和真睜開眼睛，起身走去廚房，用杯子裝了自來水後喝了一口，回想著前一刻在腦海中浮現的景象。

無論怎麼想，都不像是達郎的行動。達郎雖然很頑固，但再怎麼生氣，也不可能迷失自我。

還是說，當年他的性格很容易激動嗎？在引發那起案件之後深刻反省，改變了為人處事的態度？

不，不可能有這種事。他當下否定了這種可能。和真年幼的時候，曾經聽母親千里說，父親對每個人都很親切溫柔，有時候甚至被人說是濫好人，但母親就是喜歡他這一點，所以才會嫁給他。這種個性的人應該不會想到要拿菜刀威脅別人。

這次的案件也一樣，和真也難以接受。因為以達郎的性格，所有的事都難以想像，也不可能發生。白石律師規勸他，如果對過去所犯下的罪行有所反省，就應該趁活著的時候，把真相告訴為受無辜之罪所苦的母女。這種事不需要別人說，達郎應該也知道，不可能因為律師的規勸就慌亂。和真所瞭解的達郎，應該會覺得既然白石律師打算向那對母女說出一切，他也無可奈何。

和真覺得有哪裡不對勁。達郎真的說了實話嗎？

但是，在聽堀部律師說明的情況中，並不是完全沒有像達郎作風的行為。比方說，達郎對淺羽母女的態度。他很擔心因為蒙受不白之冤而自殺的福間淳二留下的那對母女，調查她們的下落之後，默默聲援她們，就很像是達郎會做的事。

真想見一見她們。和真心想。他很想和淺羽母女見面，瞭解達郎和她們相處的情況。

他正在思考這些事，智慧型手機響起了來電鈴聲。是堀部打來的。

「剛才打擾了，」律師打了一聲招呼後，繼續說了下去，「警方已經向媒體公布了這起案件的情況，媒體已經動起來了，你可以看一下電視或網路。」

和真掛上電話後，立刻打開了電視，同時用手機查了新聞快訊，很快就在網路上找到了「為了掩蓋追訴權時效屆滿的案件行兇殺人」的報導，上傳了民間電視台的新聞影片。

17

智慧型手機的螢幕中，女主播正一臉嚴肅地開口。

「關於上個月初，停在港區的馬路上的車內發現了白石健介律師遺體的命案，記者在向辦案人員採訪後瞭解到，以殺人罪遭到起訴的被告倉木達郎，是因為避免過去一起時效已經消滅的案件遭到揭發而持刀殺人。被告倉木向之前建立良好交情的白石先生請教該如何補償自己過去犯下的罪，白石先生告訴他，說出一切才是有誠意的態度，他擔心白石先生會向周圍的人揭露過去的那起案件，於是就動手犯案——」

五代嘆了一口氣，把手機放回了掛在椅背上的上衣口袋。雖然已經十二月了，但店內很悶熱。也許是因為炭火就在旁邊的關係。

「上面那些人，偏偏放出這種不完整的消息。」五代為自己和中町的杯子中倒了啤酒，「簡直就是隔靴搔癢。」

「你說的不完整，是指沒有詳細說明那起時效已經消滅的案件嗎？」中町說著，把毛豆放進嘴裡，「聽說好像是基於即使是被告，也必須極力保護他的個人隱私。」

五代他們正坐在門前仲町的那家爐端燒店的吧檯座位，雖然是在偵辦這起案子後才知道這家店，但現在已經變成了這裡的熟客。今晚也約了去其他地方查訪的中町來這裡放鬆一下。

「這只是表面的理由，實際上是顧慮到愛知縣警的面子。雖然我能夠理解上面那些人想要隱瞞，但難道他們沒有發現，放出這種不完整的消息只會造成反效果，反而會刺激民眾的好奇心嗎？」

「但他們不可能公布自殺的嫌犯其實是被冤枉的。」

五代瞥了周圍一眼後，戳了戳坐在他右側的中町側腹說：「小心隔座有耳。」

「啊，對不起。」

「雖然我知道高層盡可能想要隱瞞的真心，但一旦開庭審理，就會公諸於世。因為這是這起案件的關鍵。」

「不知道開庭時，會不會傳喚淺羽母女以證人身分出庭。」

「不知道。檢察官既然無法掌握倉木對她們有戀愛感情，所以也不需要她們的證詞。如果會傳喚那對母女……可能是由辯方提出這個要求。」

「啊？」中町忍不住發出驚叫聲，「為了什麼目的？」

「當然是為了酌情減刑，讓她們母女作證，倉木是多麼老實的人。」五代將烤香菇沾了生薑醬油後咬了一口。

「她們的丈夫和父親因為倉木自殺，她們會願意作證嗎？」

「問題就在這裡。自殺是倉木的錯嗎？不是吧？不是當時的搜查總部貿然行事，亂逮捕人的錯嗎？事實上，洋子也公開說她討厭警察。」

「但如果當時倉木自首，就不會有人蒙受不白之冤……」

「雖然是這樣，姑且不論洋子，織惠可能不這麼認為。」

中町聽到五代壓低了聲音，覺得其中有蹊蹺，於是把頭湊了過來。

「關於淺羽織惠的事，今天又掌握了什麼消息嗎？」

五代之前告訴過中町，織惠似乎對倉木產生了戀愛感情。

「『翌檜』有一個老主顧是房仲店的老闆，據說認識淺羽母女已經二十年了。我從他口中得知了有趣的事。倉木差不多在一年前，曾向他打聽東京公寓的租金。除了房租以外，還問了他生活費和稅金的事。老闆問倉木，是不是打算搬來東京，倉木回答說，雖然還沒有這個計畫，但想先瞭解一下。」

「是喔，不知道他有幾分真心。」

「如果他打算持續補償淺羽母女到死，搬來東京的確比較方便，他很可能在認真思考這件事。但接下來的事才是真正有意思的地方。房仲店老闆在倉木不在場的時候向織惠提起這件事，沒想到織惠很有興趣，好像年輕女孩一樣興奮地問，倉木先生打算搬來東京嗎？不知道什麼時候會搬來。那個老闆看了她的樣子，確信她真的愛上了倉木先生。」

「那一定就是這樣，是織惠把倉木視為異性，對他有好感。原來是這樣，既然這樣，她的確可能成為辯方的證人。」

「雖然可能性很低，但並非完全沒有可能。」

啤酒瓶空了，於是決定改喝日本酒。五代叫住了女店員，點了芋燒酎的純酒。

「那個房仲店老闆認識她們母女多年，所以也很瞭解她們的情況。雖然不知道洋子的老公在拘留室自殺的事，但記得織惠結婚當時的事，甚至認得織惠的結婚對象，還曾經在店裡見過。」

「什麼時候的事？」

「他說差不多十五、六年前。」

芋燒酎送了上來。五代拿起裝了純酒的杯子，左右輕輕搖晃了一下，聽著大冰塊在杯中發出嘎噹嘎噹的聲音，回想起房仲店老闆告訴他的情況。

對方在財務省任職，而且帥得讓人自嘆不如——胖老闆氣鼓鼓地說。

「織惠現在也很漂亮，但那時候才二十五、六歲，我相信店裡有很多客人是為她而來，所以得知她要結婚時，就連已經結婚的我也大感失望，但這也是無可奈何的事，因為織惠當時肚子裡已經懷了孩子，也就是所謂的先上車，後補票。」

織惠結婚後的兩年期間，洋子在「翌檜」僱用了計時人員。在小孩子可以交給別人照顧後，織惠再度回到店裡幫忙，只是並不是每天都去。房仲店的老闆說她當時的樣子看起來很幸福。

「她年幼的兒子也非常可愛，每次她都高興地告訴我們兒子會跑了、會玩球，或是會說話了。」

房仲店老闆說到這裡，露出了愁容。

「但人生真的很難預料。幾年之後，突然發現織惠每天都在店裡，我問她家裡沒關係嗎？沒想到她竟然說已經離婚了。我太驚訝了，因為我一直以為她的家庭生活很幸福，她的婚姻好像只維持了五年左右。」

房仲店老闆似乎沒有問織惠離婚的理由，現在也仍然不知道。

五代想起在淺羽母女家中看到織惠和少年的照片，不知道那是什麼時候的照片。也許因為都是兒子的關係，他突然想到了倉木和真的臉。他現在可能已經聽說父親遭到起訴了。

他來到東京，在一流企業任職，原本會有光明的未來，但這次的案件可能會毀了他的一切。想像他必須面對的艱難道路，五代的心情就很沉重，忍不住喝了一大口杯子中的酒。

18

和真聽到對講機的鈴聲醒了過來，一看時間，發現是上午九點多。他的腦袋昏昏沉沉，昨晚直到凌晨三點多才睡著。

他帶著不祥的預感下了床，不知道誰會這麼早來找他，今天也沒有預定會送到的包裹。

看了對講機的螢幕，看到一個留著小鬍子的男人，年紀大約四十歲左右，穿著西裝，但並沒有繫領帶。

和真感到驚訝，但還是拿起了聽筒。「喂？」

「不好意思，一大早打擾。因為有重要的事想要請教，所以直接登門拜訪。可以占用你一點時間嗎？只要幾分鐘就好。」男人的聲音很嚴肅，但說話的語氣很客氣。

和真大吃一驚。該來的終於來了嗎？

「請問是哪一位？」他發問的聲音微微發抖。

「我姓南原，我希望見面之後再詳細自我介紹，我想要請教的是——」男人停頓了一下，又接著說：「是關於你父親的事。」

是電視台的記者或是報社記者嗎？反正就是媒體。和真感到不知所措，不能繼續這樣聊下去。因為對方站在有門禁系統的大門口，如果他一直耗在大門口，管理員或是其他住戶一定會感到奇怪，而且和真也不希望別人聽到他們的談話。

無奈之下，和真只能按下開門的按鍵。他並不想讓對方進屋，而是打算在門外說話。

不知道對方會問哪些問題。他在等待時回想著堀部之前的建議，提醒自己說話要小心，避免給對方寫負面報導的材料。

門鈴響了。和真深呼吸後走向玄關，他掛上門鏈後打開門。門縫有二十公分左右，和真猜想對方會從門縫中看過來。

但是，那個人並沒有這麼做。他似乎站在離門有一小段距離的位置，所以看不到他的身影。

「我非常瞭解你的心情，如果你希望在這種狀態下說話，我會尊重你。」男人用壓抑感情的聲音說，「但無法保證其他住戶不會經過這裡，別人很可能會聽到我們談話的內容。我當然無所謂，你可能會傷腦筋吧？我無意登堂入室，但如果可以讓我站在門內說話，我相信彼此說話時也不需要有太多顧慮。」

他說話的語氣冷靜透徹，比那些不入流的威脅更令人感到壓力。雖然很懊惱，但他的話很有說服力。和真關上門之後，打開門鏈，再度打開了門。

肩上背著側背包的男人恭敬地鞠了一躬說：「很抱歉，突然上門打擾。」

「請進。」和真說。雖然他努力讓自己說話的聲音聽起來不會太冰冷，但不知道對方感受如何。

男人進屋後，站在脫鞋處遞上了名片。他姓南原，頭銜是「記者」。

「我是自由記者，想採訪有關倉木達郎先生遭到起訴的案件，雖然知道會造成你的困擾，但還是前來打擾。達郎先生是你的父親吧？」

「對，你從哪裡知道我的事或是住在這裡？」

南原鬍子下方的嘴唇露出了笑容。

「被告倉木遭到逮捕後不久，你的名字就出現在網路上。在目前這個時代，只要稍微動用一點人脈關係，要查到網路上被大肆討論的人的地址，並不是一件困難的事，但我似乎搶到了頭香。」

和真嘆了一口氣說：「你想問什麼？」

南原從側背包中拿出小筆記本和原子筆問：「你什麼時候知道你父親遭到逮捕？」

「上個星期。」

「是別人通知你的嗎？」

「我接到律師的電話。」

「你和律師見過面了嗎？」

「接到他電話之後見了面。」

南原打開筆記本，握著筆。

「你聽了你父親犯案的來龍去脈，有沒有什麼感想？」

「我很驚訝，也很受打擊，無法相信這件事。」

「你認識被害人白石先生嗎？」

「我雖然不認識他，但覺得很對不起他，也想代替父親向他的家屬道歉。」

「嗯。」南原輕輕點了點頭，他沒有低頭看筆記本，而是注視著和真的臉，用原子筆做著筆記。和真的腦海角落閃過「他還真厲害」的念頭。

「你剛才說，聽了律師告知的情況覺得無法相信，具體是哪個部分讓你無法相信？」

「哪個部分……全部，也無法相信我爸殺了人——」

「包括動機嗎？」和真話音未落，南原就問道。

「對。」和真回答。

「關於動機的問題，律師怎麼向你說明？」

「律師說……」說到一半，他住了嘴。因為他想到堀部叮嚀他不要說不該說的話。

「不好意思，我無法和你談論案情相關的事，因為關係到日後開庭審理。」

「原來是這樣。」南原似乎預料到和真的回答，他鎮定自若地接著說：「根據警方公布的消息顯示，你父親是因為想要掩飾時效已經消滅的案件而殺了白石律師。關於這件事，和你聽到的內容有沒有矛盾之處？」

「這……應該沒有。」

「關於過去的那起案件，你之前就知道嗎？」

「不好意思，我無法回答這些問題，請你諒解。」和真鞠躬說道。

「你剛才說，想要向這次案件的遺族道歉，那對過去案件的遺族呢？也想要向他們道歉嗎？」

「對，那當然。」和真不假思索地回答。

他看到南原的嘴角露出了微笑，立刻察覺到自己犯了錯。警方只公布「時效已經消滅的案件」，並沒有說是殺人案件，但和真剛才的回答等於承認了這件事。自己竟然被他套出了實話。

「因為你說無法回答有關案情的事，所以我從其他角度發問。你對時效的問題有什麼看法？」

「什麼看法？」

「目前殺人罪廢除了追訴時效，以前設有時效，請問你知道是幾年嗎？」

「是不是……十五年？」

「之後一度延長到二十五年，但我們現在不必討論這個問題。你對廢除追訴時效這個問題有什麼看法？是表示贊成，還是認為應該保留下來？」
這個問題有什麼意圖？——和真注視著南原那張裝模作樣的臉思考著，但無法解讀出他的意圖。
「當然贊成，我認為必須廢除。」
和真認為自己的回答四平八穩。
記者目不轉睛地注視著他：「為什麼？」
「因為既然犯了罪，就必須贖罪。」
「原來是這樣，所以你認為不應該藉由時效等方式免除贖罪。」
「嗯，是啊……」
「所以你認為你父親還沒有為過去犯的罪贖罪嗎？」
「啊，這……」
「根據你剛才的想法，過去的案件再加上這次的案件，罪行變成了兩倍。你打算在開庭時也這麼說嗎？」
記者的連續發問讓和真陷入了混亂，不知道該如何回答。
和真沉默不語。
「倉木先生，」南原開了口，「因為我突然問你這個問題，你沒有心理準備。我們再重來一次，請你考慮到今後的事，謹慎地回答。你認為你父親在時效已經消滅的那起案件上，已經贖罪了嗎？」

和真想起了堀部說的話。是否能夠讓陪審員認為過去的事已經一筆勾銷，將成為判決的關鍵。

和真清了清嗓子後開了口，「嗯，我希望可以認為已經贖罪了。」

「是基於什麼理由？姑且不論現在，是因為當時的追訴時效是十五年嗎？」

「是……是啊。」和真在回答時感到不安。自己這麼說沒問題嗎？

「謝謝你。」南原心滿意足地說，「既然已經談到這裡了，是否可以請你再透露一些關於過去的案件？那是你幾歲時發生的案件？」

「不，這、那個……請饒了我吧，律師叫我不能說。」

「即使現在隱瞞，遲早會公諸於世。與其那樣，還不如由你親口說出來，大家會覺得比較誠懇，也會認為已經深刻反省。」

南原說話很有技巧，和真差一點被他打動，真的會有這樣的效果嗎？

「不好意思，」和真鞠了一躬，「可以到此為止嗎？」

「那我最後再請教一個問題，對你來說，被告倉木是怎樣的父親？」

「怎樣的父親……」和真在嘴裡嘟噥後，又接著回答說：「雖然他很頑固嚴格，但是一個溫柔誠實又忠厚的父親。」

「所以是一個很出色的人。」

「我一直認為他是一個值得尊敬的人。」

「但既然是凡人，不可能隨時都完美。會不會有某一個時期特別暴躁？或是反過來，情緒特別低落？」

「啊……有一段時間好像很無精打采。」

「什麼時候？」南原雙眼發亮。

「就在他快退休的時候，看起來很寂寞。」

南原立刻露出了冷淡的表情。他沒有寫筆記，說了聲「謝謝」，把紙筆放進了皮包。和真從他的態度發現，他原本想推測達郎過去那起案件發生的時期。

南原離開後，和真打電話給堀部。堀部問他有什麼狀況，他回答說，有一名自由記者上門。

「你應該沒有說不必要的話吧？」

「我以為自己沒說，但沒想到被他套了話。」

和真把和南原的對話一五一十告訴了堀部，堀部在電話中附和的聲音越來越沉重。

「你的確說錯話了，對方應該猜到既然為了掩蓋過去的罪行不惜殺人，過去的案件應該是殺人罪，所以就用遺族這兩個字套你的話。」

「結果我中了他的圈套，對不起。」

「但你之後和他聊殺人罪的話題是更大的疏失。」

「啊？什麼意思？」

「即使有遺族，也未必是殺人罪，也可能是傷害致死或是過失致死。比方說，肇事逃逸的追訴時效是七年，如果達郎先生犯的是這種罪，在他和你討論殺人罪時，你會有不同的態度。」

和真把手機放在耳邊，皺起眉頭。他對自己的愚蠢感到生氣。

「因為警方並沒有公布達郎先生過去所犯的罪，所以記者會想方設法調查，今後可能還有其他人基於相同的目的接近你，請你要注意。如果有人按對講機的門鈴，你最好假裝不在家。」

「我瞭解了，以後會這麼做。」

早知道南原上門時，也該這麼做。他感到後悔莫及。

「而且，」堀部繼續說道，「回答時效的問題也不太妥當。之後可以回答說，你沒有立場回答這種問題，不需要正面回答。」

原來還有這一招。輕易被對方牽著鼻子走的愚蠢令他羞愧。

「如果有什麼狀況，請隨時聯絡我。」堀部說。

「我瞭解了，謝謝。」

掛上電話後，他準備把手機放在桌上，發現收到了電子郵件。又是雨宮傳來的。

「你身體還好嗎？需要什麼的話，儘管告訴我。

最好不要再上社群媒體，什麼都不要看。
網路上沒有朋友，一個也沒有。
建議你刪除帳號。」
和真握著手機，嘆了一口氣。他深刻體會到朋友的可貴，然後更認識到自己生活在一個討厭的時代。

19

上午十點零二分時，自動門打開，一個白髮瘦男人走進大廳，身上穿了一件看起來很高級的夾克。

白石美令站了起來，滿面笑容地鞠了一躬說：「早安。」

「我姓田中。」男人報上了自己的姓名。

「正在恭候您的光臨，請坐。」美令請他坐在桌子另一側的椅子上，看到男人坐下後，自己也坐了下來。

她在一旁的鍵盤上迅速打了幾個字，液晶螢幕上出現了男人的相關資料。他的職業是公司高階主管，年紀六十六歲。

「田中先生，請問您今天有帶會員卡和掛號證嗎？」

男人打開側背包，拿出兩張卡片，然後把一個信封放在桌上問：「這個也要交給妳嗎？」信封微微鼓了起來，因為裡面裝了圓筒形的容器。那是收集尿液的容器。

「不好意思，那我收下了。」

確認了會員證上的名字後，她收起信封，把健診單遞給男人。

「可以麻煩您在這裡填寫姓名和住址嗎？」

「喔，好、好。」

男人在填寫時，她從抽屜裡拿出手圈，用手邊的條碼讀取器讀取了手圈上的條碼。

「這樣就行了嗎？」男人把健診單出示在美令面前。

「可以了。田中先生，我現在要把手圈套在你的手腕上，請問你要套在左手還是右手？」

「那就這個手。」男人伸出右手。

「失禮了。」美令說著，把手圈套在男人手上，「等所有檢查都結束時，我會為您取下來，在此之前，請不要拿下來。」

「嗯，我知道。」

「手續已經完成了，可以請您坐在那裡的沙發上稍等片刻嗎？工作人員馬上就會過來。」

美令用手掌指向不遠處的沙發。皮革沙發前放著大理石茶几，準備了好幾份報紙，小書架上放著高爾夫雜誌和經濟方面的資訊雜誌。

男人點了點頭，慢條斯理地走向沙發。美令目送他的背影後坐了下來，然後用指尖悄悄按摩臉頰。整天面帶笑容很辛苦。

「日本醫學」是一家會員制的綜合醫療機構，最大的賣點是和多家醫院合作，會員可以在此接受最新科技的健診和醫療支援。位於帝都大學醫學院附屬醫院內的這整個樓層，也是「日本醫學」經營的健診設施之一。除了磁振造影、電腦斷層和超音波檢查以外，還可以接受最新正子斷層造影檢查。

放在一旁的皮包中傳來輕微的振動，她拿出智慧型手機，藏在桌子下方確認，以免被客人看到。母親綾子傳來了訊息。

「佐久間律師會在今天晚上七點左右來家裡。」

她立刻回覆說知道了，把手機放回皮包，若無其事地挺直了身體。

自動門打開，又有新的客人走了進來。那是一個身穿毛皮大衣的女人，美令擠出笑容後站了起來。

美令從去年四月開始在這裡的櫃檯負責接待工作，當初是父親健介牽的線。父親的律師朋友是「日本醫學」的顧問律師，健介也是「日本醫學」的會員。

「在那家健檢中心櫃檯工作多年的女性辭職了，那個朋友問我，不知道妳有沒有這個意願。他似乎記得我之前向他提過，妳很想辭掉目前的工作。」

美令看了資料後，覺得是不錯的機會。雖然薪水並不高，但不會像原本的工作壓力那麼大。最重要的是，生活可以很有規律。

當時，美令是空服員。雖然是她嚮往的職業，工作也很有意義，但倦怠感漸漸超越了成就感，而且複雜的人際關係也讓她感到疲憊，正打算換別的跑道。
她思考了兩天之後回答說，她想要試一試，健介滿意地點了點頭：
「太好了，因為我朋友說，那不是可以隨便交給任何人的工作，健檢中心正在傷腦筋。妳願意去那裡，他們一定很高興。」
聽到父親這麼說，覺得自己還沒有去那裡工作，似乎就已經幫了別人的忙，內心有點得意。
「不是可以隨便交給任何人的工作」，是因為櫃檯工作會接觸到客人的個資，在挑選工作人員時，值得信賴的人是最優先的條件。
健檢中心信賴的並不是美令本人，而是白石健介這個人。美令也很尊敬在業界建立了信譽的父親。
然而，父親現在不在了，已經去了另一個世界。
美令最後一次和健介說話是十月三十一日的早晨。父女兩人吃著母親綾子準備的早餐，早餐的配菜是烤鮭魚、燙菠菜和味噌湯。因為健介不太喜歡吃麵包，所以白石家幾乎都吃日式早餐。
健介在吃早餐時聊到今年冬天的下雪量。健介的興趣是滑雪，美令小時候，每年都會跟著健介去滑雪，但最近很少去滑雪，也不會全家人一起去，所以她對下雪量的多寡根本不感興趣。

「應該不太會下雪吧，地球都暖化了。」她記得自己當時這麼回答，而且說話時根本沒有抬頭看健介的臉。

她完全不記得父親當時的回答，當時應該並沒有認真聽。每天吃早餐時，她都把智慧型手機放在旁邊，隨時在意有沒有人傳訊息給自己。

那天的早餐成為父女共度的最後時光。當時當然做夢也沒有想到會發生這種事。

那天晚上回家時，綾子一臉驚訝。因為她打電話給健介，但只聽到鈴聲，電話沒人接。

「可能爸爸把智慧型手機忘在某個地方了，妳要不要打他的傳統手機看看。」

健介有兩支手機，在工作上仍然使用傳統的功能型手機。

「那支手機連電話鈴聲都聽不到，到底是怎麼回事？」綾子歪著頭問。

她們母女當時還沒有把這件事想得太嚴重。健介的律師工作很繁忙，經常會突然改變行程，也經常有人深夜找他。她們樂觀地認為，健介只是忙得沒時間接電話。

但是天亮之後，仍然無法聯絡到健介，她們不由得擔心起來。美令也無心去上班，打電話去了健檢中心，說臨時要請假。

美令和綾子討論後，決定向警方報失蹤。正當美令在換衣服準備去附近的分局報案時，家裡的電話響了。

綾子接了電話。美令發現母親接電話時的臉色發白，聲音也很緊張，知道出了事。

「真的是我先生嗎？」綾子問這句話時的聲音帶著哭腔。

對方在電話中對綾子說，應該沒有錯，但還是希望她去確認。母女兩人前往安置遺體的分局。綾子在計程車上一直用手帕按著眼睛，美令咬緊牙關，不讓眼淚流下來。為什麼會這樣？到底發生了什麼事？這些疑問一直在她腦海中打轉。

來到分局的安置室後，希望一切都是誤會的心願落空了。一臉安詳地閉著眼睛的男人，正是前一天早晨擔心滑雪場降雪量不足的父親。美令的淚水終於忍不住奪眶而出。

一問之下，才知道是在一輛停在港區海岸馬路上的車子中發現父親的遺體。警方出示了照片，的確是那輛熟悉的車子。但健介的遺體在後車座，也就是說，是由健介以外的人把車子開到那裡。

到底是怎麼回事？到底發生了什麼事？——美令問了帶她們去安置室的員警，但對方只是一臉為難地回答說，目前正在偵查，所以無法公開細節。

母女兩人留下要送去司法解剖的健介遺體，回到了家中。兩個人都哭累了，但有許多需要處理的事。除了準備守靈夜和葬禮以外，也必須通知關係密切的親朋好友。

她們強打起精神做這些事時，對講機的鈴聲響了。上門的是兩名刑警，年紀稍長，姓五代的刑警來自警視廳搜查一課，於是美令知道，警方把這起案件視為殺人命案，正式展開了偵查。

五代確認了她們母女最後一次見到健介的情況後，問了健介最近的狀況，和是否覺得有什麼異狀。美令完全沒有頭緒，綾子也一樣，但隨即補充說：「他這一陣子好像有點無精打采，或者說經常在想事情，所以我還以為他是否接了什麼複雜的官司。」

美令在一旁聽了有點納悶，有這回事嗎？同時也後悔自己太不關心父親了。自己能夠做目前的工作，也是多虧了健介的牽線。

健介在家裡向來不談工作的事，五代問她們，健介最近接了哪些官司，她們也完全答不上來。

但是，當五代問，律師的工作是為被告辯護，是否經常遭到被害人方面的嫌惡時，美令忍不住反駁說：

「雖然父親從來沒有和我談過詳細的案情，但他經常和我分享自己身為律師的生活方式。他說他在辯護時並不只是以減刑為目標，而是首先要讓被告瞭解自己犯下了多麼深重的罪行，還說徹底調查案件，正確衡量罪行的嚴重程度，是辯護工作的基本。我無法想像這樣的父親會因為憎恨而遭到殺害。」

五代默默點著頭，也許在內心認為這種幼稚的意見很無聊。

最後，五代問了奇怪的問題，他說了富岡八幡宮、隅田露天、港區海岸這些地名後，問她們是否能夠想到什麼？

美令和綾子互看了一眼，這幾個地方和他們家沒有任何關係，也從來沒有從健介口中聽說過這些地名，於是就如實回答了。
兩名刑警離開了，他們的背影似乎寫著「一無所獲」。
幾個星期過去，這段期間內發生了很多事。最大的事當然就是警方逮捕了兇手。
兇手是住在愛知縣的一個名叫倉木達郎的人。美令是從新聞中得知這件事，幾天之後，五代才來到位在南青山的家中，通知她們這件事，而且他上門是另有目的。美令懷疑如果不是有這個目的，可能永遠都不會主動通知她們。
五代的目的是確認倉木供詞中的一部分內容。
倉木說，三月底在東京巨蛋球場結識了健介。他們的座位剛好相鄰，也都是龍隊球迷，所以意氣相投。倉木因為遺失了皮夾，健介借了錢給他買新幹線車票，兩個人也因此熟絡起來。
五代問她們母女，是否曾經聽健介提過這件事。
母女兩人再次互看了一眼，然後歪著頭納悶。因為兩個人都是第一次聽說這件事，甚至對健介獨自去看棒球比賽感到意外。健介的確支持龍隊，但並不是這麼熱衷的球迷，甚至可能不太認識最近的選手。
五代聽了她們的回答，露出了困惑的表情。可能和他原本的預料大不相同。
刑警準備離開，美令叫住了他，希望他可以更詳細說明倉木和案件的相關情況，沒想到刑警竟然說，這是偵查機密，無法公開。美令強調「我們是遺族」，繼續追問刑警。

「我們是遺族啊，卻什麼都不能告訴我們嗎？更何況警方逮捕到兇手，不是應該最先通知我們嗎？我們是遺族，卻受到這樣的對待，簡直太莫名其妙了。」

但是，五代只是鞠躬道歉說：「對不起。」

之後，警方也沒有向她們說明任何情況，時間就這樣一天一天過去了。在逮捕兇手一個星期後，才終於瞭解到案件相關的消息，但並不是來自警方的消息，而是從網路新聞中看到的。網路新聞提到，倉木向健介諮詢如何為過去所犯下、時效已經消滅的罪行贖罪，健介告訴他，說出一切才是有誠意的態度，倉木擔心健介會揭露這件事，於是就行兇殺人。

美令看了報導內容後感到愕然，怎麼會有這麼荒唐的動機？她之前一直認為父親健介不可能招人怨恨，完全沒有想到竟然會有這種理由。

但是——

她感到難以理解。並不是因為理由太荒唐，而是「健介告訴他，說出一切才是有誠意的態度」這個部分。

健介會說這種話嗎？

如果是正常的情況，或許能夠理解。健介也經常說，說出真相最終對被告有利。但這次的情況不一樣，那起案件的追訴時效已經消滅，即使現在說出真相，沒有任何人能夠得到好處。
美令把這個疑問告訴了綾子，綾子也同意，她也有同感。
「感覺不像是爸爸會做的事，他會把對方逼到走投無路嗎？」綾子說完，歪著頭納悶，然後又補充說：「光看報導無法瞭解，在瞭解他們實際的對話之前，也無法發表任何意見。」
綾子說，她有一個想法。
沒錯，說到底，就是資訊太少了，甚至不知道過去的案件到底是怎樣的案件。
「妳不是也認識望月律師嗎？」
「認識是認識，怎麼了？」
望月是健介的後輩，也是律師，在九段的一家大型事務所任職。他來參加葬禮時，曾經向綾子打招呼。
「望月律師建議我們可以使用被害人訴訟參加制度。」
「喔……」
美令也從健介口中聽說過這個制度的名稱，據說修法之後，被害人和遺族也能夠參與訴訟，但她不瞭解詳細的情況。因為她一直以為自己不需要瞭解，也以為一輩子都和自己無關。
綾子告訴她，望月說如果她們有這個打算，他可以介紹專人協助。雖然遺族可以參加訴訟，但不瞭解法律的外行人很難自行辦理複雜的手續，所以有被害人訴訟參加律師制度，從法律的角度支援被害人。只要向東京地檢廳諮詢，東京地檢也會協助介紹律師，但望月有適當的人選可以介紹。

「那我們就使用這個制度，」美令說，「只要能夠參加訴訟，就可以瞭解很多情況，我想親自瞭解爸爸為什麼會遭到殺害，也想親眼看看兇手到底是怎樣的人。」

綾子也對這件事抱著正面的態度，於是露出了下定決心的表情表示同意。

自從警方公布兇手的殺人動機後，幾乎每天都會遇到想要採訪的記者。綾子說，前幾天也有一個姓南原的自由記者上門糾纏了半天，說只要採訪幾分鐘就好。

「白石先生似乎認為即使追訴時效消滅，所犯的罪也沒有消失，請問有沒有發生過什麼事，可以佐證這一點呢？」那個姓南原的記者在家門口這麼問。

正因為想不到可以佐證的事，所以才無法理解兇手的殺人動機——美令聽了綾子告訴她的情況後這麼想。

20

晚上七點整，對講機的鈴聲響起。綾子拿起聽筒說：「請進。」放下聽筒後對美令說：「她來了。」然後走去玄關。

美令確認餐桌很乾淨後，把椅子排整齊。

不一會兒，門打開了，一個身材嬌小的女人跟在綾子身後走了進來。她一頭短髮，戴了一副黑框大眼鏡。看起來像三十五、六歲，但實際年齡可能更大，一身深灰色套裝，背著商務後背包。雖然之前就聽說是女律師，但和美令原本的想像不太一樣。

女律師拿出名片，自我介紹說：「我姓佐久間。」名片上印著佐久間梓的名字。事務所在飯田橋。

「請多指教。」綾子說。

「請坐。」美令請她坐在餐桌旁。

「失禮了。」佐久間梓坐下後，美令也坐了下來。

佐久間梓看到綾子準備走去廚房，立刻準備說：「不用準備飲料了，我想專心談事情。」

「喔……好。」綾子不知所措地走了回來，拉開了美令旁邊的椅子。

「那我就直接進入正題，請問妳們對被害人訴訟參加制度瞭解多少？」佐久間梓問。

「聽望月律師說了之後，我和女兒一起稍微做了點功課。我們是律師的家屬，實在太慚愧了。」綾子一臉歉意地說。

「醫生的家屬也對醫學不會有詳細的瞭解，而且這個制度還很新，律師中也有不少人還不太熟悉這個制度。」佐久間梓條理清晰地說，「簡單地說，就是不讓被害人和遺族被排除在訴訟之外的制度。」

「不被排除在訴訟之外。」綾子小聲嘟噥著。

「以前的刑事訴訟只把被告、辯護人和檢察官視為當事人，被害人和目擊者、證人一樣，只是為了證明被害狀況的證據之一，完全被排除在訴訟之外，如果抽籤沒有抽中，在開庭時甚至無法旁聽。這種情況很不合理，於是法律經過多次修訂，推出了被害人訴訟參加制度，讓被害人也能夠參與訴訟，表達意見，質問被告。」她說到這裡，嘴角露出了微笑，「不好意思，妳們已經研究過了，應該已經瞭解這些情況。」

「但是我們完全不知道具體該做什麼。」

女律師聽了綾子的話，深深點了點頭，似乎並不感到意外。

「我們的工作，就是提供相關的協助，但也只能協助而已，只能成為被害人的代理，不可以有任何違反被害人意志的行為，我們和不需要顧及被告的意志，就可以進行訴訟行為的辯護人有很大的差異。也就是說，最重要的是被害人——也就是妳們的意志，所以請兩位充分思考自己想要做什麼，想要達到什麼目的。」

「比方說，有哪些方面？」美令問。

「首先是量刑，檢察官會求刑，但除此以外，被害人參加人也可以求刑。」

「即使和檢察官求刑不一樣也沒關係嗎？」

「沒關係，通常在殺人案件中——」佐久間梓露出一絲猶豫的表情後繼續說了下去，「不管檢察官的求刑內容，遺族經常求處極刑。」

美令瞥了一眼身旁，和綾子四目相接。綾子似乎用眼神問她該怎麼辦。

當然要求處死刑啊？美令用眼神回答。

「除此以外，還有哪些呢？」美令問佐久間梓。

「不同的案件中，被害人參加人的做法也各不相同。有人質問被告，在犯罪時是怎樣的心情，也有人問被告目前的心境。總之，要讓陪審員留下什麼印象很重要，不能只是吐露情緒化的想法。大部分陪審員都會努力避免受到感情的影響保持冷靜，被害人說得越激動，陪審員的內心就會越冷靜，最後可能會造成和被害人的想法完全相反的結果。」

聽起來似乎沒這麼簡單。美令忍不住想。

「但是，佐久間律師，」綾子開了口，「雖然妳這麼說，但我們幾乎對案件一無所知，即使要我們發問，我們也不知道要問什麼。」

「我瞭解。」佐久間梓點了點頭，「一切都從現在開始。明天我會打電話給承辦檢察官，轉達妳們要使用被害人訴訟參加制度的意願，然後再辦理參加的聲請手續。雖然我會負責辦理這些手續，但需要妳們的委任狀，所以明天方便來我的事務所嗎？」

「我去。」綾子回答。

「法院立刻會針對我們的聲請加以回覆，這次的案子不可能不核准。一旦核准，我們就可以開始行動，請問妳們瞭解庭前整理手續嗎？」

「我們也對這個問題稍微研究了一下，」綾子說，「就是開庭前的準備工作吧？」

「對，就是決定在開庭時出示什麼證據，傳喚誰到庭作證，以及爭點是什麼。由法官、書記官、檢察官和辯護人參加，很遺憾，被害人訴訟參加人無法參與。所以我會盡可能向檢察官索取各種資料，也會申請紀錄的影本，徹底分析到底發生了什麼事，被告和白石健介先生之間的談話，以及白石先生遭到殺害的來龍去脈。我相信兩位看了卷宗之後，就會想到要問被告什麼問題，以及希望被告用什麼方式贖罪。兩位認為如何？」佐久間梓問美令和綾子。

美令和綾子相互點了點頭，然後轉頭看向女律師：「沒問題，那就麻煩妳了。」

「那明天我在事務所恭候。」佐久間站了起來，拿起放在旁邊椅子上的皮包。

「請問，」美令也起身問道，「佐久間律師，請問妳是從什麼時候開始從事這個工作？」

「這個工作？妳是說支援犯罪被害人嗎？」

「對，我雖然聽我父親提過被害人訴訟參加制度，但我想他應該並沒有接相關的工作。」

「是啊，我們在律師中，的確也算是比較特別。因為在開庭時，我們會坐在檢察官席，但其實我比較習慣這樣。」

美令歪著頭，聽不懂最後這句話的意思，佐久間梓嘴角露出微笑說：

「我曾經在檢察廳工作了五年，以前是檢察官。」

「喔！」美令叫了一聲。

「檢察官在開庭前會向被害人瞭解情況，所有被害人都很痛苦，很難過。雖然在訴訟中，檢察官的工作就是追究被告所犯的罪，但我總覺得無法充分表達被害人的想法，無法代替被害人表達他們的心聲，既然這樣，最好的方法就是由被害人，或是遺族親口表達。我基於這種想法，開始做目前的工作。」佐久間梓推了推黑框眼鏡，眼鏡後的雙眼注視著美令，「不知道有沒有回答了妳的問題？」

「我充分瞭解了，請多指教。」

「我們一起努力。」佐久間梓說完，背起了後背包，看起來就像準備挑戰高山的登山者。

21

和真從剛才就很在意並肩坐在牆邊座位上兩名高中女生的舉動。她們看著智慧型手機，竊竊私語著，和真總覺得她們的視線不時看向自己。

他覺得自己剛坐下，拿下口罩時，那兩名女生就出現了這樣的舉動，但再把口罩戴起來也很奇怪。因為戴著口罩根本沒辦法喝拿鐵咖啡。

他正在想這些事，其中一名女生站了起來，朝和真的方向走來。她該不會是走過來和自己說話？和真忍不住繃緊了身體。

那個女生在和真的那張桌子旁停下腳步，舉起手機，把鏡頭對準和真右後方的牆壁，按下了快門。確認照片後，露出滿意的笑容走回自己的座位。

和真轉身抬頭看向牆壁，那裡貼了一張海報，一個年輕男偶像手拿著熱狗，露出滿面笑容。她們似乎在看那張海報。和真鬆了一口氣。雖然覺得自己很蠢，但還是感到安心。

這一陣子，他每次外出就會緊張，總覺得有人在看自己。他不想露臉，所以總是戴上口罩。

但是從來沒有人找他說話，更沒有人突然問他：「你是不是嫌犯倉木達郎的兒子？」

即使這樣，他仍然感到忐忑不安，總覺得這種事遲早會發生。

原因就在於社群媒體。雖然不知道是誰幹的，但網路上有和真的照片，起初是從高中畢業紀念冊上翻拍的照片，最後他發現開始流傳自己很久以前上傳到社群媒體的照片。那是出席朋友婚禮時拍的照片，和真以外的人眼睛都用黑線遮住了。

應該沒有太多人會注意到這種照片，如果是殺人兇手的照片，或許還有人會感興趣，自己只是殺人兇手的兒子，但他第一次看到那張照片時的衝擊難以用言語形容，簡直就像被關進了無處可逃的迷宮。

他把紙杯拿了過來，喝著杯中的拿鐵。說實話，他並不想外出。只要關在家裡，就不必在意外人的眼光，只不過整天在家壓力也很大。最大的原因在於資訊不足，他對達郎引發的案件一無所知，令他感到焦慮不已。

他從律師堀部口中瞭解了案件的相關情況，但他完全無法接受。所有的一切都是第一次聽到，完全不像他認識的父親。即使接下來開庭審理，法官對達郎做出有罪判決，達郎入獄服刑，他也沒有自信能夠接受這些現實。

入口的門打開了，一名男客走了進來。那個男人在西裝外穿了一件米色大衣。和真輕輕舉起手，對方也發現他，向他點頭。

那是他的同事雨宮雅也。今天白天他們用電子郵件聯絡，然後相約見面。

雨宮買了飲料後，走到和真的餐桌旁，但並沒有看和真的臉，直到把大杯咖啡放在桌上，脫下大衣，在椅子上坐下後，才和他打了聲招呼。

「不好意思，讓你特地來這裡。」和真向他道歉。

「不必在意，我在電子郵件上也寫了，之前就想來門前仲町看看。這裡很熱鬧，感覺是個不錯的地方。」雨宮說著，把紙杯舉到嘴邊。他一頭長髮，嘴唇上方蓄著稀疏的鬍子。

「我也是第一次來這裡，如果不是發生這種事，可能一輩子都不會來這種地方。不，其實現在可能也不該來這裡。」和真低頭看著手上的杯子。

「你說你爸爸每次來東京都會來這裡？」雨宮確認了和真在電子郵件中提到的事。

和真抬起頭，點點頭說：

「他都去一家名叫『翌檜』的小餐館，那是一對母女經營的店，我爸爸似乎就是為了去看她們。」

雨宮聳了聳肩問：「你告訴我這些沒問題嗎？」

「我相信你，而且如果不向你說明一下情況，你可能無法瞭解我的想法。」

「我不會告訴別人，你可以把你認為沒有問題的內容告訴我，我不會主動問你有關案件的事。」雨宮露出嚴肅的眼神看著他。

「嗯。」和真看著朋友的雙眼說：「我希望你等一下和我一起去那家『翌檜』。」

「小事一樁，我該怎麼做？」

「和平時一樣，就像我們平常去喝酒的感覺。我上網查了一下，據說那家店的菜很好吃，所以我們可以點幾個菜喝酒。但是，有兩點注意事項，第一，不要談論案件的事，另一件事，就是不要在店裡叫我的名字。如果非要叫我的名字時，就叫我芝野。我告訴你漢字怎麼寫，就是芝麻的芝，原野的野。」

「我知道了，芝野，對不對？」雨宮用食指在桌上寫了這兩個字。

「那是我媽娘家的姓。」

「原來是這樣，那我們要小心別喝過量，一旦喝醉，可能會忘記。」

「不好意思，讓你陪我做這麼麻煩的事。」

雨宮用鼻子發出笑聲，一隻手在臉前搖了搖說：

「你不必在意，反正只要吃美食、喝酒就好，那不是和平常一樣嗎？沒什麼大不了的。」

「不好意思。」

「所以你不必道歉。」雨宮皺起眉頭，「先不說這個，你最近身體怎麼樣？」

「馬馬虎虎。」

「真的嗎？你應該有好好吃飯吧？」

「你不必擔心，時間一到，肚子就會餓。雖然完全沒有心情吃飯，但本能還是占了上風。」

「聽你這麼說，我就放心了。如果一個人吃飯無聊，就打電話給我，我隨時可以陪你吃飯。」

和真聽了朋友的話，露出苦笑。

「很感謝你這麼說，但你這麼忙，我怎麼好意思拜託你這種事。今天是例外。」然後他又繼續問：「對了，公司的情況怎麼樣？是不是引起軒然大波？」

雨宮拿著紙杯，搖了搖頭說：

「不，其實也沒有，因為公司內禁止討論案件的事。前陣子有媒體記者在公司門口打轉，最近就沒看到了。可能他們也放棄了。」

和真嘆了一口氣說：

「我給公司添了很多麻煩，即使回去上班，應該也無法回到原來的部門，但幸好沒有解僱我。」

雨宮似乎不知道該怎麼回答，一臉複雜地喝著咖啡。

「老實說，我至今仍然難以相信，也完全沒有真實感。」和真說，「我無法想像我爸竟然會做那種事，他性格頑固，向來很討厭偷雞摸狗的事。聽律師說，他認為都是自己的錯，願意接受任何刑罰。這麼清高的人，會為了隱瞞以前犯下的罪而殺人嗎？

是不是不可能？」

雨宮陷入了沉思。和真想起他剛才說，不會主動問有關案件的問題。

「你有沒有見到你爸？」雨宮問。

和真搖了搖頭說：

「他不想見我，雖然我有很多事想要問他。他透過律師，交給我一封信，信上只是一個勁地道歉，完全沒有提及案件，叫我怎麼有辦法接受？」

「所以你決定自己調查嗎？」

「也不算是調查，只是想親眼確認，我爸在東京到底幹什麼。或許在旁人眼中，會覺得我不願意承認親人犯了罪，只是在掙扎。」

「掙扎有什麼關係？我陪你。」

和真聽了雨宮的話，差一點又想道歉，但隨即把話吞了下去，簡短地說了聲「謝謝」。

晚上七點時，他們走出咖啡店。他們要去的那家小餐館就在永代大道的對面。他們走過斑馬線，走到那家小餐館所在的大樓。

狹窄的樓梯上方掛著寫了「翌檜」的小招牌。走上樓梯，格子門上掛著「營業中」的牌子。

和真用力深呼吸，拿下了口罩，但把毛線帽拉低，戴上了粗框的平光眼鏡。因為淺羽母女有可能看到社群媒體上的和真照片，所以他要稍微變裝一下。

雨宮推開了門，先走進了小餐館。和真跟著他走了進去，隔著雨宮的肩膀，看到原木的吧檯前坐了一對男女。

「歡迎光臨。」一身穿長袖圍裙的老婦人走過來。她看起來大約七十歲左右，個子矮小，滿是皺紋的臉上戴了一副眼鏡。她應該是淺羽母女中的母親，和真記得她叫洋子。

「兩位嗎？」洋子豎起兩個手指，抬頭看著雨宮問。

「對。」雨宮回答。

「你們要坐吧檯還是桌子的座位？」洋子輪流看著雨宮與和真問。和真立刻低下頭。

「要坐哪裡？」雨宮問他。

「啊……坐桌子。」和真低頭回答。

「好，那請跟我來。」洋子並沒有起疑心，帶他們來到牆邊的桌子旁。

他們坐下後，洋子立刻送上了小毛巾。她請他們先點飲料，和真點了一杯威士忌蘇打，雨宮點了生啤酒。

和真用小毛巾擦手時，看向吧檯內。吧檯內站了一個穿著和洋子相同長袖圍裙的女人，她鼻子很挺，眼睛很大，身材高挑，一頭栗色頭髮挽了起來。據說大約四十歲左右，但看起來比實際年齡更年輕。她應該就是淺羽織惠。

達郎就是來見這對母女，來見這對因為三十多年前，自己犯下的殺人案件，蒙受不白之冤而失去丈夫和父親的這對母女——

如果父親真的在很久以前，曾經犯下了殺人罪，和真認為父親來見她們的行為本身，以及為了向她們道歉，想要把遺產都留給她們的舉動，的確很像是父親的作風。

「喂，芝野。」聽到叫聲，他抬起了頭，發現雨宮拿著菜單。

「要點什麼？如果你沒意見，我就隨便點了。」

「你點吧。」和真說。

淺羽洋子送飲料上來，她把杯墊放在和真面前，把細長形的玻璃杯放在杯墊上。

當她把生啤酒放下後，雨宮開始點菜。他點了雞翅、味噌關東煮等愛知縣的鄉土料理。

洋子離開後，和真拿起杯子。「辛苦了。」雨宮舉起生啤酒的杯子。「辛苦了。」和真也應了一聲，喝了一口威士忌蘇打。

他瞥向吧檯內，忍不住一驚。

因為他和淺羽織惠四目交接。

但只有短暫的剎那而已，她立刻移開了視線，面帶笑容看著其他客人，不知道在聊什麼。

剛才是怎麼回事？——和真亂了方寸。

只是剛好對上眼嗎？還是她一直看著自己？

和真把杯子舉到嘴邊，再次看向吧檯，但她正在做菜，沒有抬起頭。

22

佐久間梓的事務所位在大樓的三樓，事務所的空間也很小，好像配合她的嬌小身材。美令和綾子坐在放著玻璃茶几和沙發的簡易接待空間，面對著事務所的主人。

「我昨天去了檢察廳，見到了承辦檢察官。」佐久間梓說：「目前正在進行庭前整理手續，聽說辯護律師對於被害人參加訴訟一事，表達很希望能夠藉此機會，遺族可以看到被告深刻反省的態度。」

「這樣啊。」綾子用冷淡的語氣回答。她可能沒有什麼感想。美令也一樣。

據說提出被害人參加訴訟的聲請後，法院會通知辯護律師，徵求律師的意見。在某些被告否認犯案事實的案件中，律師也會表示反對，但佐久間梓之前就認為，這次應該不會發生這種狀況，事實上，法院也很快就同意被害人參加訴訟。

「所以，」佐久間梓握起雙手問：「妳們看紀錄了嗎？」

「看了。」綾子回答後，從紙袋中拿出一份很厚的檔案放在桌上，有些地方貼了標籤。

三天前，佐久間梓把這份紀錄交給她們，是檢察官掌握的證據等紀錄的影本，記錄了犯案動機和犯案的具體內容。佐久間梓說明不得影印、不得在網路上公開等注意事項後，請她們在下一次見面之前，充分閱讀紀錄的內容。

看了紀錄之後，美令和綾子才終於瞭解整起案件的全貌。

紀錄的內容完全超出她們的想像，因為這起案件的起源竟然是很久之前的一起殺人命案，而且當時的嫌犯蒙受了不白之冤，在警局的拘留室內自殺了。倉木達郎坦承，自己是那起案件的真兇，而且也希望向那名自殺男子的遺族道歉。

原本搞不清楚這件事和健介有什麼關係，結果出現了東京巨蛋球場那件事。倉木向白石律師請教讓他人繼承遺產的方式，然後就說出了自己以前犯的罪，白石律師說，無法贊成這種贖罪方式，之後執拗地寫信要求他說出事實真相，導致他產生了殺機。十月三十一日，他約了白石律師見面，在隅田川堤頂行兇殺人——以上就是大致的概要。

「怎麼樣？」佐久間梓問，「妳們看了之後有什麼感想？」

美令看著綾子。

看了這份紀錄後，她們母女產生了相同的感想。

「是什麼感想？」佐久間梓再度問道。

「感覺不像是在說我先生。」綾子說。

佐久間梓瞪大了眼睛問：「哪一部分？」

「就是，」綾子翻開了檔案，翻到了那一頁說，「就是無法贊成他贖罪的方式，或是要求他必須說出事實真相的部分。該怎麼說，感覺不像是我先生的作風。」

「怎麼不像？」

「怎麼不像……妳這麼問，我也不知道該怎麼回答。」

「我覺得，」美令插嘴說，「父親不會有這種想法。」

佐久間梓看著美令問：「這種想法？」

「就是這種不根據實際狀況，滿口正義的想法，我父親不會做這種事。雖然我也覺得被告打算在死後把遺產交給對方繼承的贖罪方式太天真了，如果真心想要道歉，就應該說出真相，這種想法也完全正確。但我父親充分瞭解，人類這種動物無法做到，所以我無論如何都無法理解，父親怎麼可能用這些話去責備那個姓倉木的人。」

她的眼角掃到坐在旁邊的綾子頻頻點頭。

佐久間梓臉上的表情並沒有太大的變化，低頭看著手邊的檔案，然後再度抬起頭。

「妳們的意思是，無法相信被告的供詞嗎？」

「也不是這麼說……」綾子含糊其詞。

「我無法相信。」美令斷言道，「父親不是這樣的人。」

佐久間梓用力抿著嘴，用鼻子呼吸數次後開了口。

「據檢察官說，辯護律師無意爭辯犯罪事實，爭點應該在於是否預謀這件事上。

但因為被告準備了兇器，不可能狡辯說是臨時起意殺人，所以可能會針對為什麼沒有打消殺人的念頭這一點進行爭辯。不，辯方應該會強調這一點。雖然被告很希望可以不要殺人，但白石律師的態度讓他感到走投無路，所以就動了手。也就是說，白石健介先生在案發當天的態度成為關鍵。但是……」

佐久間梓注視著美令的臉繼續說了下去。

「聽了妳們剛才說明的情況，在討論白石先生當天的態度之前，他對被告倉木向他諮詢的事所做出的反應，就不像是他的作風，對不對？」

「對。」美令點了點頭。

佐久間梓露出了沉思的表情。

「但現在只能相信被告說的話，因為並沒有其他人聽到白石先生對被告倉木說了什麼。」

「但是，寫信的事也很奇怪，」美令說，「被告說，父親還寫信責備他。」

「被告說，收到兩封白石先生寫給他的信，但他把兩封信都丟掉了，還說信上寫著，他無法協助兇手掩蓋罪行。如果要他做這種事，他會選擇揭發罪行。」

「不可能，」美令搖了搖頭，「父親絕對不會寫這種內容。」

「檢察官也覺得不可信，認為可能是被告為了強調自己在精神上被逼得走投無路而編出來的故事，但因為辯方並沒有把信作為證據，所以檢察官也不打算追究。」

「除了信以外的部分呢？檢察官相信嗎？」

「檢察官認為被告沒有理由說謊，而且動機也很有說服力。」

美令把手指伸進頭髮抓著頭說：「我無法接受。」

「我會先把妳們的意見傳達給檢察官。」佐久間梓說，「妳要不要親自向檢察官說明？」

「我嗎？可以這麼做嗎？」

「這才是原本的方式。」佐久間梓的臉上露出了淡淡的笑容，「我只是代理人，我本來就要和檢察官討論，下次我們一起去檢察廳。」

「我瞭解了。」

「還有其他問題嗎？有沒有什麼疑問，或是要問被告的問題？」佐久間梓再度輪流看著美令和綾子。

綾子默默歪著頭，美令再度開口說：「總覺得不太瞭解兇手為人處事的態度。」

「什麼意思？」

「我認為他打算向因為冤屈而自殺的男人遺族道歉的想法是正人君子的感情，而且他還花了很大的力氣找她們，定期特地從愛知縣來東京看她們，如果不是出於真心誠意，不可能有辦法做這種事。這麼善解人意、體貼他人的人，為什麼會殺人……？如果是在衝動之下行兇還情有可原，但這次是有預謀的行為，不是嗎？所以我搞不懂。」

「關於這個問題，檢察官在被告招供時，就產生了疑問，所以認為當初或許是因為受到良心的譴責努力尋找遺族的下落，至於定期來東京，則可能是基於其他的理由。」

「什麼其他的理由？」

「就是別有用心，」佐久間梓說，「遺族是淺羽母女，女兒織惠小姐年紀大約四十歲左右，而且是單身，即使被告倉木對她產生戀愛感情也很正常。」

美令驚訝地低頭看著檔案，「這裡面完全沒有提到這件事……」

「對，因為承辦的檢察官懷疑這種可能性，要求警察詳細調查，但最後還是沒有發現任何可以顯示被告產生了戀愛感情的證據。不僅如此，反而發現那對母女對被告倉木產生了好感。即使這樣，負責訴訟的檢察官仍然約談了淺羽洋子，在告知被告倉木是三十三年前那起案件的真兇後，問她對被告的印象。原本期待她得知倉木是讓她丈夫蒙受不白之冤的萬惡根源後，態度會有所改變。」

「結果怎麼樣？」

佐久間梓聽了美令的問題後，緩緩搖了搖頭。

「淺羽洋子回答說，她突然聽到這些事也難以理解，倉木先生對她們母女來說是一個好客人，也很善待她們。檢察官聽了她的回答之後，就打消了傳喚她出庭作證的念頭。因為開庭時不需要對自己沒有幫助的證人。」

也許是因為佐久間梓之前也是檢察官，所以語氣很冷淡。

「所以被告倉木純粹是基於真心誠意去見遺族嗎？這會有助於酌情減刑嗎？」

「也許會讓陪審員覺得，他並不是壞到骨子裡的人。」

「如果是這樣，為什麼把我父親——」美令不想用「殺了」這兩個字，咬著嘴唇。

「妳有這樣的疑問很正常，」佐久間梓說，「我希望妳在法庭上表達這種心情。」

23

走出有樂町的電影院，看了智慧型手機，發現來電紀錄中有中町的名字。剛才看電影時，他似乎打了電話。五代邊走邊按了通話鍵，把手機放在耳邊。鈴聲響了兩次之後，就聽到很有精神的聲音回答：「喂，我是中町。」

「我是五代，你剛才打電話給我？」

「不好意思，打擾你了。沒有什麼重要的事，只是有點在意一件小事。五代先生，你有沒有看本週的《世報周刊》？」

「《世報周刊》？不，我沒看。」

《世報周刊》是一本廣泛報導政治問題、經濟問題、社會問題、企業的醜聞，乃至名人和藝人緋聞等各種可能成為熱門話題題材的周刊雜誌，五代有時候也會買來看。

「上面刊登了這次的案件，『港區海岸律師兇殺暨棄屍案件』的相關報導。」

五代無法對此置若罔聞，他把手機用力按在耳朵上問：「寫了些什麼？」

「內容很深入，而且提到了一九八四年的愛知縣案件。」

「什麼？」五代忍不住停下了腳步，「我知道了，我馬上去買。」

「五代先生，你吃晚餐了嗎？」

「不，還沒有。」

「那你等一下有空嗎？我想和你討論一下這件事。」

「有空啊，案件已經解決了，所以現在是待命狀態，我剛看完電影。」

「那要不要約一下？」

「好啊，那就來約一下。我先去買《世報周刊》，要約在哪一家店？」

「那當然是老地方啊。」

中町說了門前仲町的那家爐端燒的店，五代當然沒有異議，二話不說就答應了。

「那就八點見。」和中町約好之後，掛上了電話。

他走進附近的書店，買了《世報周刊》後，走進一家咖啡店，立刻看了起來。

那篇報導篇幅很長，標題是「時效消滅是特赦嗎？在那些殺人兇手沒有被問罪之後」，是一個姓南原的自由記者所寫的內容。

報導從「十一月一日上午八點未到，在一輛違規停在東京都港區路上的車內，發現了一具遭到刺殺的男性屍體」這句話開始，之後介紹了被害人的身分，以及身上的錢財並未遭竊等警方已經公布的概況，提到「警方展開偵查之後，逮捕了住在愛知縣的倉木達郎」。接下來，報導進入了高潮。首先提到了倉木招供的殺人動機。

「根據警方相關人士透露，被告倉木坦承，他把一起追訴權時效已經消滅的案件告訴了白石律師，白石律師責備他應該將一切公諸於世，他擔心白石律師會向周圍的人揭露他的過去，於是行兇殺人，但警方並未對外公布那起時效已經消滅的案件是怎樣的案件，於是記者前往被告倉木的居住地，在當地進行採訪，最後發現了驚人的事實。」

報導中公開了那起案件就是一九八四年五月發生的「東岡崎車站前金融業者命案」，在詳細說明案件內容後，繼續寫道。

「當時和被告倉木在同一個職場工作的A先生說，被告倉木是發現屍體的人，警方向他瞭解了情況，但並沒有懷疑他，他也沒有因此遭到逮捕，其實倉木才是真兇。歲月流逝，那起案件的追訴權時效屆滿，然後就發生了這次的案件。也就是說，犯下殺人罪的人因為時效消滅，沒有受到法律制裁，再次行兇殺人。」

文章換了段落後，繼續寫道。

「二〇一〇年四月二十七日廢除了殺人罪的追訴權時效，但只針對在當時的時間點，時效尚未屆滿的案件。在一九九五年之前殺人，追訴權時效已經屆滿的殺人兇手，可以大搖大擺地像普通人一樣生活。極端地說，如果在一九九五年四月二十八日殺人，一旦將兇手逮捕歸案，就會受到法律制裁，但如果是前一天的二十七日殺人，殺人兇手就永遠無法受到法律制裁。可以允許這種荒唐的情況存在嗎？」

五代看到這裡，瞭解了報導的切入點。關於這起案件，如果只是蜻蜓點水般的簡單調查，不可能瞭解詳細的情況。白石健介的遺族不可能接受採訪，所以原本以為不可能有深入的報導。雖然目前已經廢除了殺人罪的追訴權時效，卻無法對時效已經屆滿的案件發揮效力，這篇報導的訴求重點，就是對這種狀況感到不公平。

之後是針對追訴權時效已經屆滿的殺人命案採訪的內容。網羅了各方面的意見後提出，既然已經廢除時效，已經屆滿的時效也應該取消。也有遺族接受了他的採訪，在報導了這些遺族的心聲後，強調「因為追訴權時效屆滿，就不再向殺人兇手問罪的同時，這些遺族至今仍然深受其苦，他們內心的創傷沒有時效屆滿的一天」。

五代越看越覺得無聊。雖然這篇報導或許有價值，但和這次的案件並沒有太大的關係。但是，當他抱著這種想法一目十行時，在最後的部分，發現了引起他注意的內容。

「再回到最初提到的那起案件。在記者採訪後發現，在被告倉木過去犯下的那起案件中，除了遭到殺害的被害人和遺族之外，還造成了其他犧牲者。當時，有另一名男子因為此案遭到了逮捕，那名男子為了證明自己的清白，在警局的拘留室內自殺。記者這次也打算採訪當時那名男子的遺族，但遺族希望不要再打擾她們。但是不難想像，遭到冤枉被視為罪犯的家人多年來一定過著抬不起頭的生活，也承受了很多不為人知的辛苦。

至於加害方對此又有如何感想呢？

記者直接採訪了被告倉木的長子，得到了以下的回答。

『姑且不論現在，當時的追訴時效是十五年，所以我認為我父親在時效已經消滅的那起案件上已經贖罪了。』

也就是說，被告的長子認為，過去犯下的罪已經一筆勾銷，希望這次審判只是針對這次的犯罪量刑。

如果你是陪審員，你會怎麼看這個問題？可以把倉木視為只奪走了一條人命的被告嗎？」

爐端燒的店一如往常的熱鬧，中町事先打電話預約，所以他們可以舒服地面對面坐在角落的餐桌旁。用啤酒乾杯後，立刻開始談論《世報周刊》的事。

「你對記者查到一九八四年的案件有沒有感到驚訝？」中町小聲地問。

「雖然不至於驚訝，但很佩服他竟然能夠查到。」五代把周刊放在桌子上。

「記者是向他以前的同事打聽到這些消息。」

「好像是，如果他猜到倉木過去犯的案子是殺人案，正如他在報導中提到的，就一定是一九九五年之前的事。記者應該找遍了所有和倉木有來往的人，這項作業想必耗費了很多工夫。這個自由記者很有行動力。」

「不知道警視廳的幹部看到這篇報導後，會有什麼感想。因為顧慮到愛知縣警，所以他們之前都沒有提到八四年的那起案件。」

「不，他們反而覺得是件好事。因為一旦進入訴訟階段，這件事遲早要公開，搞不好到時候媒體會大肆報導。既然這樣，不如趁現在讓這件事公開，可以緩和這件事造成的衝擊。而且是周刊報導了這個消息，警視廳也可以對愛知縣警有所交代。檢察官可能很歡迎這種報導。因為進入訴訟階段後，在輿論界掀起軒然大波，很可能會對陪審員的心理產生影響，那還不如趁現在讓媒體炒作這個話題。」

「原來是這樣，很有這個可能。」中町把毛豆放進嘴裡。

「比起這件事，」五代翻開了周刊，指著報導的最後部分說：「我更驚訝記者直接採訪到被告倉木的長子這件事。這應該就是倉木和真吧？記者真的採訪到他本人嗎？」

「應該吧，否則不可能寫這些內容。」

「嗯，」五代帶著鼻音應了一聲，「通常會接受採訪嗎？不是都會一直強調無可奉告嗎？」

「他可能希望對父親的審判有利。」

「或許是這樣，但這根本是反效果。加害人家屬面對這種事的原則，就是避免多說話，只要低頭道歉說『對不起，浪費了社會資源』就好。」

五代想起了倉木和真看起來很有氣質的長相，覺得他不像是那種輕率的人，照理說不可能情緒化地發言袒護自己的父親，但也可能是被記者巧妙引導。

剛烤好的香菇和糯米椒送了上來，醬油的味道很香。五代拿起一串香菇。

中町拿起周刊雜誌說：「這個記者也去見了淺羽母女。」

「報導中提到了這件事，但好像對方拒絕採訪。」

「這意味著她們目前已經知道倉木是一九八四年那起案件的兇手，不知道她們是怎樣的心情。」

「我也很好奇這件事，聽說檢察官約談了洋子，只是不知道談了些什麼。」

五代雖然負責聯絡淺羽母女，但直到最後，都沒有告訴她們，倉木的犯罪動機和一九八四年的那起案件有密切關係。

「雖然兇手已經遭到逮捕了，但這起案件似乎仍然餘波蕩漾。」中町用沉重的語氣說。

「殺人命案向來都是如此，但如果我們也受到影響，就無法勝任刑警的工作，接下來只要默默觀察訴訟的發展就好。」五代說完，為中町已經喝空的杯子倒了啤酒。

他們邊喝邊閒聊，轉眼之間，就到了打烊的時間。他們走出店後，走向地鐵車站，不約而同地過車站而不入，走到「翌檜」所在的那棟大樓前停下了腳步。

「不知道她們在幹嘛。」中町抬頭看著那棟大樓說。

「不知道，搞不好和平時一樣。」五代說。

「是嗎？她們沒有看《世報周刊》嗎？」

「可能看了，但我總覺得她們不會受那種報導的影響，那對母女很厲害，都是堅強的女人。走吧。」

正當五代轉身準備離開時，看到一個男人從那棟大樓走了出來。年紀不到五十歲，個子不高，身材有點發福，方臉上戴著金框眼鏡。

「啊！」身旁的中町叫了一聲。

「怎麼了？」五代小聲問道。

中町把嘴湊到五代的耳邊說：「那個人是倉木的律師。」

「啊？」五代皺著眉頭，注視著男人遠去的背影。

「在起訴之前，他曾多次來分局接見。」

中町告訴五代，堀部是公設辯護人。

「這樣啊，但他來這裡幹什麼？」

這絕對不是偶然，律師應該去了「翌檜」，但是他去那裡有什麼目的？

「該不會請她們以協助說明被告情況的情狀證人身分出庭？」中町說，「你之前不是說，訴訟時，檢察官不會傳喚她們出庭作證，但辯方就有可能嗎？」

「雖然我說過，但沒有想到律師真的會這麼做。」五代看著那棟大樓想了一下後，將視線移向中町，「今晚謝謝你約我吃飯，聊得很開心，下次有空的時候再一起喝酒。」

中町恍然大悟地瞪大眼睛說：

「你打算去『翌檜』，對不對？我陪你一起去。」

五代苦笑著在臉前搖著手說：

「我只是出於私人的好奇心，去看熱鬧而已，但如果你和我一起去，她們就認為還在偵查。不好意思，今晚我想一個人去。」

「啊，這樣啊。」中町懊惱地露出失望的表情，「好吧，雖然很遺憾，但我就不為難你了，但你下次要告訴我，打聽到什麼消息。」

「好，沒問題，那就先這樣。」

「加油。」

五代點了點頭，輕輕揮了揮手走向大樓，內心嘀咕著，到底為什麼加油？

沿著拉麵店旁的樓梯上樓時，他看著手錶，發現已經晚上十點四十五分了，但「翌檜」的門口仍然掛著「營業中」的牌子。他推門走進店內。

穿著長袖圍裙的淺羽洋子跑了過來，「不好意思，最後點餐時間——」但說到一半就住了嘴，也停下了腳步。她應該認出了五代。

「最後點餐時間是十一點吧？沒關係。」五代打量店內，還有兩桌客人，「我想坐吧檯。」

洋子的胸口起伏了一次，似乎在調整呼吸，然後露出做生意的笑容說：「這邊請。」為他帶了位。淺羽織惠一臉僵硬地站在吧檯內。
「妳好。」五代向織惠打招呼後才坐下。
洋子拿小毛巾過來時問：「請問要喝什麼？」
「我喝日本酒。」
洋子聽了五代的話，挑了挑眉毛問：「你喝酒沒關係嗎？」
「現在不是工作時間。」他瞥了織惠一眼，又將視線移回洋子身上，「有什麼推薦的酒嗎？」
「那要不要試試這種酒？」洋子翻開飲料單，指著「萬歲」這兩個字說：「喝起來很爽口，很容易入口。」
「那我要喝冰酒。」
「好的。」
洋子走進吧檯內，從櫃子中拿出差不多兩公升的大酒瓶，把酒倒進玻璃冰酒器中。
「請慢用。」織惠把一個小碟子放在五代面前。是醋醃蝦仁海帶芽。那似乎是小菜。
洋子把雕花玻璃酒杯和冰酒器端了上來，為他倒了第一杯酒。五代喝了一口，讚賞地點了點頭。這種酒香氣撲鼻，而且也很順口。
「不知道你是否滿意？」洋子問。

「太棒了，我會小心不要喝太多。」

他拿起筷子，夾了小菜。小菜也很好吃，配日本酒很棒。

五代看向餐桌，那兩桌客人都聊得很投入，根本沒有注意吧檯的情況。

「我剛才看到堀部律師從這棟大樓離開。」五代抬頭看著織惠說。

在一旁開始收拾的洋子停下了手。

「你在監視我們嗎？」織惠問。

五代淡淡地笑了笑，搖著頭說：

「有必要監視嗎？不可能啦，我只是剛好看到，所以就想進來坐一下。」

織惠看向洋子，母女兩人似乎用眼神在討論，是否可以相信刑警的話。然後織惠用淡然的語氣說：「這樣啊。」她似乎相信了五代的話。

「不好意思。」坐在餐桌旁的客人叫了一聲。「是。」洋子應了一聲，走了過去。客人似乎打算結帳。

「律師帶了信過來。」織惠微微低頭，小聲說道。

「信？」

「說是倉木先生請他代轉的信。」

「喔……這樣啊。」

雖然看守所可以用郵寄的方式寄信，但收容人經常透過律師轉信。

五代很想問信上寫了什麼，但最後忍住了。那起案件已經偵結了。
那兩桌客人都結帳離開了，洋子送完客人走了回來，在五代旁邊坐了下來。她發現五代的酒杯空了，用冰酒器為他倒了酒。
「內容是想要向我們道歉。」洋子說，「我是說倉木先生的信。」
「……這樣啊。」
「五代先生，你應該早就知道倉木先生是東岡崎案件的兇手。你明明知道，卻隱瞞了這件事，來向我們問東問西。是不是這樣？」
「因為上司命令我不要說……」五代知道自己的語氣聽起來像在辯解，同時覺得「命令」這個字眼太好用了。
「沒關係，反正檢察官已經告訴我了。」
「妳一定很驚訝。」
洋子的嘴唇上揚，用鼻子發出笑聲：
「如果有人聽了這種事不驚訝，我想見識一下他長什麼樣子。」
她又接著說：
「但是，當檢察官問我，會不會因為這樣就憎恨倉木先生，老實說，我也搞不清楚。因為他一直對我們很好，我們以前一直覺得他是好人，不，現在也這麼覺得，我相信他一定是走投無路。如果他真的是大壞蛋，根本不會在意因為冤屈而自殺的人和家屬，他應該也是費了很大的工夫才找到我們。檢察官似乎期待我說倉木先生的壞話。」

五代從上衣內側口袋拿出了摺起的紙，放在洋子面前。他把《世報周刊》上的那篇報導撕了下來，「妳看過這篇報導嗎？」

洋子瞥了一眼，一臉掃興的表情撇著嘴說：

「今天早上，織惠發現了這篇報導，就買回家了。我還對她說，看這種報導根本沒有意義。」

「如果記者隨便亂寫，不是很討厭嗎？」織惠嘟著嘴唇。

「記者來過這裡嗎？」五代輪流看著她們母女問。

「他去了家裡。」洋子回答，「而且突然上門，真的很困擾。他挖出三十多年的事問了一堆問題，我說不想回答，就把他趕走了。」

報導中提到「遺族希望不要再打擾她們」，顯然和實情有很大的落差。

「記者看起來知道倉木是這裡的老主顧嗎？」

「不清楚，記者沒問這個問題，如果知道的話，可能會更加糾纏不清。」

原來是這樣。五代終於瞭解狀況了。因為他很納悶，報導中完全沒有提及這件事。那個姓南原的記者在查到倉木過去犯下的案子後就心滿意足了。

洋子再度為他倒酒，冰酒器內的酒都倒完了。

「堀部律師只是來送信而已嗎？有沒有說其他的——」五代說到這裡，皺起眉頭，抓了抓頭說：「不好意思，妳們沒必要回答。」

「我們又沒有做什麼虧心事，沒什麼不好回答的。」洋子說，「那位律師是來瞭解我們的情況。」

「妳們的情況……什麼意思？」

「倉木先生似乎擔心我們受到太大的打擊，沒有力氣開店做生意，或是有一些奇怪的傳聞，導致沒有客人上門。」

「原來是這樣啊。」

「所以我請律師轉告倉木先生，我們都很好，希望他保重身體，好好贖罪。」

五代看著洋子的臉，忍不住有點驚訝。雖然洋子臉上帶著笑容，但她被皺紋包圍的雙眼中隱藏的光芒，強烈訴說著她並非只是嘴巴上說說而已。

她是認真的。五代意識到這件事。這對母女發自內心仰慕倉木。

五代把酒杯中剩下的酒一飲而盡，然後站了起來。「我要回家了，請為我結帳。」

「今晚我請客。」洋子說。

「不，那怎麼行？」

「你不必放在心上，希望下次你帶朋友一起過來。」

洋子的話出乎意料，五代有點不知所措，不知該如何回答，這時，背後傳來門打開的聲音。回頭一看，一個身穿米色大衣的男人走了進來。

今晚已經打烊了——原本以為洋子會這麼說，沒想到她沒有說話，但織惠開了口。

「我不是說十二點左右嗎？」

織惠說話的語氣帶著驚訝、責備和一絲親暱。唯一確定的是，對她們母女來說，這個男人並非陌生人。

「因為我提早辦完事。」男人說完，開始脫大衣。裡面穿著西裝，一看就知道是高級品。

他的年紀大約四十多歲，鼻子很挺，下巴很尖，一頭短髮看起來很清爽。

男人完全沒有看五代一眼，默默在旁邊的桌子旁坐了下來，拿出智慧型手機操作起來，似乎不希望被打擾。

「五代先生，」洋子叫了一聲，「今晚謝謝光臨，歡迎下次再來。晚安。」

五代覺得洋子的言下之意，似乎叫他什麼都別問，趕快離開。

「謝謝款待。」五代對洋子說，然後向織惠鞠了一躬，走向出口。他瞄了男人一眼，那個男人維持著和剛才相同的姿勢。

24

和真正在流理台前洗碗，聽到了對講機的鈴聲。他用毛巾擦了手，確認出現在對講機螢幕中的是堀部的臉，才拿起聽筒說：「請進。」然後按了打開門鎖的開關。螢幕中的堀部鞠了一躬後消失了。

和真急忙收拾了餐桌。現在是深夜十一點多，他今天一整天都沒什麼食慾，很晚才吃了泡麵。

玄關的門鈴響了。他小跑步到門口，打開門鎖開了門。「你好。」堀部向他點頭打招呼。「你辛苦了。」和真說著，請律師進了屋。

他們在餐桌旁面對面坐下後，堀部從皮包中拿出《世報周刊》說：「先說你關心的事。傍晚的時候，我打電話去了編輯部。」

「結果怎麼樣？」

「嗯，」堀部愁眉不展地點了一下頭，「從結果來說，他們並不接受我們的抗議，也不會刊登更正報導。」

「但是我並沒有說那些話，不好意思。」

和真說完，把《世報周刊》拿了過來，翻開他認為有問題的那一頁。

「記者直接採訪了被告倉木的長子，得到了以下的回答。

『姑且不論現在，當時的追訴時效是十五年，所以我認為我父親在時效已經消滅的那起案件上已經贖罪了。』

也就是說，被告長子認為，過去犯下的罪已經一筆勾銷，希望這次審判只是針對這次的犯罪量刑。」

和真指著寫了以上內容的部分說：「我根本沒有說這種話。」

但是，堀部仍然眉頭深鎖。

「聽說錄音筆上留下了錄音。」

「錄音筆？」

「那個姓南原的記者身上的錄音筆，上面錄下了和你之間的談話內容。編輯部不可能刊登隨便的報導，更何況是加害人家屬的發言，萬一有什麼失誤，會造成嚴重的後果，所以編輯部確認了錄音內容。」

「上面有我的聲音嗎？他們說我說了那些話？」

「他們說，並不是原話，但是歸納之後，就是這個意思。當記者問，你認為你父親是否已經贖罪時，你的確回答說，希望可以認為已經贖罪了。你有說過這些話嗎？」

聽了堀部的話，他想起了當時的對話。那是南原在詢問他關於殺人罪的時效問題之後，他不知道如何回答會對達郎有利，腦筋一片混亂。

「看來你似乎說過。」堀部露出尷尬的眼神看了過來。

「那是在他誘導之下說的話，並不是我真正想要表達的意思。」

「我猜想是這樣，因為那些傢伙會用盡各種手段，讓受訪者說出他們想要聽到的話。他們誘導性詢問的技巧讓我們自嘆不如，但既然對方錄了音，我們就無可奈何了。只能在有人問起的時候，發揮耐心加以說明。」

「如果對方是網路上發問呢？可以在社群媒體上說明嗎？」

「當然不行，」堀部聽了和真的問題，瞪大了眼睛，「不可以，這樣只會導致負面風波在網路上延燒。現在請你稍安勿躁，因為對訴訟完全沒有任何幫助。」

「有人去向公司抗議。」

「就讓公司去處理，公司內部應該有這方面的專家。」

和真深深嘆了一口氣，右手遮住了眼睛。他感到有點頭痛，身體也不太舒服，剛才吃的拉麵在胃裡翻騰。

他是因為接到上司山上的通知，才知道《世報周刊》刊登了這篇報導。山上白天打電話給他，當然不是基於好意通知他。山上說，因為這次的案件，多次打電話到公司詢問的那個人，看了報導之後，再度打電話到公司抗議。

竟然認為時效屆滿就代表已經贖了罪，簡直豈有此理，你們僱用這種人嗎？應該馬上解僱他——那個人在電話中抗議。

山上質問他，為什麼接受周刊雜誌的採訪？即使接受採訪，為什麼發言這麼不謹慎？

和真完全搞不清楚狀況，回答說看了報導之後，再回電給山上，然後掛上電話。他立刻出門去買《世報周刊》。

他看了報導之後說不出話。記者抨擊殺人犯因為追訴時效屆滿就免於刑責的現象很不合理，這個部分當然沒問題，但最後有關被告倉木長子發言的部分完全是捏造，和真根本沒有說過那些話。

他聯絡了山上，向山上說明這些情況。

「既然這樣，就要採取法律行動，」山上說，「你可以和律師討論，向出版社抗議。」

和真掛上電話後，立刻打電話和堀部討論了這件事。

「我瞭解了，我確認報導內容之後，會試著向出版社抗議。」雖然堀部這麼說，但說話的語氣有點沉重。也許律師當時就猜到這是白費力氣。

「請你以後要小心，不要隨便接受採訪。」

「我會小心。」和真聽了堀部的叮嚀，垂下了頭。

「我剛才去見淺羽母女。」堀部稍微提高了語調，「去送倉木達郎先生的信。」

「信……上面寫了什麼？」

「當然是道歉。他在信中說，自己是一九八四年案件的真兇，如果自己去自首，她們的丈夫和父親就不會蒙受不白之冤了，真的很對不起——差不多就是這些內容，同時也為自己無法向她們坦承事實真相，而且還再次犯罪深刻反省。」

「她們收下了嗎？」

「對，」堀部回答說：「她們不僅收了信，而且獲得了比較理想的回應。」

「理想的回應？什麼意思？」

「淺羽洋子女士要我傳話給倉木達郎先生，」堀部從皮包裡拿出筆記本後翻開，「我們都很好，希望你保重身體，好好贖罪。怎麼樣？你會不會覺得她們對達郎先生並沒有太多負面的感情？」

「嗯，只聽這句話，是可以這麼認為。」

堀部用力搖了搖頭說：

「因為是營業時間，今晚無法詳談，但她們都很關心達郎先生的身體狀況，所以我覺得她們有可能對我們有很大的幫助。」

「幫助？」

「檢察官似乎無意傳喚淺羽母女以證人身分出庭，我猜想應該判斷她們母女不會說出對他們有利的證詞，反過來說，我們可以請她們成為有助於減輕量刑的證人。」

和真聽了堀部的話感到驚訝不已，也有點不知所措。

「她們會願意嗎？畢竟因為我爸爸的關係，她們失去了一家之主。」

堀部微微探出身體說：

「冤案本身和達郎先生並沒有關係，那是警方的疏失。也可以說，達郎先生因此失去了自首的機會。你有沒有看過《刺激1995》這部電影？」

「沒有。」和真回答說。

「那是一部描寫一個銀行員遭到冤枉，被判無期徒刑的故事，在電影的後半部分，出現了一個認識真兇的人物。據他所說，真兇興高采烈地談論警方誤抓了銀行員的事，沒有感到絲毫的歉意。這才是真正的壞蛋，達郎先生很特別，他還沒有失去想要向淺羽母女道歉的想法。我相信她們母女瞭解這件事，所以也無法對達郎先生產生負面的感情。這代表達郎先生建立了這樣的人際關係。」

和真聽著堀部激動地說的這番話，想起了之前去「翌檜」時的情況。雖然他直到最後都沒有表明身分，但曾經和織惠四目相對，他覺得織惠也許發現了自己是達郎的兒子。

如果堀部剛才的話屬實，達郎很可能曾經讓她們看家人的照片，她們知道和真的相貌。

「怎麼了嗎？」也許是因為和真沒什麼反應，堀部問道。

「不……我只是在想，希望淺羽母女願意出庭作證。」

「今天晚上只是去認識一下，我打算下次去見她們時試探一下，但這件事必須非常小心謹慎，如果她們認為是利用她們的善意得寸進尺，就會把事情搞砸。」堀部把筆記本放進皮包，然後拿起了《世報周刊》，但在放進皮包之前問：「要不要留下？」

和真搖了搖頭說：「不用了。」

「我想也是。」堀部說完，把周刊塞進了皮包，「我要說的事說完了，你有什麼問題要問嗎？」

「你有沒有問我父親那件事？」

「那件事？」

「就是關於東岡崎案件的問題。我之前曾經請你幫我問父親，他打算一直隱瞞家人，還是打算以後說出真相。」

「原來是這件事，」堀部推了推金框眼鏡，「我問過他了，他回答說，怎麼可能說？他打算把那個秘密帶進墳墓。」

和真緩緩搖著頭，「果然是這樣啊……」

他並不感到意外，同時反過來問自己，如果父親向自己說出真相，自己會怎麼做？會對父親說，必須公諸於世嗎？他可以斷言，自己不會這麼做。一定會尊重父親繼續隱瞞下去的決定。

「我父親還是不想和我見面嗎？」

「雖然我努力說服他，但他堅稱沒有臉見你，還說你可以和他斷絕父子關係，甚至希望你和他斷絕關係。」

和真抬頭看著天花板，覺得有點暈眩。

「還有其他問題嗎？」

聽到堀部這麼問，和真想起了一直關心的事。

「遺族方面的情況怎麼樣？你之前說她們想要使用被害人訴訟參加制度。」

堀部日前打電話告訴他這件事，但他沒有聽說詳細情況。

「目前似乎正在著手進行準備，代理的律師已經開始和檢察官討論了。」

「所以遺族已經掌握案件的大致情況了。」

「這要看檢察官向她們公開多少內容，但本案應該並沒有特別需要隱瞞的部分，所以她們應該已經瞭解了案情。」

「既然這樣，我要不要去向他們道歉？上次我提出這個要求時，你說她們只會問我一大堆問題。」

「不，這件事，」堀部皺起眉頭，「還是不要這麼做比較妥當。既然她們決定使用被害人訴訟參加制度，就代表她們有話要對達郎先生說，或是想要問他某些問題，和你沒有關係，她們會說不需要你這個做兒子的向她們道歉。」

「但這樣我無法放下這件事。」
「那是你的問題。」
堀部厲聲說道，和真無言以對。這是我的問題——的確沒錯。
「有些被告會在法庭上向遺族下跪，但幾乎所有的遺族都不樂見這種情況，而且覺得被告只是為了獲得酌情減刑所做的表演。通常檢察官會提出異議，法官就會出面阻止。協助說明被告情況的情狀證人也一樣，到時候應該會請你出庭作證，但請你記住，你是對法官和陪審員說出證詞，並不是遺族。」
堀部淡淡地說道，但每一句話都好像落入了胃袋深處。
「我瞭解了。」和真嘆著氣說。
「那我就先告辭了。」堀部站了起來。
「請問……堀部律師，有什麼我可以做的事嗎？」
堀部抿著嘴思考後，伸出手臂，拍了拍和真的肩膀說：
「現在只要忍耐。」
堀部的回答再度出乎和真意料，他茫然地站在那裡，律師說了聲「晚安」，就轉過了身。

25

約定見面的地點位在赤坂一家飯店的咖啡廳。距離約定的時間還有十分鐘，對方還沒有出現。

服務生問有幾個人，美令回答說：「兩個人，請盡可能為我們安排角落的座位。」

「瞭解了。」服務生說完，帶她來到可以看到中庭的座位。和隔壁桌有一段距離，不必擔心別人會聽到談話的內容。

她坐下後，從皮包內拿出智慧型手機。朋友傳了訊息給她。那是以前空服員時代，和她一起進公司的同事，目前是家庭主婦。在這次案件後，她們經常聯絡，朋友也趕來參加了健介的葬禮。

「妳不必理會那種自以為是文人的白癡，他只是想說一些與眾不同的話蹭熱度，果然在網路上引起大肆抨擊。」

美令看了訊息，心情很複雜。雖然很感謝朋友為她加油打氣，但還是覺得有點遭到誤解。即使這樣，仍然必須回覆對方的訊息，所以就回了一句：「謝謝妳！請放心，我不會被打敗！」

回完訊息後，她看了網路新聞。大致瀏覽後，並沒有看到什麼新的會引起她不愉快的內容，暗自鬆了一口氣。

今天早上滑手機時，看到了令她在意的新聞。「針對《世報周刊》報導的評論，在網路上遭到猛烈攻擊」這個標題吸引了她的目光。根據這篇新聞的報導，一名也經常在談話性節目中擔任名嘴的男性政治評論家，針對日前出刊的《世報周刊》中一篇名為「時效消滅是特赦嗎？在那些殺人兇手沒有被問罪之後」的文章，在社群媒體上發表了評論，大批網友留下了反對的意見。

評論的內容是「即使已經廢除了殺人罪的追訴時效，就代表已經決定不再針對時效屆滿的案件問罪，除了當事人以外的人無法置喙。這位律師要求被告倉木『將一切公諸於世』，但要不要公開，得由當事人自行決定。每個人都有想要隱瞞的過去，如果有人想要揭露，當然會想要抵抗。雖然並不會因為這個原因就殺人，但這位律師也有疏失。如果換成是我，我會仔細傾聽對方是怎麼迎接時效屆滿，以及當時的想法。因為很少能夠有這樣的機會，普通人恐怕一輩子都不會遇到。」

美令也看了《世報周刊》的報導，她記得南原這個名字。應該就是綾子提到的、擅自來家裡採訪的記者。

美令看了報導之後，有一種不太能夠認同的感覺。雖然內容並沒有錯誤，但覺得搞錯了重點。至少不是美令想要看的報導。

報導的最後一段提到，「如果你是陪審員，你會怎麼看這個問題？可以把倉木視為只奪走了一條人命的被告嗎？」但美令忍不住產生疑問，認為這個問題真的是這起案件的重點嗎？

唯一讓人在意的是倉木長子的發言。他說父親已經為之前的案件贖罪了。雖然身為家人，這應該是真心的想法，也很理所當然，但在開庭之前的重要時刻，這番話似乎太輕率了。

她看了《世報周刊》後，就只有這種程度的感想而已，覺得周刊雜誌還是靠他人的不幸賺錢。

沒想到今天早上，因此掀起了軒然大波。

看了政治評論家的意見，對於他遭到砲轟並不意外。網友紛紛留言，質問他是否和逃過法律制裁的殺人犯站在一起，也有人要求他設身處地為遺族著想。但是，那名政治評論家有時候故意用這種刺激性的發言增加自己的網路聲量，然後在工作上加以利用。這次應該也料到會引起猛烈的抨擊。

但是，美令是因為其他理由在意這番言論。

美令很不滿那名政治評論家把健介說要「將一切公諸於世」，責備倉木達郎這件事作為不可動搖的事實。這正是美令最質疑的一件事，所以即使大批網友留言抨擊政治評論家的意見，她仍然感到忿忿不平，朋友鼓勵的留言也無法安慰她。

美令心浮氣躁，搖晃著蹺著二郎腿的雙腿時，突然注意到周圍暗了下來，接著聽到頭頂上傳來「妳好」的聲音。抬頭一看，佐久間梓正在把背包拿下來。

美令正打算起身打招呼，佐久間梓笑著伸手制止她，然後坐了下來。

服務生走了過來，她們點了兩杯咖啡。

「我剛才打電話給檢察官，他說請我們按照原本約定的時間去找他。」佐久間梓說。

「是嗎？謝謝妳。」美令鞠躬道謝。

「妳好像有點緊張。」佐久間梓看著她的臉說。

「的確會緊張，而且我是第一次去檢察廳。」

「妳不是被告的家屬，所以請妳心情放輕鬆。」女律師瞇起黑框眼鏡後方的眼睛，「但恐怕很難吧？盡可能保持自然就好。」

「好。」

咖啡送了上來，美令加了少許牛奶後喝了起來。

「佐久間律師……請問妳有沒有看《世報周刊》？」

佐久間梓伸手拿咖啡杯，面不改色地回答：

「我看了，我認為並沒有太大的問題，沒什麼值得參考的內容。」

「但是看了那篇報導的人，會擅自想像父親是怎樣的人，而且有一名政治評論家就在社群媒體上寫了評論，結果遭到大肆抨擊，看了很不舒服。」

佐久間梓想了一下後點了點頭說：

「我瞭解了，那我會打電話去問出版社，是否還有後續的報導。如果還有後續報導，就提出希望事先看稿的要求。」說完，她從背包中拿出記事本和原子筆，快速做著筆記。

負責訴訟的檢察官今橋額頭很寬，鼻子很挺，年紀大約四十五、六歲。他的肩膀很寬，穿西裝很好看。

佐久間梓事先告訴她，最好用自己的方式表達，於是美令坦率地表達了看完紀錄影本後產生的疑問——有關健介言行的部分感覺不像是他的作風。

今橋在聽她說話時點了好幾次頭，在美令說完之後說：「我非常瞭解妳說的內容，因為這是關係到妳父親為人處事的部分，所以很瞭解家屬會在意這個部分。」

他又接著說：

「但是，或許佐久間律師已經告訴妳，目前只能從被告口中得知，被告和被害人之間到底說了什麼。聽了之後，並沒有發現很不自然的地方，而且和案件的樣貌也並沒有矛盾。雖然用字遣詞可能和實際有一點落差，但在訴訟上並沒有問題。妳認為呢？」

「不，不是用字遣詞的問題，而是我父親根本不可能用那種方式回應，怎麼可能去責備追訴時效已經屆滿的人的過去，或是想要公諸於世，簡直太莫名其妙了。」

「嗯。」今橋低吟了一聲，「但是正因為發生了這種情況，被告才會刺殺妳的父親，否則被告不會動手，不是嗎？」

「我就是無法理解這一點，被告說謊的可能性完全不存在嗎？」

「妳是說倉木達郎嗎？」今橋抓了抓眉毛上方問：「為什麼要說謊？」

「這我就不知道了……」

「嗯，」今橋豎起食指說，「也許如妳所說，妳父親並沒有說那些話，並沒有強烈譴責被告，但被告很可能有完全不同的解讀。也就是說，妳父親實際說了什麼並不重要，重要的是被告倉木的感受。」

「但這不就變成我父親因為遭到誤會而被殺嗎？」美令嘟著嘴，說話也提高了音量。

「是啊，也許是這樣。」檢察官面不改色，很乾脆地說，「但是沒有人知道是不是有誤會，就連被告倉木也不知道。因為他認為自己說的都是實話。」

「那不是有可能在說謊嗎？」

「的確，但這並不是本質的問題。」

美令歪著頭問：「是嗎？」

今橋在桌上握著雙手說：

「我說得再極端一點。如妳所說，被告倉木很可能在說謊。因為從他犯案到遭到逮捕有一段時間，他要編一個合乎邏輯的故事並不困難。被告說，他想把遺產留給因為蒙受不白之冤而吃了不少苦的淺羽母女，所以找白石律師諮詢這件事，這種說法也可能是為了達到減刑目的而說的謊，實際上可能根本沒有說這種話，只是因為喝醉酒，把自己因為追訴時效屆滿而免除殺人罪的事告訴了白石律師，白石律師聽了之後什麼也沒說，也沒有責備被告。但是被告在事後為此感到不安，很擔心白石律師會告訴別人，於是就決定行兇殺人——也許這才是事實。」

美令眨了眨眼睛，坐直了身體問：「如果是這樣，情況不是就完全不一樣嗎？」

「不，並不會不一樣。無論中間的過程如何，都是被告對於說出了時效已經屆滿的殺人行為心生後悔，為了滅口而殺人，都是自私、以自我為中心的動機。因為是這樣的動機，所以產生這種動機的過程並不重要，陪審員應該也不會列入考慮。因為是不會列入考慮的部分，所以被告想怎麼說都無關緊要。妳瞭解了嗎？」

今橋問。

「我還是無法接受在法庭上，把我父親說成是一個不懂得通融，只是滿口正義的人。」

「我非常瞭解妳的心情，但深入討論這個問題並非上策。殺害的事實和方法完全沒有爭議，對量刑影響最大的，就是結果的嚴重性。也就是被害人遭到殺害，屍體遭到遺棄的結果多麼嚴重。在本案中，動機並不是太重要的問題，如果質疑這件事，陪審員就會產生困惑，所以我想避免責問時效已經屆滿的犯罪是對是錯這種無謂的爭辯。」

「但是，我聽佐久間律師說，我父親在被告犯案前的態度很重要……在法庭上可能會爭論被告為什麼沒有打消行兇的念頭……」

美令看著佐久間梓確認：「對不對？」女律師輕輕點了點頭。

「辯方如果要爭辯，只能針對這一點做做文章。」今橋說，「被告事先準備了兇器，光從這一點就可以清楚瞭解是否有預謀。雖然被告可能把他和白石律師的對話改成對自己有利，但我認為並不會產生太大的影響。我剛才也說了，他要怎麼說都無所謂。」

「……是這樣嗎？」

「我認為這是針對本案的最佳策略，應該沒有酌情減刑的餘地。」

「淺羽母女呢？我聽說她們並不痛恨被告。」

「我並不打算請她們出庭作證，也許辯方會提出這種要求，但我認為無論她們在法庭上說什麼，都無法證明被告倉木反省了過去所犯下的案件。難道不是嗎？因為淺羽母女並不是過去犯下的那起案件的直接被害人，被害人是——」今橋迅速打開手邊的卷宗看了一下，「一九八四年發生的那起案件的被害人是姓灰谷的金融業者，如果被告倉木真心悔悟，不是應該去向灰谷先生的家屬道歉嗎？但是到目前為止，辯方律師並沒有提出這方面的證據，我打算在法庭上強烈主張這一點。」

美令覺得檢察官似乎在說服她，目前手上掌握了很多武器，所以不要節外生枝。但是，她也想不出反駁的理由。

「如果妳能夠認同，那要不要討論一下訴訟的情況？因為我沒有太多時間。」今橋看著手錶說。

雖然美令無法認同，但只能回答：「好。」因為健介之前經常告訴她，訴訟的準備很耗時間。

「那我就直截了當問妳，」今橋說：「妳身為被害人家屬，打算在法庭上問被告什麼問題？」

美令看著佐久間梓，女律師用力點了點頭，似乎在鼓勵她。

她吸了一口氣，腦海中浮現了和綾子兩人經過深思熟慮的內容。

「我想問被告，他認為自己是怎樣的人，是有一顆反省的心，能夠發自內心向因為他的關係，深受痛苦的遺族道歉的人嗎？還是一個自私自利的人，只要有人試圖揭發他過去所犯的罪，就不惜殺害對方嗎？如果兩者皆是，他會向這次新產生的不幸遺族展現哪一面？」

美令說完事先背下的這段話後，看著檢察官問：「這樣可以嗎？」

今橋面色凝重，他帶著這樣的表情低吟了一聲。美令不由得擔心，他是不是感到不滿。這時，他用力點了點頭，拍著手說：「太棒了。」

26

沿著公寓和大樓之間的單行道前進，前方出現了大馬路。路口沒有號誌燈，但地上寫了一個很大的「停」字。一輛小貨車暫停之後，緩緩左轉前進。

和真走在道路右側，沿著大馬路右轉。這裡的人行道也很寬敞，推著嬰兒車的女人、身穿防風衣的慢跑者都沒有放慢速度，不疾不徐地超越了他。

眼前有一座橋，那是隅田川上的清洲橋。和真停下腳步，打量著那座橋。塗成藍色的鐵橋勾勒出優雅的曲線，鐵橋另一端的建築物窗戶反射了夕陽，映出了紅色的光。

他深呼吸後，再度邁開步伐。他是依著自己的意志來這裡，既然已經到了這裡，當然不能回頭。

他低頭默默往前走，過了橋之後，才終於抬起頭看向右側。

沿著隅田川的堤防，有一條散步道。那裡似乎就是隅田川堤頂。

因為有階梯，他沿著階梯往下走。達郎的供詞中也提到這裡的階梯。

和真拿出智慧型手機，找出現場拍攝的照片。那是堀部連同詳細地圖一起傳給他的照片。

堀部聽到和真說想去看現場後，在電話彼端叮嚀：「最好不要這麼做。」當和真問他理由時，他冷冷地回答說，因為沒有意義。

「是被告達郎先生必須面對這起案件，並不是你。你應該思考如何趕快擺脫這起案件，找回自己生活的方法。」

「但是我想親眼看一下，我想牢記我父親在哪裡做了什麼，拜託你了。」

他聽到堀部的嘆息聲。

「既然你這麼說，那我也無可奈何。但我把話說在前面，你只能路過而已，不經意地看一眼之後，就要馬上離開。」

「也不能停下腳步嗎？」

「稍微停一下沒問題，但絕對不能長時間逗留。我想確認一下，你應該不會打算帶花或是其他供物去吧？」

「我沒有這個打算……」

「那就好，絕對不要做這種事。因為不知道會在哪裡被誰看到。如果有人在網路上寫什麼加害人的家屬帶了供物去現場就麻煩了。這個社會很冷淡，也充滿惡意，那些人會覺得你只是為了爭取酌情減刑在表演。從這個角度來說，你去現場完全沒有好處。」堀部的語氣很尖銳，似乎暗示和真不要在開庭前這麼忙碌的時候添亂。

「我知道了，我會記住你的話。」

和真回想著律師說的話，拿著手機，走在隅田川堤頂上。

不一會兒，他就停下腳步。因為他發現和照片上一樣的地方。他打量周圍，忍不住搖了搖頭。以目前的狀況來看，不會想到這裡曾經發生殺人命案。聽說案發當時，這裡正在做工程，所以無法通行。如今工程已經完成，安全圍籬已經撤走，不時看到有人在散步的身影。

如果當時也是現在這種狀況，達郎就不會挑選這裡成為行兇現場。如果是這樣，達郎會怎麼辦？會尋找其他地方嗎？但是考慮到時間是晚上七點，並不容易找到可以不被路人看到的殺人現場。如果沒有找到，至少當天就不得不放棄行兇的念頭。

想到這裡，和真就不由得想要痛恨那天這裡剛好在做工程，難道那些人沒有想到一旦把這裡圍起來就會變成死角，可能會發生危險的案件嗎？雖然他很清楚，這種不滿只是遷怒於人，而且毫無道理。

話說回來，爸爸竟然能夠找到這麼理想的地方——他打量周圍後，再度這麼認為。根據達郎的供詞，他來到東京之後，在和白石見面之前找到了這個地方，聽起來毫無計畫，真的只是剛好找到這裡嗎？

然而，達郎不可能事先找到這裡，否則他當天應該會有不一樣的行動。

達郎供稱，他在案發當天從東京車站走到大手町，然後從那裡搭地鐵前往門前仲町車站。如果事先就決定在這裡行兇，應該去水天宮前站。從門前仲町站到這裡大約有一點五公里的距離，從水天宮前站到這裡只有一半的路程。和真今天就不是在門前仲町站下車，而是從水天宮前站走來這裡。

達郎應該不會為了隱瞞事先就決定好地點而說謊。幾乎招供一切，已經做好被判死刑心理準備的人，不太可能只在這個問題上說謊。

看來他的確像他供稱的那樣，去了門前仲町站後，才來這裡找可以行兇的地方，所以是因為不幸的巧合，發現了因為工程的關係，這裡成為大都市的死角？

但是——

和真注視著隅田川靜靜流動的水面，忍不住歪著頭。這裡真的曾發生那麼可怕的事嗎？他即使努力發揮想像力，也無法想像達郎——他所認識的父親，用刀子殺人的景象。

一艘屋型船從眼前駛過。雖然他從來沒有搭過屋型船，但有點好奇從船上看這裡是怎樣的情況。晚上七點時，已經是日落之後，可能天色太暗，無法清楚看到人影。但是，以殺人者的心理，如果有屋型船經過，應該會猶豫。達郎行兇殺了人，就代表當時沒有船經過隅田川。和真覺得這也是一種不幸的巧合。

正當他打算走向階梯時，發現有一個人影靠近。是一個身穿灰色大衣的年輕女子。和真看到她手上拿的東西，忍不住倒吸了一口氣。因為那名年輕女子手上拿著白色百合花。一種預感掠過他的心頭。

她瞥了和真一眼，但立刻移開了視線。和真覺得她的眼神似乎在說：「雖然不知道你是誰，但不要管我。」

和真邁開步伐，但內心很在意那名女子。他走上階梯之前，終於忍不住轉頭看了一眼。

她正把花放在地上，然後跪在花前，握著雙手，閉上了眼睛。那絕對是在祈禱的姿勢。

和真忍不住停下腳步。他知道自己必須趕快離開，但兩隻腳不聽使喚。

她祈禱的時間應該只有短短數十秒，但和真覺得很漫長，即使如此，他仍然無法移開視線。所以當她祈禱完畢抬起頭時，他仍然站在那裡注視著她。

他們之間有二十公尺左右的距離，她可能察覺到動靜，突然轉頭看向和真的方向。兩個人的視線在空中交錯、糾纏，然後分開，幾乎同時移開了視線。雖然只是發生在剎那之間，但和真方寸大亂，快步離開那裡，完全不敢回頭。

即使來到馬路上，他仍然繼續走路。他很後悔忘了堀部的忠告，在那裡停留太久了。不，他並沒有忘記忠告，而是無法不在意那名女子。

她是誰？會在那裡供花、祈禱的人有限。因為媒體並沒有公布白石健介遭到殺害的現場。

從年齡判斷，和真猜想她可能是白石健介的女兒。堀部之前通知和真，遺族決定使用被害人訴訟參加制度，代表人是白石健介長女的名字。

她在祈禱什麼？不可能只是祈禱亡父安詳地長眠，在即將開庭審理之前，她可能對父親發誓，一定會為父親報仇。被告已經認罪，所以犯罪事實部分無需爭辯。對她而言，勝利是什麼？她是不是希望被告被判處極刑，在如願得到這樣的結果，才會覺得打完一場勝仗？

複雜的心情讓他感到喘不過氣。他無論如何都無法接受，那名女子希望被判處死刑的對象是自己的父親這個事實。

她有沒有發現和真是被告的兒子？如果發現的話，會有什麼想法？會有什麼感覺？會覺得殺了她父親的兇手，和他的家人都是令人憎恨的對象嗎？

和真停下腳步，打量周圍。頭頂上方是高速公路的高架道路，這裡到底是哪裡？他似乎在心不在焉地胡思亂想時，走到了陌生的地方。他拿出智慧型手機，確認了目前的位置。

原來是這裡——他看著手機螢幕，終於知道目前的位置。他離開了隅田川，走向深川的方向。只要沿著高速公路繼續往前走，就可以走到門前仲町。他想起之前去「翌檜」時的情景。

當時他不知道淺羽母女對這起案件的想法，所以不敢透露自己的身分。但是前幾天聽堀部說，她們似乎對達郎並沒有負面的感情，而且還擔心達郎的身體狀況。

要不要去看看她們？和真想問她們達郎在那家店裡都做些什麼。

雖然只是臨時起意，但他覺得是一個好主意，腳步也變得輕盈。和真當然也有意識到，他另一方面是想要暫時忘記剛才那名女子——在案發現場祈禱的那名女子。因為她已經深深烙印在他的腦海中揮之不去。

他花了十幾分鐘走到門前仲町。他再次確認了剛才的推理無誤——如果事先決定了行兇現場，應該會從大手町站搭車到水天宮前站下車前往。

和真走在人來人往的永代大道的人行道上，不一會兒，就來到之前和雨宮一起造訪過的老舊大樓。今天只有他一個人，內心有點不安，所以在大樓前停下了腳步。一樓的拉麵店正在重新裝潢，目前沒有營業。他猶豫著要不要走上旁邊的樓梯。

正當他下定決心準備邁步時，一名年輕男子走下樓梯。正確地說，是一名少年。年紀看起來只有十五、六歲，雖然頭髮向上抓起，但臉蛋帶著稚氣。在連帽衫外穿著夾克的身體很瘦。

一個女人跟在少年身後出現了。和真一看到她，吃了一驚。她是淺羽織惠。

織惠對少年說了些什麼，少年沒有看她，一臉不耐煩地點了幾次頭，然後快步離去。織惠目送著少年的背影離去。

不一會兒，她轉身準備走上樓梯時，向和真的方向瞥了一眼，驚訝地停下了腳步，然後尷尬地低下了頭。

和真用力呼吸著走了過去，「請問……是淺羽織惠小姐嗎？」
「是。」織惠抬起頭，小聲回答。
「我叫倉木和真，是倉木達郎的兒子。」
「是……」
「我知道在妳忙著做生意時打擾會造成困擾，但我想瞭解一些情況，所以還是來了。可以占用妳一點時間嗎？」
織惠動了動嘴巴，但沒有發出聲音。和真覺得她在猶豫。
「那……」她終於開了口，「就去店裡……雖然正在準備開店，有點忙亂。」
「令堂也在，對嗎？」
「對。」
「不好意思，謝謝。」和真鞠了一躬。
沿著樓梯來到二樓，織惠對他說：「你稍等一下。」然後走進店裡。和真猜想她要先去向洋子說明情況。
不一會兒，拉門打開了，織惠對他點頭說：「請進。」
「打擾了。」和真打了聲招呼後走進店內。
店內的桌椅整齊排列，隨時可以接待客人。淺羽洋子站在吧檯內，和真走到她面前道歉說：「不好意思，打擾妳們工作。」

「你上次和朋友一起來這裡。」洋子說，「我沒有發現，但你們離開之後，織惠告訴我說，剛才的客人可能是倉木先生的兒子。」

和真看著織惠問：

「妳果然發現了，我那天就猜想妳可能發現了我。」

「你一走進店裡，我馬上就發現你和倉木先生長得很像。在打量你的時候，發現你們父子在一些小動作上一模一樣，所以我想自己猜對了。」

「對不起，我沒有勇氣老實報上自己的名字，因為我想妳們如果知道我父親做的事，一定會痛恨他。」

淺羽母女互看了一眼，然後洋子開了口。

「檢察官把我找去，我才知道倉木先生是以前那起案件的真兇，也知道他為了隱瞞那件事，才會引發這次的案件。我當然很驚訝，而且也受到了很大的衝擊。老實說，也有點怪罪他當時為什麼不去自首，如果他當初這麼做，我們就不必吃那麼多苦，也不會失去丈夫和父親，被人看不起，更不會被人指指點點。」

「真的很抱歉，我代替父親向妳們道歉。」和真深深地鞠躬。

「你把頭抬起來，我很清楚，你並沒有做錯什麼事。」

和真察覺洋子從吧檯走了出來，直起了身體。

「請坐。」織惠請他坐下，和真說了聲「謝謝」，在椅子上坐了下來。

洋子也坐在吧檯前的吧檯椅上。

「因為這些原因，所以當然會對倉木先生有怨言，但也有讓我們無法理解的事。」

和真眨了眨眼睛問：「是什麼事？」

「倉木先生真的很關心我們，他每次來店裡，都會不經意地打聽這家店的經營狀況，只要稍微提到生意不太好，他就會點好幾道高價的料理。除此之外，他還對我們說，如果有什麼困難，可以找他商量，千萬不要客氣。只不過我們一直很好奇，他在老家那裡到處可以吃到名古屋和三河的料理，為什麼千里迢迢，特地來這家店。所以聽了檢察官告訴我的情況後，才終於完全瞭解是怎麼回事。」

「但是，妳們不可能不恨我父親。」

「嗯，問題就在這裡，我完全沒有這種想法，連我自己都感到很不可思議。不知道該說無法理解，還是沒有真實感。檢察官也說，當初是因為倉木，害我老公遭到懷疑，最後自殺了，我當然應該恨倉木，只不過人的想法無法這樣一下子改變。雖然這麼說有點奇怪，但我也覺得託倉木先生的福，我終於得到了救贖。」

「救贖？」

因為太意外了，和真以為自己聽錯了。

「這三十多年來，我一直痛恨警察，至今仍然覺得是警察殺了我老公。難道不是嗎？我老公明明不是兇手，卻被警察逮捕，嚴刑拷打。雖然警察說並沒有強迫他招供，但絕對是在說謊。我老公雖然脾氣暴躁，但很頑固，也討厭那種偷雞摸狗的事。他根本不可能殺人，他之所以會上吊自殺，絕對是因為受不了警察的拷問，以死表達抗議。但是警察從來沒有來向我們道歉，反而責備我老公，說是因為他知道自己逃不了，所以畏罪自殺。輿論也一樣，從頭到尾都沒有找到任何證據，卻把我們視為殺人兇手的家人，我們只能逃走。只能躲躲藏藏，逃到這裡，避人耳目地勉強維生。只不過到處都有心術不正的人，想方設法調查以前的事，散播一些負面的消息，破壞我們好不容易得到的幸福——」

「媽媽。」洋子說到這裡，織惠用責備的聲音叫了一聲，然後搖了搖頭，似乎要她別再說下去。

洋子嘆了一口氣說：

「總之，我們一直抬不起頭，而且以為所有瞭解我們過去的人，沒有一個人會和我們站在一起。但是說起來很諷刺，倉木先生是真兇，他當然知道真相。而且他不僅知道真相，還察覺到我們經歷的苦難，默默支持我們。他犯下這起案件的理由，不也是不想毀了和我們之間的關係嗎？我相信他是真的想要向我們道歉。」

「難道妳們不會覺得，如果他想要道歉，應該更早向妳們說出真相嗎？」

洋子苦笑著，輕輕搖了搖手說：

「當然會這麼想，但這是所謂的理想論，到了我這個年紀，就知道人類是軟弱的動物。」

聽了洋子豁達的意見，和真只能默默低下頭。

「而且倉木先生其實也可以選擇隱瞞。」

洋子的話讓和真忍不住歪著頭問：「隱瞞？隱瞞什麼？」

「就是東岡崎的案件，對於這次的案件，他可以謊稱是其他的動機，比方說因為什麼小事發生了口角，我相信這樣的話，到時候也會判得比較輕。但是他並沒有這麼做，而是坦承了一切，也因此終於洗刷了我老公多年的冤屈。剛才也有報社打電話來，希望採訪我們這些年來經歷的辛勞。最近時常接到這種要求採訪的電話，甚至有人直接去我們家，因為很麻煩，所以我全都拒絕了，但的確洗刷了多年的污名，所以我剛才說，我們得到了救贖。」

「原來是這樣……」

「但是，」洋子歪著頭，在吧檯上托腮說：「不知道這種想法是不是有點奇怪，檢察官似乎不太能夠理解。」

「我無法表達任何意見。」和真語帶支吾地說。

「是啊，對不起，我問了你這麼奇怪的問題。」洋子說完，嘴角露出了微笑。

和真心想，堀部說的沒錯，這對母女或許願意支持達郎。

「請問，」織惠看著和真問：「你剛才說想要瞭解我們的想法，這樣可以了嗎？」

「足夠了。」和真回答，「我想瞭解我父親在這家店的情況，聽了剛才這一席話，我已經充分瞭解了。我父親應該是帶著贖罪的心情來這裡。」

「除此以外，還會有什麼目的？」洋子說，「雖然檢察官問了我奇怪的問題。」

「奇怪的問題？」

「他問我，被告倉木是否曾經送給我女兒昂貴的禮物，或是找她約會。刑警也曾經問了相同的問題。他們似乎在懷疑，倉木先生是為了我女兒才經常來這裡。」洋子用下巴指向織惠說，「我當然回答說，從來沒有發生過這種事。」

檢察官懷疑，達郎經常來這裡是別有居心。雖然覺得很惡劣，但他們的工作就是懷疑別人。

「我充分瞭解了，我原本覺得我父親對妳們的態度不是贖罪，而是自我滿足，但聽了妳們剛才的話，心情稍微輕鬆了些。謝謝兩位。」和真站了起來，再度鞠了一躬，「不好意思，在妳們開店之前忙碌的時間打擾。」

「你有沒有去面會？」織惠問。

「沒有，」和真回答，「聽說我父親說不想見我，他說沒臉見我。」

「這樣啊。」織惠難過地皺起眉頭。

「請多保重。」洋子說。

「謝謝，我會拜託律師，把兩位的關心轉達給我父親。」

洋子緩緩搖著頭說：

「不，我是希望你多保重身體，各方面應該都很辛苦吧？」

「啊，是，的確……」

「我們是過來人，所以充分瞭解加害人家屬的心情。」

和真不知道該如何回應，低下了頭。

「你是叫和真，對嗎？」洋子叫著他，「痛苦的時候可以逃避，只要閉上眼睛，摀住耳朵就好，千萬不要硬撐。」

「謝謝，我會記住。告辭了。」

說完，他走向門口，在走下樓梯前，他回頭看著織惠問：

「妳剛才送一個年輕男生……」

織惠猶豫了一下後回答說：「他是我兒子。」

「啊，原來妳已經結婚了。」

和真原本認定她是單身，所以感到很意外。

「我現在是單身，兒子和前夫一起生活，有時候會來看我……」

「原來是這樣。」

和真覺得自己問了不該問的問題。

「打擾了。」說完，他走下樓梯。

當他走出那棟大樓時，他才發現非但不該問剛才的問題，甚至可能粗暴地碰觸了敏感的部分。他想起了洋子說到一半，沒有繼續說下去的話。

「到處都有心術不正的人，想方設法調查以前的事，散播一些負面的消息，破壞我們好不容易得到的幸福——」

那是不是在說織惠的事？好不容易得到的幸福，是不是指她結婚後生了孩子，終於有了自己的家庭？但是因為一些負面傳聞——她的父親是殺人犯，在拘留室上吊自殺的傳聞，導致她離了婚。這麼一想，就能夠理解她的兒子為什麼跟著父親一起生活。

和真轉過頭，仰頭看著那棟大樓。「翌檜」招牌上的字有點模糊。

27

聽說那家位在永代大道旁的店就在地鐵門前仲町車站附近，美令用智慧型手機查了一下，發現離清洲橋大約不到兩公里的距離。她猶豫了一下，剛好有一輛計程車經過，她舉手攔下了車子，然後向司機打了聲招呼說「不好意思，只是短程的距離」後，說明了目的地，幸好司機的回答並沒有很冷淡。

但是，計程車開出去之後不久，她就後悔了。因為她發現計程車只會經過大馬路和大的路口，倉木達郎在移動時應該努力避人耳目，所以不可能走這條路線。她打算下次自己實際走一次看看。

不到十分鐘，計程車就抵達了門前仲町，車資不到七百圓。如果是父親健介，一定會交給司機一千圓，然後請司機不用找零，但美令沒有這種想法，她用交通ＩＣ卡結了帳。

下了計程車，她邊走邊打量周圍。這是她第一次來這裡，覺得很有江戶時代的味道，很像是歷史悠久的舊城區，但根據她從網路查到的資料，這裡曾經遭到空襲，燒成一片荒野。

美令在移動時，不時用智慧型手機確認目前的位置，很快就找到她打算前往的那家店。那是一家兩層樓的咖啡店。

走進咖啡店之前，她看了一眼馬路對面。馬路對面有一棟老舊的大樓，也看到了寫著「翌檜」的招牌。果然就是這家店。

她在一樓買了拿鐵咖啡，沿著樓梯來到二樓。二樓的座位有一半坐了人，幸好窗前的吧檯座位空著，她在那裡坐了下來。

根據檢察官提供的資料，健介曾經來這家咖啡店兩次，而且兩次都逗留了兩個小時。雖然不瞭解健介的目的，但推測可能是來看對面的「翌檜」這家店。那是倉木達郎在一九八四年引發的案件中，因為冤屈遭到逮捕後自殺的人的家人——姓淺羽的母女經營的小餐館。檢察官判斷健介從倉木口中得知這對母女的情況後，可能來這裡確認她們目前的狀況。

健介從倉木口中得知這件事後，或許會產生興趣，但美令無法理解健介為什麼來兩次。難道是第一次完全沒有任何收穫，所以又來了一次嗎？既然這樣，為什麼不直接去「翌檜」？不需要報上自己的名字，只要偽裝成客人去店裡，就可以親眼看到她們母女的情況。否則即使坐在咖啡店觀察，也無法得到什麼重要的收穫。

美令想著這些事，注視著對面那棟大樓，發現有一個人站在大樓前。那個人穿著藍色羽絨外套。美令倒吸了一口氣。

就是剛才那個男人——

今天是美令第三次去命案現場供花，雖然她每次都速戰速決，避免引人注目，但每次都會或多或少感受到周圍的視線。

但是，今天的情況不太一樣，美令先注意到那個男人的存在。她來到隅田川堤頂，身穿羽絨外套的他就站在現場旁邊。他站在那裡的樣子引起了美令的注意，看起來似乎有什麼特別的感慨。

當美令走過去時，他邁開了步伐，看起來好像匆匆逃離，更引起了美令的好奇。還有一件決定性的事。當美令供了花，為健介的安息祈禱後，不經意地轉頭一看，發現剛才那個男人還在附近，正看著自己，而且兩個人的視線短暫交會。

男人驚慌失措地離開了，但美令確信他是這起案件的關係人，至少知道白石健介遇害的地點。然而，媒體並沒有公布這個地點，而且檢察官說這是秘密，叮嚀美令不可對他人透露。

那個男人現在出現在「翌檜」前。他到底有什麼目的？

這時，一名少年和一個女人從大樓內走了出來。兩個人聊了幾句，少年很快就轉身離開了。

下一剎那，出現了意外的發展。那個身穿羽絨外套的男人竟然和女人說話，兩個人短暫交談後，一起走進了大樓。

美令思考著，那個女人應該是「翌檜」經營者的女兒。那個男人會來這裡找她，到底是誰？

該不會——？

該不會是倉木達郎的兒子？她曾經在網路上看過有關倉木達郎兒子的消息。並不是美令自己搜尋到的，而是愛管閒事的女性朋友傳給她看。據說是在知名的廣告代理公司上班，說得好像很厲害，但不知道是真是假。聽那個女性朋友說，網路上還有他高中時代的照片，但美令並沒有看到。

她從向佐久間梓借來的資料中，看過倉木達郎的照片。倉木達郎在照片中露出文雅平靜的表情，難以想像他是殺人犯。

雖然剛才只是瞥了羽絨外套的男人一眼，但她覺得五官很像倉木達郎。

如果他是倉木的兒子，為什麼會來「翌檜」？

美令想起了佐久間梓告訴她的事，淺羽母女對倉木並沒有負面的感情，可能會成為辯方的情狀證人。

他為這件事來拜託那對母女嗎？但這應該是律師的工作，並不是加害人的家屬該做的事。

加害人的家屬——美令仔細玩味著浮現在腦海中的這幾個字。

家屬當然並沒有過錯。如果是父母，或許會在兒女做錯事時，感覺到自己也有責任，但從客觀的角度思考，兒女因為父母犯罪而蒙受損失的情況很不合理。

但是，美令不難想像，倉木達郎的兒子因為這次的案件受到了各種形式的抨擊。網路上有很多人隨時都在尋找攻擊的對象，就連健介是被害人，網路上也充斥著各種責備的留言。最典型的說法就是「從某種意義上來說，他遭到殺害是自作自受」。這些人認為，倉木達郎以為白石健介會保守秘密，所以才會向他說出過去犯的罪，白石健介逼迫倉木將事實真相公諸於世的行為，背叛了倉木的信賴，是自己太大意，沒有考慮到窮鼠齧貓的危險性。甚至有些留言誹謗中傷美令和綾子，她曾經瞥到寫著「這就叫做把正義強加於人，但遺族不會這麼認為，一旦進入訴訟階段，一定會用一副悲劇女主角的態度舉行記者會」的留言，不禁感到愕然，不知道那些人在想什麼，但她不想受到傷害，所以盡可能遠離網路。

連被害人方都受到這種對待，加害人方一定遭到更無情的謾罵。即使想像這種狀況，也完全不會感到痛快，只覺得殺人的行為會同時造成被害人家屬和加害人家屬的痛苦。

美令喝完已經冷掉的拿鐵咖啡，站了起來。今天沒有得到期待中的任何收穫，以後應該也不會再來這家店。

走出咖啡店的自動門，來到人行道。從這裡搭地鐵回家很方便，從門前仲町站搭地鐵後，只要換一次車，就可以到住家附近的表參道站。雖然有好幾條路線，但都只要二十多分鐘。如果健介不是開車，而是搭地鐵，可能就不會遭到殺害。她的腦海忍不住閃過這種已經無濟於事的念頭。

她打算走向門前仲町車站時，不經意地看向對面那棟大樓，立刻大吃一驚。因為那個穿著藍色羽絨外套的男人剛好走出來。他低著頭走路，似乎也準備去搭地鐵。

美令在走路時，不時看向馬路對面。那個男人並沒有發現她，仍然低著頭，邁著稱不上是輕快的步伐走在路上。

怎麼辦？美令猶豫起來。如果走去車站，可能會撞見他。一旦面對面，他一定會發現自己，到時候該表現出怎樣的態度？

她還沒有想出結論，就已經來到車站的入口。她沿著階梯往下去，他應該也從馬路對面的入口開始走下階梯。照這樣下去，真的會撞見對方。

走下階梯後，走在很長的通道上。只要轉個彎，就是搭地鐵的自動驗票口。驗票口的另一端也是一段通道。如果他從永代大道馬路對面的入口走下來，就會從那裡出現。

美令從皮包內拿出ＩＣ卡，緩緩走向驗票口。在把ＩＣ卡放在感應器之前，瞥向前方的通道。

他就在那裡，而且沒有低下頭，抬頭看向正前方。兩個人的視線就在那一剎那交會，他也發現美令，停下了腳步。

美令轉過頭，走進驗票口。她看到往中野方向的牌子，沿著那裡的階梯走下去。電車剛好駛進月台，如果她加快腳步，或許可以搭上那班車，但她沒有那麼做。她想要等他追上來，只不過她也不知道自己為什麼會有這種想法。

當她走到月台時，電車的車門剛好關上。美令走了相當於一節車廂的距離，停下腳步。

她看向鐵軌的方向，眼角掃到了藍色的羽絨外套，正緩緩走向美令的方向，最後在差不多兩公尺的地方停了下來。

「請問，」他發出了語帶遲疑的聲音，「妳是白石先生的家屬嗎？」

美令調整呼吸後，稍微轉過了臉，但並沒有看他，只是回答說：「對。」

「果然……我是倉木達郎的兒子。」他壓低聲音說。

美令繼續轉頭，瞥了一眼他的臉後說了聲「這樣啊」，又移開了視線。

「這次真的……我不知道該怎麼道歉。呃……」

「請不要在這裡做這種事。」美令說。原本只是想壓低聲音，但聲音聽起來很嚴厲，連她自己也嚇了一跳。

「啊，對不起。」

他陷入了沉默，但並沒有轉身離去，而是站在原地。沉默的時間很尷尬，但美令也沒有走開。

「你去了那家店。」美令看著鐵軌說，「就是那家名叫『翌檜』的店。」

「妳怎麼知道？」

「因為我在對面的咖啡店，剛好看到……」

「原來是這樣。」

「是在為訴訟做準備嗎？」

「不，並不是，是去打聽我父親的事。因為我無論如何都無法相信……無論別人怎麼向我說明，我都不覺得是我父親做的事。父親該不會在說謊？——我一直無法擺脫這個念頭，所以決定自己來調查一下……」他用訴說的語氣說完後道歉說：「對不起，這些話不該對妳說，對不起，請妳忘了我說的話。」

美令不知道該怎麼回答，所以沒有吭氣，但她並沒有感到不愉快。他說的話應該是發自內心，任何人突然聽到父親成為殺人案件的被告，當然不可能不產生懷疑，當然會認為是不是搞錯了。

廣播中傳來下一班電車即將進站的通知。

電車很快就進站，車門在他們面前打開。許多乘客下車後，美令上了車。倉木的兒子也跟在她身後上了車，兩個人並肩握著吊環。車內很擁擠，特地走開也很奇怪，美令決定站在原地。

「請問你住在哪裡？」美令問。

「高圓寺，但我臨時想到有其他事，所以要在下一站茅場町下車。」

「這樣啊。」

美令打算在再下一站的日本橋轉車。她正在思考，如果他問自己，到底該不該如實回答，但他並沒有問。

電車即將抵達茅場町，可以感受到電車在減速。

電車駛入月台，他小聲說：「我先告辭了。」

「呃，」美令開了口，他看了過來，但美令沒有移開視線，「我也覺得你父親在說謊，我父親並不是那樣的人。」

倉木的兒子瞪大眼睛說不出話，可以感受到他急著想要說什麼，但是他還沒有想到該說什麼，電車的門已經打開了。他一臉想說什麼的表情，但最後什麼也沒說就下了電車。

車門關上，電車駛了出去。美令隔著車窗，看到站在月台上的他看過來的眼神好像迷路的狗。

但是，我可能也露出了相同的眼神。美令心想。目前兇手已經招供，大家都認為案件已經真相大白，而且將在這個真相的基礎上進行審判。但是有人無法接受這樣的真相，原本以為只有自己和母親這麼認為，沒想到還有其他人。加害人的家屬也無法接受。

她想著倉木的兒子。以後不會再見到他了嗎？也許會在開庭時看到他，但是按照常理判斷，今後不可能有交集。或是像今天一樣，去案發現場供花的時候才會有交集嗎？如果他經常去那裡，就可能再次見到他。

美令忍不住皺起眉頭。因為她發現自己在思考下次什麼時候要去供花。這種奇怪的不安到底是怎麼回事？

28

和真從三河安城車站搭上計程車，對司機說要去篠目時，內心掠過一絲不安。因為他擔心司機聽到地名，會想起那起案件。

上了年紀的司機帶著三河話的口音問：「篠目很大，你要去哪一帶？」

「在三丁目的路口。」

「喔，原來是那裡。」司機並沒有產生太大的興趣，把車子開了出去。

倉木家其實離三丁目的路口還有一小段距離，但他擔心如果離家太近，司機會產生負面聯想。

也許自己想太多了，但是他完全無法猜測，這裡有多少人知道一九八四年，在岡崎市發生的那起殺人命案的兇手──就是在拘留室自殺的人其實是清白的，最近因為另一起命案遭到逮捕的人才是真兇，而且是住在篠目的人。

幸好這個司機沉默寡言，和真的腦海中閃過要不要問司機最近這一帶有沒有發生什麼事的念頭，想到萬一打草驚蛇就慘了，最後沒有開口。

他隔著車窗看向車外。他已經有兩年沒有回來這裡，最後一次是來參加親戚的葬禮。當時好幾個親戚都責備他去了東京之後就不回來了，還質問他打算怎麼安排父親的老後。達郎叫那些親戚不要管閒事，他自己會想辦法。那幾個親戚都一臉不滿地說，我們是因為擔心你，才會問你兒子。

那些親戚完全沒有聯絡和真。聽堀部說，達郎也寫了信給親戚。雖然不知道信上寫了什麼內容，但和真大致能夠猜到。八成是為這次的案件造成他們很大的困擾深深道歉，可以和他斷絕親戚關係。也就是與和真收到的那封信的內容幾乎相同。

愛知縣三河地區的很多家族親戚往來都很密切，倉木家也不例外，經常有各種名目的聚會，和真去東京之前，也每次都會參加。

雖然達郎已經寫了信，但和真身為長子，不能當作什麼事也沒發生。照理說，他應該去向各個親戚家鞠躬道歉，只不過他現在完全沒有精力做這種事。

他這次回來有其他目的。他打算仔細調查達郎的情況，尤其想要瞭解父親的過去。和真對這次的案件中的每一件事幾乎都無法接受。不只父親殺了東京的律師這件事，殺人動機是一九八四年的殺人案件也像是晴天霹靂，他到現在仍然難以接受。

他依舊清楚記得小時候對父親的記憶。父親誠實善良，很會照顧別人，對家人來說，也是很可靠的人。難道在那張臉下，隱藏了另一張殺人兇手的臉嗎？

太荒唐了，絕對搞錯了——這種想法揮之不去。

但是，達郎和「東岡崎站前金融業者命案」有關是事實。《世報周刊》的報導中提到，達郎是發現屍體的人，警方曾經向他瞭解情況。以前和達郎同一個職場的同事告訴記者這件事，所以應該並非謊言。

如果達郎真的是兇手，當時警方為什麼沒有逮捕他？在推理小說和推理劇中，發現屍體的人不是最可疑嗎？達郎說，應該是警察沒有找到任何可以把他視為嫌犯的決定性證據，但日本的警察不可能因為這個原因就輕易排除嫌疑，否則恐怕會有一大堆無法偵破的案子。

果然有問題。和真越想越覺得達郎沒有說實話。

和真突然想起了烙印在腦海中的一句話。

我也覺得你父親在說謊，我父親並不是那樣的人——那是白石健介的女兒在和真快下車時說的話。

那樣的人是什麼意思？從前後文判斷，她似乎對達郎供詞中提到的白石健介這個人物的形象感到不滿。

但是，筆錄中並沒有任何貶低白石健介為人處事的內容，看了之後，反而覺得是一個有強烈正義感，而且為人親切的好人，所以是無法接受筆錄中提到白石健介的言行嗎？

筆錄中提到，白石健介面對追訴時效屆滿，逃過殺人罪的達郎，逼迫他如果真心想要贖罪，就應該把真相公諸於世。她是不是想要表達她父親不可能做這種事，也不是這樣的人？

殺人命案的被害人遺族真的很痛苦。和真此刻才體會到這件理所當然的事。心愛的家人遭到殺害這個事實本身就很難以接受，但至少希望殺人動機是可以接受的理由。看了兇手的供詞，只要有絲毫感到不對勁的地方，就想設法瞭解真相。開庭審理照理說可以釐清案情，但按照目前的情況，會在達郎的供詞就是真相的前提下決定一切，然後結束訴訟。白石的女兒可能對此感受到強烈的焦躁。

和真回想起她的臉，有一種不可思議的感覺。加害人的兒子和被害人的女兒，兩個人的立場完全不同，但他覺得他們在追求相同的目標。如果她知道自己這麼想，一定會勃然大怒——

和真一路想著這些事，計程車抵達了目的地。他在走下計程車前，戴上了口罩。因為路上可能會遇到熟人，很多小學和中學的同學都仍然住在這裡。他很慶幸現在是冬天，如果夏天戴上口罩，反而會引人注意。他此刻很感謝流感正在流行。

下了計程車，走向倉木家時，他小心翼翼地觀察周圍。雖然是充滿懷念的故鄉，但他現在的心情簡直就像潛入敵營的特工。

這裡的人出入都會開車，和東京相比，路上沒什麼行人，但並不是完全沒有人，所以絲毫不敢大意。每次有人迎面走來，他都假裝撥頭髮遮住眼睛。

和真事先打電話通知堀部，今天會回來這裡。他說因為父親不在家，想回去看看家裡的情況，但就像他之前提出想瞭解案發現場時一樣，律師的反應很冷淡。
「因為那是你的家，我沒有權利叫你不要回去，也能夠理解目前房子沒有人住，你想回去看一下的心情，但希望你做好心理準備，可能會有不愉快的心情，因為——」
聽堀部說，警方曾經搜索家中，為了佐證達郎的供詞，書信類和名冊等全都被帶走了。
「但似乎並沒有發現檢方在訴訟時可以作為證據提出的東西，這件事本身並沒有問題，只不過左鄰右舍會因此瞭解這起案件，所以如果你回去老家，可能會有人莫名其妙地找碴，說你父親破壞了這個地方的形象之類的。」
「瞭解了，我會做好心理準備。」
「最好不要讓任何人發現。我會祈禱沒有任何人看到你，你悄悄確認家裡的情況之後，順利回到東京。」
「謝謝。」和真在道謝的同時，心情很複雜。每次和律師討論事情時，律師都叫他不要做不必要的事，不要引人注目，要保持低調。
終於來到老家附近，內心更加緊張。他東張西望，慢慢走向老家。在即將走到家門口時，突然聽到有人說話的聲音，他慌忙繼續往前走，走過了家門口。
經過下一個轉角後，他又往回走，再次走向家裡。確認路上沒有行人後，快速跑向玄關，把鑰匙插進鑰匙孔。門鎖打開的喀答聲音聽起來格外大聲。打開門之後，他立刻滑進門內，關上門上了鎖，吐了一口氣。這是有生以來第一次回家這麼緊張。

他等心跳稍微平靜後脫下鞋子，走進屋內。

長大之後打量這個生活了十幾年的空間，發現比記憶中更小，原來走廊這麼狹窄，好像有了全新的發現。

他走進客廳，打量室內。瀰漫在家中像是線香的氣味，讓他感到一陣難過。他曾經度過幸福童年的房子好像變成了淒涼的廢墟。

他走向放在牆邊的茶具櫃。中層的玻璃門上方是裝了拉門的櫃子，下層是有一道很大的拉門，和好幾個抽屜的櫃子。玻璃門內放著茶杯和茶壺，和小時候一樣。他想起達郎曾經告訴他，最近都買寶特瓶裝茶回來喝，沒有再用茶壺泡茶。

他打開上層的拉門，發現裡面放滿了茶葉罐、紅茶茶包和瓶裝果醬。他拿起一瓶果醬，發現還沒有開封，但賞味期限在十年前就過期了，日本茶和茶包應該也一樣。

他打開下層的拉門，發現排放著筆記本和資料夾。他把筆記本拿出來一看，原來是陳年的家計簿，上面是母親的筆跡。雖然他搞不懂把這麼多年的家計簿留下來的意圖，但對母親來說，這些家計簿可能就像是她的日記。

資料夾內都是從雜誌上剪下來的食譜。

這個茶具櫃中保存了母親的過去，而不是達郎的過去。來家裡搜索的警察一定感到洩氣。

他把資料夾放回去時，看到最角落有一本很厚的冊子。原來這裡並非只保存了母親的過去。

那是相簿，但並不是簡易相簿，而是封面很精緻的精美相簿。他記得自己小時候曾經看過，但稍微長大之後就沒再看了。因為全家人很少再一起拍紀念照。

他緩緩翻開封面，第一頁貼著父母的結婚照。達郎身穿男士和服禮裝的羽織袴站著，母親梳著名為文金高島田的新娘髮型坐在他旁邊。

母親名叫千里。聽父親說，他們是同事。

照片中的兩個人都很年輕，但彩色照片的顏色已經泛黃。照片旁寫著和真出生兩年前的日期。

下一頁也貼了幾張父母的合影，看起來像是去哪裡旅行時拍的。兩個人身後是巨大的注連繩，照片上用小字寫著「於出雲大社」。

他記得曾經聽父母提過，他們蜜月旅行時去了出雲大社。那是倉木家歷史的開端。

下一頁貼了一張嬰兒的照片。一絲不掛地躺在被褥上的嬰兒當然是和真。對倉木家來說，長子出生是僅次於蜜月旅行的大事。

之後是一家三口的合影。父母似乎帶著他這個兒子去了很多地方。海邊、山上和公園——

有一張聖誕節的照片，父母站在身穿聖誕老人裝的和真兩旁，對著鏡頭露出了笑容。照片角落的日期寫著一九八四年十二月二十四日。

一九八四年——就是「東岡崎站前金融業者命案」發生的那一年。

和真凝視著照片。達郎戴了一頂模仿馴鹿角的帽子，從他快樂的表情中完全看不出他是殺人兇手。

和真又翻到下一頁，看到一張奇怪的大合照，忍不住停下。除了他們一家三口之外，還有十名左右的男人站在這棟房子前合影。日期是一九八八年五月二十二日，旁邊用有力的字寫著「如願搬進自己買的房子！」。

原來是這樣。和真恍然大悟。搬家是和真最久遠的記憶之一，他仍然記得很多男人接連從大卡車上把行李搬進家裡的景象。原本以為那些男人是搬家業者，但其實並不是，照片上的是達郎公司的同事。達郎以前在上班的時候，有時候會在星期天出門，說要去幫忙後輩搬家。當時似乎有這種習慣，也許有助於提升同事之間的團結。

後面還有幾張全家福，但在和真小學的入學典禮之後，很少再看到父母的照片，都是和真遠足、運動會和山上的戶外教學等學校生活的照片。雖然偶爾也有去海水浴場，或是新年去神社參拜時和父母的合影，但幾乎都是母親千里站在和真身旁，達郎可能都負責拍照。

和真闔起相簿，放回茶具櫃。雖然都是充滿懷念的照片，但越看越空虛。而且現在沒時間沉浸在自己的回憶中，今天回來這裡的目的，是要調查達郎的過去。

然而，想要調查三十多年前的達郎，到底該從哪裡著手？雖然如果有日記最理想，但從來沒有聽達郎說過他有寫日記的習慣，而且如果真的有日記，應該被警察帶回去了。

總之，他想找以前的東西，要找到可以瞭解三十年前的達郎有什麼想法，以及怎樣生活的東西。也許家裡還有警察認為沒有任何參考價值，但家人覺得有意義的東西。

他決定離開客廳，走去隔壁的房間。那裡原本是客房，在千里去世之後，達郎基本上都使用這個房間。他們夫妻的房間在二樓，但上下樓梯很麻煩，而且也很少有客人來家中留宿，所以在千里死後，達郎就開始睡在這個房間。和真的房間也在二樓，但他不知道自己房間目前的情況。達郎可能會打開門窗讓房間透氣，但房間內可能仍然保持和真最後離開時的樣子。

他打開隔壁房間的門，打開日光燈開關，在走進房間之前看了一下。他大致打量後，看起來不像曾經遭到搜索，反而覺得整理得很整齊。榻榻米上只有矮桌和坐墊，矮桌上只有一盞檯燈。他看向書架，並沒有發現書籍減少。他又打開旁邊的衣櫃，摺好的衣服都收得很整齊。

只有一個抽屜讓他感覺有異狀，抽屜內的東西幾乎都消失了。和真在記憶中翻找，想起這裡除了書信以外，還放了存摺之類的東西。應該都被警方搜走了。拿走書信是為了掌握達郎的人際關係，也可以透過存摺瞭解是否有可疑的金錢往來。

另外還有兩個抽屜，裡面的東西似乎也減少了，但和真不知道裡面原本放了什麼。抽屜底部有一個很大的牛皮紙信封。信封很厚，裡面似乎放了一些陳年的資料。

他坐在坐墊上，把抽屜裡的東西都攤在矮桌上，發現是土地、建物登記謄本和不動產權狀。他想起達郎的信中提到了這些東西，還說他可以隨意處理。

除此以外，還有已經作廢的公司存款的存摺，以及貸款合約。他想起以前曾聽達郎說，買這棟房子時是向公司貸款，因為公司貸款的利率比銀行低很多。達郎當時還說，在還完貸款之前，絕對不能辭職。

和真吃了一驚。他想起了「東岡崎站前金融業者命案」的細節。達郎殺人的動機是不希望公司知道自己發生了車禍。

一旦辭職，就無法再向公司借貸買房子的資金了——達郎拿起刀子時，腦海中是否閃過這個念頭？

陰鬱的想像讓他心情更加沉重，他把手上的存摺放在矮桌上時，聽到了對講機的鈴聲。他嚇了一跳，不禁站了起來。

誰會在這個時候上門？——他完全無法想像，走出了房間。家裡裝了好幾個對講機的聽筒，走廊上的聽筒離他最近。他拿起聽筒問：「請問是哪一位？」

「我來送貨。」一個男人的聲音說。

「啊……喔，這樣啊。」

他掛上聽筒時歪著頭。誰寄了什麼來家裡？難道不知道這個家裡現在沒人住嗎？

他走去玄關，在開門之前，從貓眼向外張望。門外站了一個身穿宅配業者夾克的男人。和真打開門鎖，開了門。

「請問是倉木先生嗎？」男人問。

「是啊。」

「你的名字叫什麼？」

「和真……」

男人點了點頭，摸著左耳。和真發現他的耳朵裡有一個耳機。

男人從上衣口袋裡拿出一樣東西。

「我是警察，因為接獲報案，說有可疑人物進入這棟房子，所以我們前來察看。」

男人手上拿著警察證。他俐落地收起證件後，轉頭看向後方，舉起了一隻手。

門外停了一輛廂型車，兩個男人從車子後方走了出來。其中一人是穿著制服的員警，另一個人是穿著連帽防寒衣的年長男人。和真看到那個老人的臉吃了一驚。那是他從小很熟悉的鄰居，就是住在隔壁的吉山。

「倉木先生，」一身宅配業者打扮的員警叫著他的名字，「你可以不必回答我的問題，但如果方便的話，可不可以請你告訴我們，你在這裡幹什麼？」

「沒幹什麼啊，只是回家來看看，因為我父親一直不在家。」

「原來是這樣。」員警看了看和真的臉，又看了看玄關，挺直身體說：「已經確認沒有異狀，那我們就離開了。」

「喔，好。」

「告辭了。」員警快步走了出去，坐上了廂型車。廂型車離開了，身穿制服的員警也騎著腳踏車離開了，只剩下吉山一臉尷尬地站在那裡。

和真穿上達郎的拖鞋走了出去。

「好久不見。」他向吉山打招呼。

「啊，是這樣啦，」吉山摸著已經變得稀疏的頭頂，「我剛才在院子裡聽到了動靜，聽到呯的一聲關門的聲音，我覺得好像是從你家傳出來的聲音，覺得很奇怪。因為你家根本沒有人住。我仔細打量你家，發現燈亮著，我猜想會不會有奇怪的人偷偷溜進你家，於是就報了警。對不起，我完全沒有想到是你回家了。」

「您和警察一起在廂型車後方觀察嗎？」

「對啊，他們說如果我認識從家裡走出來的人，就要告訴他們，結果我看到走出來的是你，就這麼告訴警察了。」

其他人應該透過無線電，通知了那名警察。

和真再次瞭解了自己的處境。對愛知縣警來說，倉木家也很特別，所以一接到報警電話，就立刻趕過來。而且還特地假扮成宅配業者，應該是擔心一旦說是警察，可疑人物可能會逃走，所以提高了警戒。廂型車上可能還有其他警察。
「真的很對不起，事情鬧得這麼大。」吉山一隻手放在臉前道歉。
「不，是我該說對不起，我父親的事應該對左鄰右舍造成了很大的困擾，真是深感抱歉。」
「也不是困擾，但真是太驚訝了。」
一輛車子經過，坐在駕駛座上的男人似乎瞥了他們一眼。
「站著說話不方便，要不要進來坐？進來喝杯茶吧。」
「不，但是……」
「你不必在意，反正我家也沒人。來吧，來吧。」
和真在吉山的邀請下，走去了他家。
和真在結合了日本、西洋風格的客廳內，和吉山面對面坐在玻璃茶几前。
「不瞞你說，我直到現在都無法相信倉木哥竟然會殺人……」吉山拿起茶壺倒日本茶時說。
「您和我父親最近也有來往嗎？」
「有啊，因為我老婆去上班，白天只有我一個人，我們經常一起去參加町內會的聚會。」
「您這麼照顧我父親，這次發生了這樣的事，真的很抱歉。」和真雙手放在桌子上，向吉山鞠躬道歉。

「嗯，」吉山低吟了一聲，「你需要為這件事道歉嗎？嗯，你別這樣，把頭抬起來。來，來喝茶。」

和真聽到吉山遞過茶杯的動靜，抬起了頭。

「我剛才也說了，真的無法相信倉木哥會做這種事。為什麼會發生這種事？而且他是三十多年前殺人命案的真兇……總覺得好像是發生在別人身上的事。」

和真突然想到一件事。

「吉山叔叔，我記得您和我父親在同一個工廠上班。」

「沒錯沒錯，雖然我們在不同的部門，但都在安城工廠。倉木哥在生產技術部，我是在生產線，午休的時候經常一起打撲克牌。」

「那時候我父親有沒有什麼不對勁的地方？如果他真的殺了人，很難想像完全沒有任何變化。」

「嗯，這個嘛，」吉山皺著眉頭，歪著頭說：「這麼久以前的事，我真的不記得了。」

「我瞭解……」

「但是，」吉山說，「既然不記得，就代表並沒有什麼留下深刻印象的事，倉木哥應該和平時沒什麼兩樣。」

「我父親有沒有向您提過東岡崎的案件？說他發現了屍體，警方向他瞭解情況。」

「關於這件事，我隱約有點印象，但忘了是不是倉木哥親自告訴我。總之，我並沒有太大的印象。」

吉山說的情況很合理。達郎在那起命案發生後，應該並沒有明顯的變化，雖然和真充分瞭解，這無法成為否定達郎是兇手的證據。

「你趕快喝茶，茶都涼了。」

「謝謝，那我就不客氣了。」

和真拿起茶杯，他覺得這杯熱茶就像是吉山的關心，讓他感到很高興。因為他原本做好了受到冷眼的心理準備。

「你打算怎麼處理房子？」吉山問，「你應該不會回來住吧？」

「對，我沒辦法回來住，所以我打算把房子賣掉，雖然不知道能不能賣出去。」

「這樣啊，難得當了這麼多年的鄰居，真是太難過了。你之前可能聽說過，當初是我告訴倉木哥，我家隔壁的土地正在分售。」

「啊？是這樣啊？」

「這一帶的土地有一大部分都是母公司關係企業的房屋銷售公司在銷售，因為是同一個集團，可以用特別的價格購買，所以這一帶有很多是我們公司的人。」

「這件事我曾經聽說過。」

達郎曾經說，去參加町內會的聚會時，會遇到好幾個老同事。

「要賣掉嗎？真是太遺憾了，但這也是無可奈何的事。這樣啊。我還清楚記得你們搬來時的情況，因為我也一起幫忙搬家。」

「原來是這樣啊，對不起，我不記得了。」

和真想到吉山可能也在剛才那張照片中。

「這不能怪你，因為你當時年紀還小。對了對了，那時候倉木哥連續兩個星期都請我吃了蕎麥麵。」

「連續兩個星期？蕎麥麵？」

「對啊，搬家蕎麥麵。」

「為什麼連續兩週？」

「因為原本說好搬家的日子下了雨，所以就沒辦法搬家，但隔週的星期天剛好是曆法中諸事不宜的佛滅，倉木哥說先象徵性地隨便搬點東西過來，在雨中用車子載了幾個紙箱過來。我們兩個人一起吃了外送的蕎麥麵，隔週的星期天才正式搬家，然後送了正式的搬家蕎麥麵給左鄰右舍，我家也拿到了，於是連續被他請了兩次。」

「喔，原來是這樣……」

和真再次想起了搬家那一天的合照。原本打算搬家的日子是在一個星期之前。

啊？該不會——？

和真一陣心慌，慌忙按著胸口。因為他發現了一件重要的事，還是自己記錯了？
「嗯？怎麼了？」吉山露出詫異的表情。
「不，沒事，我該告辭了。謝謝您請我喝茶。」
「這樣啊。呃，我不知道該不該這麼說，你要堅強，要保重自己的身體，千萬不要自暴自棄。」
「謝謝，我沒事。」
和真站了起來，行了一禮後走向玄關。他很感謝吉山的關心，但他現在要趕快回家確認一件事。
回到家中，他立刻衝進客廳，打開了茶具櫃，把相簿拿了出來，然後翻開那張搬家照的那一頁。
果然沒錯——
照片上的日期是五月二十二日，但是原本預定在一個星期前搬家，也就是五月十五日。
一九八四年的五月十五日，發生了「東岡崎站前金融業者命案」。
達郎會特地在自己曾經殺人的日子搬家嗎？

29

下班後回到家中，綾子既不在客廳，也不在廚房，但美令上樓時，聽到了動靜。是從健介的書房傳來的動靜，而且門敞開著。

她走了過去，向書房內張望。綾子正坐在地上，把書架上的書裝進紙箱。

「我回來了。」美令打了聲招呼。

「啊，妳回來了。」綾子回頭說，但並不感到驚訝，她似乎已經發現美令回家了，「等我一下，我馬上就去準備晚餐。奶油燉菜已經煮好了。」

「沒關係……妳在整理爸爸的遺物嗎？」

「嗯，是啊，」綾子抓了抓臉頰，「雖然覺得留著也沒關係，但總覺得一直留著，就會一直耿耿於懷……」

「怎麼可能一直留著？」美令走了進去，坐在床上。她不記得父母從什麼時候開始分房睡，「反正早晚都要整理，那還不如早點整理。」

「是啊，而且也不可能永遠都住在這裡。」綾子說完，抬頭看著天花板。

美令感到很意外，忍不住問：「這句話是什麼意思？妳是說也許會搬離這裡嗎？」

「因為，」綾子在說話時站了起來，「妳遲早會搬出去啊，到時候我一個人住就太大了，而且這棟房子維持起來也很辛苦。」

「嗯……也對。」美令含糊其辭。

她不知道該怎麼接話。目前暫時沒有結婚的計畫，但並不打算一輩子都單身。

「而且我覺得該考慮一下以後的事。」綾子用凝重的語氣說。

「以後的事？」

「說白了，就是經濟的問題，因為以後就少了爸爸那份收入。」

「喔，那倒是。」美令小聲說。這也是她最近一直在思考的事。

健介的事務所已經關閉，手上原本的案子也由他的幾名律師朋友接手繼續處理。

「雖然有一點積蓄，但我覺得不能再奢侈了，也許為了以後著想，賣掉這棟房子，過簡樸的生活比較好。」

美令沒有想到會從綾子口中聽到這麼務實的意見，所以感到驚訝。綾子是家庭主婦，美令一直低估她了，以為她不瞭解社會的殘酷，沒想到母親正確地分析了現狀，為將來做打算。

「我準備好晚餐時會叫妳。」綾子說完，走出了書房。

美令坐在床上，再度打量室內。這個房間很樸素，幾乎沒有任何可以稱為裝飾的東西，只有書桌上放著全家福，而且是好幾年前的照片，美令還穿著年輕女子穿的振袖和服。

她從床上站了起來，坐在椅子上，打開了書桌的抽屜。抽屜內整齊地放著筆、印章和藥等物品。

裡面還有很多卡片。大部分都是會員卡，還有平時不使用的信用卡，以及診所的掛號證。

她看到一張牙科診所的掛號證，背面寫了日期和時間的欄位，似乎是填寫預約的時間。美令看到其中一個預約時間，忍不住大吃一驚。因為上面寫著「3/31 16:00」。

三月三十一日——

這個日期有特別的意義。那是職棒的巨人隊和中日隊在東京巨蛋球場舉行比賽的日子，根據倉木達郎的供詞，那天晚上，他去東京巨蛋球場看比賽，認識了坐在他旁邊的健介。

健介在看職棒比賽之前去看牙醫？——美令忍不住歪著頭。

美令吃晚餐時，和綾子提起這件事，綾子立刻回答說：「那天應該是去拔牙的日子。爸爸不是植了好幾顆牙嗎？就是其中一顆。妳這麼一說，我想起他那時候的確提過這件事。」

「比賽從六點開始，他會在兩個小時前去拔牙嗎？」

「並沒有什麼好奇怪的，爸爸說，拔牙根本沒什麼。雖然有點痛，但只要吃了止痛藥就沒事了。」
「但妳不覺得不需要在拔牙的日子還去看棒球嗎？」
「他可能覺得剛好可以忘記拔牙的疼痛，也可以轉換心情。」
「是這樣嗎？」
美令注視著放在桌上的掛號證，總覺得難以理解。
第二天下班後，她決定去那家牙科診所。她想詳細瞭解三月三十一日的診療內容，因為如果打電話問，只會引起懷疑。
牙科診所位在神宮前一棟大樓的二樓，入口是玻璃自動門。她事先調查後知道，門診時間到傍晚六點半。美令到的時候還剩下十分鐘，她在走廊上等待片刻，在六點三十分時走進了自動門。
眼前有一個櫃檯，正在櫃檯前寫字的年輕女人抬起了頭。
「不好意思，今天的門診已經結束了，而且這裡基本上需要事先預約才能看診。」年輕女人帶著歉意快速說道。
美令點了點頭說：
「我不是來看牙齒，我想問一下關於我父親的事。」她在說話的同時，從皮包中拿出健介的掛號證放在櫃檯上。
「啊，是白石先生的……」女人的臉上露出了緊張的表情。

「對，」美令回答，「我是他的女兒。」

女人猶豫了一下，說了聲「請稍等我一下」，然後走去後方。

不一會兒，一個身穿白袍的男人出現了。他的年紀比健介年輕。

「妳想問關於白石先生的什麼事？」

「關於他的治療內容，尤其是三月三十一日的情況。」美令指著掛號證上寫的日期。

「有什麼目的？」

美令抬眼看著他問：「非要說目的不可嗎？」

「嗯。」牙醫師露出了沉思的表情，「因為關於病人的情況，如果未經病人的允許，我們無法透露，即使是家屬也一樣。」

「但他已經死了，你不知道嗎？」

牙醫師臉上並沒有驚訝的表情。他應該知道那起案件。

「好吧，請跟我來。」牙醫師說，他似乎下定了決心。

美令跟著他走進一間門上貼著「諮詢室」牌子的小房間。桌上放了一台電腦的大螢幕。

牙醫師自我介紹說他姓水口之後，讓螢幕出現了X光照。那似乎是健介的X光照。

水口指著右下最後方的牙齒問：
「妳知道這顆牙齒是植牙嗎？」
「知道，因為下面有好像螺絲般的東西。」
「沒錯。在拔牙之後，把鈦金屬的牙材植體植入齒槽骨中，再裝上裝假牙的基座，然後把假牙裝在基座上。妳父親因為牙周病的關係，齒槽骨受到了侵蝕，所以我建議他植牙。」
「應該不是一次就完成吧？」
「對，會隔一段時間，分不同的階段完成。差不多在八月的時候才完成植牙。」
「三月三十一日那一天做了什麼治療？」
「那一天只有拔牙而已，雖然也經常會直接把植體植入齒槽骨，但因為拔完牙之後的洞很大，所以那天就沒有植入。」
「大約花了多長時間？」
「因為只有拔牙而已，並不需要花太多時間，最多二十分鐘左右。」
掛號證上寫著「3/31 16:00」，所以下午四點半應該就結束了。
「拔了牙齒之後情況怎麼樣？會不會很痛？」
「每個人的情況都不太一樣，有些人會很痛，但除非拔臼齒，不然通常只要吃止痛藥就沒問題了。」

「那天晚上有辦法出門嗎？比方說可不可以去看職棒比賽？」

「職棒比賽嗎？我認為應該可以，並沒有太大的問題，只是可能會有點腫。」水口露出困惑的表情回答，他可能無法瞭解美令問這個問題的意圖。

「不會要求病人盡可能休息之類的嗎？」

「會要求避免激烈運動，除此以外的注意事項應該就是喝酒。」

「酒？」

「拔完牙齒後，會希望傷口趕快癒合，但喝酒會促進血液循環，容易造成出血，所以會交代病人當天晚上不要喝酒。」

美令聽了水口的話，想起一件重要的事。

「所以也不能喝啤酒吧？」

「是啊，盡可能不要喝比較好。」

「你有沒有這麼告訴我父親？」

「應該有說，不僅如此——」水口打開桌子的抽屜，拿出一張紙說，「而且還會把這個交給他。」

美令接過那張紙，發現上面寫著拔牙齒後的注意事項。除了避免過度漱口、用力擤鼻子以外，還寫著當天避免喝酒。

「這張可以給我嗎？」

「好，沒問題。」

「謝謝你提供了很重要的資訊。」美令站了起來，深深鞠了一躬。

30

堀部孝弘的事務所位在西新宿一棟老舊住商大樓的二樓。一進門就是櫃檯，負責事務工作的中年女人坐在那裡。因為和真之前也來過，中年女人認出了他，嘴角露出微笑，向他點了點頭。

「目前律師正在接待其他委託人，可以請你稍等一下嗎？」

「我瞭解了。」

牆邊放著皮革長椅，和真在長椅上坐了下來。

正前方的牆壁上掛著液晶電視，正在播放午間的談話性節目。作家和記者正在討論知名女藝人因為吸毒遭到逮捕的事，雖然和真最近盡可能遠離網路，但不得不上網時，經常看到這起案件的相關新聞。

和真想起幾年前，曾安排這名女藝人參加脫口秀的企劃。在開會討論時，發現這名女藝人一改平時作為賣點的輕浮個性，是一個很有主見的精明女人。那次之後，和真就默默支持她，沒想到她還有不為人知的另一面。

我看人真是太沒眼光了。和真對自己失去了自信。自己連父親也不瞭解，當然更不可能看透初次見面的人的為人。

聽到開門和關門的聲音，他抬頭看向那個方向。一個上了年紀的男人從裡面走出來。他向處理事務工作的女人鞠了一躬後走了出去。

桌上的電話響了。處理事務的女人接起電話，簡短地說了幾句後，看著和真說：

「倉木先生，請進。」

和真沿著狹窄的通道走進去。裡面有一個小房間，門敞開著。那裡就是諮詢室。

「打擾了。」和真打了一聲招呼後走進去，穿著襯衫的堀部站在那裡，把資料放在一旁後，對和真說：「請坐。」

「好。」和真回答後坐了下來，堀部也跟著坐下來。

「我去見了你父親。」堀部說著，握起了放在桌上的雙手，「也問了他那件事。」

「他怎麼說？」

堀部移開視線，猶豫了一下，然後再次看著和真說：

「他說並沒有特別去想這些。」

「沒有想這些？等一下，請問你怎麼問我父親？」

「就是你對我說的那些話，把你的疑問直接問他。案件發生在一九八四年五月十五日，為什麼在四年後搬家的日子，也選在五月十五日那一天？難道內心沒有產生排斥嗎？」

「結果他說並沒有去想這些？」

「對，」堀部點了點頭說：「達郎先生說，雖然他從來沒有忘記那起案件，但並沒有特別意識到日期這件事。搬家的時候有很多事要忙，所以只是選了不會影響工作、方便的日子。」

和真連續搖了好幾次頭。

「太荒唐了，怎麼可能有這種事？堀部律師，你也覺得很奇怪吧？正因為覺得奇怪，所以才會去問他，對不對？」

堀部很勉強地點了點頭說：

「的確不自然，所以我認為值得向達郎先生確認，因為也許這件事有特別的意義。」

「意義？」

「比方說悼念，可以成為悼念的藉口。」

和真聽不懂這句話的意思，歪著頭問：「什麼意思？」

「只要在五月十五日搬家，這天就可以成為倉木家的搬家紀念日，所以如果達郎先生在這一天去掃墓，或是去神社或是寺廟，別人都會覺得他只是在慶祝紀念日，誰都不會想到他是在悼念他親手殺害的人。也就是說，可以成為一種偽裝。如果他有這個目的，就可以證明他為過去的錯誤懺悔，或許能夠成為訴訟時的材料。」

和真打量著律師戴著金框眼鏡的四方臉。

「律師，你在盤算這種事嗎？」

「這種事是指什麼？」

「就是能不能用於訴訟。」

「當然啊。」堀部坐直了身體，瞪大了眼睛，「因為我是辯護人，我的工作就是尋找對訴訟有利的材料，只不過很可惜，這件事派不上用場。既然達郎先生說並沒有特別去想這些，那就沒戲唱了，搞不好還會變成證明他對過去的案件毫無反省。」

堀部說完，做出了投降的姿勢。

「我告訴你這件事，並不是為了這個目的。」

堀部一臉不解地皺起眉頭問：「那是為了什麼目的？」

「如果他真的在五月十五日殺人，就不可能把搬進新家的日子安排在同一天。在我父親年輕的時候，買自己的房子應該是他最大的夢想，最好的證明，就是他至今仍然留著還貸款的紀錄和購屋公積金的單據。怎麼可能把搬進夢寐以求新家的日子，安排在這一天……不可能。」

「所以他說忘記了。」

「這太奇怪了。既然他沒有自首，不就在等待追訴時效屆滿嗎？不可能忘記那個日子，我父親在說謊，絕對在說謊——」

「不要說了。」堀部說著，伸出了右手，吐了一口氣之後開了口。

「我瞭解你想要表達的意思，只不過現在爭辯犯罪事實並非上策。最重要的是，他本人已經承認犯罪，別人無論說什麼，都沒有任何意義。」

「但是——」

「這件事，」堀部打斷了他的話，「就到此為止，請你忘了這件事，不要再執著了。」

和真感到渾身無力。回到老家，聽了吉山的話之後，好像在黑暗中看到一道光，難道完全沒有意義嗎？

「如果，」堀部說，「如果你無論如何都無法接受，認為你父親在說謊，那就請你找出他說謊的理由。只要你找到這個理由，而且具有說服力，到時候我會重新考慮。」

「說謊的……理由嗎？」

不知道為什麼，他的腦海中浮現了她——白石健介的女兒的臉。

31

「這件事千真萬確嗎？是石井女士提出要去熱海嗎？」

五代探出身體確認，坐在桌子對面的女人露出有點害怕的表情點了點頭說：

「沒錯，所以我們說好決定各自方便的日子後，再通知良子，然後再由她決定日期，安排住宿。」

「你們是直接見面談這件事嗎？還是用電子郵件之類的？」

「對，是在社群軟體上。」

「還沒有刪掉嗎？」

「沒有刪掉。」她操作智慧型手機後，把手機螢幕出示在五代面前說：「就是這個。」

五代探頭看著螢幕，上面的對話足以證明她剛才說的話。

「請妳絕對不要刪掉，這可以成為極其重要的證據。」

「好。」她露出了緊張的表情。

「請問殺害良子的兇手不是已經抓到了嗎？為什麼你們還在調查這件事？」她把

手機收起來的同時問。

「因為需要確認很多事實。——今天很感謝妳，也謝謝妳的協助。」五代拿起桌上的帳單站了起來。

走出咖啡店，和那個女人道別後，他打電話給正在搜查總部的筒井，報告了從剛才那個女人口中問到的情況後，筒井說：「前進一步了。剛才檢察官也來過，只要有這條線索，股長臉上也有光了。辛苦了，你可以回來了。」

「瞭解。」五代說完，掛上了電話。難得的收穫讓他心情也輕鬆了。

上個月，在奧多摩的山中發現了遭到分屍的屍體。大約一個星期後，查出了死者的身分。她叫石井良子，是住在調布市的一個有錢人。如果還活著，今年六十二歲，她的丈夫已經死亡，和二十六歲的獨生女一起生活。

警方立刻成立了搜查總部偵辦這起棄屍案，五代所屬的那個股被派到分局協助辦案。

原本以為偵查工作會陷入困境。因為無法得知石井良子的失蹤日期。她的女兒這一年期間在英國留學，兩個月前回國後，才發現母親失蹤了。她在出國期間和母親用電子郵件聯絡，完全沒有發現異狀。

調查石井家之後，發現明顯有遭竊的跡象。她的提款卡和信用卡都不見了，在調查提款卡和信用卡的使用紀錄後，發現八月底開始曾有提款紀錄，信用卡也有不自然的使用紀錄。
從監視器影像中發現了一名男子。他是被害人女兒的前男友，姓沼田，二十八歲，自稱是音樂人。
而且還找到了決定性的證據。從留在現場的放存摺等的皮包上，採集到沼田的指紋。
在請沼田主動到案說明後，他一口承認棄屍一事，於是立刻逮捕他。五代和其他人都鬆了一口氣，以為真相大白，偵破了這起案子。
沒想到沼田矢口否認殺害了石井良子。
他承認使用了提款卡和信用卡，他說：「因為我沒有收入，生活陷入困頓，去找石井阿姨商量，她把提款卡和信用卡借給我，說我可以隨便使用。」還說當時把密碼也告訴了他。
關於棄屍的事，他如此說明。當他為借錢的事去向石井道謝時，看到石井上吊自殺了。他想到如果被人發現屍體，一定會引起軒然大波，正在留學的女兒也會無法專心讀書，所以他決定隱瞞。他用石井的手機，假裝是石井，和女兒互通電子郵件也是為了相同的目的——
五代和其他人都覺得這麼荒唐的藉口根本行不通，但事態的發展越來越奇怪。因為檢察官說，照目前的情況發展，殺人罪無法立案。

問題在於死因。因為屍體損傷很嚴重，無法確定死因，而且也沒有找到兇器，也就是說，缺乏可以證明是他殺的物證。

於是檢察官提出，可以尋找證據否定沼田主張石井良子是自殺這件事。只要證明他在這件事上說謊，就可以推翻他的其他供詞。

然而，這並非一件簡單的事。在訴訟時，恐怕無法用石井良子沒有自殺的動機這句話來證明她不會自殺。因為一個人到底有什麼煩惱，旁人並無法得知。

偵查員開始徹底調查石井良子生前的動向，盡可能蒐集她不可能自殺的根據。不久之後，發現了幾件事。其中之一，就是石井良子在一年多前加入了壽險，受益人是她女兒，但壽險有一個附加條件，如果在兩年內自殺，保險就不理賠。即使她決定自殺，也不可能不為女兒著想，照理說即使想自殺，也會等到兩年之後。

而且還得知，石井良子經常提起想要重新裝潢家裡。想要自殺的人不可能考慮這種事。

這次五代又查到石井良子計畫和幾個朋友一起去熱海旅行。提出旅行計畫的人怎麼可能在旅行前自殺？

五代覺得今天可以大搖大擺地回去搜查總部了，正準備走向車站時，手機響了。一看螢幕上顯示的號碼，忍不住瞪大眼睛。電話是白石美令打來的，她是上一起命案──「港區海岸律師兇殺暨棄屍案件」的遺族。

「妳好，我是五代。」
「啊……呃，我姓白石，是秋天時遭到殺害的白石健介的女兒──」
「我知道。之前感謝妳的協助，找我有什麼事嗎？」
「對，有一件事無論如何都想請教你的意見。是關於那起案件的事。」
「喔，請問是什麼內容？如果是事務方面的事，可以請分局──」
「是有關偵查的事。」美令用強烈的語氣說，「我認為偵查工作發生了錯誤。」
五代用力握著手機說：「願聞其詳。」
「所以我希望當面向你說明，可以占用你的時間嗎？我可以去任何地方。」
五代嘆了一口氣，看著手錶。對他和同事來說已經結束的案子，但遺族的戰鬥才剛開始。既然對方說偵查發生了錯誤，他當然不能置之不理。
「妳決定見面的地方就好，我哪裡都可以。」五代說。
大約三十分鐘後，五代和白石美令在六本木的咖啡店見了面。再次見到她，發現她還是很漂亮，只是好像瘦了一些。
「不好意思，在你百忙之中打擾。」美令鞠躬說道。
「沒關係，妳要告訴我什麼事？」
「就是這個。」說完，她把牙科診所的掛號證放在桌上。
她指著掛號證上寫的日期邊說明的內容，的確令五代感到驚嘆。

倉木說，他三月三十一日在東京巨蛋球場遇見了白石，白石買啤酒時，掉落的一千圓紙鈔剛好掉進坐在旁邊的倉木杯子中，兩個人因此相識。

但是美令說，白石在那天傍晚去牙科診所拔了牙齒，照理說不能喝啤酒。

「我父親並不是不遵守醫囑的人。如果醫生叫他當天晚上不要喝酒，他絕對不會喝。」她拿出牙科診所寫了注意事項的衛教單強調。

五代說不出話。因為美令說的情況很有說服力，而且拔牙之後，不僅當天不能喝酒，最好接下來幾天都不要喝酒是常識。

「所以妳認為倉木在說謊？」

「你不認為這是唯一的可能嗎？」

「但是，即使妳現在提出這種想法……」

「你的意思是，這樣會讓你們下不了台，所以就當作沒這回事嗎？」美令瞪著五代問。

五代嘆了一口氣。

「妳有沒有向其他人提過這件事？」

「我告訴過律師，就是協助我使用被害人訴訟參加制度的律師。」

「那位律師怎麼說？」

「她說會轉達給檢察官，但檢察官可能不會理會。」

應該是這樣。五代也有同感。因為犯罪事實無需爭辯，把不必要的線索帶到法庭上沒有意義。

「兇手已經遭到逮捕，也坦承了動機。妳仍然不滿意嗎？」

「真相並沒有大白，我想瞭解真相，刑警先生，你不這麼認為嗎？難道你們努力偵查，最後破案卻是建立在謊言的基礎上，這樣也無所謂嗎？」

「並不一定是謊言——」

「就是謊言！」美令用尖銳的語氣說完，指著桌上的那張衛教單說：「如果你認為不是說謊，那請你合理解釋這件事。」

五代只能陷入沉默。因為他無法解釋。

「對不起。」美令說，她的聲音小聲而柔弱，和前一刻完全不一樣。

「我知道自己說這些讓人很煩，你也一定覺得很困擾，只是我找不到其他人討論這件事……」

「我並不會覺得困擾。既然遺族無法接受，刑警就應該設法處理，我認為這是刑警的工作。」五代再次注視著美令問：「這件事可以交給我嗎？我會私下調查一下。」

「可以拜託你嗎？」

「雖然我無法保證能夠滿足妳的期待。」

「謝謝，那就拜託你了。」美令露出一臉得救的表情鞠躬說道。

五代雖然點著頭，但腋下流著汗。因為他完全沒有自信可以解決這個問題。

晚上八點，五代走進那家店時，中町已經坐在後方的餐桌旁。

這裡是門前仲町那家他們經常光顧的爐端燒店。五代坐下後，點了生啤酒。

「我沒想到這麼快又可以和你在這家店喝酒。」中町鬆開領帶說。

「不好意思，為莫名其妙的事找上你。」

「別這麼說，我接到你的電話也大吃一驚。」

五代和白石美令道別後，立刻打電話給中町，向他說明了情況。

店員送來了生啤酒，兩人乾杯之後，五代問：「情況怎麼樣？」

「你是問白石健介先生在三月三十一日的行蹤嗎？偵查資料上留下了紀錄。」中町拿出了記事本，「白石先生的事務所不是有一位助理長井小姐嗎？當時似乎向她瞭解了情況。根據當天的行程表，白石先生在下午三點半左右離開事務所，然後就沒有再回去。行程表上只寫了是私事，並沒有寫和委託人見面。」

「他三點半離開，應該是去牙科診所，所以行程表上並沒有寫之後要去東京巨蛋球場。」

「既然是工作上的行程表，可能不會寫這些，但長井小姐說，白石先生並沒有提要去東京巨蛋球場的事。」

「那個女助理不是在事務所工作多年嗎？難得去看職棒比賽，照理說應該會在閒聊時提到。」

「可能剛好沒機會說，或是刻意不提……」

「或是根本沒有去看棒球比賽。」

中町聽了五代的話，用力深呼吸。

「這件事很不妙，也許會徹底顛覆整起案件的架構。」

「你沒有把這件事告訴別人吧？」

「當然啊。」

「好，暫時當作你我之間的秘密。」

「好，但是——」中町壓低了聲音問：「你有什麼打算？」

「不知道，從現在開始思考。」

店員剛好經過，五代點了幾道菜。

「五代先生，你最近很忙吧？在忙什麼案子？」中町改變了話題。

「最近的案子有點棘手，雖然已經抓到兇手了。」

五代簡短地說明了目前的案子。

「就是調布的富豪遺孀命案吧？這起案件的消息也傳到我們這裡了，聽說嫌犯用很牽強的藉口矢口否認。」

「是啊，真佩服他竟然能夠想到那種謊言。但是仔細思考一下，就覺得不意外。」

「什麼意思？」

「任何兇手都希望可以躲過刑責，為了達到這個目的，當然不惜說各種謊言。那倉木呢？如果他說了謊，是為什麼說謊？顯然無法達到減刑的目的，既然這樣，為什麼要說謊？」

「不知道。」中町歪著頭。

五代大口喝著啤酒，打量著店內。他想起在逮捕倉木後，來這家店時的情況。

他記得那天晚上，有一絲不祥的預感掠過心頭。

自己和其他人也許並不是避開了迷宮，而是陷入了新的迷宮？

五代發現內心的這種想法完全沒有消除，反而更加強烈了——

32

年輕的情侶一臉幸福地笑著走出知名品牌珠寶店，尤其那個女人一臉滿足的樣子。他們可能來這裡買結婚戒指，找到了理想中的戒指。

自己未來也會有像他們這樣的日常生活嗎？和真忍不住想。但結婚或是結婚戒指之類的事根本不重要，他很懷念可以無憂無慮歡笑的日子。

他正坐在銀座中央大道旁的咖啡店。這家咖啡店位在大樓的二樓，可以隔著玻璃窗戶，看到下方的街道。即將見面的對象指定了這家店，對方說已經事先預約了，他提早五分鐘走進咖啡店，報上了預約的名字，服務生帶他來到這個座位。對方似乎除了預約之外，還指定了座位。這裡是最不引人注意的座位。雖然和真並沒有告訴對方自己找他有什麼事，但對方似乎察覺到適合密談的座位比較理想。

到了約定的下午三點。和真看向樓梯，看到對方正從樓梯走上來。他向女服務生說了什麼之後，毫不猶豫地走向和真坐的那張桌子。他穿著深棕色夾克，肩上背著側背包。曬得黝黑的臉上留著鬍碴——他看起來比上次更狡猾，難道是因為有成見的關係嗎？

「好久不見。」南原的嘴唇露出微笑，在和真對面坐了下來。

「不好意思，突然約你見面。」和真鞠了一躬。

「沒關係，只是有點驚訝。」

「我想也是。」

和真打電話給南原，說有事想要請教，希望可以見面詳談。原本以為可能會遭到拒絕，但南原答應了，而且指定了地點和日期。

女服務生過來為他們點飲料，南原點了咖啡，和真也跟著點了咖啡。

「我先說，」南原拿下了插在胸前口袋上的原子筆說：「這也是錄音筆，我打算把我們的談話錄下來，沒問題嗎？」

「請便。」

「那就請說吧。」南原拿著原子筆操作幾下之後放在桌上。

「上次你也錄了音吧。」和真看著原子筆問，「就是你來我家，問了很多問題的那一次。」

「錄下談話內容是採訪的原則，」南原泰然自若地說，「我聽《世報周刊》的編輯部說，你透過律師表達了抗議。」

「因為我不太能夠接受報導的言外之意。」

「每個人對內容的看法各不相同，我在報導中提到你說的話，都是根據你的發言總結而成，難道不是嗎？」

「你很成功地誘導了我。」

「所以你約我來聽你發牢騷嗎？」

「不是，我對那件事已經不想再說什麼了，因為說了也沒用。」

女服務生走了過來，把咖啡放在他們面前。南原露出觀察的眼神看著和真，他一定在思考和真約他到底有什麼事。

「那篇報導寫得不好。」女服務生離開後，南原說道，「原本想要寫得更刺激聳動，但事情沒有我想像中那麼順利。因為追訴時效屆滿的殺人命案都是好幾十年前的事了，即使想要訪問遺族的心情，也都缺乏身臨其境的感覺。話說回來，經常會遇到這種揮棒落空的情況。」他苦笑著把牛奶加進咖啡，用茶匙攪拌著，「既然你不是針對這篇寫得不好的報導表達抗議，今天找我有什麼事？你在電話中說，有事想要問我。」

和真喝了一口黑咖啡，呼吸了一次後開口。

「我想請教關於我父親造成的案件，但不是這次的案件，而是一九八四年，在老家那裡發生的那起案件。」

「你是說『東岡崎站前金融業者命案』嗎？」南原很嚴謹地確認，「那起案件怎麼了？」

「請問你是怎麼查到的？警方並沒有公布。」

「原來是這件事。」南原似乎有點掃興，「因為聽了你的回答，我猜想倉木達郎先生過去引發的案件似乎是殺人命案，所以我找遍了他當時所有的朋友。那個年代的上班族，人際關係的範圍幾乎都局限在職場內，只要有員工名冊，就可以馬上查到聯絡方式。因為那裡有很多人都住在獨棟的房子，所以沒什麼人搬家。」

「你在報導中提到，在我父親的老同事中，有人記得我父親曾經接受警方的偵訊。」

「而且是以殺人命案遺體發現者的身分，於是我立刻猜到，一定就是這起案件。但是我無法確認達郎先生就是那起案件的兇手，這也是理所當然的事，因為追訴時效已經屆滿了。但是我在報導中寫得很肯定，如果寫錯了，達郎先生本人或是警方可能會來抗議，我對編輯部說，到時候我會扛起所有的責任。只不過我很確信，絕對不會接到這種抗議。」雖然南原措詞很客氣，但臉上充滿了自信。

「沒有其他人記得那起案件嗎？」

「雖然有幾個人記得，但都沒有問到什麼重要的情報。於是我想採訪被害人的遺族，結果發現遇害的灰谷曾經結過婚，只不過在遇害時是單身，也沒有孩子。這是我最大的失算，也是無法寫出一篇出色報導的最大原因。因為我原本打算將報導的重點放在追訴時效屆滿的陳年舊案的遺族，得知同一個兇手再度殺人後的感想上。」南原拿起咖啡，聳了聳肩。

「你沒有找到遺族嗎？」

「我剛才也說了，他沒有妻兒，但我努力調查後，找到了一個讓我產生興趣的人。灰谷有一個妹妹，那個妹妹的兒子曾經在灰谷的事務所上班。」

「所以是灰谷的外甥。」

「對，我在調查之後，發現灰谷的妹妹已經死了，但那個外甥還活著，一個人住在豐橋的公寓，年紀大約五十五、六歲，在案件發生當時，差不多二十出頭。他姓坂野，表示坡道的那個坂，原野的野。」

「你見到他了嗎？」

「見到了。既然已經去了愛知縣，伴手禮當然越多越好。沒想到我再度失算了，完全是白跑一趟。」南原放下杯子，扮著鬼臉輕輕攤開雙手。

「什麼意思？」

「坂野根本不知道這次的案件，即使我告訴他，東京發生了律師命案，他也完全不清楚是怎麼回事。聽了我的詳細說明，而且得知和八四年的案件有關，才終於產生了興趣。他說清楚記得當年的案件，也認識倉木達郎先生，只是忘了名字。不僅如此，他還說，是他和倉木先生一起發現了屍體，向警方報了案。」

「所以他是那起案件的關係人，那你為什麼覺得自己失算了？」

「因為他完全沒有情緒化的反應。」南原皺起眉頭，露出失望的表情，「我剛才也說了，我希望他聽說殺了他舅舅的人因為時效屆滿逍遙法外，而且再次殺了人，會有激動的反應。只要他說一些充滿憎恨的話，我把這些話寫出來，就可以成為一篇像樣的報導。沒想到他聽了之後無動於衷，沒什麼反應。我問他不感到憤怒嗎？你猜他說什麼？他說其實無所謂，無論兇手是誰，都和他沒有關係。」

「他對被害人沒什麼感情嗎？」

「非但沒有好感，還很討厭灰谷。他說當時因為沒有工作，所以不得不在那個事務所接電話，但他無法忍受在那種男人手下工作。因為灰谷用形同詐騙的手法欺騙老人，還一副若無其事的樣子，簡直就是人渣。他覺得灰谷死有餘辜，無論誰是兇手，他都不會感到驚訝。」

「看來他真的很討厭被害人。」

「雖然我說這些話，你也會覺得我只是在安慰你，但他說，非常能夠瞭解倉木達郎先生殺了灰谷的心情。明明不是什麼重大車禍，灰谷卻裝出一副受害者的態度，把倉木達郎先生當司機使喚，而且還勒索金錢，難怪倉木先生會火冒三丈。總之，雖然坂野告訴我不少情況，但沒有說任何一句可以寫在那篇報導中的話。」

「原來是這樣。」

雖然正如南原所說，這或許只是安慰，但和真聽到被害人身邊的人也完全不感到悲傷，有一絲得救的感覺。不幸的連鎖反應當然越短越好。

「還有其他想問的事嗎？」南原問。

「還有一件我最想知道的事，為什麼警方沒有識破是我父親犯案呢？從某種角度來說，最先發現屍體的人不是最容易遭到懷疑嗎？」

「這個疑問很有道理，我也很好奇這件事，所以透過認識的警察，請他幫忙查了一下，但還是查不出任何結果。因為畢竟是三十多年前的案件，瞭解當時情況的人都離開了，相關資料也處理掉了。」

「原來是這樣……」

「但是……」南原歪著頭說：「剛才提到的坂野說了一句奇怪的話。他說即使倉木先生是兇手，他也不會感到驚訝，但他記得倉木先生當時好像有不在場證明。」

「不在場證明？」和真大吃一驚，探出身體問：「真的嗎？」

「是真是假，我就不得而知了。聽坂野說，刑警趕到現場之後，詳細問了他和倉木達郎先生發現屍體的經過，當時他隱約覺得倉木先生有不在場證明，至於不在場證明是否獲得證實，他就不知道了，很有可能只是他記錯了。」

「但如果是假的不在場證明，警察只要一查就知道了。也許當時的不在場證明獲得證實，所以警方才沒有懷疑我父親，是不是這樣？」

「呃，倉木先生，你說話太大聲了。」

經南原的提醒，和真迅速看向周圍，幸好附近並沒有人。

他喝了一口杯子裡的水，壓低聲音繼續說道：

「因為如果警察知道他的不在場證明是假的，一定會更加懷疑他，在其他人遭到逮捕之前，警方竟然沒有鎖定他，真的很奇怪。」

「你等一下，」南原伸出張開的右手，「我知道你想表達的意思，但你對我說這些，我也很傷腦筋。我只是把從坂野那裡聽說的內容告訴你，我能夠理解你不希望自己的父親是殺人兇手的心情，但他自己都已經承認了。你或許很難接受，但這就是事實，不容你產生懷疑。」

和真沒有吭氣。因為南原說的話很合理。

「還有其他想問的問題嗎？如果沒有，那我就告辭了。」南原拿起放在桌上的原子筆。

「可以請你把那個姓坂野的聯絡方式告訴我嗎？」

南原露出困惑的表情：「你打算當面向他確認嗎？」

「我也不知道，但也許會這麼做。」

「我認為你這麼做也是白費力氣。」

「但還是……拜託了。」和真鞠躬說道。

南原嘆了一口氣，拿出智慧型手機操作後，拿了一張放在桌角的餐巾紙，用原子筆寫了起來。

「這是他的地址和手機號碼。」南原說完，把餐巾紙遞到和真面前。

「謝謝。」和真小心翼翼地把紙摺了起來，放進了口袋。

「他不會喝酒，」南原唐突地說，「但嗜甜如命，如果你要帶伴手禮給他，不要送酒，最好送甜點。他和我見面時吃了水果聖代。」

意想不到的建議讓和真有點不知所措，還是點了點頭說：「我會參考你的建議。」

「但我覺得你會白跑一趟。」南原再次小聲重複了這句話。

和真沒有回答，但問了另一個問題。「請問你打算寫那篇報導的後續報導嗎？」

南原一臉冷淡的表情搖了搖頭說：

「目前並沒有這個打算，除非有什麼重大的發展。」

「這樣啊。」

南原把原子筆放回胸前口袋，看著帳單，拿出了皮夾。

「不用了，今天由我——」

他還沒有把「請客」這兩個字說出來，南原用另一隻手制止了他。

「我沒有理由讓你請客，而且你最好連這種小錢也要節省，因為接下來會很辛苦。」

和真不知道該回答什麼，默默低下了頭。

南原把自己的咖啡錢放在桌上後，說聲「失陪了」，站了起來。和真不想目送他的背影，將視線移向窗外。

外面下起了小雨，到處綻放著雨傘花。和真緩緩搖著頭。他沒有帶傘。

33

五代正在自己的座位上寫報告時，智慧型手機的來電顯示出現了白石美令的名字。富豪遺孀遭到殺害，分屍後被丟棄在奧多摩山中的案件即將收尾。之前否認犯案，試圖用缺乏真實性的供詞脫罪的嫌犯終於招供了。負責偵訊的副警部說，並沒有嚴厲逼供。

「我只是出示了警察調查的間接證據，問他陪審員會怎麼想。如果判斷有罪，接下來就是刑期的問題。決定刑期的關鍵，就是被告有沒有反省，如果不承認事實，就會讓陪審員留下不好的印象，很可能認為被告沒有反省，進而判下重刑。我只是語氣平靜，用通俗易懂的方式向他說明了這些而已。」

副警部的這番話應該屬實。如今在偵訊時必須全程錄影，不可能用威脅的方式讓嫌犯招供，現在也根本不可能發生遭到冤枉被逮捕的嫌犯，在警局的拘留室自殺這種事。

五代正在怔怔地想這些事時，接到了白石美令的電話，他忍不住想到了超自然的現象，也就是所謂的心電感應。但他立刻打消了這種念頭，覺得不可能有這種事。

「妳好，我是五代。」他壓低聲音，向四周張望。幸好附近沒有人。

「我是白石，不好意思，在你百忙中多次打擾。請問你現在方便說話嗎？」

「可以，沒問題。」

五代把手機放在耳邊站了起來，快步來到走廊上。被人聽到他在和已經破案案件的遺族說話，只有百害而無一利。

「我知道妳找我的目的，」五代小聲地說，「是不是東京巨蛋球場的事？不好意思，這一陣子在忙其他案子，分身乏術，所以沒什麼進展。」五代坦率地說。因為即使含糊其辭也沒用。

「我想也是這樣，所以我打這通電話，並不是為了催促你，而是想請教你一件事。」

「什麼事？」

「你應該認識那個人的兒子……就是被告的兒子吧？」

五代忍不住用力吸了一口氣。因為他完全沒有預料到這個話題。

「我確認一下，妳說的被告是倉木達郎吧？」

「沒錯。」

「我當然認識，倉木的兒子怎麼了嗎？」

「你方便把他的電話告訴我嗎？」

「啊？」他忍不住發出了呆滯的聲音，因為太出乎意料了。
「請你無論如何都要告訴我。」白石美令的話聽起來很認真嚴肅。
「為什麼？」
「因為我想要解決我無法接受的問題。我實在無法相信被告倉木說了實話，所以我打算向他兒子確認。」
「白石小姐，我勸妳不要這麼做。如果對方上門道歉，妳或許可以考慮和對方見面，但遺族主動和加害人家屬接觸似乎不太妥當，可能會被對方認為是威嚇行為。」
「怎麼可能威嚇？我完全沒有這種想法。」
「即使妳沒有這種想法，也不知道對方會怎麼解釋。」
「不，我認為那位先生應該不會產生奇怪的誤會。」
「那位先生？妳見過他嗎？」
「見過一次……只是剛好遇到。」
「什麼時候？在哪裡？」
白石美令沉默片刻後問：「我非回答不可嗎？」
「不……並沒有這回事。不好意思，因為我太驚訝了，所以忍不住這麼問。如果讓妳覺得不舒服，就當作我沒問。」
「並不是這樣，只是說明起來有點複雜。簡單地說，就是在某個地方……其實就是在清洲橋旁的案發現場偶然遇到了他，我去供奉鮮花時，那位先生也出現了……」

「原來是這樣。」

五代恍然大悟，覺得有這種可能。

「當時我們打了招呼，稍微聊了幾句，但我並不打算問他的聯絡方式，然後就道別了，而且我當時以為不會再見到他了。但是那天之後，發生了一些事，所以我想向他瞭解一下情況。」

「原來是這樣。」五代確認著周圍有沒有人在聽自己講電話，思考著該如何回答，「我瞭解妳的心情，但我還是無法告訴你。因為這是個資，而且也是偵查上的機密。」

「我不會跟任何人說，是你告訴我的。」

「我知道妳這句話並不是在騙我，但是世事難料，如果發生什麼麻煩時，妳從哪裡得知電話這件事就會成為問題。」

「我會小心，絕對不會引起任何麻煩。」

「雖然是陳腔濫調，但這個世界上沒有絕對，不是嗎？」

電話中傳來嘆氣的聲音。

「無論如何都不行嗎？」

「很抱歉，希望妳可以諒解。但我會設法確認那件事，就是被告倉木和白石先生是否真的在東京巨蛋球場認識這件事。」

「我瞭解了，那就麻煩你了。不好意思，在你忙碌的時候打擾。」白石美令的聲音明顯有點沮喪。

「別這麼說，如果有任何狀況，再請妳和我聯絡。」

「謝謝，那就先這樣。」白石美令掛上了電話。

五代拿著手機，抱著雙臂，靠在旁邊的牆上。

聽說白石美令使用了被害者訴訟參加制度，照理說已經從檢察官那裡瞭解到相當詳細的情況。她在瞭解這些情況之後，可能對很多事感到難以接受。不光是東京巨蛋球場的事，應該還有很多其他無法認同的事，否則她不可能會想要見兇手的兒子。

希望不會引起什麼麻煩。五代不由得擔心起來。那個女人個性很好強，總覺得只要是不至於太離譜的事，她會毫不猶豫地去做。

五代鬆開抱著的雙手，用手機打了一通電話。電話很快就接通了，聽到了壓低音量的聲音：「我是中町。」

「我是五代，現在方便說話嗎？」

電話彼端安靜了片刻，中町可能走去不必在意旁人的地方。不一會兒，就聽到正常的聲音說：「現在可以了。」

「不好意思，打擾你工作。」

「沒事，只是在聽課長無聊的訓話，我還要謝謝你讓我有機會溜出來。你是為了東京巨蛋球場的事找我嗎？」
「沒錯，之後有沒有查到什麼？」
「嗯，」電話中傳來低吟，「我稍微調查了一下，有關白石律師在三月三十一日的行動，並沒有發現任何新的線索。老實說，我認為之後應該也不可能出現。」
「果然是這樣嗎？既然現在已經查不到了，之後可能就更難了。」
「五代先生，雖然不能說是沒魚蝦也好，但我從偵查資料中，發現了有趣的東西。」中町壓低音量說，「所以我原本正打算和你聯絡。」
「喔，是什麼事？」
「我想和你當面討論，你最近有空嗎？」
「你還真會吊人胃口啊。我剛好處理完一起棘手的案子，今天晚上也沒問題啊。」
「那就今晚見，去老地方可以嗎？」
「沒問題，那就七點見。」
五代和中町約好之後，掛上了電話。

走進門前仲町的那家爐端燒的店，年輕的女店員似乎已經認得五代，立刻把他帶到店內深處的餐桌旁。中町已經到了，正坐在那裡看平板電腦，看到五代後，打了聲招呼說：「辛苦了。」他的聲音聽起來比平時振奮。

「我們已經變成熟客了。」五代坐了下來，點了生啤酒和幾道下酒菜後說。現在不需要仔細看菜單也可以點菜，或許有資格稱為老主顧。

「但很奇怪的是，我不會和其他人來這裡，只有和你見面時，才會來這裡。」

「我也一樣啊。你剛才是不是在處理什麼工作？我可以等你忙完一個段落。」

「你是說這個嗎？」中町指著平板電腦問，「不，我不是在工作，只是查一下有點好奇的事。不瞞你說，我在看這個。」

中町把平板電腦的螢幕放在五代面前，上面顯示的是報紙上刊登的電視節目表。由於使用了免費圖片瀏覽軟體，所以看起來和報紙一樣。

生啤酒送了上來，他們用中杯啤酒乾杯。「辛苦了。」

「這個電視節目表怎麼了？」五代問。

「你看一下日期。」

「日期？」五代看著節目表上方。

「是『敬老節』，」中町說，「倉木不是供稱，他在『敬老節』看電視時，看到那一集專門討論遺產繼承和遺囑的事，於是他想到自己死後，可以把所有財產留給淺羽母女，藉此向她們道歉嗎？」

「你這麼一說，好像有這麼一回事，但我完全忘記了。」

「在偵訊時，負責偵訊的刑警問倉木，是哪一個節目，他說忘了節目的名稱，只記得是談話性節目，但之前完全沒有人詳細調查過這件事，所以我有點好奇，倉木到底看了哪一個節目。於是我就拜託了認識的報社記者，請他傳之前的報紙給我。這份報紙當然是中部地方的報紙，因為各地的電視節目表不一樣。」

「的確是這樣，你還真有兩下子。」

五代沒有看走眼，這名年輕刑警做事很牢靠。

「結果有沒有找到那個節目？」

「問題就在這裡，」中町愁眉不展地歪著頭說：「我看了各個節目的介紹文，沒有看到像是他說的那個節目。雖然有幾個節目做了『敬老節』的特集，但都是為老人加油打氣，或是介紹老人的辛苦，完全沒有看到遺產或是繼承之類的文字。因為畢竟是『敬老節』，死亡相關的主題不符合敬老的宗旨，所以我覺得節目好像刻意避開這種話題。」

「給我看一下。」五代把平板電腦拿到自己面前。

他大致瀏覽了一下，看到了維持健康的方法、享受第二人生的方法等文字。中町說的沒錯，也許做節目的人認為遺產或是繼承這些令人聯想到死亡的字眼不適合「敬老節」。

幾道下酒菜送了上來，五代吃著下酒菜，喝著啤酒思考起來。

雖然電視節目表上沒有介紹，但節目中未必完全沒有談到這類話題。談話性節目中談到高齡者必須考慮遺產繼承的問題也很正常。

「你就是為了這件事找我嗎？」

「不，這只是順便，再怎麼樣，也不可能會拿這種芝麻小事浪費你的寶貴時間。剛才這件事只是鋪陳，接下來才是正題。我在電話中說，在偵查資料中發現了有趣的東西，其實是一張名片。那張名片放在從倉木家中扣押的名片簿中。」

中町操作著手機，然後把手機螢幕放在五代面前說：「就是這張名片。」螢幕上有一張名片的照片。因為中町不能把名片帶出來，所以拍了照。

五代把臉湊到螢幕前定睛細看，是名叫天野良三的人的名片，但看到那個人的頭銜，忍不住大吃一驚。因為名片上印著「天野法律事務所　律師　天野良三」。

「又是律師……」

「你看一下地址。」

五代聽了中町的話，將視線看向地址欄。上面是名古屋的地址。

「所以他認識名古屋的律師……」

「你不覺得奇怪嗎？」

五代喝了一大口啤酒，擦了擦嘴後看著中町。他知道這名年輕刑警想要說什麼。

「倉木說，為了向淺羽母女贖罪，他打算讓她們繼承他所有的財產，但不知道該怎麼做，於是決定向白石先生請教。但是，如果有認識的律師就在住家附近，照理說不是應該請教那位律師嗎？為什麼反而向剛認識不久的白石先生請教？」

「而且還特地跑來東京。」中町雙眼發亮地說。

「原來如此，的確令人好奇。你可以把這張名片的照片傳到我的手機嗎？」

「沒問題。」中町操作著手機。

五代拿起串烤洋蔥。

「只不過不知道這個姓天野的律師和倉木是什麼程度的關係，也可能曾經在哪裡交換了名片，但並沒有深交。如果是這樣，雖然他和白石先生才剛認識，但因為一起看了棒球變得很熟絡，他覺得向白石先生請教比較輕鬆也很正常。」說完，他咬著洋蔥。洋蔥特有的香氣刺激著鼻孔。

「的確沒錯。」中町把手機收了起來，同意五代的意見，「但如果沒有很深的交情，會把律師的名片留下來嗎？如果是政治家或是企業家這種擅長拓展人脈的人，或許還有可能，但倉木只是退休的普通民眾。」

「有道理，」五代拿出手機，確認收到照片了，「最簡單的方法，就是去找這個姓天野的律師，問他和倉木之間的關係。」

「要不要我去一趟？我可以在下次休假時去名古屋一趟。」

「如果你願意跑一趟，當然很好……」五代的語尾有點含糊。

「怎麼了？」

「對方是律師，除非有搜索令，否則恐怕不會輕易透露私事。因為他們有保密義務，或許會告訴你，倉木只是找他諮詢的客人，但絕對不可能透露諮詢的內容。」

「這……的確有可能。」中町降低了音調。

「我不想讓你白跑一趟，浪費寶貴的休假。」

「那倒是沒關係，你打算怎麼處理？」

「這個嘛……」

五代的腦海中浮現了一個想法，只是並沒有說出口。雖然這個想法很刺激，也很迷人，但他對可能會引發的事態完全沒有心理準備。

兩個人默默喝著啤酒，吃著下酒菜，中町打破了沉默。

「對了，那起案件即將開庭審理，但檢察官提出了麻煩的要求。」

「怎麼回事？」

「檢察官指示分局，希望我們繼續找可以佐證倉木供詞的證據，好像物證還是太少。」

「事到如今，為什麼還提出這種要求？更何況被告的供詞是最好的證據，還是檢察官擔心倉木會在訴訟時翻供？不會有這種事吧？」

「我也這麼覺得，但檢察官可能為了以防萬一。因為目前蒐集到的都是間接證據，唯一像是證據的證據，就是倉木知道媒體沒有報導的命案現場。」

「這就是所謂的秘密事項揭露，這就已經足夠了。」

「但是最近在網路上看到了有點棘手的內容。」

「什麼內容？」

「就是有人在命案現場看到鑑識人員在調查後，社群媒體上發文，說在清洲橋旁是不是發生了殺人命案，時間是在倉木遭到逮捕之前，雖然不是公開的報導，但既然網路上有這種內容，知道命案現場能不能算是秘密事項的揭露就有點微妙。」

五代把啤酒倒進喉嚨，搖了搖頭說：

「沒想到竟然有人在社群媒體上寫這種內容，真是個討厭的時代。」

「倉木的手機不是智慧型手機，而是傳統的手機，所以也沒有定位紀錄。那些被派去繼續蒐集證據的人都在抱怨，有一種好像叫他們用竹籃子打水的空虛感，搞不好不久之後，我也會被派去做這件事。」

「最後沒有找到指紋和ＤＮＡ嗎？」

「對，雖然查遍了東京車站周圍的監視器，但完全沒有發現案發當天，倉木曾經來東京的跡象。還有另一件事，也沒有留下打電話的痕跡。」

「電話？什麼時候的電話？」

「根據倉木的供詞，他當天曾經兩度打電話給白石先生。一通是說他到了東京，問白石先生是否能夠見面。第二通是說他迷了路，問白石先生是否能夠去清洲橋，但倉木手機上並沒有留下發話紀錄。」
「這件事太奇怪了，倉木怎麼說？」
「他說用了預付卡的手機。」
「預付卡？」五代皺起了眉頭。
「而且是登記人不明的手機，他說當天用了那支手機打了電話，在犯案之後就銷毀了。」
「他怎麼會有那種手機？」
「五代先生，你知道名古屋的大須嗎？就是大須觀音很有名的大須。」
「大須……好像聽過這個名字。」
「那裡是愛知縣最大的電子街，倉木說，以前在那條街上看二手的手機時，有陌生男人展示了預付卡的電話，問他要不要買。雖然要三萬圓，但他覺得可能會派上用場，結果就買了。」
「然後這次就用了那支手機嗎？會有這麼剛好的事嗎？」
「但至少很合理。如果他用自己的電話，就會留下打給白石先生的通話紀錄。」
「只要銷毀手機不就解決了嗎？事實上他也這麼做了。」
「倉木好像說，他想到電信公司可能會留下紀錄。如果他說的是事實，那個電話就可以成為證明他預謀犯案的重要證據……」

事實上，警方只能向電信公司調閱發話紀錄。

「倉木說他把那隻預付卡的手機丟在哪裡？」

「他說帶回家後，用鐵鎚敲爛，丟進了三河灣。」

五代搖了搖頭，忍不住苦笑起來，「那就無計可施了。」

「所以一切都靠倉木的供述。檢察官很擔心如果倉木到時候突然翻供，說全都是謊話，只是一時迷糊說的，不知道光靠間接證據，能不能判他有罪。」

中町露出了緊張的表情。五代和其他搜查一課的刑警都認為那起案件已經結案了，但事實似乎並非如此。

「我漸漸感到不安，雖然應該不可能，但這起案件真的還有未解之謎嗎？」

五代把杯中剩下的啤酒一飲而盡，又大聲點了一杯。

34

富有變化的風景接連向後方移動。前一刻還是低矮山前的一片密集住宅，很快就變成了一大片工業地區。田園風景點綴其間，列車不時進入隧道，擋住了視野。

離開東京時的一片藍天漸漸被灰色的烏雲侵蝕，西方的天空更加灰暗，簡直就像暗示著自己的未來。和真忍不住陷入了憂鬱。

他忍不住思考著多久沒有從東京車站搭乘下行的新幹線「回音號」了。最後一次可能是幾年前出差去熱海的時候，和客戶開完會，泡了溫泉，喝酒大啖海鮮。因為那次工作很順利，所以心情也格外暢快，當時深信這種一帆風順的生活將永遠持續。

恐怕再也無法回到那段時光了。公司仍然要求他在家裡待命，高層想必為該如何處理和真的問題傷透腦筋，雖然很想解僱他，但並不是他犯罪，所以也不能不由分說地解僱。

列車抵達了濱松，下一站就是豐橋。

他左思右想之後，昨晚打電話給那個姓坂野的人。原本以為對方看到陌生電話可能會拒接，沒想到電話很快就接通，坂野接了電話。當和真報上自己的姓名後，他用充滿警戒的語氣問：「啊？你說你是誰的兒子？再說一次。你是不是打錯電話了？」

「我是倉木達郎的兒子，是一名姓南原的記者告訴我這個電話。你應該曾接受過南原先生的採訪。」

坂野聽了和真的回答，沉默片刻後，大聲地說：

「喔，原來是那個人。我知道，我知道，那個姓南原的記者的確來過。」

「你們當時應該有聊到我父親。」

「你父親是倉木先生……對吧？你是他的兒子？」

「對。」

「喔，我聽南原先生說，你父親是殺了灰谷的兇手。我聽了很驚訝，而且聽說他又殺了人。」

「嗯，是啊……」

對方說話口無遮攔，和真有點後悔打這通電話。

「所以你找我有什麼事？」

「喔，有幾個問題想請教你。」

「問題？什麼問題？」

「就是關於之前那起案件的問題，聽說你和我父親一起發現了屍體。」

「喔，原來你要問那個。我是無所謂啦，但你問那些事幹嘛？」

「我想瞭解詳細的情況，想知道是怎樣一起案件，我父親和那起案件又有什麼關係。說句心裡話，我無論如何都無法相信。」

「你說這些也沒用，他不是親口承認是他幹的嗎？」

「雖然是這樣，但我無法接受。」

「既然這樣，我想即使你來問我，結果也一樣。」

「也許是……」

「如果只是聊一聊，我沒問題，反正我白天也很閒。你什麼時候方便？明天？」

沒想到對方很乾脆地答應，和真有點洩氣。

「明天也可以嗎？我當然希望越快越好。」

「那就明天吧，否則時間一久，我可能會忘記。」

於是就匆忙決定了今天見面。

「回音號」很快就到了豐橋車站。一走出車站，看到寬敞的道路一直延伸到遠方，道路兩旁是大小不一的大樓。和真的老家所在的那一站是三河安城站，不時有人抱怨，新幹線的車站為什麼設在這種鳥不生蛋的地方，但在這裡設站就很合理，反而讓人好奇，為什麼「希望號」不停這個車站。

他沿著名為大橋大道的幹線道路往北走。根據網站上的介紹，坂野指定的那家店離車站三百公尺。雖然坂野說那是一家咖啡店，但網站上說是和菓子店。南原說的沒錯，坂野應該嗜甜如命。

走了幾分鐘，周圍建築物的高度突然變低，天空變得很遼闊。天空的灰色更深了。雖然他帶了折疊傘，但還是祈禱不要下雨。

他從幹線道路走進岔路，立刻看到許多小商店和民宅。和真用智慧型手機確認位置，繼續往前走，很快就找到了他要去的那家店。讓人聯想到昭和年代的老舊房子掛了一塊很大的舊招牌。

店門口有一個玻璃展示櫃，裡面放了各式各樣的和菓子。和真看著展示櫃，走進了店內。

店內有兩組客人，分別是兩位女性，和一個身穿夾克的中年男人。正在看周刊的男人抬起頭，看了和真的手，摸了摸人中。和真拎了一個紙袋。這是他們約定的記號。

和真走向男人問：「請問是坂野先生嗎？」「嗯。」對方點了點頭。他有點胖，圓臉上的鬍子沒刮。

「我姓倉木，突然提出這種無理要求，真的很抱歉。」和真遞上了名片。

坂野興趣缺缺地打量著接過的名片說：「嗯，坐吧。」

「失禮了。」和真說完，在對面坐了下來。坂野面前放著空杯子和湯匙，他似乎已經吃了什麼。

一名身穿長袖圍裙的中年女人走進來為和真服務，和真看到牆上貼著的菜單上有咖啡，就點了咖啡。

「我要麻糬紅豆湯，再給我一杯茶。」坂野說。

和真猜想他應該故意提早來店裡，好好把握難得有人請客吃甜點的機會。難怪他欣然答應見面，而且他說白天的時間很閒。

「這是我在東京車站買的一點心意，如果你不嫌棄，請收下。」和真把紙袋放在桌上。裡面裝的是香蕉奶油蛋糕捲。

坂野探頭看著紙袋內，嘴角露出了微笑說：「不好意思啊，那我就不客氣了。」

和真坐直了身體，看著對方問：

「那我就不說廢話了，可以請教你幾個問題嗎？」

「可以啊，你想問什麼？」坂野把紙袋放在腿上，拿出盒子後打量著。

「聽說在一九八四年的案件發生時，你在被害人的事務所工作？」

坂野把盒子放回紙袋，一臉厭惡地點了點頭說：

「當時是不得已的。因為我之前任職的公司倒閉，我失業了。我媽說，既然我在家裡遊手好閒，那就去舅舅的公司做事，說那時候舅舅正在找人接電話。在那之前，我不太瞭解灰谷這個人，和他一起工作之後太驚訝了，因為我沒想到他簡直無可救藥。」

「我聽南原先生說，即使你得知我父親是真兇，也說覺得無所謂。」

「的確無所謂。」坂野搖晃著身體，「因為已經是三十多年前的事了，更何況他原本就死有餘辜。命案發生時，我唯一的感想就是該來的還是躲不過。」

穿著長袖圍裙的女人把咖啡、麻糬紅豆湯和茶送了上來。坂野拿起湯匙，把裝了麻糬紅豆湯的碗拿到自己面前，但在開始吃之前說：

「但是，在聽南原先生說的情況之後，如果說我完全不驚訝，當然是騙人的。我並不是對你的父親倉木先生是兇手感到驚訝，而是驚訝當時自殺的電器行老闆竟然不是兇手。因為我一直確信那個老闆是兇手。」

「為什麼？」

坂野用湯匙把麻糬送進嘴裡後歪著頭說：

「你問我為什麼，我也不知道該怎麼說，因為無論怎麼想，都覺得那個電器行老闆最可疑，所以警察也馬上逮捕了他。」

「最可疑……你知道他為什麼遭到逮捕嗎？」

坂野搖著拿著湯匙的手說：

「證據之類的我是不知道，但如果我是刑警，應該也會把那個電器行老闆抓起來。」

「可以請教你其中的理由嗎？」

「可以啊，不是什麼重要的事。電器行的老闆在那一陣子經常去事務所抗議，說灰谷騙了他。那天也一樣，但灰谷剛好不在，只有我一個人在事務所。結果電器行老闆說，他要等到灰谷回來。雖然我覺得很煩，但也不能說不行，只是和他獨處一室覺得很拘束，於是我就去灰谷可能出沒的地方找人。我四處找了大約有一個小時，最後還是沒有找到，於是我就回去事務所。結果就在大樓前遇見了倉木先生——就是你爸。啊，對了，我想起來了，那時候是倉木先生第二次來事務所。」

「第二次？」

「我和電器行老闆兩個人在事務所時，倉木先生來過，但得知灰谷不在就離開了，不知道去了哪裡，所以那時候是第二次。我們一起走進事務所，發現了屍體，而且電器行的老闆不見了。誰都會覺得是電器行老闆殺人吧？」

和真根據坂野所說的內容，在腦海中想像著當時的狀況。電器行老闆——福間淳二的確會遭到懷疑。

「但我父親說，是他刺殺了灰谷先生，坐上車準備逃走時看到你，所以就假裝剛到，然後就下了車。」

「是這樣嗎？既然他本人這麼說，應該就是這樣，只是我當時完全沒有這麼想。」

「聽南原先生說，你認為我父親有不在場證明。」

坂野放下湯匙，拿起了茶杯。

「我記得是這樣。警察到了之後，刑警問了我們很多問題，也問了在發現屍體之前在哪裡。我說去附近的咖啡店和小酒館找灰谷，倉木先生不知道回答了什麼。我記得當時聽了之後心想，原來他也有不在場證明，果然是電器行老闆幹的。」

「我父親當時怎麼回答？他應該回答去了某個地方吧？你記得他說哪裡嗎？」

坂野喝了一口茶，皺著眉頭說：

「這是三十多年前的事，也未免太強人所難了。」

「……對不起。」

坂野拿起湯匙，繼續吃剩下的麻糬紅豆湯。

「嗯，我剛才也說了，既然他承認是他幹的，應該就是事實。我能說的就這些，我在電話中也說了，沒辦法提供什麼重要的線索。」

「我瞭解了。」

和真拿起咖啡杯，咖啡已經冷了。

回程的新幹線上，他的心情比去豐橋時更加沉重。雖然他原本就沒有抱很大的希望，但仍然期待可以看到一線光明。

只不過他仍然感到不解。八四年的案件發生時，警方為什麼沒有追查達郎？聽坂野說明的情況，能夠理解福間淳二為什麼成為頭號嫌犯，但照理說，同時懷疑達郎也不奇怪。不，非但不奇怪，照理說警察不可能放過他。

達郎是不是有不在場證明？正因為警方調查之後，確認了他的不在場證明，所以很快就排除了對他的懷疑。這樣的話，一切都很合理。

抵達東京車站時，天色已經黑了。他一看手錶，發現快晚上七點了。

他突然想去清洲橋看看。因為命案差不多就是在現在這個時間發生。上次去的時間有點早。

如果搭電車再走路過去，時間就會太晚了。他決定搭計程車。幸好路上沒有什麼車子，十多分鐘就到了。

他和上次一樣，沿著階梯走向隅川堤頂，但看到清洲橋時停下了腳步。

橋上亮著燈，所以周圍的景色沉入了昏暗之中，橋的正下方幾乎變得一片漆黑。

他緩緩走下階梯，雖然堤頂也很昏暗，但不至於看不清周圍，只不過他猜想以這種昏暗的程度，從對岸或是屋型船可能就無法看到了，而且案發當時因為工程無法通行，他再次瞭解了選擇這裡做為犯案現場的理由。

在這個時間點，周圍也有零星的人影，也有人在慢跑。

有一個女人面對河面站在那裡，風吹起了她的大衣下襬。當他看到女人的側臉時，忍不住大吃一驚。那個女人應該就是日前見到的白石健介的女兒。和真停下了腳步，不小心「啊」了一聲。

雖然他並沒有叫得很大聲，但她可能聽到了，轉頭看向和真的方向，然後似乎馬上想了起來，驚訝地瞪大了眼睛。

和真覺得不發一語走開也很奇怪，於是鞠了一躬後走了過去。「上次很不好意思……」

她稍微想了一下說：「我也很不好意思。」

「妳每天都來這裡嗎？」和真問。

「雖然不至於每天，但經常來這裡。」對方說話的語氣很僵硬。

「來供奉鮮花嗎？」

「偶爾會供花，那天只是剛好。」

「喔……原來是這樣。」

「你也經常來這裡嗎？」

「不，第二次而已，那天和今天……」

「這樣啊。」

和真深呼吸後說：

「如果造成了妳的不愉快，希望我不要再來這裡，那我以後就不會再來了。」

她低下了頭，但立刻看著和真，輕輕搖著頭說：

「我沒有權利說這種話。」說完，她看著河面，「我來這裡，是想瞭解父親的想法，想要瞭解父親為什麼聽到三十多年前，犯下殺人命案的兇手向他坦承已經過了追訴時效的罪行，責備對方應該把真相公諸於世。」

「妳的意思是，妳所瞭解的父親，不會做這種事嗎？」
「絕對，」說完，她轉頭看向和真，「他絕對不會這麼做。你的父親——被告倉木在說謊，是胡說八道。」
「我也……」和真說話的聲音有點沙啞，「我也希望我父親是說謊，包括他殺了妳父親這件事，我發自內心覺得，如果所有的一切都是謊言，不知道該有多好。」
她露出強烈的視線正視和真。
「我找到了一個證據，可以證明被告倉木在說謊的證據。」
和真無法充耳不聞，「在哪件事上說謊？」
「就是關於他們認識的事，他說和我父親在東京巨蛋球場見面是謊言。」
她接下來所說的內容令人意外。原來白石健介在那一天拔了牙齒，根本不可能喝啤酒。
「那天我父親的確去了東京巨蛋球場，」和真說，「因為是我送了他門票，我記得很清楚。」
「但是我父親並沒有去，所以應該並沒有見到被告倉木。」
「那他們是在哪裡見了面？」
「這我就不知道了，也不知道被告倉木為什麼要在這件事上說謊。但是，如果這件事是說謊，那我覺得殺害我父親的動機應該也是說謊。」

她的語氣很強烈，聽起來很情緒化，但說的內容很合理。和真覺得這個女人很聰明。

「妳有沒有和別人討論過這件事？」

「雖然請人轉告了檢察官，但檢察官似乎不感興趣，除此以外，我也告訴了刑警，是一位姓五代的先生，你認識他嗎？」

「喔……在案發後不久，他曾經來找過我。他說什麼？」

「雖然他說會私下調查，但不能指望他，他應該忙著偵辦其他案子，所以不瞞你說，我想和你聯絡，所以就請五代先生告訴我你的電話，但被他拒絕了。」

她說的話太出乎意料，和真有點不知所措地問：「妳要……聯絡我？」

「上次見到你的時候，你不是說，你懷疑你父親說謊，正在進行調查嗎？所以我在想，也許你和我一樣發現了什麼。」

「是啊，的確發現了幾件事……只不過都不是很關鍵的事。」

「你可以告訴我嗎？還是打算在訴訟時使用？」

「不，應該不會。我雖然告訴了律師，但他並不理會。」

「既然這樣，你告訴我應該也沒有問題。」

「也許吧。好，那我就告訴妳。」

「在此之前，」她把右手伸到身體前方，「可以先請教你的名字嗎？」

「啊，對不起。」和真從懷裡拿出名片說：「我叫倉木和真。」

她接過名片，拿到臉前。可能光線太暗，看不太清楚。

「我叫美令，美麗的美，命令的令。」

「白石美令小姐。」

「你的名片上有手機號碼，但我現在還不想把手機號碼留給你，因為我不希望自己之後後悔不該把電話留給你。如果你認為這樣不公平，我可以把這張名片還給你。」

「不，沒關係，如果妳不需要，可以把名片丟掉。」

「我瞭解了。」白石美令說完，把名片放進大衣口袋。

「我發現的是有關一九八四年那起案件的疑問。那起案件發生在五月十五日——」

和真告訴美令，達郎原本計畫在四年後的五月十五日搬入新家。

「雖然後來因為天氣的關係，延到隔週才搬家，但因為那天是佛滅，所以就在十五日那天只是象徵性地搬了少許東西。妳不覺得不可能有這種事嗎？我父親說，他根本沒有想到這些事，我這個兒子這麼說，或許有點奇怪，但他並不是那麼神經大條的人。」

白石美令一臉嚴肅的表情點著頭說：「的確不自然。」

「還有另一件事。我從在《世報周刊》寫了那篇報導的記者口中得知了一件令人在意的事。」

和真向美令說明，和達郎一起發現屍體的人，一直以為達郎當時有不在場證明，所以他今天去了豐橋，向那個人瞭解了詳細的情況。

「我開始覺得，我父親可能真的有不在場證明，所以警方當時才沒有懷疑他。」

「所以你懷疑被告倉木說自己是八四年那起案件的兇手這件事也是說謊嗎？」

「對，雖然如果妳認為因為我是家人，所以會往對自己有利的方向思考，我就無話可說了。」

「果真如此的話，他向我父親坦承了自己過去犯的罪這件事也是說謊。」

「是啊，白石先生逼迫我父親把真相公諸於世這件事也是謊言。」

和真注視著白石美令，她也看了過來。默然無語的時間流逝，和真覺得兩個人之間幾乎產生了共鳴，難道是錯覺嗎？

「假設你的想像正確，你的父親為什麼要扛起過去的罪？」白石美令提出了理所當然的疑問。

「雖然我不瞭解，但也許……」他突然想到了一個可能性。

「也許什麼？」

「也許是為了袒護別人。」

「但追訴時效不是已經屆滿了嗎？有必要為別人頂罪嗎？」

這個疑問也很有道理。

「雖然妳說的沒錯，啊……」
和真耳邊響起一個聲音。救贖——
「怎麼了？你是不是想到了什麼？」白石美令一臉嚴肅地問，似乎察覺到事情非比尋常。
「對，但妳可能會說我牽強附會。」
「你說看看，聽你說了之後才知道。」
「有人會因為我父親說他是八四年那起案件的真兇而得到救贖，那就是經營『翌檜』的淺羽母女。上次見到她們時，她們為終於洗刷了冤屈高興不已。一問之下才知道，這三十多年來，她們一直遭到別人的冷眼，吃了不少苦。」
「其實那並不是冤案，自殺的那個人真的是兇手，但是你父親同情她們母女，覺得只要說自己是兇手，就可以讓別人認為是冤案。」
「我原本這麼想……對不起，果然太牽強了。」
「我並不這麼認為。」白石美令用力搖頭，用強烈的語氣說：「因為時效已經屆滿，不會再針對這起案件追究罪責。被告倉木很可能覺得，既然會遭到逮捕，那就拯救對他而言重要的人。」
「如果是這樣，就意味著我父親是基於其他動機殺害白石先生。」
「……是啊。」

和真覺得白石美令板著臉。雖然他們聊得很投入，但她可能重新意識到和真是加害人的兒子。

「如果什麼都不做，到時候就會按照目前的故事進行審理。」和真看著她的眼睛說，「只要我父親殺了妳父親這件事是事實，無論真正的動機如何，或許並不重要——」

「怎麼可能不重要！」白石美令再度用強烈的語氣說道，「我想知道事實真相，而且認為這才是訴訟的目的，我無法接受不瞭解真正的動機這種情況。」

「我也一樣，只是不知道該怎麼辦……」

「我會思考，我會努力思考該怎麼辦。如果想到什麼好方法，而且覺得有必要告訴你，我會和你聯絡。」

和真被她充滿決心的話震懾了。她不僅聰明，而且也很堅強。

「我瞭解了，我也會繼續思考。」

白石美令露出一絲猶豫的表情後，從大衣口袋裡拿出智慧型手機，和剛才和真交給她的名片。她左手拿著名片，右手操作著智慧型手機。

和真的手機響了。螢幕上出現了電話號碼，應該是她的手機號碼。

來電鈴聲停了。白石美令把手機和名片放回口袋。

「我相信你。」

「謝謝，如果我發現什麼狀況，也會和妳聯絡……我可以和妳聯絡嗎？」

「可以，麻煩你了。」白石美令微微放鬆了嘴角，「那我先告辭了，很高興和你聊天。」

「我也是。」

白石美令轉身離開。和真目不轉睛地注視著她颯爽的背影。

35

五代抬頭看著設計時尚的公寓在陽光下閃著光，忍不住輕輕搖著頭。不愧是在廣告代理店工作的菁英住的地方，即使是一房兩廳的房子，房租搞不好也要將近十五萬圓。

他在有門禁系統的公共入口按了對講機，立刻聽到一個沒有感情的聲音應了一聲：「哪一位？」五代對著麥克風報上了自己的名字，在聽到「請進」的同時，旁邊的門打開了。

他搭電梯來到六樓，按了六〇五室的門鈴。

門打開了，倉木和真站在門內。他穿著運動褲和連帽衫，一看就知道不是便宜貨，但是他看起來比上次見到他時清瘦了些，難道是因為自己認定他很疲憊的成見造成的錯覺嗎？

「很抱歉，突然上門打擾。」五代鞠了一躬。

「別這麼說，我在電話中也說了，我也有事想要告訴你。」

倉木和真請他進了屋。這裡果然是一房兩廳，但房間很寬敞。客廳內放著矮沙發，但倉木和真請他坐在餐桌旁的椅子上。這裡的確比較方便談話。
「那我先聽你說，」五代在椅子上坐下後說，「由你先說。」
倉木和真點了點頭，緩緩開了口。
「白石先生的女兒是不是向你打聽我的電話？」
倉木和真突然問了意想不到的問題，五代忍不住看著他的臉問：「你怎麼知道？」
「是她本人告訴我的。」
「她本人？你是說白石美令小姐嗎？」
「對。」
「她打電話給你嗎？」
如果是這樣，白石美令怎麼知道他的電話？
「我剛好遇到她，在清洲橋旁。」
「我聽白石小姐提過這件事，但你們不是沒有交換電話嗎？」
「那次之後，又遇到了一次。」
「又遇到？在相同的地方嗎？」
「對。」倉木和真回答。
連續兩次巧遇嗎？不，也許並非巧合。五代這麼想。
「你經常去那裡嗎？」

「我並沒有常去那裡，那天是第二次去那裡。但白石小姐說，她常常去那裡。」

「這樣啊，那位小姐……」

也許她一有空就去那裡，期待可以遇見倉木和真。她應該會發揮這種程度的積極性，只不過五代並沒有把這個想法說出口。

「你們聊了些什麼？」

「聊了很多，像是彼此產生疑問的事。她告訴我，我父親說，在東京巨蛋球場遇到白石健介先生的那一天，白石先生去拔了牙齒，她還說，曾告訴你這件事。」

「我聽說了，她說因為那天拔牙齒，所以不可能在球場喝啤酒。」

「我認為她指出的問題很尖銳，也很有說服力。」

「我也有同感。」

「我把自己調查一九八四年發生的那起案件後，發現的矛盾之處告訴了她。」

倉木和真輕鬆地說，五代聽了之後瞪大了眼睛。

「你自己調查？你真的去調查了嗎？」

「因為我目前在家待命，時間多得發臭。」

倉木和真露出自虐的笑容，接著說出的內容令五代瞠目結舌。在東岡崎事件發生的四年後，倉木達郎在同一天搬去了新家。

「如果這件事屬實，的確令人在意。」

「當然屬實，我是他的兒子，這是我說的話，所以不會有問題，還有另一件事。」倉木和真露出了更加認真的眼神，「我開始認為，我父親在那起案件發生時，可能有不在場證明。」

「不在場證明？」五代聽到意想不到的話，不禁有點驚訝，「這是怎麼回事？」

「我去見了那起案件的關係人。」

倉木和真說，那個關係人就是和倉木達郎一起發現屍體的人，他向在《世報周刊》上寫了那篇報導的記者打聽到電話，和那個關係人談話之後，推測倉木達郎當時的不在場證明可能得到了證實，所以才沒有遭到警方懷疑。

「請等一下，你是說達郎先生根本沒有殺人，卻坦承他殺了人嗎？」

「我認為有這種可能。」

「為什麼要這麼做？」

「為了救贖。」

「救贖？」

「我接下來要說的話，你聽了可能會覺得是跳躍性思維。」

倉木和真在這句開場白後說的內容的確令人目瞪口呆。他認為倉木達郎可能是為了幫助淺羽母女，所以才說一九八四年的那起案件是冤案。

五代仔細打量著倉木和真的臉，「你的想法真大膽啊。」

「我知道這是異想天開的想像，但在我想到這個假設之後，就始終盤旋在腦海中……」

五代低吟著摸著額頭，試著整理剛才聽到的內容。因為他太驚訝，腦袋有點混亂。

「你果然很驚訝嗎？」倉木和真露出怯弱的眼神。

五代放下了原本摸著額頭的手，坐直了身體看著對方說：

「任何人聽你這麼說，都會覺得很荒唐。」

「我想也是。」

「但是，」五代接著說了下去，「令人驚訝的是，邏輯很合理。我剛才分析了一下，是不是哪裡有破綻，但並沒有發現。只不過如果支持這種說法，就會產生一個疑問，你父親為什麼會殺了白石先生，以及他為什麼不說出真正的動機。」

「你說的對，所以這個推理也遇到了瓶頸。」

「於是你決定把這些想法告訴當初偵辦的刑警，觀察他的反應嗎？」

「我想聽聽你的感想。」

「我的感想就是剛才說的這些話，從某種意義上來說，你的著眼點很棒。這句話並不是挖苦。」

「聽你這麼說，我稍微安心了些。否則如果因為自以為是的幻想，占用了你寶貴的時間，就太於心不安了。我要說的事情都說完了，如果可以，希望能夠在考慮這個推理的基礎上，重新展開調查……」

「很遺憾，在目前的時間點恐怕很難做到。如你所說，現在只是你的幻想而已。除非有具體的根據，否則即使向上面要求重新調查，也會被打回票。」

「果然是這樣啊……」倉木和真垂頭喪氣地說。

「但是，我會把這件事放在心上，因為不知道今後會出現什麼新的事實。」

五代覺得這句話聽起來只是一句安慰話，但倉木和真一臉嚴肅地鞠躬說：「拜託你了。」

「接下來我想問你一件事，請問你父親有預付卡的手機嗎？」

「預付卡手機？」倉木和真露出詫異的表情，「不，我不知道。」

「他經常去大須的電子街嗎？」

「大須嗎？以前想要換家電時好像常去，最近有沒有去就不知道了。」

「聽說和東京的秋葉原一樣，那裡有一些改造的、登記人不明的電話等違法的東西，你父親對這些東西有興趣嗎？」

「我父親嗎？不，我認為完全沒有這種事，你為什麼問這些問題？」

「因為他自己招供，在大須的電子街，向陌生人買了預付卡的電話。」

「我父親嗎？」倉木和真歪著頭，「我從來沒有聽他說過，而且我也認為他不會去買那種非法的東西。」他不解的樣子看起來不像是裝出來的。

「那我再問另一個問題，你說你去了豐橋，最近有沒有再去那裡的計畫？或是回老家？」

「不，暫時沒有這樣的計畫……」

「我想讓你看一樣東西，」五代操作著手機，然後放在倉木和真面前。螢幕上是那位律師的名片。

「這是什麼？」

「這是你父親名片簿內的名片，你知道這個人嗎？」

「不知道。」倉木和真不假思索地搖了搖頭後，突然想到了什麼，抬起頭說：「我父親有這張名片，就代表他和這家法律事務所有某種關係嗎？」

「雖然很難下定論，但我認為這種想法很合理。」

「如果是這樣，不是很奇怪嗎？根據我父親的供詞，他說想要把遺產留給淺羽母女，但找不到可以請教繼承遺產方法的人，所以聯絡了白石先生。既然有這張名片，就代表他和名古屋的這家法律事務所有什麼關係，通常不是會找這家法律事務所諮詢嗎？」

他不愧是廣告菁英，腦筋很靈活，立刻察覺了五代想要表達的意思。

「因為我產生了這樣的疑問，所以才來請教你。」

「這是很大的疑問，請務必深入調查。」倉木和真露出求助的眼神看著五代。

但是五代無法做出令他滿意的回答。

「很抱歉，我並沒有接到上司這樣的指示。不瞞你說，警方並沒有重視這張名片，只是轄區刑警剛好看到而已。」

「但是這太奇怪了，」倉木和真的視線在手機螢幕和五代的臉之間遊移，「絕對很奇怪，為什麼不調查？」

「因為高層認為，這起案件的偵查工作已經結束，被告倉木的供詞確鑿，並沒有嚴重的矛盾之處。即使我拿出這張名片，上司應該也不會改變態度，最多會叫我不要多事。」

「怎麼會這樣……」倉木和真皺起眉頭，似乎對這種不合理感到痛苦，「不能設法解決嗎？如果上司不同意就不能採取行動未免太奇怪了。」

「姑且不論其他的事，在這件事上無法輕舉妄動。如果沒有搜索令，東京的刑警突然去法律事務所，問律師是否認識倉木達郎這個人，對方也不可能回答。因為對方有義務要保密，但是——」五代注視著倉木和真的臉繼續說道，「如果是家屬，情況就不一樣了。」

「啊？」倉木和真顯得不知所措。

「如果是兒子去打聽，對方的態度或許會不一樣。」

「什麼意思？你說如果我去問，對方就會告訴我，為什麼我父親有他的名片嗎？」

「如果直接問，恐怕也不行。因為即使是父子，律師也必須保護客戶的隱私。但如果換一種切入的方式，對方有可能會告訴你。」

「切入方式……嗎？」

「我接下來要說的話，請你當作是我的自言自語，願不願意聽，都是你的自由。」五代說完，舔了舔嘴唇。

走出倉木和真的公寓後，五代對於自己所做的事到底是否正確仍然沒有答案。身為警察，這當然違反了規定。雖然他努力告訴自己，這是為了調查案件的真相，但仍然無法消除自己擾亂了相信父親清白的年輕人內心的愧疚。今天晚上，倉木和真恐怕難以入睡。

話說回來，倉木和真的推理太出人意料——

倉木和真認為，他的父親為了協助淺羽母女擺脫冤案的痛苦，所以謊稱自己之前犯了罪。因為那起案件的追訴時效已經屆滿，即使代人頂罪，也不會失去什麼。如果那對母女對他很重要，甚至考慮由她們繼承自己的遺產，即使有這種想法也很正常。

問題是那對母女為什麼對他如此重要？如果倉木達郎真的是一九八四年那起案件的兇手，或許能夠理解他是為她們的丈夫和父親蒙受了冤屈而贖罪，但如果他不是當年的兇手，情況就不一樣了。

五代看著手錶，目前是傍晚五點多。剛好有一輛計程車經過，他舉手攔了下來，坐上後車座時說：「去門前仲町。」

他在五點半準時來到「翌檜」前。雖然已經開始營業，但客人應該還沒有上門。五代打算再次去向她們確認和倉木之間的關係，尤其是織惠，他們之間真的沒有戀愛關係嗎？

他沿著階梯走向二樓，看到一個身穿米色大衣的男人走了下來。他和五代擦身而過，然後走向人行道。五代覺得曾經在哪裡見過這個人，隨即想了起來。上次來「翌檜」時，在快打烊時，這個男人走進店裡。

五代立刻衝下樓梯，環視四周，看到了米色大衣的背影。他急忙追了上去，叫了一聲「打擾一下」。

男人停下腳步，露出了帶著疑問的表情。

「不好意思，突然叫住你。」五代努力露出柔和的表情，壓低聲音說：「我是警視廳的人。」

任何人聽到這種話都不可能不感到張皇失措，男人一臉意外地眨了眨眼睛。

「找我有什麼事……？」

「你剛才去了『翌檜』，對嗎？」

「對。」

「如果我說錯了，請你見諒。請問你是不是淺羽織惠女士的前夫？」

男人露出一絲驚訝的表情說：「嗯，是啊……」

「果然……很抱歉，可以打擾你幾分鐘的時間嗎？」五代用低姿態問道。

「該不會是為了那起殺人命案？」

「你說對了。」

男人微微閉起眼睛後搖了搖頭說：

「如果是這樣，恐怕要令你失望了，因為我什麼都不知道。」

「我知道，目前正在查訪案件關係人身邊的人，如果你願意協助，將不勝感激，不會耗費你太多時間。」

男人一臉困惑地看著手錶說：「如果是這樣，那就沒問題。」

「謝謝。」五代鞠了一躬。

幾分鐘後，五代和那個男人在「翌檜」對面的咖啡店內，面對面坐在桌前。

五代再度自我介紹，小心翼翼地出示了警察證，以免被其他客人看到。對方也拿出了名片，在安西弘毅的姓名上方，印著財務省秘書課課長輔佐的頭銜。

「安西先生，我之前曾經見過你一次。我記得那天你在『翌檜』快打烊的時候走進來。」

「喔，原來你就是那天還留在店裡的客人。」安西拿著紙杯，點了點頭。他似乎記得那天晚上的事。

「因為我知道織惠女士曾經結過婚，所以猜想你會不會是她的前夫。」

「原來是這樣，請問你找我有什麼事？」安西喝了一口咖啡後，放下了紙杯，似乎表示這種事根本不重要，趕快進入正題。

「你似乎知道發生了殺人案件，是聽織惠女士說的嗎？」

「不，是親戚告訴我的。」

「親戚？請問是怎麼回事？」

「就是《世報周刊》，有人看了周刊的報導後聯絡我，問我報導中提到的在拘留室自殺的男子家屬是不是淺羽母女，所以我也看了那篇報導，覺得有可能是她們，於是就打電話向織惠確認。」

「於是發現果真如此嗎？」

「差不多就是這樣。」安西雖然表示肯定，但仍然愁眉不展。

「聽你剛才這麼說，似乎在離婚之後，你也不時會和織惠女士聯絡。」

「是啊……雖然並不是很頻繁，因為要會面。」

「會面？」

「就是和兒子會面。」

「喔，我曾經在她們家裡看過照片，我記得差不多是小學四、五年級。」

「現在讀初中二年級，因為並沒有特別決定會面的時間和次數，所以每次都是事先討論決定。」

「今天也是為了這件事來店裡嗎？」

「不，不是為了這件事……」安西思考片刻後，迅速打量了周圍，把臉湊到五代面前說：「因為我不希望你從別人口中聽到一些不負責任的臆測，所以我就實話告訴你。我們當初並不是因為夫妻感情不好而離婚，原因就是織惠父親的那件事。其實我早就知道了，當初我向織惠求婚時，她就向我坦承了這件事，但她相信她父親是冤枉的，而且當時已經過了將近二十年，我們以為只要自己不說，就不會有問題。我父母雖然對我哥哥挑選結婚對象很小心謹慎，但我是家中次子，他們根本不在意我要和誰結婚，當初我們說織惠的父親年輕時發生車禍過世，也沒有引起任何懷疑。在結婚後很長一段時間內也都相安無事，而且還生了孩子，我很希望我們能夠永遠在一起。」

「結果發生了意想不到的事嗎？」

安西聽了五代的問題，一臉痛苦地點了點頭說：

「我父親是市議員，原本要繼承父親衣缽的哥哥病倒了，所以一度把我視為父親的繼承人。如此一來，情況就不一樣了。後援會的那些人和親戚擅自對我進行了身家調查，確認我沒有問題，也就是所謂的體檢，於是就發現了織惠父親的事。這件事當然引發了軒然大波。我說自己無意繼承父親的衣缽，但那些人說，事情沒有這麼簡單，一旦被人知道，會傷及父親的名譽。我父親也責怪我為什麼當初結婚時隱瞞這件事，還說如果他知道，會堅決反對我們結婚。」

五代並不感到意外。議員身處一個弱肉強食的世界，對政敵來說，這是絕佳的攻擊材料。

「於是你們就決定離婚。」

「最後是織惠做了這樣的決定，她提出離婚。」

「織惠女士……」

安西把手肘放在桌上，露出了凝望遠方的眼神，似乎想起了當年的事。

「她說當初結婚時，就做好了這樣的心理準備，有朝一日，她父親的事可能會被人發現，我們不得不分手。因為她說之前的人生中，類似的情況一再上演。我對她說，既然這樣，那這次就要克服難關，但她沒有點頭。她說不希望在別人的冷眼下繼續婚姻生活，而且看到我和兒子因為這件事承受不必要的困擾也很痛苦。她不慌不忙，極其冷靜地對我說，如果現在離婚，相關的人會千方百計隱瞞這件事，所以馬上離婚是最好的處理方式。聽了她這番話，我覺得試圖對抗偏見的自己太嫩了，也就無法反駁她。」

「所以你的處境也很痛苦。」

「我的痛苦，」安西用鼻子冷笑一聲，聳了聳肩說，「想到織惠的心情，就覺得根本不足掛齒，所以我希望她至少可以自由和兒子見面。兒子現在長大了，最近也常自己去找媽媽，沒想到就在這種狀況下，看到了那篇報導——就是《世報周刊》的報導，證明織惠的父親果然蒙受了不白之冤，所以情況就不一樣了。」

「你認為離婚沒有意義嗎？」

「我並沒有這麼說，如果我們沒有離婚，一定會受到抨擊，但是以後的情況不一樣了。不瞞你說，之前有不少人反對我們兒子和織惠見面，但是我相信以後他們的態度就會產生變化，所以我這一陣子經常來『翌檜』，和織惠討論是否能夠在兒子的教育問題上一起做些什麼，今天也是如此。」安西把紙杯舉到嘴邊喝了一口之後放回桌上，看著五代問：「聽了我以上的說明，你瞭解了嗎？」

他不愧是議員的兒子，能言善道，而且說明的內容條理分明，無可置疑。

「我充分瞭解了。」五代看著安西端正的臉問：「所以你不考慮和織惠女士復合嗎？」

安西苦笑著搖了搖手說：

「不可能，因為我在七年前再婚了，和目前的太太之間也生了孩子，一個兒子和一個女兒。」

「原來是這樣。」

安西看起來四十五、六歲，七年前應該才三十多歲，再婚也很自然。

「但目前的太太完全不過問長子的教育問題，所以需要織惠的協助。」
「所以你目前對織惠女士並沒有特殊的感情嗎？」
「沒有把她視為異性的感情，但現在仍然覺得她是一個出色的女人，很希望她能夠找到理想的對象，得到幸福。」
「你有沒有發現她有這樣的對象？比方說，像是店裡的客人。」
安西露出不知所措的表情歪著頭。
「這個嘛……因為我不會在營業時間內去店裡，所以不太清楚。」
「這樣啊。」
「但是，」安西說，「我忘了是什麼時候，那次剛好只有我和媽媽兩個人的時候，媽媽當時說了令我有點在意的話。」
「你說的媽媽，是織惠女士的母親——就是淺羽洋子女士吧？」
「對。」
「她對你說了什麼？」
「她叫我不必擔心織惠，織惠好像找到了心儀的對象。」
「那是什麼時候？」
「我記得是去年的這個時候，為了兒子的事，想要和織惠商量，所以就去了『翌檜』，就是那個時候說的。」

「心儀的對象嗎？」

「我覺得苦苦追問很沒品，所以只回答說，那真是太好了，也不知道她和對方之後的關係如何。」安西說到這裡，露出帶著疑問的眼神問：「說這些對你有幫助嗎？」

「有很大的幫助，感謝你的協助。」五代再次鞠躬道謝。

36

美令來到佐久間梓的事務所，她在打完招呼說的話，讓佐久間梓瞪大了黑框眼鏡後方的雙眼。

「妳剛才說什麼？」佐久間梓問。

「我是說，」美令舔了舔嘴唇，「我想和被告倉木見面。我想去看守所面會，妳可以和我一起去嗎？」

佐久間梓注視著美令深呼吸，似乎想要平靜慌亂的心情。

「為什麼？」

「當然是為了瞭解他是什麼樣的人。我想和他見面、談話後，自己確認他是怎樣的一個人，然後問他，他為什麼要說謊。」

佐久間梓握起了放在桌上的雙手。

「妳仍然在意被告倉木說，他在東京巨蛋球場遇到白石先生這件事嗎？」

「一方面是因為這個原因，但我對很多事情都充滿了疑問，就連犯罪動機也無法接受，我父親不可能有那種態度。」

「關於這個問題，正如今橋檢察官所說，被告在招供時很可能添枝加葉，但這件事並不會影響因為自私的目的而殺人的嚴重後果，討論這件事並沒有意義——」

「不，」美令打斷了佐久間梓的話，表達了否定的意見，「才不是添枝加葉而已。我想請教一下，妳憑什麼認為所有的供詞都不是杜撰出來的？有什麼證據可以證明並不是謊言呢？」

「妳不要激動，妳怎麼了？到底發生了什麼事？太奇怪了，是不是有人對妳說了什麼？」

美令吃了一驚，把頭轉向一旁說：「並不是這樣……」

「果然是這樣，所以有人慫恿妳什麼。」

「才沒有人慫恿我。」

「那到底是怎麼回事？美令小姐，請妳老實告訴我，我是妳的代理人，不會說違反妳意志的話，也不會做違反妳意志的事，但是如果妳不把內心的真實想法告訴我，我無法充分協助妳。如果妳有什麼想法，請妳告訴我，既然妳使用了被害人訴訟參加制度，我們就必須瞭解彼此掌握的情況。」

佐久間梓的語氣充滿熱忱，美令也知道不該隱瞞她。

「不瞞妳說……我見到了他的兒子。」美令猶豫之後，說了實話。

「他的兒子？誰的兒子？」

「被告倉木的兒子。」

佐久間梓倒吸了一口氣，「怎麼會……什麼時候？」

「我去命案現場供花的時候，剛好遇到他。」

「然後呢？」

「他也無法相信他父親……被告倉木的供詞，正在進行調查，最後發現幾個和之前那起案件相關的疑問，甚至開始懷疑，他父親是以前那起案件的真兇這件事會不會是說謊。果真如此的話，這次的動機也是謊言。」

佐久間梓露出冷漠的眼神搖了搖頭說：

「對方當然會尋找對被告有利的證據。」

「我認為他並不是為了這個目的，他說如果他的父親殺了我父親這件事是事實，無論真正的動機如何，這種事或許並不重要。也就是說，雖然他無法相信自己的父親是殺人兇手這個事實，但仍然努力接受這個事實。只是他無法接受包括動機在內的供詞內容，所以才會採取行動，我也才會想和被告倉木見面。我想親眼確認，他是不是真的是因為這種動機殺人的人。」

佐久間梓推了一下眼鏡，眨了眨眼後，注視著美令的臉。

「什麼？怎麼了？」

「不，我只是覺得妳和被告倉木的兒子似乎很有共鳴。」

美令聽了這句話，覺得渾身的血流速度加快了。

「我只是說，我們想要瞭解真相的心情一樣，而且又不是他殺了我父親。從受到這起案件的折磨角度來看，我認為他也是受害人，難道不是嗎？」美令忍不住越說越快。

「妳說的沒錯，對不起，我剛才說了奇怪的話。」佐久間梓微微鞠了一躬，「我充分瞭解妳的心情，但我先說結論，我不贊成妳在現階段去見被告，今橋檢察官應該也會勸阻妳。」

「為什麼？遺族不能去見被告嗎？」

「雖然並沒有這樣的規定，但妳已經是被害人訴訟參加制度的參加人，要在法庭上，和檢察官一起釐清被告的罪行，必須建立在各種客觀證據的基礎上，避免個人和被告接觸而做出預斷。而且這麼說可能太直接，一次的會面不可能瞭解什麼。我並不是說妳看人沒有眼光，而是在陳述現實。即使被告倉木在妳面前表現出誠懇的態度，也無法認定他是一個誠實的人，不是嗎？」

「或許是這樣，但我想和他見一次面。」

「我勸妳打消這個念頭，拜託妳了。」佐久間梓的語氣很平靜，但聽起來完全沒有妥協的餘地。

美令低下頭，嘆了一口氣說：「那就沒辦法了。」

佐久間梓從下方探頭張望問：

「妳是不是打算一個人悄悄去面會？」

佐久間梓猜對了，美令的確閃過這個念頭。「無論如何都不行嗎？」

「不行。」佐久間梓雙手在胸前交叉，「請妳打消這個念頭，如果妳不答應，那我就退出。」

「我瞭解了。」雖然美令很不甘願，但還是點了點頭。

「妳好像還無法相信犯案動機。」

「因為他說在東京巨蛋球場遇到父親是說謊，他和父親的關係應該也和他供稱的不一樣，動機當然也和他原本說的不一樣。」

「原來是這樣，請問妳對量刑有什麼想法？」

「量刑……嗎？」

美令結巴起來。老實說，她很少思考這個問題。

「殺人案件的遺族首先會希望被告被判處死刑，如果無法判死刑，至少希望是無期徒刑，幾乎都希望判得越重越好。遺族會不遺餘力提供協助，也希望檢察官表現出強硬的態度，所以我想瞭解妳的想法。妳母親希望判處死刑。」

「我……我希望在瞭解真相之後，再思考這個問題。因為如果不瞭解真相，根本無法衡量被告的行為罪行有多重大，難道不是嗎？」

「真相喔，」佐久間梓看向斜上方後，又將視線移回美令的臉上，「我瞭解了，假設被告倉木供稱的殺害動機是說謊，妳認為真正的動機比他供稱的更加殘暴嗎？」

「這……這我就不知道了。」

「簡單地說，這次的動機就是為了隱瞞過去所犯的罪，所以殺人滅口。白石健介先生完全沒有任何過錯，所以陪審員會認為這是極其惡劣而自私的犯罪動機。今橋檢察官認為只要加強預謀的證據，就有機會判處死刑。目前已經請警方追加調查。」

「追加調查什麼？」

「被告倉木說，他在犯案當天聯絡白石先生時，使用了預付卡電話，但他主張在兩年前買了那個手機，和作為兇器帶在身上的刀子一樣，都不是為了這次犯案特地購買的。今橋檢察官對他的供詞存疑，認為他並不是剛好有這些東西，而是因為決定犯案，才去張羅了這些東西，所以如果能夠查到他購買途徑，證明被告是在犯案之前購買，就可以進一步證明是預謀犯案。」

美令想起了今橋冷酷的臉，覺得他是把訴訟視為遊戲，只會對勝利感到喜悅的人。

「有點岔題了，」佐久間梓繼續說道，「所以我認為按照目前的情況，只要交給今橋檢察官，完全有可能判死刑。假設被告倉木隱瞞了什麼，有其他的動機，如果比目前供稱的內容更殘暴、更凶惡，不會有太大的問題。如果不是這樣，而是有什麼重大的原因，導致他不得已行兇的話，可能會因為這個原因，非但無法判死刑，甚至可能不會被判無期徒刑。即使這樣，妳也認為沒有關係嗎？」
「我認為這也是無可奈何的事，我追求的是真相，能不能判死刑是其次，我只想知道究竟發生了什麼。」
佐久間梓露出了沉思的表情後說：
「我瞭解了，我會把妳的意見傳達給今橋檢察官，被告對於殺害白石先生的來龍去脈交代不實，希望可以懷疑可能有其他動機。這樣可以嗎？」
「可以，拜託妳了。」
「但是希望妳可以瞭解，在現階段，今橋檢察官可能也無能為力。警方進行充分調查後，才有目前的狀況，除非今後出現新的事實。」
「雖然我這麼說，妳可能覺得我很囉嗦，但正因為這樣，我才希望直接和被告見面，當面問他，他說在東京巨蛋球場遇見父親是不是說謊。」
佐久間梓同時搖著頭和手，似乎認為不值得繼續討論。
「即使對被告倉木說，白石先生那天拔了牙齒，不可能在球場喝酒，只要他主張自己不清楚，白石先生真的喝了啤酒，他只是據實以告，就無法再反駁他。」
「如果是這樣，是否可以在開庭時提出這個問題？我認為可以達到讓陪審員認為被告可能在說謊的效果。」
「這並非上策。如果在開庭時突然問這種問題，只會讓陪審員不知所措。既然說被告說謊，就必須加以證明。在此之前，首先必須瞭解今橋檢察官的方針，在這個基礎上，謹慎地決定揭穿被告說謊的步驟，否則會打亂檢方的步調。」

美令嘆了一口氣說：「訴訟真麻煩。」

「那就得看想要透過訴訟達到什麼目的，如果想要追求徹底的真相，的確不是一件簡單的事。只是我認為在這次的案件中，動機應該很接近真相。」

「為什麼？」

「因為他特地坦承了時效已經屆滿的罪行，說這種謊有什麼好處嗎？如果是相反的情況，或許還有辦法理解。比方說，真正的動機是為了掩蓋過去犯下的罪，但因為不想被別人知道，所以說了虛假的動機。」

美令用食指指向佐久間梓說：「就是這個。」

「啊？什麼這個？」

「好處？被告倉木說這種謊有好處。」

美令說出了倉木和真告訴她的假設，也就是倉木達郎是為了拯救「翌檜」的淺羽母女，所以才說一九八四年的那起案件是自己幹的。

「因為那起案件已經過了追訴時效，所以並不會被問追究罪責，既然這樣，不如說是自己幹的，讓輿論認為那對母女的丈夫和父親當年果然受了冤屈。怎麼樣？」

佐久間梓嘆了一口氣說：「這是很大膽的假設。」

「但是妳不認為有可能嗎？」

「我不會說沒有可能，但如果無法證明，就只是想像，也可以說是被告倉木的兒子不想承認父親是殺人兇手而編造出來的妄想。」

美令皺起眉頭說：「這種說法很討厭。」

「如果妳聽了感到不高興，我向妳道歉。但是只要被告倉木不改變目前的供詞，我們就只能視之為事實加以接受。因為現在已經沒有人能夠證明，被告倉木並不是三十多年前那起案件的兇手。」

美令聽了這番話，不禁感到有點心寒。

「原來訴訟並不一定能夠讓真相大白，我越來越沒有自信了。」

「有所謂的緘默權，一旦被告行使緘默權，真相就永遠無法見天日的情況也不少，請妳不要氣餒，訴訟還沒有開始。」

「佐久間律師，我很感謝妳，而且我自認有一定的社會經驗，知道這個世界上有些事無可奈何。」美令站了起來，「今天我就先告辭了。」

「時間還很充裕，我會思考是否有能夠讓妳滿意的方法。」

「那就麻煩妳了。」

但是，美令在準備離開前，停下了腳步，回頭問佐久間梓：

「為什麼沒有謝罪？」

「謝罪？」

「被告倉木似乎認了罪，而且也深刻反省，但至今仍然沒有聽到他表達向我們遺族謝罪的話，也沒有律師帶了他寫的道歉信上門，為什麼？」

「這我就……」

「被告倉木是不是根本不打算謝罪？他覺得自己所做的一切是正當行為。」

「應該不會這樣，也有不少被告不想被認為這是以減刑為目的的表演，所以並不會大張旗鼓地謝罪。」

「是這樣嗎？」

佐久間梓露出了警戒的眼神。

「妳該不會打算和被告倉木的兒子討論這件事吧？」

「不行嗎？」美令在反問時觀察著女律師的反應。

佐久間梓無奈地攤開雙手說：

「我勸妳不要這麼做，萬一有人看到你們見面，可能會引起不必要的誤會。」

「為了查明真相，我做好了不擇手段的心理準備。」

「請妳務必要選擇手段，千萬不要亂來。我說這句話不是為了別人，而是為妳著想。」

「我會考慮。」

「美令……」佐久間梓露出無力的表情。

「我告辭了。」美令說完，走出了事務所。雖然她內心感到抱歉，但她不想輕易答應，萬一無法遵守承諾，心裡會更不舒服。

走出大樓外，冷風吹在臉上。也許是因為情緒激動的關係，所以覺得風吹在臉上很舒服。她也知道剛才說了不少大膽的言論，感覺還來不及思考，就已經脫口說了出來。

倉木和真的臉突然浮現在她的腦海中。

他一雙清澈真摯的眼睛令人印象深刻，可以充分感受到他努力面對痛苦的現實。他在工作上一定很能幹，面對前途突然變得黑暗的人生，肯定感到很絕望。

美令驚訝地發現自己對他產生了同情。她不知道是否因為並非以被害人遺族的身分，而是從客觀的角度俯瞰這起案件的關係，還是受到他某些處事態度的影響，或是除此以外的其他因素。唯一可以確定的是，自己對他沒有絲毫的嫌惡。

回到家時，綾子已經準備好晚餐在等她。今晚的主菜是奶油煎魚。這是綾子的拿手菜。

「佐久間律師剛才打電話來家裡，聽說妳今天去了事務所。」綾子停下拿著刀叉的手問。

「是啊，有什麼問題嗎？」美令預料到綾子想要表達什麼意見，但故作平靜地問。

綾子放下了刀叉。

「我很瞭解妳內心有疑問，想要用各種方式解決內心的疑問。我也一樣，如果有尚未查明的真相，我也會想方設法瞭解，至於和對方接觸，這件事就有待商榷了。」

「對方？」

「就是兇手的家屬，是他的兒子？聽說妳和他見了面。是佐久間律師告訴我的，她問我是否也知道這件事，我大吃一驚，妳為什麼沒有告訴我？」

「我只是覺得不值一提，有什麼問題嗎？」美令沒有看母親，淡然地繼續吃著奶油煎魚。

「妳還問我有什麼問題，對方是敵人，妳難道不知道嗎？」

美令慢慢咀嚼，把嘴裡的食物吞下去後抬起頭。

「敵人？這種說法太莫名其妙了，被告倉木或許是兇手，但他的家屬並沒有錯。」

「也許是這樣，但在法庭上就是敵人。因為對方會想方設法減輕罪責。」

「我認為他並沒有這種想法。」

「他？」

「就是被告倉木的兒子。」美令用叉子把沙拉送進嘴裡。

「拜託妳不要說得好像和他很熟的樣子，他可是殺了爸爸的兇手的兒子。」

美令放下叉子，直視著母親說：

「我想瞭解真相，為了查明真相，我會和任何人見面，必要時也會聯手合作。否則按照妳的邏輯，永遠無法瞭解真相。」

綾子露出嚴厲的眼神看著她。

「真相沒這麼容易瞭解，即使瞭解了，也不是什麼大不了的事。爸爸經常說，很多被告無法清楚說明犯罪動機，很多人都是不知不覺偷了東西，當自己回過神時，發現已經殺了對方，很多時候連被告自己也搞不太清楚。倉木應該也一樣，他應該遭遇了很多事，但最終因為膚淺的想法，在衝動之下採取了行動。一定就是這樣，所以沒必要執著於這個問題。我們關心的重點，是能不能判處和他犯下的罪相符的刑責。我希望他被判死刑，只要能夠達到這個目的，細節問題並不重要，所以我也想拜託妳，希望妳不要節外生枝，和兇手的兒子見面簡直太荒謬了。」

「荒謬嗎？」

「知道了沒有？妳有沒有聽到我說的話？」

「我在聽，我充分瞭解妳的想法了，也不認為妳的想法有錯，但是，我有我的人生。如今，我人生的齒輪卡住了，照此下去，連一絲一毫都無法轉動。死刑判決對我沒有任何意義。」

「美令……」

「我吃飽了，今晚的菜也很好吃，謝謝媽媽。」美令說完，站了起來。

37

和真看著掛在牆上的中日龍隊的月曆，心想著原來現在是這些選手在場上活躍。雖然他從網路新聞中，不時看到這些選手的名字，但這是他第一次知道他們的長相，而且也不太清楚他們的守備位置，更不知道他們的背號。

以前經常跟著達郎去球場，現場看職棒選手在場上比賽震撼力十足，但隨著他因為升學來到東京之後，漸漸失去了對職棒的興趣。因為東京的無線電視很少轉播職棒的正式比賽，只是在網路上瞭解比賽結果，稱不上是職棒球迷，而且他也沒有特別支持的球隊。

達郎是如假包換的龍隊球迷，聽說他最近仍然每年會去名古屋巨蛋球場好幾次。正因為和真知道這件事，所以才會透過朋友的關係，張羅到和巨人隊的那場開幕戰的門票。和真至今仍然記得打電話通知達郎這件事時達郎的反應。他第一次聽到年邁的父親說「真的假的？」這句話。

達郎一定充滿期待地前往東京巨蛋球場，因為是內野看台還不錯的座位，他應該很驚訝。

白石健介就坐在他旁邊——

想到這裡，和真忍不住歪著頭。白石是怎麼張羅到門票的？東京巨蛋球場開幕戰的門票並不容易買到，當然，只要動用律師的人脈，並不是什麼太困難的事，也可能去網路拍賣競標。

但是如果他使用這種方法張羅到門票，不是會留下痕跡嗎？警方有沒有掌握相關情況？

不，應該沒有。和真想道。白石美令基於她父親在那天拔牙的事實，認為他不可能去東京巨蛋球場，五代等人無法明確加以反駁。如果他們掌握了白石健介買門票的事實，應該會以此反駁。

和真拿出手機，把剛才的想法記在記事本上。他打算下次見到白石美令時，和她討論這件事。

但是，真的還會和她見面嗎？她曾經說，如果想到和案件真相有關的事，而且認為有必要告訴和真的話，就會和他聯絡。只是她認為有必要時才會聯絡，內心一定不想和加害人的兒子有任何牽扯。雖然和真覺得上次兩個人似乎意氣相投，但現在覺得可能只是自己一廂情願，忍不住陷入了自我厭惡。

「倉木先生。」正當他思考這些事時，聽到了叫他的聲音。抬頭一看，櫃檯的小姐向他點了點頭。

「請你去三號室。」櫃檯小姐指向通往深處的通道。

和真走去那個房間，發現門向內側敞開著，一個白髮男人面帶溫和的笑容坐在一張小型辦公桌前。

「你是倉木先生吧？請把門關上，然後請坐。」

「好。」和真回答，然後按照對方的指示，關上門之後，在椅子上坐了下來。

「我姓天野。」男人遞上了名片。名片上寫著「天野法律事務所　首席律師　天野良三」。這張名片和達郎名片簿內的那張名片設計稍有不同，那張名片上並沒有「首席」的頭銜，可能僱用了年輕律師。

「你今天要諮詢的內容是關於你父親的遺產繼承問題，請問具體是什麼情況？」天野看著手邊的紙問道。那是剛才櫃檯小姐交給和真的諮詢單，要求他填寫諮詢內容。

「我父親似乎寫了遺囑，我無意中得知了遺囑的內容。他似乎打算把所有財產都交給其他人，而不是由我這個獨生子繼承。有辦法這麼做嗎？」

「原來是這樣，」天野點了點頭說：「如果你的問題是，遺囑上可不可以寫這樣的內容，我只能回答說，可以。因為遺囑上要寫什麼內容，是當事人的自由。但是如果要問只要寫了這樣的內容，是不是就會變成這樣的結果，那就要視實際情況而定，也有可能並不會有這樣的結果。請問令堂還健在嗎？」

「不，她已經去世了。」

「你剛才說，你是獨生子，也就是你並沒有其他兄弟姊妹。」

「對。」

「如果是這樣，事情就簡單了。只要你同意，你父親就可以讓其他人繼承他所有的財產。」

「如果我不同意呢？」

「那就無法讓對方繼承你父親所有的財產，你父親只能自由支配他一半的財產，你有權利繼承剩下的另一半財產。這稱為特留分。然後你們可以溝通，只要你願意，可以放棄一部分財產，如果你不願意，就可以繼承另一半的財產。」

和真點了點頭說：「果然是這樣。」

「果然？什麼意思？」

「其實來這裡之前，我做了一點功課，也知道特留分的事，但我父親似乎不在乎我的意願，要讓別人繼承他所有的財產。我聽到他在電話中和別人談這件事，還聽到他說，已經向法律事務所確認過了。」

天野歪著頭說：

「這就奇怪了，應該沒有律師會對他說這種話。不好意思，會不會你父親並沒有實際去法律事務所，只是在說自己的想法？」

「不，他好像真的去了法律事務所，因為我發現一張名片。」和真拿出智慧型手機，俐落地操作起來。螢幕上出現了五代用手機傳給他的那張名片的照片。

「就是這張名片。」和真向天野出示了名片。

白髮律師立刻臉色大變。他可能沒想到會看到自己的名片。

「雖然直接問我父親，就知道他的想法，但他並不瞭解我已經知道他留了遺囑這件事……」

「可以請你把令尊的名字寫在這裡嗎？」天野拿出原子筆，指著剛才那張紙的空白處說。

和真寫了達郎的名字後，天野對他說了聲「請你稍等片刻」，就走了出去。

和真注視著關上的門，吐了一口氣。他因為緊張的關係，腋下流滿了汗。

幸好到目前為止，一切都很順利。

和真剛才對律師說的話，是接受五代指點的結果。

五代說，雖然和真是達郎的兒子，但即使達郎曾經去法律事務所諮詢，律師也不可能告訴他這個兒子達郎當初諮詢的內容。

「但如果只是要確認他去諮詢的內容是否關於將遺產贈與他人，就有一個方法。先不要提達郎先生的名字，然後向律師諮詢相同的內容，然後再說你父親也去法律事務所諮詢，但聽到的是完全不同的結果，接著再說出你父親當初就是去那家事務所。律師聽了之後，一定會慌忙確認。如果達郎先生只是有律師的名片，並沒有去諮詢，律師就會告訴你，並沒有你父親來過事務所的紀錄。如果曾經去諮詢，但完全是針對不同的內容，應該也會告訴你。如果這兩種情況都不是，或許就代表有值得特地去名古屋一趟的目的。」

五代說自己無法輕易採取行動，但顯然在慫恿和真，和真知道他絕非出於惡意。那位刑警也開始懷疑，案件另有真相。

五代傳授的方法的確是高招，但唯一擔心的是姓天野的律師知道這起案件，而且發現遭到逮捕的倉木達郎之前曾經找他諮詢，一旦得知倉木的兒子上門，一定會心生警戒。

五代說，這種情況應該不太可能發生。如果在訴訟時擔任律師，當然會記得委託人的名字，但不太可能記住上門諮詢者的名字。和真也有同感，而且看天野的反應，顯然猜對了。

門打開了，天野走了進來。

「我確認到了，令尊的確在前年六月來過，我在調查紀錄時想起來了。」

「他來諮詢的內容是什麼？」和真在發問時感覺到自己心跳加速。

天野坐下後，輕輕點了點頭說：

「是同一件事，他來詢問如何讓沒有血緣關係的人繼承遺產。但是太奇怪了，我應該向他說明了留給兒子特留分的事，我清楚記得這件事，也留下了相關紀錄。不知道是你父親忘記了，或是產生了誤會。如果我的說明讓他產生了誤會，隨時都可以再次向他說明。」

「我瞭解了。」和真回答的聲音應該興奮而顫抖，他拚命克制，避免內心的起伏表現在臉上。「我會不經意地向我父親確認一下，如果有需要，會再和你聯絡，感謝你今天的說明。」和真站了起來。

「這樣就行了嗎？」

「對，這樣就夠了。」

「希望能夠幫到你。」

「當然。」和真說這句話的聲音有點破音。

走出事務所所在的大樓，他忍不住揮動右拳。如果周圍沒有人，他很想大叫。果然猜對了，一年數個月前，天野律師曾經向達郎說明了相關情況，既然這樣，就不可能再為這個問題請教白石健介，而且達郎說在「敬老節」看了電視，才想到要把遺產給淺羽母女這件事也是說謊。

該怎麼辦呢？

自己接下來該做什麼？既然發現了這麼重大的事實，當然不可能不採取任何行動。

和真從聳立的高樓之間走向名古屋車站的路上思考著。

要不要告訴堀部，然後請堀部問達郎？但是達郎不可能輕易承認自己說謊，很可能會像之前問他，為什麼計畫在和犯案的日子同一天搬家的理由時一樣，推託說雖然去了法律事務所，但聽不懂天野律師說的內容，或者說忘了律師的建議。

而且和真也認為堀部靠不住。那位律師並不是壞人，做事也很認真，只是對達郎的供詞沒有絲毫的懷疑。他早就放棄爭辯犯罪事實，只是一個勁地在尋找有助於減刑的材料。

應該要向五代報告這件事。他預料到和真會去見天野律師，一定很在意他們見面的情況。五代聽了見面的結果，一定會大吃一驚。

和真在想到堀部和五代之前，腦海中還浮現了另一張臉。那就是白石美令。她對白石健介和達郎的相遇產生了懷疑，一旦得知目前的情況，一定會更加懷疑。

但是，可以和她聯絡嗎？

之前和真問她，如果有所發現時，是否可以和她聯絡，她回答說好。和真認為她當時的回答並不是客套話，但目前掌握的情況有這樣的價值嗎？加害人的兒子通知被害人遺族沒問題嗎？雖然和真認為這是重大發現，但在有進一步的新發現之前，是否不該貿然行動？

他在左思右想之際，已經抵達了名古屋車站。和真在售票機前買了新幹線的車票，準備前往三河安城車站。他事先確認了時間表，知道「回音號」很快就會進站。

上次回老家時，整理了信箱內的信件，但之後忘了去郵局申請郵件改投、改寄。

前幾天他在網路上辦理了手續，但必須回老家去收申請生效之前的信件。信箱就在大門旁，他打算拿了信之後就直接回車站，並不打算進家門。

他站在月台上看了手錶，發現離列車進站還有五分多鐘。和真拿出智慧型手機，猶豫之後，點選了白石美令的電話號碼。他吐了一口氣，按下了撥號鍵，然後把手機放在耳邊，閉上了眼睛。他可以感受到自己體溫上升，心跳加速。

耳邊傳來電話鈴聲。兩次、三次，但對方並沒有接起電話。在聽到第四次鈴聲後，和真掛上了電話。現在還是白天，白石美令一定還在上班。這個時間打電話太失禮了。

不一會兒，「回音號」緩緩進站，停了下來。自由座車廂內沒什麼乘客，他坐在雙人椅靠通道的座位上。到三河安城車站只要十多分鐘，所以之前回家時，他也是搭「希望號」到了名古屋之後，再搭「回音號」回三河安城站。

列車出發後不久，手機響起來電鈴聲。一看是白石美令打來的，和真慌忙站了起來，在按下通話鍵的同時走向門邊。

「妳好，我是倉木。」

「我是白石，你剛才好像打了電話給我。」

「對，因為有事想要通知妳，妳現在方便說話嗎？」

「我沒問題，請問發現了什麼嗎？」

「我剛才去了名古屋的法律事務所，因為在我父親的東西中，發現了那家律師事務所的名片，於是我就覺得，既然在住家附近有認識的法律事務所，就不可能特地去找白石先生請教遺產的事。」

「結果怎麼樣？」白石美令的聲音帶著緊張。

「我父親在前年的六月曾經去過，諮詢的內容——」

和真說明了天野告訴他的情況，白石美令陷入了沉默。她沉默了很長一段時間，和真還以為訊號斷了。

「倉木先生。」白石美令用沉重的聲音叫了他的名字，「你接下來有什麼打算？」

「我正在考慮這個問題，但我想先通知妳一下。」

「謝謝你，我很驚訝，這件事非常重要。」

「聽妳這麼說，我鬆了一口氣。」

不一會兒，就傳來了即將抵達三河安城站的廣播。

「你在新幹線上嗎？」

「對，我要回老家去拿信件。」

「你再來有什麼安排嗎？」

「沒有什麼安排，就只是回東京而已。」

「這樣啊……」白石美令說到這裡，再度陷入了沉默。

列車放慢了速度，和真把手機放在耳邊，雙腳用力，以免身體搖晃。

「你到東京大約幾點？」白石美令問。
和真吃了一驚。她這個問題不可能沒有目的。
「等我一下。」
和真立刻在腦袋中盤算起來。只要抓緊時間，下午四點就可以回到三河安城車站。原本他打算搭「回音號」回東京，但也可以回到名古屋車站後搭乘「希望號」。列車停了下來，車門打開，和真來到月台上。
「我想六點半左右應該可以回到東京。」
「六點半嗎？你之後沒有其他安排，對嗎？」
「對，我沒事。」
「那要不要七點在哪裡見面？我想瞭解一下詳細情況，也想討論一下之後的事。」
白石美令的提議正是和真內心的期待。
「我沒有問題，要去哪裡呢？」
「最好是可以安靜說話的地方，你知道東京車站附近有這種店嗎？」
「我知道一家店，但不在東京車站附近，而是在銀座。」
就是之前和南原見面的那家店。和真說了店名，白石美令說，那就約在那裡見面。
掛上電話後，和真的心情很複雜。等一下就可以見到她，讓他內心興奮不已，但又對這種心情產生了罪惡感。父親即將因為殺人罪遭到審判，自己竟然期待和被害人遺族見面，這已經不只是荒謬絕倫、輕率放肆而已了。

白石美令只是為了查明真相，才會想和自己見面，內心並不想見到加害人的兒子——和真這麼告訴自己。

和上次一樣，他在車站搭計程車前往篠目。和真在車上戴上了口罩，以免遇到周圍的鄰居。雖然隔壁的吉山態度很親切，但吉山應該是例外。

和真請計程車在小路的路口停了下來，只要轉個彎就到家了。他在付車資時問司機：「我馬上就回來，可以請你在這裡等我嗎？」

「早知道我就不要把計費表按掉了。」上了年紀的司機笑著說，他似乎並不擔心和真坐霸王車。和真再次體會到，這裡就是如此純樸的地方，不可能出現殺人兇手。

他下了計程車，快步走了起來。轉了彎，確認周圍沒有人的同時走向老家，東張西望後，走進了大門。

一看信箱，發現果然有不少信件。他單手把信件拿了出來，塞進了皮包，急急忙忙走出了大門。

他回到計程車上，請司機去三河安城站。

「剛才不把表按掉的話應該會比較便宜。」司機在說這句話的同時發動了引擎。

和真從皮包內拿出信件檢查了一下，除了廣告和水電費的抄表單以外，還有一個大信封。寄件人欄內印著「豐田中央大學醫院」幾個字，然後用原子筆寫了「化療科富永」幾個字。

雖然收件人的名字是「倉木達郎」，但和真毫不猶豫打開了信封。

38

美令站在與倉木和真相約見面的咖啡店前，不知道該怎麼辦。離他們約定的晚上七點還有將近十分鐘，先進去等在那裡，會讓人感覺很沉不住氣。雖然她的確想趕快聽他說明情況，但不希望他對自己留下猴急的印象。只不過四處閒逛打發時間也很奇怪。

她搖了搖頭，走進了咖啡店的自動門。自己到底在在意什麼？無論對方怎麼想都無所謂，自己只是早到了，就只是這樣而已。

一樓是蛋糕店，咖啡廳在二樓。她走上樓梯，打量著寬敞的店內。有三成左右的座位坐了人，她正在思考該挑選哪個座位，看到坐在窗邊的男人站了起來。身穿西裝的倉木和真向她微微欠身。很簡單，原來他已經到了。

「你等很久了嗎？」美令在坐下的同時問。

「不，幸好我提早到了，差點讓妳等我了。」和真說。他似乎也很在意這件事。

女服務生送了水上來，美令點了拿鐵咖啡，和真點了咖啡。

「不好意思，突然打電話給妳。」女服務生離開後，和真鞠了一躬說。

「我太驚訝了，可以請你把詳細情況告訴我嗎？」
「好，當然沒問題。」
和真操作手機後放在美令面前。螢幕上是一張名片，上面寫著「天野法律事務所」幾個字。
「五代先生給我看了這張名片，據說是在我父親的名片簿中發現的。他問我知不知道這個人，我回答說不知道。」
「警方有沒有針對這件事展開調查？」
和真搖了搖頭說：「據說並沒有這樣的計畫。」
「為什麼？」
「因為警方高層認為偵查工作已經結束了。五代先生似乎是因為他個人產生了興趣，所以才會給我看這張名片。他似乎也產生了疑問。」
「所以你今天去了名古屋嗎？」
「對。」和真點了點頭，「我去見了名片上的天野律師。我剛才在電話中也說了，我父親去諮詢可不可以由別人繼承遺產，律師說，已經向我父親說明，身為長子的我有特留分。」
「既然這樣，就沒有理由再問我父親相同的問題，你不認為這樣就很清楚了嗎？被告倉木——你的父親說了謊，無論是在東京巨蛋球場認識了我父親，還是向我父親諮詢繼承遺產的事都是謊言，當然犯罪動機也可能是說謊。」

「關於東京巨蛋球場，我還發現了另一個疑問。」

這個疑問就是他認為警方並沒有查到健介如何張羅到球賽的門票。如果警方已經確認這件事，在美令提出質疑時，五代就會這麼回答。

女服務生走了過來，把他們各自點的飲料放在他們面前。美令目不轉睛地注視著和真的臉，和真也露出認真的表情迎接她的視線。

「問題在於接下來該怎麼辦。」和真拿起咖啡杯說，「雖然我想過透過律師向我父親確認，但考慮到之前的情況，總覺得我父親一定又會說一堆藉口。我打算告訴五代先生，只是不知道他能幫多少忙。」

「我也會再考慮一下，再決定要不要告訴協助我使用被害人訴訟參加制度的律師。因為我覺得即使告訴她，她也不會幫什麼忙。檢察官認為，除非被告倉木改變供詞，否則按照目前的情況進入訴訟，也完全能夠獲得勝利。我最近深刻體會到，在檢察官和律師眼中，只要能夠在訴訟中獲勝就好，真相根本是次要問題。」

「我也有同感，律師一味堅持努力爭取酌情減刑，對於我不承認父親犯了案這件事也似乎感到不滿。即使和他談名古屋法律事務所的事，他可能也會叫我安分一點，不要節外生枝。」

「安分嗎？我——」

我也一樣。美令原本想這麼說，但最後閉上嘴。

「什麼？」

「不，和你沒有關係。」

事實上非但有關係，而且大有關係。她之所以不想告訴佐久間梓，是因為一旦說了，就必須告訴她，自己與和真見了面。那個女律師得知這件事，一定沒有好臉色，可能又會向綾子告狀。

美令伸手拿起拿鐵的杯子。這家店的拿鐵香氣撲鼻，美味可口。也許是因為很久沒有用陶瓷的杯子喝咖啡的關係，讓她有這種感覺。因為她經常去的咖啡店都使用紙杯。

她將視線移向窗外，看著下方的銀座街道。她想起最近曾有過類似的經驗，那是上次到據說是健介造訪過的門前仲町那家咖啡店的時候，只不過那裡的街道並不像銀座這麼熱鬧，而且當時喝的正是用紙杯裝的拿鐵咖啡。當她看著對面那棟「翌檜」所在的大樓時，倉木和真走了出來——

她突然想起一個疑問，轉頭看著和真。

「怎麼了？」

「為什麼會去那家店呢？」

「那家店？」

「就是『翌檜』對面的那家咖啡店。案件發生之前，父親曾經去過那家店兩次，而且兩次都逗留了很長一段時間。警方似乎認為，父親從被告倉木口中得知淺羽母女的事之後，可能去那裡確認那對母女目前的狀況。但是如果倉木並沒有向父親請教遺產贈與的事，父親為什麼會去那家咖啡店呢？」

和真緩緩點著頭說：「這的確也是疑問。」

「而且父親如果想瞭解淺羽母女的狀況，與其在那裡監視，還不如直接去『翌檜』。」

「妳說的沒錯，我認為應該重新調查以前那起案件。雖然不知道外行人能夠查到多少，但我認為那起案件是所有的根源。」

「以前的那起案件，是不是一九八四年發生的？」

「對。」

美令喝了一口拿鐵咖啡，微微歪著頭。

「妳想到什麼問題嗎？」和真問。

「有一點，我在想，我是不是也調查一下比較好。」

「調查什麼？」

「就是以前的事。如果被告倉木的供詞是說謊，也許我父親和淺羽母女之間有什麼關係，所以他才會在那家咖啡店觀察『翌檜』。」

「怎麼可能？他們之間會有什麼關係？」

「這我就不知道了，但我打算調查一下。」

一九八四年——那是美令出生的很多年之前。那時候健介才二十二歲，所以還是學生。之前曾經聽說健介在畢業之後，和學生時代開始交往的綾子同居，在綾子懷孕後就結了婚。

美令看向和真，發現他露出認真的眼神看著半空中的某一點。

「你在想什麼？」美令問。

「我在想，我父親為什麼要說謊……他到底在保護什麼……」

「你父親在保護什麼嗎？」

「我認為是這樣，而且保護的對象應該不是事物，而是人。」

「淺羽母女嗎？」

「嗯，應該是……」和真繼續說道，「而且不惜付出生命的代價。」

「生命的代價……」

和真露出猛然回過神的表情搖了搖頭說：

「對不起，我太多話了，並沒有任何根據，請妳忘了我說的話。」

和真急忙收回前言的態度很不自然。美令雖然發現他在隱瞞什麼，但看到他痛苦的表情，就什麼話都說不出來了。

回到家時，綾子對她說：「今天這麼晚？」
「以前空服員時期的朋友打電話給我，我們約在銀座的咖啡店見了面。」
「啊喲，真難得啊。」
「有嗎？我們經常見面啊。」
「妳和這些朋友見面時，不是都會去喝酒嗎？哪一次只去咖啡店而已？」
聽到綾子這麼說，美令才發現的確如此。她為自己隨便找了一個藉口感到後悔。
「她好像有點顧慮，認為在即將開庭之前找我去喝酒太不識相了。其實我無所謂，但今天喝完咖啡後就分開了。」
「偶爾可以去轉換一下心情。」
「即使去喝酒，也不可能開心地喧鬧，要等到一切都結束之後才有辦法。」美令說完，轉身走去自己的房間。她擔心言多必失。綾子的直覺很敏銳。
她們已經習慣了只有母女兩人的晚餐，今晚的菜單是奶油燉菜。不知道是否因為剛才聊到喝酒的事，她想喝白葡萄酒。
「媽媽，妳上次不是在整理爸爸的遺物嗎？裡面有沒有舊相簿？」
「相簿？」
「就是爸爸小時候，或是學生時代的照片。」

「喔，」綾子點了點頭，「有一本。爸爸是獨生子，所以有不少他小時候的照片。這些東西很難處理，明知道不可能一直保留下去，但又覺得丟掉似乎也不太好。」

「那本相簿還在房間裡嗎？」

「應該在書架的最下方。」綾子露出納悶的眼神看著美令，「妳要相簿有什麼用？」

「我想看看。我發現自己完全不知道爸爸小時候的事，而且他也很少和我提到。」

綾子的嘴角露出了微笑說：

「即使他告訴妳，妳也根本不想聽吧？」

「也許吧，」美令看著綾子，「媽媽，妳是在學生時代認識爸爸的吧？那時候幾歲？」

「我剛升上大四，所以是二十一歲，爸爸曾經重考，而且是四月出生，所以當時二十三歲。」

「原來妳大四時才認識爸爸。」

「因為我們讀不同的系，所以原本根本沒有機會認識，後來舉辦了一場賞花派對，剛好在那次認識了。那是四月中旬，櫻花幾乎都已經凋零了，但派對原本目的就不是為了賞花，所以沒有任何人抱怨。」綾子一臉懷念地說。

「爸爸當時是怎樣的學生？」

「妳問我他是怎樣的學生，我也不知道該怎麼回答。」綾子歪著頭說，「我對他的第一印象，就是很認真可靠，這四個字就足以形容他這個人了，但在交往之後，發現不僅如此而已。」

「什麼意思？」

「他很勤奮，而且很努力工作。為了通過司法考試，拚命用功的人並不少，但爸爸還同時努力打工。我當時納悶他打工時間那麼長，身體竟然沒有出問題。但在瞭解他的家庭狀況之後，就理解了他為什麼要這麼辛苦。妳應該也知道，爸爸和奶奶是相依為命的單親家庭。」

「聽說爺爺很早就去世了。」

「爸爸讀中學的時候，爺爺發生車禍死了，而且肇事者沒有駕照，開的那輛貨車也是偷來的。雖然肇事者進了監獄，但根本不可能支付賠償金，他們失去了一家之主，只能以淚洗面。」

「原來是這樣，我第一次聽說這件事。」

「因為爸爸說，他不喜歡說這些以前吃過的苦，雖然他之前告訴了我。」

綾子似乎想要表示，自己在健介眼中是特別的人。

「幸好他們有地方住，妳應該也記得，就是在練馬的那棟並不大的獨棟房子。」

「我記得，門前是一片農田。」

小時候曾經去奶奶家玩過好幾次，那時候奶奶身體還很好，做了很多菜歡迎他們。

「在大學畢業後，爸爸和奶奶在那棟房子住了差不多兩年左右，在他開始進法律事務所上班後，才搬出來獨立生活，所以那時候差不多二十五、六歲。」

「結果妳就不請自去，然後賴著不走了。」

綾子皺起眉頭說：

「什麼賴著不走，不要說得這麼難聽。我原本也租了房子，後來覺得住在一起比較合理，而且是爸爸提出來的。」

雖然美令有點懷疑，但並沒有反駁。

綾子說的往事並沒有什麼問題，但問題在於一九八四年，或是更早之前。那時候健介二十二歲，所以是在認識綾子的一年前。

「妳認識爸爸在學生時代的朋友嗎？」

「有見過幾個。」

「有現在還能聯絡到的人嗎？」

「不知道，」綾子歪著頭，「智慧型手機的通訊錄內可能有電話，但不知道他們有沒有聯絡。因為最近都沒有聽爸爸提起。」

「那等一下我拿手機的通訊錄給妳看，如果有妳認識的人的名字再告訴我。」

健介的智慧型手機作為證據，目前仍然由檢察官保管，但警方將通訊錄等資料備份後交還給她們。

「好啊，妳有什麼打算？」

「目前還不知道，但我想多瞭解一些爸爸的事，總覺得既然使用了被害人訴訟參加制度，如果對身為被害人的爸爸沒有充分的瞭解，說的話也會缺乏說服力。」

「嗯……我瞭解了。」綾子似乎無法完全同意，但還是點了點頭。

吃完晚餐，美令走進了健介的房間，舊相簿放在書架的最下層，但比她想像中更薄。

翻開相簿，立刻看到一張嬰兒躺在被子上的裸照，而且是黑白照片。

繼續翻閱相簿，嬰兒和一對男女的合影漸漸增加。他們應該是健介的父母。美令認識祖母的臉，不難想像祖母在年輕時是個美女。

祖父是一臉精悍的男人，身材也很壯碩。美令想起之前曾經聽健介說，祖父在商社任職，經常去出差。

也有幾張看起來像是曾祖父母的年邁男女的照片，美令記得之前某次聽健介說過，曾祖父是九州人，之後來到東京後結了婚，但健介說，他也不太瞭解詳細的情況。因為無論曾祖父和曾祖母都在他年幼時離開了人世。美令比較他們的長相之後，發現祖父和健介長得都很像曾祖父。

在健介讀幼兒園時的照片後，有許多他的獨照，但小學入學典禮時，有一家三口的合影。

美令看到相簿中的一張照片時，停下了翻相簿的手。因為那張照片明顯和其他照片有不同的要素。

美令不認識和健介合影的老婦人。她的年紀大約七十歲左右，當時可能是冬天，她穿著厚實的大衣，圍著圍巾。看起來像是讀小學低年級的健介穿著夾克，戴著棒球帽。

兩個人身後的東西吸引了美令的目光。他們後方有許多狸貓的擺設。那是經常在商店街入口看到的陶製站立狸貓。

這張照片是在哪裡拍的？這名老婦人又是誰？

美令以為還會有其他類似的照片，但完全沒有看到老婦人的其他照片。在幾張看起來像是讀初中時期的健介照片後，只有寥寥數張高中和大學時代的集體照和生活照，然後就是法律事務所的照片。

美令想起了綾子說的話。健介的父親在他讀初中時去世，他和母親相依為命，日子過得很辛苦。也許整天忙著打工和讀書，沒什麼想要留下紀念的快樂回憶。

美令把相簿翻回前面，因為她還是很在意那張和老婦人的合影。

她拿著相簿來到一樓，綾子正在廚房洗碗。

「媽媽，妳知道這個人是誰嗎？」她翻開相簿，指著照片問。

「原來是這張照片，我上次也看到了，但完全不知道是誰。從年齡來看，可能是爺爺或是奶奶的朋友。」

「那是在什麼地方？」

「應該是滋賀縣。」

綾子很乾脆地回答，美令忍不住看著她的臉問：「滋賀縣？為什麼？」

「因為那個狸貓的擺設不是信樂燒嗎？信樂就在滋賀縣啊。」綾子的語氣似乎在說，妳怎麼連這種事都不知道。

「所以這個婆婆住在滋賀縣，爸爸跟著爺爺或是奶奶去找她玩嗎？」

「可能是這樣，但我沒聽爸爸提過這件事。」

美令抱著相簿回到自己房間，為了謹慎起見，她用智慧型手機查了信樂燒，發現綾子說的沒錯，滋賀縣甲賀市有一個名叫信樂的地方。

美令覺得這張照片應該和案情無關。照片上的健介看起來還不到十歲，意味著這是將近五十年前的照片。追溯到這麼遙遠的過去，應該沒什麼意義。

只不過美令還是耿耿於懷。到底是怎麼回事？她看這張照片時，有一種不太對勁的奇怪感覺。

她目不轉睛地注視著照片，終於發現了問題所在。就是健介頭上的帽子。英文字母的 C 和 D 組合的標誌不就是中日龍隊的標誌嗎？

她用手機查了一下，確認的確沒錯。也就是說，健介從那個時候開始就是中日隊的球迷。這件事引起了她的注意。

美令對職棒完全不感興趣，但她熟讀了倉木的筆錄中，關於在東京巨蛋球場認識健介的部分。倉木說，健介原本只是討厭巨人隊，後來因為中日隊成功阻止了巨人隊的十連霸，於是成為中日隊的球迷。

又需要拿出手機查資料了。阻止巨人隊的十連霸——她在調查之後發現，那是一九七四年的事，健介那年十二歲。

美令認為又發現了倉木的謊言，健介成為中日隊球迷的原因也是捏造的。

她想告訴和真這件事。今天他們互留了電子郵件信箱，美令用手機拍下了相簿上的照片後，傳了電子郵件告訴和真，她發現了健介在中日隊阻止巨人隊十連霸之前，就已經是中日隊球迷的證據，並附上了那張照片。

和真很快就回了電話。美令想他應該很驚訝，覺得用電子郵件回覆太慢了。

「你好，我是白石。」

「我是倉木，我看到了電子郵件。」

「你認為我的看法怎麼樣？我覺得自己的看法並沒有錯。」

「是啊，我也認為有道理。照片中的男孩無論怎麼看，都不像是十二歲。」

「對不對？所以被告倉木果然說了謊。」

「我也有同感，但我是因為其他理由打這通電話給妳。」
「是什麼？」
「後面不是有很多狸貓的擺設嗎？」
「對，好像是去滋賀縣時拍的照片，因為那是信樂燒。」
「不，我認為不是，不是滋賀縣，我知道這個地方。」
「啊？是哪裡？」
「應該是常滑。」
「長華？」
美令覺得好像聽過這個地名，但不確定漢字怎麼寫。
「那裡是知名的陶瓷市，位在愛知縣。」和真用充滿緊張的語氣說道。
愛知縣。這三個字在美令的腦海中迴響。

39

五代和中町走出倉木和真的公寓時，天色已經暗了下來。他們來的時候天色還很亮，一看手錶，發現已經過了將近一個小時。五代和中町在這一個小時內聽到了令人驚訝的事，而且還不只一件事。

今天白天，五代接到了倉木和真的電話，說有事想要向他報告。五代問他是什麼事，他回答說：「我去了名古屋，就是你告訴我的那家法律事務所，我想告訴你在那裡聽到的事。」

五代無法置之不理，告訴他會在傍晚去找他後，掛上了電話，然後也約了中町同行。中町一口答應說：「我和你一起去。」

「五代先生，現在該怎麼辦？」中町邊走邊問，「要不要去門前仲町的那家店？」

「不，」五代在臉前輕輕搖著手說：「就在這附近找一家店，我想馬上開作戰會議。在計程車上為了顧慮司機不能討論，不是也很痛苦嗎？」

「有道理。」

這裡是高圓寺，所以有很多居酒屋。他們發現小路旁有一家類似民宅的店，就掀開布簾走了進去。幸好店內並沒有很多客人，角落有空位，是一張四人坐的桌子。

一看菜單，發現有「生啤酒下酒菜組合」，他們毫不猶豫點了兩人份。

「好，」五代用小毛巾擦手的同時開了口，「從哪一件事開始解決？」

「我們有辦法解決嗎？」中町苦笑著聳了聳肩說：「每一件事都很棘手。」

「但現在還沒有到向上面報告的階段，否則只會挨罵，叫我們別多管閒事。那就先從名古屋法律事務所的事開始。」

「倉木和真自己採取了行動。雖然是你慫恿他，但他真有行動力。」

「這意味著他很積極，而且也獲得了和他的積極性相應的成果。」

倉木和真告訴他們，倉木達郎在前年六月去了「天野法律事務所」，諮詢了是否能將遺產贈與他人。

「這是很重要的新事證，他會為了諮詢完全相同的問題，特地來東京和律師見面嗎？」

「如果是這樣，他有什麼理由要和在東京巨蛋球場認識的人再次見面？」

女店員送來啤酒和下酒菜。「下酒菜組合」有毛豆、魷魚腳天婦羅和涼拌豆腐。

五代和中町乾杯之後，伸手拿了毛豆。

「和真也懷疑他們在東京巨蛋球場認識這件事。」

「他指出警方是不是沒有掌握白石先生從哪裡張羅到球賽門票的意見很尖銳。」

「不光是尖銳，而且聽了很刺耳，因為我們的確沒有掌握。雖然當時曾經討論過這件事，有人說可能是當天向黃牛買了票，或是朋友送他的門票，反正都是一些沒有根據的想像，最後並沒有明確的答案，這個問題也就這樣不了了之。」

五代低吟了一聲說：

「白石美令認為健介先生拔了牙，不可能喝啤酒的意見也無法反駁。我們似乎應該認真重新檢視東京巨蛋球場的那件事。」

「那張照片是最好的證明，就是白石健介少年時代的照片。」

五代用力點頭。

「真是太驚訝了，她竟然能夠找到那張照片。」

他們說的就是少年戴著中日龍隊棒球帽的照片。倉木和真向他們出示了儲存在手機中的那張將近五十年前的照片。

「照片上的少年無論怎麼看都只有六、七歲而已，中日隊是在一九七四年阻止巨人隊的十連霸，那時候白石先生是十二歲。這和倉木的供詞完全不一樣，他們竟然能夠發現這個矛盾。」

「而且不是和真，而是白石美令發現。」

「這件事也令人意外，通常很難想像被害人的遺族和加害人的家屬攜手合作，交換情資。」中町緩緩搖著頭說。

「雖然你說的沒錯，但他們兩個人的情況很特殊，他們有共同的理由。」
「什麼共同的理由？」
「他們都無法接受案件的真相，都認為另有真相，而且想要查清楚。但是警方認為偵查已經結束，檢察官和律師滿腦子都想著訴訟的事。加害人家屬和被害人家屬在立場上雖然是敵人，但他們的目的相同，所以即使決定聯手也不奇怪。」
「原來是這樣……話雖如此，但還是不太能接受，我無法理解他們的心情。」中町把涼拌豆腐送進嘴裡，歪著頭說：「光和影，白天和黑夜，簡直就像是天鵝和蝙蝠一起在天空中飛翔。」
「你的形容太貼切了，完全就是這種情況。但是他們自己應該也不是完全能夠接受，和真在提到和白石小姐的對話時，也有點難以啟齒，他很清楚旁人會覺得很奇怪。」
五代又接著說了下去。
「這件事不重要，還有另一件事也很令人在意，就是少年時代的健介先生和神秘老婆婆拍照的地方。和真斷言說，那是愛知縣的常滑市。倉木達郎在一九八四年引發的那起案件的舞台在愛知縣岡崎市，兩者都是在愛知縣，不知道能不能稱之為巧合。和真似乎開始認為，白石先生可能和過去那起案件有關，美令小姐也同意，所以決定調查父親過去的經歷。」

「這個假設太離奇了，外行人的想法真的很大膽，但是事實又如何呢？我記得愛知縣的人口名列全國第四名，即使白石健介先生的遠親剛好住在那裡，應該也不是太奇怪的事。」

「雖然是這樣，但倉木在白石先生成為中日龍隊球迷的理由這件事上說謊，令人感到不解。有必要說這種謊嗎？這和案件完全沒有任何關係。」五代放下了筷子，把手肘放在桌上，「不如這麼想，假設和白石先生認識這件事倉木全都在說謊，他們其實是透過完全不同的方式認識，但倉木試圖隱瞞，在思考虛構的相遇地點時，就想到了東京巨蛋球場。因為他實際去了東京巨蛋球場去看開幕戰，而且也知道白石先生是中日隊的球迷。但是他在思考供詞內容時，覺得在東京出生和長大的白石先生是一個人去看比賽，而且坐在內野座位上的中日隊忠實球迷這件事有點不自然，於是就想到他原本是討厭巨人隊的這個設定，因為中日隊阻止了巨人隊的十連霸，所以他就成為中日隊的球迷，聽起來不是很有那麼一回事嗎？」

「請等一下，如果白石先生真的是中日隊的球迷，就有成為球迷的理由，只要把這個理由如實說出來就好了。如果他不知道，回答說不知道就好了。」

「這就是重點，」五代指著中町的臉說，「倉木知道白石先生成為中日隊球迷的真正理由，但他認為最好隱瞞這件事。為什麼？因為真正的理由是白石先生對中日隊，不，是對愛知縣這個地方很熟悉。倉木不想讓警方知道這件事，所以說了謊——你覺得這個推理怎麼樣？」

「很熟悉……的意思是？」

「小時候曾經多次造訪，對人生產生了某種影響的地方。倉木和白石也是在那裡認識的。」

中町被喝到一半的啤酒嗆到了。他拍了幾次胸口，調整呼吸後看著五代。

「他們是在那麼久以前認識的嗎？」

「我只是在想，會不會是這樣的情況。如此一來，這起案件的樣貌就會徹底改變。」

「不只是改變而已，這件事真的不用向高層報告嗎？」

「我很想這麼做，但除非有什麼決定性的證據，否則很難提出重新展開搜索的要求，至少必須找到可以推翻倉木供詞的證據。」五代把醬油倒在涼拌豆腐上，「之後的搜證狀況如何？」

中町皺起眉頭，搖了搖頭說：

「很難說是進展順利，至今仍然無法找到物證。雖然有兇手的自白筆錄，但檢方以死刑為目標，為了消除陪審員的猶豫，很希望能夠找到物證。檢察官似乎很擔心辯護律師說，被告有可能隱瞞真相，影響陪審員的心證。」

「預付卡手機的後續查得怎麼樣了？」

中町噘著下唇，攤開雙手說：

「可惜揮棒落空，雖然請愛知縣警方協助，派人去大須的電子街查訪，但並沒有找到賣手機給倉木的人。」

「我一直對那件事耿耿於懷。之前向和真確認時，他說倉木經常去大須，但照理說不會買這種來路不明的東西。他認為倉木在說謊，只不過我搞不懂倉木為什麼要說這種謊。」

「會不會有這種可能？比方說，倉木借了別人的手機，用那支手機聯絡了白石先生，但因為不想增加那個人的困擾，或是不希望警方知道這個人，所以就聲稱使用了預付卡的手機。」

「原來是這樣，這並非不可能，所以這意味著有一個共犯，只是那個人並沒有意識到自己是共犯。話說回來，我覺得這樣的風險有點高，萬一無法破壞白石先生的手機，不是就可以從來電紀錄中輕易查到嗎？」

「那倒是。——咦？等一下。」中町停下了原本準備去夾天婦羅的手。

「怎麼了？」

「仔細想一想，如果他不希望自己的手機上留下撥號紀錄，使用公用電話不就解決了嗎？而且也不需要破壞白石先生的手機。」

五代把手上的啤酒杯放回桌上，目不轉睛地注視著中町。

「啊？怎麼了？我說了什麼奇怪的話嗎？」

「一點都不奇怪，你說的完全正確，沒錯，的確使用公用電話就解決了，他為什麼沒有這麼做？」

「會不會覺得會引起白石先生的懷疑？因為公用電話無法顯示來電號碼。」

「但他不是在犯案當天第一次用預付卡的電話聯絡白石先生嗎？難道他沒有想到，白石先生看到陌生的號碼會產生懷疑嗎？」

「公用電話和陌生的號碼……要說可疑的話，兩者都很可疑。」

「倉木為什麼要用預付卡的手機？不，這件事本身就不知道是真是假……」

「他說他把手機敲爛之後，丟進了三河灣，所以也沒辦法查證。但如果是公用電話，就沒辦法帶走，也不可能敲爛。最近很少人使用公用電話，所以可能會留下指紋。對警方來說，歹徒使用公用電話反而更好。」

中町隨口說的話刺激了五代的腦袋。五代用左拳抵著額頭，一動也不動地思考起來。

不一會兒，就像有一道光照亮了黑暗，他感覺到某種想法慢慢浮現，而且越來越清晰，轉眼之間，就建立了之前完全沒有想過、完全出乎意料，但又近乎確信的推理。

咚。他的拳頭重重打在桌上。「慘了……」

中町嚇得身體往後仰，「怎麼了？」

「我可能犯了天大的錯誤。」

「錯誤？你在說什麼？」

「我希望你緊急調查一件事，你一個人可能沒辦法，由我向你的上司說明也沒問題。我也會找我們股長討論，雖然他會罵我擅自行動，但現在管不了那麼多了，如果我的想像正確，」五代深呼吸了一次後繼續說道，「就會查出驚天動地的事實，整起案件會徹底翻盤。」

40

那棟大樓位在離日本橋走路只要幾分鐘的地方，復古的設計讓人聯想到昭和年代，但根據官網的資料顯示，這是最近才建造的大樓。

美令抬頭挺胸，走進大門。一排電梯位在寬敞的大廳後方，分別通往不同的樓層。美令走進了通往十五樓的電梯，電梯內沒有其他人，她按了樓層的按鍵後，右手按著胸口。她有一點緊張。

電梯抵達了十五樓。正前方是玻璃門，走進玻璃門，右側是接待櫃檯，一個身穿制服的女人坐在那裡，滿面笑容對她說：「歡迎光臨。」

「我姓白石，和濱口常董有約。」

「請稍候。」女人拿起電話，說了兩、三句話之後，掛上電話說：「我帶妳去，請跟我來。」

美令跟著她來到一個寬敞的房間，乾淨的房間感覺很高級，大理石茶几兩側放著沙發，可以坐大約十個人左右。美令不知道該坐在哪裡，最後在靠近門口的沙發上坐了下來。

美令請綾子看了健介的智慧型手機通訊錄中的名字，綾子指出了五個健介學生時代的朋友名字，據綾子說，在這五個人中，「濱口徹」應該和健介的交情最深。

「雖然我只見過他兩、三次而已，但爸爸每次聊起學生時代的事，最常提到這個人的名字，我記得爸爸曾經說，他們還曾經一起去滑雪。」

美令問綾子，知不知道濱口目前在做什麼，綾子回答說不知道。

「但他應該沒有進入法律界，我記得爸爸好像說，濱口進了普通的公司，但最近很少聽爸爸提這個名字，可能關係疏遠了。」

美令還是決定試著和這個人聯絡。因為綾子列舉的五個人中，只有濱口徹有電子郵件信箱，即使他們最近沒有見面，也可能用電子郵件聯絡。

美令立刻寫了電子郵件。首先自我介紹，然後為突然寄電子郵件的失禮行為道歉，接著說明了健介被捲入命案，已經離開了人世，目前案件即將進入訴訟階段，她正在針對健介生前的情況進行調查。之所以寫這封電子郵件和他聯絡，是希望向知道健介年輕時代情況的人瞭解情況，很希望能夠和他見面，即使只能短暫見一面也無妨。

在寄出電子郵件後不到一個小時就收到了回覆，美令大吃一驚，而且濱口知道健介的死訊。他在郵件中提到「法律界的朋友通知了我，我才知道，但聽說你們家屬決定家祭，再加上案件至今尚未解決，所以就沒有主動聯絡」。

濱口在電子郵件中提到，和健介已經有將近十年沒有見面，但不時會用電子郵件等聯絡，如果要問學生時代的回憶，他隨時都可以分享，歡迎美令去找他，最後還寫上了目前任職的公司。那是一家知名壽險公司，他是那家公司的常務執行董事。

他們用電子郵件決定了見面的日期和地點。濱口說，最好是美令能夠去他公司見面，於是美令今天如約前來。

背後傳來輕微的金屬聲，美令轉過頭，看到門緩緩打開，一個頭頂有點稀疏的男人露出溫和的笑容走了進來。美令慌忙站起身。

「不，妳坐著就好，放輕鬆點。」

他在說話時，拿出一張名片。美令雙手接過來後，也遞上了自己的名片。

「很抱歉，這次向您提出這麼無理的要求。」

「不，妳不必介意。原來妳在『日本醫學』任職。」濱口看了美令的名片說，「我也有好幾個朋友加入了會員，我目前在公司相關的健檢中心做健康檢查，等我退休之後，也要加入會員。」

「務必賞光，請多指教。」

濱口微笑著點了點頭，走向美令對面的沙發。他雖然個子不高，但姿勢很挺拔，有一種氣定神閒的威嚴。

看到濱口坐下來後，美令也坐了下來。

「我曾經看過妳的照片，」濱口說，「那是妳剛出生不久，白石寄給我的賀年卡上有妳的照片。原本我覺得他結婚很匆忙，看了照片後才恍然大悟。我也參加了妳爸媽的婚禮，完全沒想到新娘當時已經懷孕了，我完全沒看出來，他也瞞得太好了。」

濱口充滿懷念地瞇起眼睛。

「請問您最近沒有和我父親見面嗎？」

「有時候會用電子郵件相互問候，經常說要找時間見面，只是一直沒有機會。如果見了面，一定可以像以前一樣相談甚歡。」濱口的嘴角露出了微笑，但眼神很落寞。

這時，聽到了敲門聲。「打擾了。」一個女人走了進來，把茶杯放在美令和濱口面前後，又走了出去。

「請喝茶，趁快趁熱喝。」濱口說道。

「謝謝。」美令說完，伸手拿起了茶杯。

「我得知事情之後，真的嚇了一跳。」濱口喝了一口茶後，露出了嚴肅的表情說，「雖然不知道報導內容的真實程度，但應該並不是和人結怨遭到殺害吧？」

「兇手這麼供稱，他說想要保守不小心告訴父親的過去，所以行兇殺人。」

濱口皺起眉頭，搖了搖頭說：「簡直太沒道理了。」

「所以我在電子郵件中也提到，希望能夠聽您說一些我父親年輕時的事……」

「沒問題，妳想聽哪方面的事？」

「任何事都沒問題，只要是令您印象深刻、有關於我父親的事。」

「印象嗎？」濱口放下茶杯，蹺起了二郎腿，「用一句話來形容，他就是一個充滿活力的人。讀書的時候就專心讀書，即使熬夜也沒問題，熬完夜直接去上課，也不會打瞌睡。不讀書的時候，就閒不下來，不是去打工，就是蒐集有關司法考試的相關資訊。我放棄進入法律界，有很大一部分是因為白石的關係。因為我覺得如果要像他那麼用功才行，自己絕對做不到。」

濱口的話聽起來不像是奉承，而且和之前綾子說的內容也很一致。

「父親沒有興趣愛好或娛樂活動嗎？」

「嗯，」濱口歪著頭說，「他的興趣是什麼呢？他也和別人一樣，對看書和看電影有興趣，但並沒有很入迷。他經常說，最討厭浪費時間。當時很流行家庭遊戲機，但他完全沒有興趣。」

「所以大學不上課時，他整天都在讀書和打工嗎？完全沒有放鬆的時間嗎？」

「要說放鬆的話，應該就是旅行。我們曾經在冬天一起去滑雪，但只是參加特價的遊覽車旅行團。搭將近十個小時的遊覽車，早上到了之後，就馬上換衣服滑雪。那時候還年輕，所以才有辦法做到。」濱口露出了懷念往事的眼神。

「您有沒有聽說我父親去過愛知縣？」

「愛知縣……嗎？」濱口瞪大了眼睛，也許美令的問題太唐突了。

「是一個叫常滑市的地方，聽說是知名的陶瓷市。」

「常滑。」濱口喃喃說著，「妳是說他去那裡旅行嗎？」

「不知道。不瞞您說，因為我發現了一張照片，覺得父親和那裡似乎有什麼關係。但在他生前，從來沒有聽他提過這件事，所以很納悶到底是怎麼一回事。」

「原來是這樣。」濱口點了點頭，「雖然我不確定他是不是去常滑這個地方，但我記得白石有時候會搭往名古屋的高速巴士。」

美令眨了眨眼睛問：「真的嗎？」

「這件事不會有錯，當時我租了公寓，白石每次去名古屋時，都會對我說，假裝他住在我這裡。他似乎要在那裡住一晚，但不想被他媽媽知道這件事。他每次回東京時，都會送伴手禮給我，通常都是『鰻魚派』。」

「父親瞞著奶奶去名古屋嗎？」

「好像是這樣。我記得曾經問過他，是不是女朋友在名古屋？他說不是這樣，而是必須代替死去的父親去探視一個人。我猜想是以前曾經照顧過他父親的人，但並沒有向他本人確認過。」

就是那張照片上的老婦人。美令如此確信。

「關於這件事，您還記得其他東西嗎？任何枝微末節的事都沒有關係。」

「其他東西……嗎？有嗎？」濱口抱著手臂，歪著頭思考著。

「父親在大學期間，都一直去那裡嗎？」

「不，我記得他後來就沒再去了。——啊，對了，我想起來了。」濱口拍著自己的大腿，點了點頭說：「我記得那是三年級的秋天，我為這件事調侃他，他就發了脾氣。」

「調侃？」

「之前他每隔一、兩個月，就會去名古屋一趟，有一次發現他很久沒去了，就問他怎麼了，他說以後不用再去了。因為他說話時有點吞吞吐吐，所以我就說，果然在那裡交了女朋友，結果被女朋友甩了。沒想到他露出可怕的表情，生氣地說，才不是這樣，不要說這種無聊的話。他氣勢洶洶的樣子讓我不知所措。」

「原來發生過這種事……」

「那次之後，我們就沒再聊過這件事。我直到剛才，都把這件事忘得一乾二淨。」

美令想起綾子說的話。綾子是在剛升上四年級的四月認識了健介，根據濱口剛才說的情況，健介那時候不再去名古屋，所以綾子當然不知道這件事。

「怎麼樣？這些內容對妳有幫助嗎？」濱口問。

「提供了很重要的參考，不好意思，在您忙碌之中打擾。」

「如果妳還想到其他想問的事，可以隨時聯絡我。只要我知道的事，都可以告訴妳。」

「謝謝。」

「我知道問女生年紀很失禮，請問妳今年幾歲了？」

「我嗎？今年二十七歲。」

「這樣啊，所以應該有很多不知道的事。」

美令歪著頭，不知道濱口在說什麼。

「是關於妳父親的事。人在年輕的時候對父親的過去完全沒有興趣，等到父親去世，在整理遺物時，才會發現一些意外的事實。我父親也在三年前去世，結果我找到了祖父的戶籍，第一次得知父親還有一個妹妹。雖然在年幼時就夭折了，但我從來沒有聽我父親提過這件事。我想如果不是那次剛好看到，以後應該也不會看祖父和父親的戶籍謄本，所以很可能永遠都不知道。」

「戶籍……」

「怎麼了？」

「不，沒事。今天很高興聽到一些意想不到的事。」

「雖然兇手已經逮捕歸案，但接下來還有訴訟和其他的事都很費神，請妳要保重身體，如果有什麼我可以幫忙的地方，請儘管告訴我。」

「謝謝。」美令深深地鞠躬。

41

果然不出所料，和真說明了在「天野法律事務所」瞭解到的狀況後，堀部也沒有太大的反應，反而板起了臉，似乎在責備他又擅自做了這些事。

「我瞭解你說的情況，的確很不自然，但那個問題不用再提了。」

「那個問題？」

「就是和白石先生結識的來龍去脈，說了些什麼之類的事。達郎先生不小心把以前犯的罪告訴白石先生，擔心這件事會公諸於世，於是就失去了理智，殺了白石先生。只要這個事實沒有改變，其他的事並不是太重要。即使追究和訴訟無關的部分，也有害無益。雖然也許不該這麼說，但就算被告招供，也未必在所有的事上都據實回答，不，甚至可以說，大部分被告都不會據實以告。即使認了罪，也會用對自己有利的方式陳述，或是在重要的部分語焉不詳，這種情況很正常，絲毫不足為奇。」堀部說話的口吻，就像是老師在勸說理解能力很差的學生，但是和真非但理解力不差，而且早就猜到他會這樣回答。

和真決定不再提白石健介去看棒球比賽的門票不知從何而來，以及在中日隊成功阻止巨人隊十連霸之前，還是少年的健介就已經是中日隊球迷這些事。因為說了也是白費口舌。

但是，有一件事必須告訴這位律師。

「有一樣東西要請你過目。」和真把原本放在旁邊的皮包放在腿上。

「什麼東西？」

「就是這個。」和真說完，遞給他一個信封。

堀部接過信封，皺起眉頭，露出狐疑的表情。

「寄件人是『豐田中央大學醫院』……化療科的富永。」

「請你看一下裡面的內容。」

「但這是寄給達郎先生的私人信件，不能在未經當事人允許的情況下擅自拆閱。」

「我是他的兒子，我說沒有關係。」

「照理說，即使是子女，這也是違法行為。你知道妨害書信秘密罪嗎？如果沒有正當理由，開拆封緘信函時，處一年以下拘役，或二十萬圓以下罰金——」

和真搖著頭，表達了內心的不耐煩。

「場面話不重要。醫院的醫生都很忙，特地寄信來家裡，可以認為必定有重要的事。緊急狀況時，不是不適用所謂的妨害書信秘密罪嗎？」

「這也要視實際情況而定，但既然你這麼說……」堀部嘆了一口氣，終於打開信封，拿出了摺起的紙。

和真注視著正在看信的堀部，堀部原本冷漠的表情稍微有點緊張。

堀部抬起頭問：「達郎先生罹患了大腸癌？」

「他在八年前動了手術，當時是第三期。」

「然後又復發了嗎？」

「好像是這樣，但我完全不知道。」

醫院的醫生來信詢問，希望瞭解達郎目前在哪一家醫院接受抗癌劑的治療。和真完全搞不清楚是什麼狀況，於是聯絡了寄信人，也就是姓富永的醫生，結果得知了意外的狀況。

達郎定期接受檢查，大約在一年前，得知大腸癌復發，而且已經轉移到多處淋巴結。達郎在接受放射線治療後，開始接受藥物治療，富永是他的主治醫生。

藥物發揮了一定的效果，但副作用也不小。除了有嚴重的倦怠感，還有慢性反胃現象，於是醫生為他更換各種不同的藥物，尋找最適合的藥物，但是有一次，達郎提出要暫時停止治療。達郎當時說，他準備搬家，正在考慮去其他醫院接受治療。

富永對達郎說，如果決定了醫院，希望可以告訴他，但那次之後，沒有接到達郎的任何聯絡，電話也打不通，於是富永只好寫信詢問。

富永似乎完全不知道案件的情況。和真猶豫之後，決定不說明詳細情況，只告訴富永，達郎引起了刑事案件，目前遭到羈押。

「所以目前沒有接受治療嗎？」富永驚訝地問。

「應該是這樣，因為他甚至沒有告訴我這個兒子。」

「如果是這樣，就要馬上和本人討論，讓他接受適當的治療。雖然不會在一、兩天內發生變化，但如果不治療，後果不堪設想。」富永說話的語氣充滿急迫。

和真並沒有把這件事告訴美令和五代，因為他不想讓他們認為他試圖博取同情，但他必須告訴堀部。

和真說明了和富永的對話後，再度注視著律師的臉說：

「律師，可以請你向我父親確認他的想法嗎？他到底有什麼打算？為什麼隱瞞癌症復發和抗癌劑治療的事？他對以後有什麼打算？」

「我瞭解了。」堀部點了點頭。「這絕對有必要，我明天就去看守所瞭解他的想法。」

「拜託了。」

「也許，」堀部推了推金框眼鏡，「達郎先生可能覺得自己時日不多了。」

「其實我也這麼想，請問你為什麼會有這種想法？」

「當然是因為這樣，一切就有了合理解釋。」

「合理解釋？」

「正因為達郎先生得知癌症復發和轉移，瞭解到自己的壽命將盡，所以才打算把過去犯罪的真相告訴白石先生。也許對象是任何人都無妨，之所以選擇了白石先生，是因為律師值得信賴。——沒錯，就是這樣。」堀部豎起食指，似乎認為自己想到了很棒的解釋，「對達郎先生來說，遺產問題不再是遙遠以後的事，不僅不遙遠，反而成為迫切的課題。他去名古屋的法律事務所諮詢過，知道贈與他人的相關情況，問題在於是否能夠順利完成贈與。於是就選中了白石律師，委託白石律師在他死後，能夠把他的遺產交給淺羽母女。沒想到白石先生提出了意想不到的提議，既然有這麼深的歉意，要不要趁活著的時候說明真相？達郎先生慌了手腳，他原本希望能夠和淺羽母女一起度過所剩不多的時間，擔心白石先生會奪走他人生最後的樂趣。他因為陷入混亂，所以做出了殺害白石先生這種脫離常軌的行為。」

堀部一口氣說完後問和真：「你認為如何？」

「太厲害了。」和真說，「你竟然能夠在這麼短的時間內，架構出這麼完整的故事。」和真並非挖苦或是諷刺，而是真心感到佩服。

「我畢竟是這方面的專家。如果是這樣的情節，陪審員應該或多或少會對達郎先生犯罪的心路歷程產生同情，你認為呢？」

「是啊，從減輕量刑的角度來說，或許是不錯的想法。」

堀部可能對和真的說法感到不滿，露出詫異的眼神問：「什麼意思？」

「你認為我父親應該做好了死亡的心理準備，我也同意你這種想法，但之後的想法就完全不一樣了。我認為我父親打算用自己所剩不多的生命，用生命的代價，來保護某些東西，或者說保護某個人，為了達到這個目的，可以不擇手段。他的供詞是謊言，他隱瞞了重大的事實。也許他殺了白石先生這件事也是謊言，不，我確信那就是謊言。」

堀部露出為難的表情問：

「事到如今，你仍然打算推翻所有的犯罪事實嗎？和真先生，這也未免太……」

「我知道無法獲得你的認同，只要他本人不翻供，就不可能做到。所以請你去問我父親關於疾病的事，然後才能談其他事。」

「我瞭解了。」堀部回答，他臉上的表情顯然覺得這個被告的家屬真麻煩。

走出堀部的事務所，準備走向新宿車站時，手機響了。一看螢幕，忍不住一驚。因為是白石美令打來的。他走到人行道旁，接起了電話。

「妳好，我是倉木。」

「我是白石，請問現在方便說話嗎？」

「沒問題，發生了什麼事嗎？」

「我有急事想和你當面談，不知道你時間方便嗎？」

和真聽了她的話，握著手機的手忍不住用力。

「我隨時都可以，等一下也可以。」
「這樣啊，請問你目前在哪裡？」
「我在新宿。」
「我在上野附近，要不要我去你那裡？」
「不，既然這樣，就和上次一樣，約在銀座的咖啡店，而且那裡也可以安靜說話。」
和真看了手錶，發現即將四點半，「我五點應該可以到那裡。」
「我瞭解了，那我也現在就過去。」
「那就一會兒見。」和真掛上電話，心跳在不知不覺中加速，就連他自己也不知道是因為好奇白石美令想和自己談什麼，還是因為聽到了她的聲音。唯一確定的是，他完全沒有因為要和被害人家屬見面感到心情沉重。
他搭地鐵來到銀座，抵達之前見面的那家店時，剛好是傍晚五點。他走去位在二樓喝咖啡的地方，白石美令已經坐在窗邊的座位。
「讓妳久等了。」
「不會，不好意思，臨時約你。」
女服務生送了水上來，白石美令和上次一樣點了拿鐵咖啡，和真想和她喝相同的飲料，於是也點了拿鐵咖啡。
「請問妳要和我談什麼？」

「是，我想拜託你一件事。」白石美令露出了認真的眼神。

「請問是什麼事？只要是我力所能及的事，任何事我都願意幫忙。」

「謝謝你這麼說，我想拜託你的不是別的，而是希望你和我一起去一個地方。」

「一個地方？請問是哪裡？」

「那就是，」白石美令說到這裡，胸口微微起伏，好像在調整呼吸，「就是常滑，愛知縣常滑市，我希望你帶我去那張照片拍攝的地方。」

42

五代看到在管理官和理事官身後走進會議室的人，內心不由得振奮起來。他沒有想到搜查一課的課長也會一起來參加，會議室內的氣氛頓時陷入緊張，所有人都起身鞠了一躬。

課長雖然個子不高，但虎背熊腰，慢條斯理地坐了下來。其他人見狀，也紛紛坐回了座位。只有櫻川股長仍然站在那裡，看著三名長官問：

「可以開始了嗎？」

五官輪廓很深、戴了一副無框眼鏡的管理官看著課長和理事官的側臉，徵求他們的意見。課長輕輕點頭，管理官對櫻川說：「開始吧。」

「好，因為涉及非常詳細的內容，所以將由第一線辦案人員進行說明，有什麼問題嗎？」

課長和理事官沉默不語，管理官說：「沒問題。」

「不好意思。」

櫻川向五代使了一個眼色。

五代站了起來，向課長等人自我介紹後，走到放在會議桌旁的液晶螢幕旁。其他與會者都是筒井等主任級以上的人，他們已經在某種程度上瞭解了狀況，每個人臉上都帶著緊張的表情。

「關於去年秋天發生的『港區海岸律師兇殺暨棄屍案件』，目前發現了新的重大事實，所以在此向各位長官報告。住在愛知縣的倉木達郎已經遭到起訴，但他的供詞有諸多不自然的地方，在確認的過程中，發現了這個新的事實。倉木供稱，他在去年十月三十一日傍晚七點前，把被害人白石健介先生叫到清洲橋附近加以殺害，並供稱當時使用的是兩年多之前，在愛知縣大須的電子街，向陌生人購買的預付卡手機。在犯案之後，把手機破壞後，丟棄到海裡。檢察官指示要確認這支手機的確存在，作為被告預謀犯案的證據，很遺憾，至今仍然沒有找到。但是，因為認為倉木購買預付卡手機的途徑，以及其他關於預付卡手機的供詞本身很不自然，於是就懷疑他是透過其他方法——比方說，是不是透過公用電話把被害人約出來，所以就協同轄區分局，確認了清洲橋周圍公用電話旁的監視器。」

「我有問題。」理事官舉起了手，「被告已經全面招供了犯罪行為，為什麼要在這件事上說謊？」

五代看著櫻川，因為他無法判斷是否該在目前回答這個問題。

「關於這個問題，請容我們等一下再報告。」

理事官聽了櫻川的回答後點了點頭。
五代操作著電腦的鍵盤，液晶螢幕上出現了清洲橋附近的地圖。
「清洲橋周圍半徑四百公尺的範圍內，總共有四台公用電話，附近都有監視器，可以在某種程度上辨識使用者。在確認案發當天的監視器影像後，發現只有一個人在該時段內使用公用電話。是位在江東區清澄二丁目這個位置的公用電話。」五代指著地圖上的一點之後，又繼續操作鍵盤，將螢幕上的畫面切換到監視器的影像。
螢幕上出現了一家酒舖，門口旁有一台公用電話。
畫面左下角的數字顯示攝影的時間是去年十月三十一日傍晚六點四十分左右。
一個人影從螢幕左側出現，左顧右盼，似乎在意周圍人的目光，然後走向公用電話。人影看起來像是從口袋裡拿出皮夾，應該是為了使用電話卡。
人影拿起話筒，按了按鍵。電話似乎很快就接通了。人影在說話時不時東張西望，最後掛上了電話，收起電話卡後，再度從左側消失。人影從出現到離開，前後大約兩分鐘。
五代按了鍵盤的按鍵，停止了影像。
「以上就是要請各位看的影像。」
「查到這個人的身分了嗎？」理事官問。
「已經查到了。」五代回答，「是之前曾經去瞭解情況的命案關係人的家人，但並沒有任何偵查員直接接觸過本人。」

「和被告有什麼關係？」

「沒有直接的關係，但和被告供述的犯案動機內容有密切關係。」

搜查一課的課長在理事官耳邊小聲說了什麼，理事官點了點頭，然後和坐在另一側的管理官討論起來。五代不知道他們在討論什麼，感到坐立難安。

管理官轉頭看著五代問：

「理事官剛才問的問題，什麼時候可以說明呢？」

五代看向櫻川，股長輕輕點了點頭。

「我現在就來說明。我認為被告倉木為了隱瞞這個打公用電話的人，才謊稱使用了預付卡的電話。」

「你的意思是，並不是被告把被害人約出來，而是剛才影片中的那個人嗎？」理事官問。

「對。」五代回答。

「影片中的人是被告的共犯嗎？」

五代在回答之前遲疑了一下。他看向櫻川，股長一臉為難地噘著嘴。

「應該不是這樣。」五代對著長官回答，「如果只是把被害人找出來，不需要特地去使用清洲橋附近的公用電話。因為影片中的人住在離那裡很遠的地方。我認為影片中的人不是共犯，而是主犯，這個人才是殺害白石健介先生的真兇，被告倉木得知了這件事，為了保護這個人，所以才代人頂罪。」

五代的發言內容很震撼，但搜查一課的課長和理事官等人臉上並沒有驚訝的表情。他們應該事先就已經聽說，已經起訴的案件出現了另有真兇的可能性，正因為這個原因，所以課長也來參加這個會議。

然而，聽到這種報告，當然不可能感到心情愉快，三名長官都面有憂色地討論著。課長很少發言，只有不時輕輕點頭。

「櫻川，」管理官叫了一聲，「打公用電話的那個人有沒有逃亡的可能？」

「目前應該沒有，他應該完全沒有想到自己遭到懷疑。」

「有方法可以證明他是真兇嗎？如果只是因為使用了現場附近的公用電話，甚至無法成為間接證據。」管理官已經聽了櫻川的詳細說明，但是為了向課長和理事官說明，才故意問這個問題。

「首先會在向當事人保證會確保他的隱私情況下，問他那天打電話給誰。」櫻川回答說，「如果他不是兇手，應該可以回答。同時，也會要求對方同意做ＤＮＡ鑑定。從被害人的衣物上找到了非本人的ＤＮＡ，所以會進行比對作業。同時也會調查當事人手機定位資訊的紀錄，雖然他那天使用了公用電話，但應該有智慧型手機，而且犯案當時也很可能帶在身上。」

管理官聽了股長的回答後，看向理事官和課長，兩個人不發一語點了點頭。

「那就立刻去瞭解情況，我們會考慮如何與檢方交涉。」

櫻川聽了管理官的指示後回答說：「瞭解了。」

搜查一課課長站了起來，理事官和管理官也跟著站了起來。五代目送三名長官走出會議室，在鐵管椅上坐了下來。他的腋下滿是汗水。

「五代，辛苦了。」櫻川說，「目前事關重大，由你去向影像中的重要關係人瞭解情況。如果要求他主動到案說明時，不要帶去轄區分局，而是要帶來這裡。這次要在本廳偵訊。你見過他本人嗎？」

「沒有，只看過照片而已，而且是以前的照片。」

「你知道他住哪裡吧？」

「知道，在澀谷區松濤。」

「原來是高級住宅區啊，盡可能穩當行事，不要讓左鄰右舍發現。」

「瞭解了。」

櫻川重重地嘆了一口氣，走出了會議室。

有人從後方拍了五代的肩膀，他轉過頭。

「這下子麻煩大了。」筒井聳了聳肩說道。

「是我的疏失。」

「是嗎？」

「之前去向倉木瞭解情況時，我不小心說溜了嘴。我說東京到處都裝了監視器，尤其公用電話周圍必定有監視器，只要知道兇手曾經使用公用電話，警方就會徹底調查監視器的影像。倉木聽了之後，發現這樣下去情況很不妙。因為他知道真兇使用了公用電話，倉木在不得已的情況下，選擇了自己代人頂罪。我至今仍然清楚記得他坦承自己犯案時的樣子。他突然很乾脆地開始說出一切。他之所以說自己使用了預付卡的手機，而不是使用公用電話，也是基於相同的理由。他應該認為這是能夠讓警方停止偵查的唯一方法。」

五代在說話時，回想起那天的情況，然後又說了一次：「是我把事情搞砸了。」

「那也未必，姑且不論其他犯罪，這是殺人命案，很可能被法院判處死刑，通常誰會想到竟然有人代人頂罪？」

「是啊，問題在於倉木為什麼要做到這種程度。」五代看著液晶螢幕，操作著鍵盤，把影片倒了回去。螢幕上出現了一個人的側臉。

他是在去淺羽母女家中時，曾經看過他的照片，那是他小學時的照片。當時並沒有問他的名字，但現在知道了。

少年名叫安西知希。據他父親安西弘毅說，他目前就讀初中二年級。

43

一踏上名古屋車站的月台，和真覺得冰冷的空氣很舒服，因為他的臉頰通紅。剛才在「希望號」新幹線上，他一直處於緊張的狀態。當然是因為不知道等待著自己的是什麼而產生不安和恐懼，以及終於有可能接近真相的期待隨著血液循環，流遍了全身，但白石美令坐在身旁這件事的影響也不小。不久之前，他根本無法想像，竟然會和她一起旅行。

「接下來就要搭私鐵吧？」白石美令問。

「對，我們要走路去名鐵的名古屋車站，但距離很近。」

名古屋車站很大，來往的行人比肩繼踵，和真不時看向自己的身後，以免白石美令跟丟了。

他們很快就來到名鐵名古屋站的驗票口。「我去買車票。」和真說，白石美令也跟著他來到售票處。

他買了兩張車票，她當然問他多少錢。因為一旦白石美令說，她沒有理由不付錢，和真會無言以對，所以就老實回答了，然後只能接下她拿出來的車資。

走進驗票口，站在四號月台上等待往中部國際機場方向的特急列車。只要搭上車，大約三十分鐘就可以到常滑站。

兩天前，白石美令在銀座的咖啡店拜託他，希望可以帶她去那張照片上的地方。和真聽了她說的理由後大吃一驚，因為白石美令說，她知道照片上老婦人的身分了，她是白石健介的祖母。

「我調查了父親和祖父的戶籍。雖然手續有點複雜，但我用郵寄的方式解決了所有問題，而且發現了我的祖父是曾祖父和前妻所生的孩子。」

「呃，請等一下，妳的祖父就是健介先生的父親吧？他是他的父親和前妻所生的孩子？」

和真在腦袋中整理她說的內容後複述著，但因為隔了幾代，所以有點搞不太清楚。

「曾祖父曾經離婚，我認為是曾祖母的人，其實是他再婚的對象。祖父是他和離婚的前妻所生的孩子。」

「他的前妻是……」

「我認為就是那張照片上的老婦人。根據戶籍資料，她的戶籍地在愛知縣常滑市，我猜想她在離婚後回了娘家。」

白石美令告訴他，那個老婦人名叫新美英。

「雖然不知道英曾祖母有沒有再婚，但既然祖父是她的親生兒子，祖父的兒子健介，也就是我父親，就是英曾祖母的孫子。祖父瞞著曾祖父他們，偷偷讓親生母親和孫子見面也很正常。我猜想那張照片應該是祖父帶我父親偷偷去常滑時拍的。」

聽了白石美令說明的內容，雖然是很久以前的事，但和真也能夠清楚想像相關狀況。

「我聽父親學生時代的朋友說，父親當時經常搭高速巴士去名古屋，還說要代替死去的父親去探視一個人。我認為應該就是新美英曾祖母。」

和真認為白石美令的推測很合理，而且更認為不可能有其他可能，所以他也表達了這樣的意見。

「但接下來才是重點。我父親在三年級的秋天之後，就不再去愛知縣了。他對朋友說，不用再去了……」

「不用再去了……是不是代表沒有這個必要了？比方說，他的祖母去世了。」

「也許是這樣。雖然我也想調查一下新美英曾祖母的戶籍，但時間不夠充裕，所以來不及，但有一件事讓我耿耿於懷。」

「什麼事？」

「我父親大學三年級的時候就是一九八四年，那一年的五月，發生了你說的那起案件。」

和真感到一陣寒意貫穿背脊。

「妳說白石健介先生和那起案件有關？」

「不知道，我這種預測可能完全錯誤，但我無法不確認看看，所以才會拜託你這件事。」白石美令的眼神中帶著某種決心，「希望你帶我去那張照片中的地方。」

白石美令說的每一件事都讓和真感到意外，但沒有理由拒絕她的要求。他們當場調整了自己的行程，決定今天去常滑。

和真也很掛念達郎的事。堀部昨天去看守所和達郎會面，問了他關於生病的事，他尷尬地說：「醫院的醫生主動聯絡我嗎？真是多管閒事。」他果然打算隱瞞到底。

堀部問他有什麼打算，達郎回答說：「就這樣吧。」

抗癌劑治療很痛苦，即使持續接受治療，也無法根治，無法保證可以長壽。原本打算既然這樣，就用自己的方式好好享受餘生，快樂過日子，沒想到發生了這種事，毀了一切。

「所以就讓我被判死刑吧，如果可以解脫，這樣也好。律師，請趕快了結這件事，你不是也覺得很煩嗎？」達郎面帶微笑這麼說。

和真在電話中聽堀部說明了這些情況後，確信父親果然在說謊。達郎原本並不是這種自暴自棄的性格。

達郎為什麼說謊？——和真很希望這趟常滑之行，能夠找到解開這個謎的靈感。

特急列車駛入月台，和真與白石美令一起上了車，列車上並沒有太多人。

和真思考著自己多久沒去常滑了。去了東京之後，應該就沒再去過。高中時代，和當時交往的女朋友同行的那次可能是最後一次，不知道路旁排放著陶製擺設、充滿風情的小徑是否依然如昔。

「可以再讓我看一次住址嗎？」

和真問。白石美令從皮包內拿出智慧型手機，單手操作後出示在他面前說：「請看。」螢幕上出現的是泛黃的戶籍謄本，似乎是她祖父的戶籍，她的祖父名叫白石晉太郎。

和真確認了晉太郎的親生母親新美英的戶籍地，位在愛知縣知多郡鬼崎町。白石美令已經查到，目前這個地名已經不存在，遭到合併後，被併入了常滑市。

「我在網路上查到，那個地方目前是常滑市蒲池町，但進一步的情況就不得而知了。」

「我覺得既然已經查到了目前的地名，應該就有辦法找到。到那裡之後，我們再向當地人打聽。」

不知道新美英的住家目前是否還在，但常滑市是歷史悠久的地方，居民的流動率並不會很高，和真認為遇到認識新美英的人的機率並不低。

列車抵達了常滑站，走出車站，有一個寬敞的圓環，車站前有一排計程車。這裡和名古屋或是豐橋不同，房子看起來都很遙遠。

在離計程車稍遠的地方，停了一輛白色廂型車，一個身穿西裝的中年男人站在車旁。和真看了廂型車車身上的公司名字，知道是自己預約的租車公司，於是就走過去，報上自己的姓名。

「我正在恭候兩位。」男人說完，打開了廂型車的側滑門。

廂型車載著和真與白石美令，沿著有中央分隔島的主要幹線道路前進，放眼望去，道路兩旁完全沒有高大的建築，可以看到遠方民宅的屋頂。

沿途經過一個大型停車場，原來是市公所的停車場。租車公司就在不遠處，而且公司所在的那棟建築物也很小。

因為完全不瞭解這周圍的路況，所以和真決定租一輛小型休旅車。辦完相關手續後，他向櫃檯內的男性員工請教要怎麼去蒲池町。

「只要沿著前面那條路一直往東，在大府常滑線左轉，然後直直開就到了。」

那名員工笑著說，簡單得根本不需要導航。

和真很久沒有開車了，他坐上車，繫好安全帶，小心謹慎地把車子開了出去。

「我完全不瞭解這裡，但常滑好像是一個歷史悠久的地方。」白石美令看著窗外的風景說道。

「我記得這裡的陶瓷器歷史相當悠久，可能源於平安時代，或是更早之前，聽說在全國各地的遺跡中都發現了這裡的陶瓷器。」

「這樣啊。」白石美令附和後，小聲地說：「那張照片，就是我父親小時候，站在一排狸貓擺設前的那張照片，可能不僅是紀念照，還有炫耀故鄉的意思，想要向別人炫耀，他的祖母住在這麼棒的地方。」

「有道理，也許是這樣……不，一定就是這樣。」

和真突然想到一件事，把車子停在路旁。他沒有看衛星導航系統，而是用手機確認了目前的位置。

「我上次不是說，我知道那張照片的拍攝地點嗎？其實就在這附近，去蒲池町之前，要不要先去看看？」

白石美令雙眼發亮地說：「我很想去，麻煩你了。」

「瞭解，我也很久沒去了，想去看一下。」

他們回到常滑站附近，把車子停在投幣式停車場。根據地圖顯示，走路到目的地只要幾分鐘。

他們從主要道路走進岔路，走了一小段路，看到了「陶藝散步道 步行者入口」的招牌，還立了一塊「前方無法通行」的牌子。

「這裡嗎？」白石美令問。

「我想應該就是這裡。」

前方是和緩的上坡道，路面越來越狹窄，如果車子誤闖進來，恐怕就很傷腦筋。

兩旁出現了看起來像是老舊民宅的舊房子，走了一段路之後，路旁出現了零星的陶製小擺設。

他們來到名勝之一「咚咚坡」的入口。白石美令發出了感嘆的聲音：「咦？這是什麼？」因為坡道的一整片牆上埋了滿滿的圓孔陶器。

「據說這是常滑燒的燒酒瓶。」

繼續往前走，又來到牆上埋了無數陶管的坡道，坡道的名字也叫「陶管坡」。這些陶管當然也是常滑燒。

沿途看到幾家專賣陶器的小商店，很多都是動物外形的陶器，尤其是貓特別多。

「那張照片應該是在這條散步道的某個地方拍的。」和真說，「因為是將近五十年前拍的照片，現在的樣子應該和以前差很多，但如果路旁有一排狸貓，我只想到這裡。」

白石美令深有感慨地打量周圍，和真發現她的雙眼通紅，移開了視線。她一定想起了父親的少年時代。

沿著散步道繼續往前走，最後有一個巨大的登窯。聽說這是日本國內最大規模的登窯，一整排十根高度不同的煙囪看起來很壯觀。

「我父親為什麼從來沒有向我提過這裡的事？這麼出色的地方，他應該帶我來看看。」

白石美令說出了內心純樸的疑問，但和真認為自己不能輕易表達意見。因為這個疑問的答案，或許正是自己和白石美令接下來必須面對的真相。

回到車上，他們再次出發前往蒲池町。距離只有四公里，所以應該不需要十分鐘。車子沿著兩旁有民宅和小型商店的筆直道路北上，大部分商店都拉下了鐵捲門，看起來並沒有在營業。這是地方城市常見的景象，開車不遠的地方應該就有大型購物中心或是超市。

即將抵達蒲池車站時，和真踩下了煞車踏板，因為他看到馬路右側有一家小郵局。

「怎麼了？」

「我們去那裡問一下。」

「去郵局？」

「對，我有一個想法。」

路旁有一家看起來幾年前就倒閉的商店，他把車子停在那家店門口。

走進郵局，櫃檯前的中年女人親切地向他們打招呼。櫃檯內還有一個男人，後方也有好幾個工作人員，都坐在桌前工作。

「不好意思，想請教一件事。」

和真向櫃檯內的女人說明，自己正在找五十年前住在這裡的人家，但只知道以前的地址，所以不知道從何找起。

坐在後方的一個年長的男人似乎聽到了他們的談話，起身走過來問：「以前的地址是哪裡？」

白石美令操作了智慧型手機，出示了新美英的戶籍地。

男人戴上老花眼鏡看著手機螢幕，「原來如此，的確很久了，是合併前的地址。你們進來吧。」

男人向他們招手，和真與白石美令一起走向郵局深處，那個男人對他們說：「你們在這裡等我一下。」然後不知道走去哪裡。其他人似乎對這對外地客的男女不感興趣，甚至沒有看他們一眼。

片刻之後，剛才那個男人走了回來，腋下夾著很厚的檔案夾，可以看到上面寫著昭和四十五年（一九七〇年）幾個字。

男人在桌上打開了檔案夾，裡面有很多舊地圖的影本。

「呃，鬼崎町在……原來在這一帶。呃，你們要找的人叫什麼名字？」

「新美英。」白石美令回答。

「嗯，新美家找到了，在漁港那一帶。」

男人指著地圖上的一點說。可以看到地圖上有「新美」兩個字。和真讓自己的手機顯示了目前的地圖尋找該地。一旁的白石美令也在做相同的事。

「請問那裡目前的情況怎麼樣？」

「問郵差應該馬上就知道了，但你們等一下不是要去那裡嗎？那就可以親眼確認，因為我們不能隨便告訴他人，目前誰住在那個地址。」

男人的話很有道理。這是涉及個資的問題，因為沒想到他這麼親切，所以就忍不住忘了分寸。

「你說的對，謝謝你。」和真道謝完，走出了郵局。

「幸好有收穫。」和真走回休旅車時說。

「多虧你機靈，和你一起來果然是正確的決定。」

「沒什麼。我們要趕快過去，等一下天黑了，就很不好找。」

幾分鐘後，他們就到了目的地附近。周圍是一片老舊民宅的住宅區，有很多月租停車場，但完全沒有投幣式停車場。和真在無奈之下，只好把車子停在路旁，看著手機上的地圖尋找。

在周圍轉了一圈後，白石美令語帶失望地說：「好像就是這裡。」她指的地方正是一個月租停車場。

「我們去問一下住在附近的人。這裡有很多老房子，搞不好可以找到認識新美英老太太的人。」

他們挨家挨戶詢問附近的鄰居，是否記得以前這裡有一戶姓新美的人家，所有人都露出狐疑的表情，白石美令出示了那張照片，說照片中的少年是自己的父親，目前正在找合影中的老婦人的住家，那些人才終於放鬆了警戒。
有幾個人知道以前的確有姓新美的住戶，但遲遲找不到記得是怎樣的女人住在那裡的人。
來到第七戶的富岡家時，一名四十多歲的主婦說，曾經聽她家的爺爺提過新美婆婆。她口中的爺爺是她的公公。
「方便向他瞭解情況嗎？」白石美令問。
「應該沒問題，但他現在去參加漁協的集會了，應該馬上就回來了。你們願意等一下嗎？」
「當然願意，那我們在車上等，等他回來之後，可以麻煩妳打電話給我們嗎？」
「當然可以，但你們要不要進來等他？他應該馬上就回來了。」
白石美令看著和真，徵求他的意見。
「那就打擾了，反正等一下也不可能站著說話。」
「對啊，就這麼辦。請進，請進。」女人向他們招著手說道。
他們跟著女人來到一間設了佛龕的和室，看起來讀初中的男生從走廊上探頭進來張望，但很快就離開了。
女人端了茶上來，和真慌了手腳。「請妳不必費心招呼我們。」白石美令也感到很惶恐。

「你們從東京特地來這裡吧？至少要請你們喝杯茶。」女人皺著眉頭說完之後，立刻露出了沉思的表情，「我在二十年前嫁來這裡，那時候那棟房子還在，只不過已經沒人住了。有一次聊到這家時，我家的爺爺說，以前有一位姓新美的老太太住在那裡，我記得好像說她一個人住在那裡。」

和真與白石美令互看了一眼。雖然兩人都沒有說話，但意見一致，都認為一定就是照片上的老婦人。

外面傳來打開拉門的聲音，接著聽到低沉的說話聲。

「啊，回來了。」女人站了起來，走出房間。

走廊上傳來小聲說話的聲音，接著，女人和一個男人一起走了進來。那是一個體格健壯，皮膚曬得黝黑的老人。女人剛才說他去參加漁協的集會，他以前應該是漁夫。

「打擾了。」白石美令跪坐著向老人打招呼，和真也鞠了一躬。

「什麼？聽說你們來打聽新美婆婆的事？」老人坐下來時問，聲音中帶著驚訝。

「我父親小時候可能曾經和她見過面。」

白石美令找出手機中的那張照片，出示在老人面前。

「嗯？等一下……」老人打開旁邊的茶具櫃，拿出眼鏡，戴上眼鏡後，接過了手機。他看著手機螢幕，皺起眉頭，隨即發出「嗯、嗯」的聲音，點了點頭，「沒錯，就是這個人。新美婆婆……我記得她好像叫新美英。話說回來，這張照片很有歷史啊。」
「請問您和她有來往嗎？」白石美令收起手機的同時問道。
「不是我，是我媽媽和她很熟。我媽媽是這一帶很難得一見的女校畢業生，她自以為自己是個聰明人，新美婆婆之前是小學老師，所以她們很聊得來，她們經常一起聊書。」
「請問新美英婆婆是怎樣的人？」
老人微微歪著頭後開了口。
「妳問我她是怎樣的人，我也……雖然我和她沒什麼來往，但應該是一個親切和藹的人。我剛才也說了，我媽喜歡擺架子，經常看不起別人，但我從來沒有聽她說過新美婆婆的壞話。」
「這樣啊。」
白石美令在附和的同時，露出鬆了一口氣的表情。因為新美英是她的曾祖母，聽到別人的稱讚，當然不可能感到不高興。
「請問新美英婆婆沒有家人嗎？」
「以前應該有，但在我的記憶中，她好像一直都是獨居。嗯……」老人皺起眉頭，用指尖抓著眉間，好像在努力回想什麼。「聽說她曾經結過一次婚，所以她兒子有時候會來看她。她兒子考進東京一所很好的大學，我媽也說，基因果然很強……不，不對，這樣年紀不對。新美婆婆那時候已經是婆婆了，她的兒子不可能才讀大學。」

老人摸著額頭，陷入了沉思。

「請問，」白石美令說，「那個人會不會是她的孫子？」

「喔！」老人張大了嘴巴，「沒錯，沒錯，我的記憶混在一起了。的確是孫子，我媽這麼告訴我。她的兒子已經去世了，聽說她曾經嘆息，因為顧慮到對方的家人，所以沒有去參加喪禮，但之後孫子經常一個人來看她。我媽也說，曾經見過她孫子幾次。」

「你還記得有關於那個孫子的其他事嗎？」

「她的孫子嗎？不，我不知道，只是聽過有關他的事。新美婆婆也不知道什麼時候不見了。」

「她搬走了嗎？」

「好像是，聽說她被害得很慘。」老人皺起兩道白眉。

「被害得很慘？」

「新美婆婆的父母是有錢人，她有不少財產，但她一個女人家，對未來還是感到很不安，所以就開始做所謂的資產配置，或是說投資，也就是現在說的理財。沒想到仲介的人是個騙子，騙了她一大筆錢，而且那個人後來被殺了，根本沒辦法把錢討回來，簡直求助無門。」

和真在一旁聽了，忍不住一驚。

「是不是在岡崎市發生的那起案件？」

老人聽了和真的話，出乎意料地瞪大了被皺紋包圍的眼睛。

「沒錯沒錯，你年紀輕輕，沒想到竟然知道這件事。案件發生當時，我媽還嚷嚷著說，很照顧新美婆婆的人被人殺了，過了一段時間，才發現新美婆婆其實是被那個人騙了，再次大吃一驚。」

和真忍不住感到愕然。原來白石健介的祖母是「東岡崎站前金融業者命案」中被殺的男人引發的金融詐欺案的被害人。

白石美令的身體好像凍結般僵在那裡，即使是一旁的和真，也可以發現她的臉頰僵硬。

「嗯？怎麼了？我是不是說了什麼不該說的話？」老人納悶地輪流看著他們兩個人的臉。

「不，沒事。」白石美令似乎無法回答，於是和真開了口，「請問除此以外，您還知道什麼嗎？比方說，新美婆婆之後的情況，或是搬去了哪裡。」

老人搖了搖頭說：

「不，這我就不知道了。我已經很久沒有想起她，也很久沒有聊她的事了，這一帶應該已經沒有人認識她了。」

「是嗎？今天太感謝您了。」

「有沒有幫上你們的忙？」

「有，幫了很大的忙。」

和真再次道謝，然後看著白石美令。白石美令悵然若失，露出突然回過神的表情，輕輕鞠了一躬。

離開富岡家，回到車上後，兩個人仍然默然不語。和真發動引擎之後才開了口。

「妳在這裡還有其他要調查的事嗎？」

「我不知道。」白石美令搖了搖頭，小聲地嘟囔，「倉木先生……你覺得該怎麼辦？」

「我也完全沒有頭緒，我覺得最好把這件事告訴五代先生，妳認為呢？」

白石美令嘆了一口氣說：

「事情已經超出了我們的能力能夠解決的範圍……」

「我也這麼認為。那我們回東京吧？」

「好。」白石美令回答的聲音很無力。

搭名鐵回名古屋車站期間，兩個人也幾乎沒有說話。搭上「希望號」新幹線，一起坐在對號座時也一樣。

和真無法得知白石美令腦海中的想法，他自己也不知道該如何解釋今天得知的事，也不知道接下來該如何推理，為此感到不知所措。

白石健介竟然和三十多年前發生的「東岡崎站前金融業者命案」——達郎坦承自己是兇手的那起案件有關。

該如何掌握這個事實？

他的腦海中浮現了模糊的想法，但是因為事關重大，而且這種想像太殘酷，所以無法說出口，更無法告訴白石美令。

但是也許根本一樣。

坐在身旁的漂亮女人，腦海中也許描繪著相同的故事。

那是不祥而絕望，無可救藥的故事。

和真想要偷瞄她的側臉時，左手的指尖碰到了她的手。和真立刻把手收了回來，心跳不由得加速。

這時，他發現兩個人的手指再度碰觸在一起。他完全沒有動，於是察覺到是白石美令把手指靠了過來。

他猶豫了一下，勾住了她的指尖。她並沒有拒絕。

他看著前方，握住了她的手，她也回握了他的手。

如果可以就這樣和她一起消失，一起去某個地方，不知道該有多好。他忍不住這麼想。

44

正如櫻川所說，澀谷區的松濤有許多高級住宅。每一棟房子的設計都極具個性，這裡的住戶好像都在和周圍競賽品味。

安西弘毅家是西式的房子，並沒有設置大門，但從馬路到玄關的通道兩側，是可以停兩輛車的空間。目前只有左側停了一輛進口車，右側的空間可能是為客人準備的車位。

五代看了手錶，確認了時間，目前是下午一點整。今天是星期六，監視的刑警已經確認過，從早上到現在，安西家都沒有人出門。

五代抬頭看著眼前這棟房子，用智慧型手機撥打了電話。他事先在手機上輸入了電話號碼。

電話接通了，電話中傳來一個男人的聲音。

「喂？」

「請問是安西先生嗎？」

「對，我就是。」

「很抱歉，在假日打擾。我是警視廳搜查一課的五代，之前在門前仲町和你打過招呼。」
「喔喔，」安西似乎想起來了，「請問有什麼事嗎？」
「不瞞你說，我現在正在你家門口，因為有事想要請教安西知希。」
「啊？你要找知希？」
他的反應似乎很意外。這也難怪。
「對，我可以登門拜訪嗎？」
「你要問知希什麼事？」
「這要等見到他之後再說。」
電話中傳來倒吸一口氣的聲音，然後陷入了短暫的沉默，五代調整了呼吸。
「可以請你稍等一下嗎？」
「好，我們在這裡待命。」
安西沒有說什麼，就掛上了電話。他似乎方寸大亂。
五代看著二樓的窗戶，看到窗簾內人影移動。
「他會不會讓他兒子逃走？」站在後方的後輩刑警問。
「應該不可能。」五代立刻否認，「他身為父親，完全搞不清楚狀況，所以感到驚慌失措，不會想到要讓兒子逃走。」

後輩刑警點了點頭表示同意。包括開車的司機在內，五代只帶了三個人來這裡。如果有後門，也會派人在那裡監視，但已經確認並沒有後門。

中町和其他轄區分局的人並沒有來這裡。因為櫻川說，等警視廳搞定之後，再把新的嫌犯交給轄區分局。

手機傳來鈴聲。液晶螢幕上顯示安西弘毅的名字。

「你好，我是五代。」

「我是安西。不好意思，讓你久等了。雖然知希在家，但現在無法和別人見面。如果你可以明天或是後天再來，那就太好了。」雖然他應該努力保持平靜，但聲音微微顫抖。也許知希得知警察上門，感到不知所措。

「這樣啊，但是很抱歉，因為事態緊急，無論如何都必須今天向他瞭解情況。那我一個人去和你兒子談話，你認為如何？」

「不，但是……可不可以請你至少等到晚上？」

「這有點不方便，因為可能會視情況，請他到本廳一趟。你兒子尚未成年，盡可能希望安排在白天的時間，彼此都比較放心。」

「你說的本廳是指警視廳總部嗎？」

「只是視實際情況而定，並不是一定會有這樣的結果。」五代隱瞞了實情，用柔和的語氣說了和事實完全相反的話。

「那可不可以給我一個小時……不，三十分鐘也沒有關係，我想先問我兒子。」
「你要怎麼問？又要問他什麼？」
「這……」安西說不出話。
「我會速戰速決，我不會做任何你們父母無法同意的事，不知道你是否能夠接受？」
安西陷入了沉默，五代可以想像他痛苦的表情。
「難道我兒子和那起案件有關嗎？」
「不知道。因為目前出現了這種可能性，所以我才會來這裡。」
電話中傳來重重的嘆息聲。
「我可以陪同嗎？」
五代預料到安西會提出這個要求，櫻川也指示了遇到這種情況時的應對。
「沒問題。」五代回答。
電話再度無聲地掛斷了。
五代注視著玄關，門打開了，身穿深藍色毛衣的安西弘毅出現在門內。
五代指示後輩刑警在原地待命後，走向玄關，對著安西鞠了一躬說：「不好意思，提出這種無理的要求。」
「知希做了什麼？」安西發問時，臉上已經帶著焦躁的表情。

「我來這裡，就是為了確認這件事。你對你兒子說了什麼嗎？」

「沒有，只有告訴他，警察來了。」

「他怎麼說？」

安西無力地搖了搖頭說：

「他什麼也沒說，只是應了一聲『喔』……但是我知道。」

「知道什麼？」

「他應該知道警察為什麼來找他。他越慌亂的時候，越不會流露任何感情。」

五代聽了安西的話，有兩個感想。安西冷靜聰明，但他認為自己身為父親，育兒並不算成功。

「請進。」安西做出了請他進屋的動作。

門內是寬敞的門廳。「打擾了。」五代脫了鞋子問：「你太太和其他孩子呢？」

據負責監視的刑警說，他們全家都沒有出門。

「他們在二樓，不好意思，無法為你準備茶水。」

「當然沒問題，請問知希也和他們在一起嗎？」

「不，他在自己房間。」

五代抬頭看著旁邊的樓梯問：「他一個人在房間內嗎？」

「對。」

「那請你馬上帶他下來，因為我有點擔心。」
十幾歲的孩子感受很複雜，如果趁這個機會割腕就慘了。
安西露出僵硬的表情，走上了樓梯。
五代的擔心顯然是杞人憂天，不一會兒，安西就帶著少年走下樓了。
「請跟我來。」
安西帶著少年走向深處，五代也跟在他們身後。
滿滿的陽光從大窗戶照進客廳，五代和安西知希面對面坐在大理石茶几前，安西弘毅也坐在旁邊。
知希是一個瘦小的少年，尖下巴，脖子也很細，臉上還帶著稚氣。他低著頭，沒有看五代一眼。
「知希，你有智慧型手機嗎？」
知希聽了五代的問題，面無表情地沉默不語，然後輕輕點了點頭。
「如果你可以出聲回答，我會很感謝。」
「你好好回答。」
安西不耐煩地說，五代伸出左手制止了他，然後又問了一次：「你是不是有智慧型手機？」
「是。」知希回答。高亢細微的聲音有點沙啞。

五代打開了帶來的皮包，從裡面拿出一張Ａ４的紙。那是從監視器影像中列印出來的圖像。他把那張紙放在知希面前。

「這是你，對不對？」

安西伸長脖子看著圖像，知希只是瞥了一眼，但五代察覺到他倒吸了一口氣。

「怎麼樣？是不是你？」

「我想……應該是。」

「你想？這種說法很奇怪。這是關於你的事，可以請你明確回答嗎？」

一旁的安西似乎又想說什麼，但這次忍住了。

「……我。」知希小聲嘀咕。

「啊？不好意思，可不可以請你大聲一點？」

知希深呼吸後回答說：「是我。」

「謝謝。」五代說，「你剛才說，你有智慧型手機，當時為什麼使用公用電話？還是你那天剛好忘了帶手機出門？但你有電話卡嗎？你隨時都把電話卡帶在身上嗎？」

知希沒有回答，一直低著頭。

「請問你打電話給誰？朋友嗎？還是熟人？我馬上就可以確認，所以你不要說謊。」

知希再度沉默不語，但五代猜到他會有這樣的反應。

「只要你告訴我，你那天打電話給誰，我就會馬上離開。我可以向你保證，無論對方是誰，我都不會繼續追問，馬上就離開，所以可以請你告訴我嗎？」

知希的身體微微晃動，但光看外表，無法得知是內心猶豫導致的身體反應，還是基於生理上的恐懼而顫抖。

「知希，」安西小聲嘟噥著，「趕快回答。」他的聲音聽起來像是痛苦的呻吟。

「為什麼？」知希發出了聲音，「為什麼要問？」

「啊？為什麼？」五代反問。

「你不是知道我打電話給誰嗎？」知希低頭回答。

五代重新坐好，挺直了身體。再加把勁，就可以得到答案。「因為我想聽你親口說出來。」

知希抬起頭，第一次看著五代的臉。五代看到他臉上的表情，忍不住吃了一驚。因為眼前這名少年的嘴角露出了微笑。

「我打電話給白石先生，這樣可以了嗎？」

五代重重地吐了一口氣，同時聽到安西問：「真的嗎？」

「如果你知道他的全名，可以請你告訴我嗎？」五代問。

「我知道，他叫白石健介。」知希一臉擺脫了內心猶豫似地回答。

五代從皮包中拿出筆記本和原子筆，放在知希面前。

「可不可以請你在這裡寫上你的名字和今天的日期？」

知希拿起原子筆在筆記本上寫了起來。在寫了「白石健介先生」的名字後，稍微想了一下，又繼續寫著什麼。五代看著他的手，瞪大了眼睛。

白石健介先生是我殺的——少年寫了這行字。

45

聽到玄關的門鈴聲，美令內心就產生了不祥的預感。來訪者是不是帶來了壞消息？

綾子應該拿起對講機應對。美令希望是宅配。

走上樓梯的腳步聲慢慢靠近。直覺應驗了——美令確信。

聽到敲門聲後，她回答說：「請進。」

門打開了，綾子的身影站在那裡，可以看到她身後的走廊。美令房間內沒有開燈。

「美令，妳醒著嗎？」

「嗯。」美令躺在被子中回答，「誰來了？」

「是警察，就是最初來家裡的那個姓五代的刑警。」

美令嘆了一口氣。果然是警察。但幸好是五代上門，讓她感到一絲救贖。

「他說有什麼重要的事要告訴我們，還說也要請妳一起聽。」

「好。」美令說完，坐了起來，「現在幾點了？」

「六點多。」

「這樣啊。」

窗外很黑。她並沒有睡太久，但時間過得很快。

「請他等一下，因為我想稍微化一下妝。」

美令從早上到現在完全沒有吃任何東西，一直關在自己房間內，她猜想自己的氣色應該很差。

綾子打開了燈問：「美令，妳沒事吧？」

「有什麼事？」

「什麼事……妳從昨天就說自己身體不舒服，到底怎麼了？星期五在診所發生了什麼事嗎？」

星期五就是兩天前，她並沒有告訴綾子，自己與倉木和真一起去了常滑。

「五代先生不是在下面等嗎？妳要不要去為他倒茶？」

綾子一臉不解的表情轉過身，正準備離開時，美令叫了她一聲。

「媽媽。」

綾子轉過頭時，美令對她說：

「妳最好做好心理準備，五代先生帶來的不會是好消息。」

「我當然知道，爸爸被人殺害了，怎麼可能會有什麼好消息？」

「是更壞的消息，比妳想像中更壞的消息，可能會讓妳感到天旋地轉。」

綾子露出了緊張的表情，美令看了於心不忍。她並不想說這些話，但母親遲早必須面對現實。
「美令，妳是不是知道什麼？趕快告訴我。」
「即使不用我說，五代先生也會告訴妳。」美令下了床，站在窗前，掀開蕾絲窗簾，從窗戶玻璃上看到了自己陰鬱的臉。
綾子不發一語離開了，走下樓梯的聲音聽起來也很陰沉。
美令在小桌前坐了下來，把放在桌上的化妝包拉到自己面前。
她突然想到倉木和真。不知道他現在在做什麼？不知道他在想什麼？不知道他明天打算做什麼？
她又想起了在常滑發生的事。難道不該去那裡嗎？難道自己知道了不該知道的事嗎？
雖然她不願去思考，但還是忍不住思考。雖然她拚命阻止不吉利的故事形成，但事與願違，故事卻越來越明確。
真希望是杞人憂天，希望是某個環節出了差錯。
希望五代是為了完全不同的事上門。
但是，這種希望應該很渺茫——她對著鏡子擦口紅時想，自己也一樣，也必須做好心理準備。

走去客廳，坐在沙發上的五代站了起來，向她微微鞠躬打招呼。五代身穿西裝，繫著領帶，雖然和之前見面時的服裝相同，但難道是因為他表情嚴肅，所以覺得他今天一身正裝嗎？美令坐下後，五代也坐了下來。

「要不要喝紅茶？」綾子問。

「不需要。」美令冷冷地說完後，看著五代說：「可以請你開始說明了嗎？」

「好。」五代說完，雙手放在腿上。

「首先必須聲明，今天來這裡向兩位說明情況，並未獲得上司的准許，甚至有人認為，最好暫時不要告訴遺族。但是考慮到今後的情況，我個人認為及時告知目前已經瞭解的狀況，對兩位比較好，於是憑個人的判斷登門拜訪，所以以下談話的內容並非代表官方，同時也請兩位不要告知他人。可以請兩位答應這件事嗎？」

美令看著綾子，相互點頭後，對五代說：「我們可以保證。」

「謝謝，」五代鞠了一躬說，「我先說結論，白石健介先生遭到殺害的案件，現在出現了新的嫌犯。目前遭到羈押的被告倉木犯案的可能性極低，我認為近日將撤銷對他的起訴，他也將獲得釋放。」

「怎麼會這樣？」綾子說：「請問這是怎麼回事？」

「正如我剛才所說，目前認為是真兇的人供詞合理性相當高，同時有幾件事已經獲得證實。因為比被告倉木的供詞更有說服力，所以目前認為他說的情況屬實。」

「新的嫌犯到底是誰？」綾子用嚴厲的口吻問道。
「很抱歉，目前還無法告知。」
「請你告訴我們，我們不會告訴任何人。」
「很抱歉，到了適當的時機，一定會告訴兩位。」
「這……讓人無法接受。」
「媽媽，」美令叫了一聲，「妳先別說話。」
綾子吃驚地睜大了眼睛。
美令轉頭看著五代問：
「你今天來這裡，只為了告訴我們這件事嗎？是不是還有其他事要告訴我們？」
五代露出嚴肅的眼神看著她說：
「妳說的沒錯，還有其他事。」
「我想也是，而且那件事比兇手是誰更重要。」雖然美令內心慌亂，但不知道為什麼，她說話的語氣很流暢。
「美令，妳在說什麼？」
「請問動機是什麼？」美令無視綾子的問題問五代，「兇手為什麼殺了我父親？兇手是怎麼說的？」
五代露出觀察的眼神看著美令問：「妳是不是知道什麼？」

「我知道有關父親的過去，父親和三十多年前，在愛知縣發生的那起案件有關，對不對？」

美令可以察覺到身旁的綾子全身僵硬。

「妳怎麼會知道這件事？」五代問。

「說來話長，總之，我前幾天去了愛知縣的常滑。」

「常滑？」五代訝異地皺起了眉頭，他似乎並不知道那個地方。

「那是父親的祖母以前住的地方，我在那裡打聽到很多事，但只知道父親和以前那起案件有關，但並不知道父親具體做了什麼，只是我發揮了想像力。我發自內心祈禱自己的想像錯誤，不知實際情況到底如何。五代先生，我相信你有答案？對不對？」

五代目不轉睛地注視著美令的臉後點了點頭說：「對，我知道答案。」

「請你告訴我，我已經做好心理準備了。」

五代點了點頭，挺起胸膛，調整了呼吸。

「首先，我回答妳剛才的問題。真兇說，他的犯案動機是復仇。因為白石律師的關係，導致了包括他在內的家人不幸，為了發洩這種仇恨，他殺害了白石律師。兇手是這麼說的。」

「為什麼父親造成了他們的不幸？」美令雖然已經知道了答案，但還是忍不住確認。

「三十多年前，妳剛才提到的那起案件——『東岡崎站前金融業者命案』中，警方逮捕了一名男子，認為他是命案的嫌犯。那名男子主張他的清白，但最後在警局的拘留室內自殺了。我相信妳們已經知道，被告倉木供稱自己是那起案件的兇手。但是根據警方認為是殺害白石健介先生的真兇所說，被告倉木在這件事上也說了謊，白石律師是多年前那起案件的真兇，因為他得知了這件事，所以就殺人報仇。」

五代一口氣說出的這番話中的每一個字，都像石頭滾入了沼澤地般，接連沉入了美令的內心深處。每次都覺得好像失去了什麼，但不可思議的是，她並沒有感到痛苦。

終於找到真相了。不會繼續迷路了，也不再需要去任何地方，尋找任何東西。這種想法很像是成就感，她有一種好像灰心變成了釋懷的奇妙感覺。

46

五代等待獲得釋放的倉木達郎走出看守所，要求他主動到案說明。倉木沒有拒絕，一臉從容不迫地坐上警方的車子。他只有一個小旅行袋的行李。

倉木達郎已經不是被告，也不再是嫌犯。雖然代人頂罪的行為是隱蔽罪犯，但目前尚無法得知是否會逮捕他。倉木坐在後車座時，並沒有刑警坐在他兩側，只有五代坐在他旁邊。

「給你們添麻煩了。」車子開出去後不久，倉木向五代道歉。

「你願意告訴我真相吧？」五代問。

倉木嘆了一口氣，看向窗外說：「嗯，這也是無可奈何的事。」

這幾個月下來，他似乎瘦了不少，但氣色並不差。他死心斷念地看著遠方的側臉，散發出徹悟的人特有的感覺。

車子抵達了警視廳總部，接下來將在這裡向倉木瞭解情況。櫻川說，他要親自訊問，但同意五代也一起參加。

「好，請問你要從哪裡開始說呢？」櫻川面對倉木後問道。

倉木苦笑著歪頭問：「要從哪裡開始說起呢？」

「五代，」櫻川轉頭看向他，「你想從哪裡開始聽？」

「當然從以前那起案件開始。」五代不假思索地回答。

櫻川看著倉木問：「這樣可以嗎？」

倉木默默閉上了眼睛，片刻之後，再度睜開眼睛。

「果然必須從那裡開始說起，但說來話長。」

「沒問題，我們一直很期待這一刻，即使故事再長，我們也樂意奉陪。——五代，你也這麼認為，對不對？」

「拜託了。」五代鞠躬說道。

「我瞭解了。」倉木娓娓訴說起來。

一九八四年五月——

剛滿三十三歲的倉木每天的生活都很愉快，因為三個月前，他的長子和真出生了。他和妻子千里在兩年前結婚，這是他們期盼已久的孩子。千里比倉木大一歲，因為年齡的關係，開始對生孩子感到著急之際，如願懷孕生子。

倉木任職的零件工廠是一家大型汽車廠的子公司，有一千名左右的員工。大部分員工都是機械工，倉木也在使用車床和銑床的部門工作。

當時汽車產業很繁榮，工作很忙碌。雖說是週休二日，但每個月只有一、兩次能夠在週六休息，而且平時也經常加班，只不過也因此可以領到不少加班費，對家裡剛添新成員的倉木來說是一件好事。

他每天開車去工廠，那是母公司生產的轎車，雖然是二手車，但開起來很順手，只不過因為他很少洗車，白色的車身上總是有好幾條髒污。

那天早上，他也像平時一樣，在千里與和真的目送下開車出了門。當時他們住在公寓的房子，但已經打算在近期買房子。他剛進公司時就加入公司的購房儲蓄，目前已經累積了相當的金額。

單側只有一線道的道路有點壅塞，前方是上坡路段，經過那個上坡路段後，就會陷入塞車的車陣，因為前方路口的紅燈時間很長。

有一個騎腳踏車的男人出現在左側路肩，深色西裝的下襬被風吹了起來。倉木超越那個男人時，心想騎腳踏車上坡道很辛苦。他瞥了那個男人一眼，發現那個男人滿臉不悅地皺著眉頭。

車子上了坡道後，果然發現車子大排長龍，倉木猶豫了一下，決定駛入岔路。駛下坡道後，左側有一條小路，雖然繞了遠路，但反而可以更早到工廠。

就在他即將駛下坡道，將車子靠向左側時，他的左側眼角掃到了什麼，隨即有什麼東西倒在車旁。他知道是有人倒下，似乎被車子撞到了。

他慌忙把車子停靠在路旁，從駕駛座上飛奔下來。

剛才那個騎腳踏車的男人倒在地上，他皺著眉頭，用手按著腰。

「你還好嗎？」倉木問他，「有沒有受傷？」

男人蹲在地上，撇著嘴角不知道說了什麼。倉木沒有聽到，把臉湊過去問：「你說什麼？」

男人小聲嘀咕說：「好痛。」

「啊，對不起。」

倉木道歉著，男人伸出右手說：「名片。」

「啊？」

「我說名片啊，你既然在上班，應該有名片吧，還有駕照。」

男人揮著手，似乎在催促他。

倉木從皮夾中拿出名片和駕照出示在男人面前，男人比對之後，從內側口袋拿出了原子筆。

「你在名片背後寫上住家的地址和電話。」

「我的嗎？」

「對啊，那還用問嗎？」男人冷冷地說。

倉木按照男人的指示，在名片背後寫了地址和電話遞到他面前，他一把搶了過去，然後問他：「你住的是公寓還是大廈？」

因為住址上有房間號碼，所以男人這麼問。倉木回答說：「是公寓。」男人一臉無趣地說：「原來是窮人。」他可能有點失望。

「我去打電話報警，順便叫救護車。」

男人板著臉，下巴輕輕動了一下。也許是在點頭。

數十公尺外有一個電話亭，倉木在那裡撥打了一一九和一一〇。也許是因為緊張的關係，花了一點時間才終於說明了狀況。之後，他又打電話去公司，向女性事務員說，身體有點不舒服，今天要請假，女性事務員並沒有起疑心。

打完電話後回到車禍現場，發現那個男人盤腿坐在地上抽菸，原本綁在腳踏車貨架上的皮包放在旁邊。

「真的很對不起。」倉木再次道歉。

男人默默把手伸進皮包，拿了什麼東西出來，原來是名片。

倉木接過名片，低頭一看，名片上寫著「綠商店 社長 灰谷昭造」。

「真是傷腦筋。」灰谷自言自語地說，「我今天要跑很多地方，沒想到竟然遇到這種事。」

「真的很對不起。」倉木向他鞠躬道歉。

「你打上面的電話，應該會有一個年輕人接電話。你把車禍的事告訴他，叫他取消上午所有的行程。」

「我知道了。」倉木拿著名片轉過身。

他跑向電話亭，撥打了名片上的電話。「這裡是綠商店。」電話中的確傳來一個年輕人的聲音。

倉木把灰谷交代的話告訴年輕人後，對方嚇了一跳問：「車禍？嚴不嚴重？有沒有受重傷？」

「不，他可以正常說話，而且在抽菸，我想應該沒有大礙。」

「喔，這樣啊。」對方聽了倉木的回答後，洩氣地說。倉木不知道該如何解釋這件事，掛上了電話。

走出電話亭時，聽到救護車的鳴笛聲。

救護人員發現灰谷只是受了輕傷後，並不是鬆了一口氣，而是有點不耐煩，好像覺得這種程度的傷不應該叫救護車，但兩名救護人員還是讓灰谷坐上救護車，救護車響著鳴笛聲離開了。灰谷把腳踏車的鑰匙交給倉木，要他送去灰谷的公司。

不一會兒，警車趕來了，開始勘驗現場。

交通課的員警詢問了當時的狀況，倉木盡己所能詳細說明了情況。所謂盡己所能，就是把他所瞭解的情況全都說了出來，因為其實倉木也不是很清楚到底發生了什麼狀況。

有三名員警勘驗車禍現場，他們仔細觀察了道路、倉木的車子，和留在現場的腳踏車，但全都露出了疑惑的表情，不停歪頭感到納悶。

三名員警說，日後會和他聯絡，然後就離開了。倉木原本以為自己會被帶去警局，但似乎並不需要。

他開車回到家中，向目瞪口呆的千里說明了情況。她聽了之後臉色發白，神情緊張，「這……以後會怎麼樣？」

「不知道，我想要看對方的傷勢決定，我覺得他的傷勢並不嚴重。」

「你有沒有通知公司？」

「不，我沒有告訴公司，而且盡可能不希望公司知道。」

「是啊。」

因為母公司是汽車廠，所以公司對員工違反交通規則或是車禍的事很敏感。一旦向公司報告，就會傳入人事部耳中，對日後的考績造成影響，有時候甚至會把車禍狀況貼在布告欄上，雖然姓名的部分會用縮寫，但一眼就可以看出是誰。

倉木把車子停在車庫後，叫了計程車回到車禍現場，因為他要把灰谷的腳踏車送回去。

他騎著腳踏車，前往灰谷給他的名片上的住址。那裡是車站前大樓內的辦公室，中途經過一家和菓子店，他買了一盒最中餅。

那棟大樓比他想像中更老舊，外牆有些地方剝落了。

「綠商店」位在二樓，他把腳踏車停在人行道旁，沿著樓梯上了樓。

生鏽的門上貼著寫了「綠商店」的牌子。

因為有門鈴，所以他按了門鈴，室內響起了鈴聲。

門打開了，一個年輕男人探出頭，他一身襯衫加牛仔褲的輕鬆打扮。

倉木報上自己的姓名，並說明自己就是引起車禍的人。

「喔……剛才灰谷打電話回來，應該很快就回來了。」

「那我可以在這裡等他嗎？」

「嗯……」年輕人歪頭想了一下後回答：「應該可以吧。」他的語氣好像在說，自己沒有權限同意這種事。

「打擾了。」倉木說完，走進室內。室內大約七、八坪大，正中央有一張大桌子，桌上雜亂地堆放著盒子、資料和瓶瓶罐罐，排放在周圍的架子上也堆滿了物品和文件。

年輕人坐在窗邊的椅子上開始看漫畫，桌上放了電話和傳真機。

倉木看到有鐵管椅，於是就坐了下來。

「灰谷先生的情況怎麼樣？他的傷勢嚴重嗎？」

倉木問，正在看漫畫的年輕人頭也不抬，懶洋洋地回答說：「我也不知道。」

倉木再次打量室內，完全不知道這家公司在做什麼生意。公司的員工只有這個年輕人嗎？但他身上的衣服看起來又不像是員工。

桌上的電話響了，年輕人接起電話。

「這裡是綠商店。……很抱歉，灰谷目前外出。……田中先生嗎？謝謝您一直以來的關照。……關於這件事，灰谷等一下會聯絡您。……我瞭解了，我會轉告他。以後也請多指教，那就恕我失禮了。」年輕人一隻手仍然拿著漫畫，懶洋洋地坐在那裡講電話。雖然他說話的內容很客氣，但語氣就像在背書，完全感受不到誠意。

年輕人掛上電話後，再度專心看漫畫。

這時，聽到「喀答」一聲，玄關的門打開。倉木看到灰谷的身影，立刻站了起來。

「原來是你啊。」灰谷皺著眉頭走了進來，他瘸著右腳。「啊啊，痛死我了，痛死我了，真是飛來橫禍。」

「很抱歉，」倉木鞠躬問：「請問你的傷勢怎麼樣？」

「怎麼樣？你看了不就知道了嗎？根本沒辦法走路，要三個月才能痊癒，三個月！醫生叫我好好休息，你要怎麼賠我？」

「骨骼並沒有異常，對不對？」

「並不是沒有骨折就沒事，你看我連走路都很吃力。」

「啊……對不起。」

灰谷瘸著腳，走向年輕人問：「有誰打電話來嗎？」

「剛才有一個姓田中的人，聲音聽起來像老頭。」
「原來是那個老頭，我知道了。你今天可以回去了。」
「喔，是喔。」年輕人立刻站了起來，拿著漫畫雜誌，經過倉木身旁走了出去。
灰谷在年輕人剛才坐的椅子上坐了下來，把電話拉到自己面前，翻開從皮包裡拿出的記事本，拿起電話，不知道打去哪裡。
「喂？請問是田中先生嗎？我是灰谷。聽說您剛才打電話給我，真的很抱歉。」灰谷用親切的聲音說道，簡直和前一刻判若兩人。「……嗯，是，我猜想您是為了這件事。不瞞您說，我剛才去和對方談了，才剛回來。……對，沒錯，和當初想的一樣，目前順利升值。……對，當然是這樣。……對，所以就像我之前和您說的，那是在到期之前無法解約的商品。……是啊，所以要請您再等一段時間，這樣收益也比較好。……就是這樣。那我就為您做這樣的安排。謝謝您特地打電話來，以後也請多指教。謝謝，那就恕我失禮了。」
灰谷掛上電話後，皺著眉頭，在記事本上寫了什麼，然後嘆了一口氣。他揉了揉後脖頸後，轉頭看著倉木。
「好了，現在要怎麼辦？」他又恢復了剛才的冷漠語氣。
「請問有診斷書嗎？」
「診斷書？喔，上面寫了許多費解的內容。嗯，我放去哪裡了呢？」灰谷在上衣口袋和皮包裡找了一下，大聲咂著嘴說：「媽的，不知道放去哪裡了。算了，那你先付今天的醫療費。」

「喔，好，那當然要付。」倉木很納悶他為什麼把重要的診斷書搞丟了，但還是拿出皮夾問：「請問有收據嗎？」

「收據和診斷書放在一起，不知道去了哪裡。我會慢慢找，你先把醫藥費給我，差不多三萬圓。」

「三萬圓……嗎？」

倉木很想問，為什麼這麼貴？

「你有加入汽車保險吧？反正保險公司會付錢，有什麼關係嘛。」

「呃，我可能不會向保險公司申請。」

「是嗎？但那是你的問題，你不付醫藥費給我，我會很傷腦筋。我從來沒有聽過有人發生車禍撞了人，竟然還不肯出醫藥費。」

「不，我不是這個意思，只是剛好身上沒帶這麼多錢……」

灰谷皺著眉頭問：「你身上有多少？」

倉木打開皮夾，裡面有兩萬幾千圓。他身上向來不會帶很多錢，提款卡也在千里身上。

倉木這麼告訴灰谷，灰谷不悅地說：「那就給我兩萬圓。」

倉木遞給他兩張一萬圓，灰谷一把搶了過去，塞進了上衣內側口袋。
「請問……」
「什麼事？」
「我下次會把不夠的錢帶來，可以請你寫一張收到兩萬圓的收據給我嗎？」
灰谷瞪大眼睛說：「你以為我會賴帳嗎？」
「我不是這個意思，只是覺得還是要照規矩來。」
「你不必擔心，我不會賴帳，目前更重要的是以後的事。我的工作是要去拜訪老主顧，我現在這樣，根本沒辦法自由行動，你說該怎麼辦？」
「……對不起。」倉木只能頻頻鞠躬道歉。
「首先是從家裡來這裡的交通問題，我這段時間沒辦法騎腳踏車，必須想辦法解決。」
灰谷說，他住在離這裡三公里的地方。
「雖然很想叫計程車，但即使叫了計程車，也不會馬上就到，而且路上也很難攔到空車。嗯，到底該怎麼辦？」灰谷說著，從皮夾裡拿出名片，那是倉木的名片。灰谷盯著倉木在背面寫的地址後開了口，「你早上幾點去公司上班？」
「九點開始上班。」
「這樣啊，那就剛好，你七點半來我家，載我來這個事務所後再去上班也來得及吧。」他把倉木的名片丟在桌子上，自顧自地做了決定：「就這麼辦，這個主意不錯。」

「每天……早上嗎？」

「對啊，如果你不行，也可以找別人。」

倉木立刻思考起來。他沒辦法找別人，只要每天七點出門，應該有辦法做到。

「好，是不是從明天開始？」

「從家裡到這裡是明天開始。」

灰谷在便條紙上寫了什麼之後遞給他說：「給你。」上面寫了地址和電話號碼，應該是灰谷的住家。

「從這裡送我回家要從今天開始，你六點來接我。」

「請等一下。今天我向公司請了假，所以可以六點過來，但平時通常都要加班，可以改到八點嗎？」

「八點？在這裡留到八點要做什麼？」

「那至少七點，拜託了。」倉木深深鞠躬。

灰谷重重地嘆了一口氣說：

「真麻煩，那就七點吧，但你別遲到了。」

「我知道，我會注意。」

灰谷靠在椅子上，抱著雙臂，抬頭看著倉木。

「目前就先這樣，至於損害賠償的問題，我會慢慢考慮。之後也要經常去醫院，所以每次都會向你索取醫藥費，你皮夾裡要多帶點錢。」

「喔……好。」

黑色的霧靄在倉木的內心擴散。如果對這個男人言聽計從，很可能會被他敲詐勒索，只不過自己目前手上並沒有可以對抗的武器。

倉木想到自己帶了紙袋來這裡，裡面是最中餅的禮盒。

「呃，如果你不嫌棄……」他戰戰兢兢遞上了紙袋。

「甜點嗎？我不吃這些東西，算了，沒關係，你就先放在那裡。下次要記得送酒，像是威士忌之類的。」

倉木正在想，他是不是在暗示自己今天晚上就帶酒來，玄關的門鈴響了。

「這個時候會有誰來這裡？你幫我開門看一下。」

倉木聽到灰谷這麼說，走去打開了門。一個身穿夾克，看起來像學生的年輕男人站在門口。他向倉木微微鞠躬問：「請問灰谷先生在嗎？」

「我是灰谷，你是誰？」倉木背後傳來了灰谷的聲音。

「呃……那個、我姓白石，是新美英的孫子。」

「新美英？喔，是那個婆婆。她最近好嗎？我好久沒有問候她了。」灰谷說話的語氣很客氣，不像在對年輕男人說話。

「她很好，因為有一件令人在意的事，所以想來向你請教。她的腿不好，而且也搞不太懂複雜的事。」

「什麼事？我不記得對她說過什麼複雜的事？」灰谷說話的語氣仍然很親切，和剛才對倉木的態度大相逕庭。

那個姓白石的年輕人走了進來。

「聽我祖母說，她在你的推薦下開始做投資。」

「喔，原來是這件事。不能說是我推薦，只是她找我商量，所以我就向她介紹，現在有很多金融商品。有什麼問題嗎？」

「聽我祖母說，她並沒有找你商量，而是你一再對她說，不能把錢存在銀行。」

「這就看她怎麼理解了，因為在閒聊時，發現她似乎對老後的生活感到不安，所以我就告訴她，如果希望錢滾錢，可以有很多方法。」

年輕人即使聽了灰谷的說明，仍然無法接受。

「我祖母說，她只是說會考慮，你就接連帶很多陌生人上門，然後就逼她糊裡糊塗簽了約。」

「我不是說了嗎？這只是她理解的方式不同，而且說什麼逼她簽約，這未免太過分了，我只是好心介紹。」

年輕人似乎開始不耐煩，露出嚴厲的表情搖了搖頭。

「好吧，你這麼說也沒關係。總之，我祖母想把之前簽約的商品全都解約。」

「解約？」灰谷皺起眉頭，「這是什麼意思？」

「就是把錢還回來的意思。我把祖母拿到的證券類全都帶來了。」年輕人打開了手上的皮包，拿出一個很大的信封，「高爾夫會員權的憑證，還有娛樂會員權和會員制度假飯店的權證，總共是兩千八百萬圓。」

倉木在一旁聽到這麼大的金額，瞪大了眼睛。

「如果你想解約，就得問那些公司，她應該有窗口的名片。」

「我當然已經打過電話了，他們都說無法馬上解約。」

「那就沒辦法了，只能等到能夠解約的時候再說了。」

「我祖母說，你當時告訴她，隨時都可以解約。」

「我並沒有說過這種話，我只是向她介紹了各家公司的窗口。」

「你不是還對我祖母說，只要有問題，隨時可以找你嗎？」

「我說了啊，現在有什麼問題嗎？」

「現在要將所有的商品解約，請你把錢還給我們。」

「我不是說了嗎？」灰谷拍著桌子，「小兄弟，你瞭不瞭解狀況？這是你祖母和各家公司之間的問題，和我沒有關係，我只是介紹而已，如果對契約內容不滿，可以直接去找對方嗎？好了，我很忙，你走吧。快走、快走。」灰谷用右手做出趕人的動作。

「但是——」

「我叫你離開。」灰谷試圖站起來，隨即皺著眉頭說：「啊，好痛。」接著轉頭看著倉木說：「你楞在那裡看什麼？趕快把他趕出去。」

為什麼要我趕人？倉木感到不解，但眼前事態的發展讓他無法拒絕。無奈之下，他擋在年輕人面前說：「請你離開。」

年輕人懊惱地咬著嘴唇，瞪了倉木一眼後，轉身走了出去。

看到門關上後，倉木轉過頭，剛好和灰谷四目相對。

「你這是什麼表情？」灰谷撇著嘴，「有什麼意見嗎？」

「不，並不是這樣……」倉木移開了視線。

「我心情不好，今天要提早回去。五點。你五點來這裡接我。」

「好，那我就先告辭了。」

倉木沒有看灰谷一眼，鞠了一躬，打開門走了出去。

回到家之後，他向千里說明了情況，千里不安地皺起眉頭。

「那個人是怎麼回事？聽起來很可疑。」

「他的工作內容就很可疑，而且很狡猾，不給我看診斷書也很奇怪，沒想到偏偏惹上這種麻煩的傢伙。」倉木說著，撫摸著睡得很香甜的和真臉頰。原本平靜幸福的生活，突然被烏雲籠罩。

「你不和保險公司聯絡嗎？」
「嗯，關於這件事……」
倉木盡可能不想向汽車保險申請理賠。因為他加入的保險公司是公司介紹的，而且也是母公司的關係企業，所以保險費能夠享受優惠的折扣，但是一旦申請保險理貼，車禍的內容就會通知母公司，和倉木任職的公司。為了避免這種情況發生，所以公司員工在發生輕微車禍時，都不會申請保險理賠。
「但如果他要求的金額很高，不是就不得不使用嗎？」
「是啊，但據我的觀察，他的傷勢並沒有很嚴重，所以我想金額應該不至於太高。」
最後他們決定，先等警方的聯絡。
雖然離五點還有一段時間，但倉木不想做任何事，心不在焉地看著電視，只是完全不知道自己在看什麼。和真醒來後活動手腳的樣子，成為他唯一的安慰。
他在五點整開車去接灰谷時，灰谷說了聲：「喂！」把皮包遞給他，似乎要他拿皮包，倉木火冒三丈，但還是默默接過了皮包。
灰谷走路時雖然一瘸一拐，但走路的樣子並不費力，所以倉木很想知道醫院的診斷結果。
「你的車還真髒，偶爾也該洗一下車子。」灰谷說完打開了車門，坐進了後車座。

倉木在灰谷的指示下操作著方向盤，不到十五分鐘，就到了灰谷的住家。那是一棟老舊的獨棟房子，有一個巴掌大的院子，但並沒有車庫。

「那你明天七點半來接我，不要遲到了。」灰谷下車時說。

倉木操作排檔桿，在把車子駛出去之前，再度打量了灰谷的住家。窗戶並沒有透出燈光，他可能一個人住在這裡。

想到明天之後，每天都要來這裡，心情忍不住憂鬱，不知道這種生活要持續多久。他輕輕搖了搖頭，把車子開了出去。

隔天開始，倉木就成為灰谷的「交通工具」。他按照灰谷的指示，早上七點半去灰谷家接人，送他去事務所；晚上七點再度去事務所接灰谷，送回住家。倉木對主管說，他太太身體不好，所以縮短了加班的時間。

如果只是這樣還可以忍受，但灰谷幾乎每天都用計程車費、藥費或是腳踏車修理費等各種理由向他索取金錢。雖然有收據，但金額都是手寫的，可信度很低，有些明顯將原本的「3」改成了「8」，但因為沒有證據，所以倉木也無法說什麼。

而且灰谷不時打電話到倉木的職場，要求倉木趕快付錢，甚至多次暗示，如果有意見，就會把這件事告訴倉木的上司。灰谷發現倉木沒有向公司報告車禍的事，所以暗中威脅，如果不希望他告狀，就要服從他的指示。

就這樣過了幾天。倉木在下班後，像往常一樣前往灰谷的事務所，發現有一個人站在門口，就是之前來過的那個姓白石的年輕人。對方也記得倉木，問他老闆在哪裡。

「他不在嗎？」倉木指著門問。

「門鎖著，他好像不在。」

「這樣啊。」

倉木看著手錶，離晚上七點還有一點時間。

「你沒有鑰匙嗎？」年輕人問他。

「不，我不是這家公司的人。」

「啊，原來是這樣……」年輕人露出意外的表情。他可能在上次看到倉木聽從灰谷的命令，以為倉木是灰谷的下屬。

年輕人也看了一下手錶，小聲嘟噥說：「真傷腦筋。」

「你們之間好像有什麼糾紛。」倉木說。

年輕人露出詫異的眼神看著倉木問：「你也和那個老闆做了什麼交易嗎？」

「怎麼可能？」倉木搖了搖頭，「只是發生了車禍，雖然並不是什麼嚴重的車禍，但不管怎麼說，我是加害人。」

「原來是這樣。」年輕人眼神中的懷疑消失了。

「上次聽你說，你的祖母好像簽了什麼契約。」

年輕人嘆了一口氣之後，點了點頭說：

「我祖母一個人住在常滑，我隔了一段時間去看她時，發現她有高爾夫會員權的憑證，我問她那是什麼，她回答說是投資，她購買的高爾夫會員權交由公司保管，請公司代為投資。八十二歲的祖母不可能想到做這種投資，於是我就追問是怎麼回事，沒想到她竟然告訴我，是在別人的推薦下簽了約。繼續追問之後，發現她還買了娛樂會員權和會員制度假飯店的權證，都是經由同一個人介紹，然後把那些公司的人帶來家裡。」

「介紹人就是灰谷老闆嗎？」

「對。」年輕人點了點頭，「他以前在保險公司任職，說我祖母的朋友去世時，是他負責處理壽險的理賠的事，主動去找我的祖母。他能言善道，我的祖母很快就相信了他，還說他待人很親切，但我無論怎麼想，都覺得這件事有問題。」

倉木想起了灰谷在打電話時的態度。他說話的語氣的確親切有禮，和對待倉木的態度有著天壤之別。

「那個人不能相信，他狡猾奸詐，而且在金錢方面很貪婪。你說的沒錯，那些投資的事很可疑，我認為解約是正確的決定。」

「雖然我也這麼想，但遲遲無法解決，即使打電話去那些公司，公司的人也說無法馬上解約，或是要支付金額龐大的手續費……」

倉木越聽越覺得有問題，這不就是詐騙嗎？倉木想起了最近使用黃金憑證商法的案件，業者賣黃金給客戶，卻並沒有把商品交給客人，而是發行了所謂的黃金存放憑證，公司侵吞了客戶投資的錢。全國各地都有人受騙上當，聽說詐騙金額超過兩千億圓。

「所以你來找灰谷負責嗎？嗯，我認為這樣比較好。如果是詐騙，他也是幫凶，一定也分到了錢。」

「我也這麼認為，才會來這裡……真傷腦筋，如果我不趕快離開，就會趕不上高速巴士了。」

「你從哪裡來？」

「東京。」

「是喔，為了這件事特地來這裡嗎？」

「因為我的祖母沒有其他親人，她是我父親的母親，但我父親已經死了，我母親也很辛苦地維持我們母子的生活，抽不出時間，所以只有我有時候來看祖母。」

年輕人說，他是法學院的學生，目前讀三年級，和母親一起住在東京。

「祖母在我小時候就很疼愛我，而且對我有恩。如果不幫她討回她的保命錢，她未免太可憐了，我絕對不會放棄。」

「這是正確的決定，雖然我不知道自己能幫什麼忙，但我支持你。」倉木發自內心地說。

年輕人離開之前，他們互相交換了電話，年輕人名叫白石健介。

倉木目送白石離開後不久，灰谷就不知道從哪裡冒了出來。他露出警戒的眼神問：「你剛才和他說什麼？」

倉木立刻恍然大悟，灰谷發現白石在事務所門口，所以剛才一直躲起來。

「沒有聊什麼特別的事。」

「真的嗎？」

「難道你有什麼怕別人說的事嗎？」

灰谷抬眼狠狠瞪了他一眼問：「什麼意思？」

「沒有特別的意思。」

「哼，」灰谷哼了一聲說：「算了，走吧。」

灰谷邁開步伐，倉木看到他走路不再一瘸一拐，於是問他：「你的腳好像沒問題了。」

「雖然還很痛，但我忍著痛。我告訴你，我現在還沒辦法騎腳踏車。」

他的言下之意，似乎要倉木繼續當他的司機。

這一天，灰谷難得沒有向倉木要錢。他回家的路上不發一語，不知道在想什麼。

在車禍發生剛好滿一個星期的白天，千里打電話到公司，說接到了警察的電話，希望他有空時去警局一趟，於是倉木請假提早下班去了警局。

倉木和負責處理那起車禍的員警，面對面坐在交通課角落的小桌子前。

「其實我也有點不知道該怎麼處理。」員警看著相關資料說。資料上畫著車禍現場的示意圖，旁邊還有拍了倉木車子的照片。

「什麼意思？」

員警拿起了照片。

「在車禍發生後，調查了你的車子，但並沒有發現碰撞的痕跡。雖然這麼問有點失禮，你的車很久沒洗了吧？車子很髒，如果曾經碰撞，一定會擦掉車上的灰塵，但無論怎麼調查，也完全沒有發現任何痕跡。」

「所以根本沒有發生碰撞嗎？」

「我認為應該是這樣。我猜想可能是你的車子靠近時，灰谷先生在緊張之下，操作把手錯誤。雖然灰谷先生主張你撞到了他，但我認為可能是他的錯覺。總之，我很難製作車禍的報告，因為不能憑想像寫報告。」

員警的意思是，沒有任何證據可以證明發生了車禍。

「那我該怎麼辦？」

「問題就在這裡。」員警抱著雙臂，「你有沒有聯絡保險公司？」

「不，還沒有。因為我打算釐清車禍的情況後再通知。」

「你和對方……有沒有談過？比方說和解之類的。」

「還沒有具體談……但是他提出了很多要求。」

倉木向員警說明了灰谷的要求。

「原來他提出了這種要求。」員警面色凝重地思考片刻後說：「你請等我一下。」說完起身走去上司那裡討論了一下。

不一會兒，員警又走了回來。

「我和主管討論了一下，你已經充分反省，而且也向對方展現了誠意，並不是任何事都需要用處罰的方式解決，所以這次就算了，以後開車請小心。」

「啊……所以不會視為車禍處理嗎？」

「因為沒有任何可以佐證車禍發生的證據。」

「但是，灰谷先生會接受嗎？」

「他可能難以接受吧，但我想他應該有心理準備，因為當初就曾經暗示他，可能不會視為車禍處理。」

「啊？是這樣啊。」

「因為當時再三向他確認，真的有撞到嗎？是不是產生了錯覺？而且也告訴他，並沒有發現車禍的痕跡，我們會在徹底調查之後，再決定是否作為車禍處理。」

「原來是這樣。」

倉木第一次聽說這件事。因為灰谷從來沒有提過，但是現在聽了這番話之後，終於理解灰谷的行為。雖然灰谷經常向倉木索取小錢，然而在第一天之後，就沒有再提過損害賠償這幾個字，可能他知道根本不可能拿到損害賠償。

「關於這個姓灰谷的人，」員警壓低了聲音說，「你最好小心一點。既然無法視為車禍，你最好不要再和他有任何牽扯，也要明確拒絕被他當成司機使喚。既然沒有車禍的事實，你對他沒有任何義務。」

「是啊，好，我會這麼做。」

既然連警察也這麼說，倉木壯了膽。

「我在醫院時和他聊了幾句，那個人是個騙子。他假裝很痛，但其實只有擦傷而已。」

「啊？怎麼會這樣？」

倉木告訴員警，灰谷向他索取了三萬圓醫藥費。

員警皺起眉頭，搖了搖頭重複說：「你最好小心這個人。」

倉木離開警局後，終於放心了。既然不是車禍，公司知道了也沒有關係。他想趕快告訴千里，立刻用公用電話打電話回家。千里聽了之後，興奮得連說話的聲音也變尖了，可以感受到她發自內心鬆了一口氣。

「今天晚上要來慶祝一下，我要做點好菜。」

「太好了，真令人期待。」倉木說完，掛上了電話，忍不住哼起了歌。

但想到灰谷就生氣。到目前為止，灰谷用各種理由勒索了將近十萬圓，倉木保管了所有的收據，他決定至少要追討一半回來。

一看手錶，發現是傍晚五點半，雖然時間還早，但他決定去灰谷的事務所，而且他今晚並不打算讓灰谷坐上自己的車子。不只今晚，以後再也不會接送灰谷了。

當他打開事務所的門時，一個陌生男人轉頭看著他。那個矮胖男人穿著西裝，年紀大約四十五、六歲，一臉氣勢洶洶，露出了急切的眼神。

之前見過的那個接電話的年輕人在事務所內，正在看漫畫雜誌的他抬起頭，看著倉木。

「灰谷先生呢？」倉木問。

「他還沒回來，所以我也不能下班，真傷腦筋。」年輕人皺起眉頭。

怎麼辦呢？倉木猶豫起來。要在這裡等灰谷回來嗎？但已經有人在等了。最後，他沒有走進事務所，關上了門。他打算找地方打發時間。

附近有一家書店，他去買了一本周刊，走進最近剛開的家庭餐廳。他坐在吧檯座位邊喝咖啡，邊看周刊，看到一個段落後，一看手錶，發現已經七點多了。

慘了，遲到了，又要被灰谷數落了。他的腦海閃過這個念頭，但隨即想起自己沒必要對灰谷低聲下氣，要用毅然的態度告訴灰谷，你沒有理由使喚我。

他再度開車前往事務所，把車子停在大樓前的路旁。剛下車時，看到了一張熟面孔，就是在事務所接電話的年輕人。

「灰谷先生回來了嗎？」

倉木問，年輕人歪著頭說：

「不知道，你離開之後，他也沒回來，我猜想他可能去了咖啡店，所以就去找他，結果都沒找到。」

「剛才不是有客人嗎？」

年輕人聳了聳肩說：

「他應該不是客人，而是上門來投訴的。」

「那個人離開了嗎？」

年輕人搖了搖頭說：

「我也不知道，可能還在吧。因為我覺得和他單獨留在事務所很尷尬，所以就出來找人。」

所以他竟然讓客人自己留在事務所嗎？這家公司的老闆不像話，員工也很不像話。

他們一起走上樓梯，年輕人打開事務所的門後走了進去。倉木跟在他身後。

年輕人突然停下了腳步，倉木差一點撞上他的後背。

怎麼了？倉木看向前方，正準備這麼問，忍不住倒吸了一口氣。

因為灰谷仰躺在地上。他穿著灰色西裝，鬆開的領帶蓋在臉上。

灰谷胸口有一片黑色的污漬，但倉木很快就發現，那不是黑色，而是深紅色。

年輕人發出呻吟後退著，身體微微顫抖。

「趕快報警。」倉木說，他說話的聲音沙啞，「趕快。」

年輕人看向事務所深處，露出了猶豫的表情。可能因為必須經過灰谷身旁，才能夠走向電話，而且電話聽筒也沒有掛好。

「最好用公用電話，不能隨便碰觸這個房間內的東西。」

倉木是說指紋的問題，但不知道年輕人有沒有理解他的意圖，臉色鐵青地離開了。

倉木再度低頭看著灰谷。灰谷微微睜著眼睛，但他的雙眼應該看不到任何東西。

灰谷的屍體旁有一把殺魚刀，上面沾了血跡。倉木打量周圍，發現有打鬥的痕跡。

當他走過屍體旁，走向事務所深處時，聽到陽台上傳來喀登的聲音。倉木驚訝地看向陽台，發現落地窗敞開著。

有人在落地窗外，正準備跨越欄杆。

那個人也看著倉木，兩人的視線交會。

是白石健介。上次見到時看起來很溫和的臉露出了緊張的表情。

倉木不知道他們相互注視了多久，應該只有短暫的時間。在相互注視後，倉木做出了連自己都感到意外的舉動。

他小心翼翼地關上了落地窗，以免留下指紋，然後對白石健介輕輕點了點頭，好像在對他說，不必擔心，這裡交給我來處理——

不知道白石健介是否領會了他的意圖，向他鞠躬後，跨越了欄杆。事務所在二樓，應該有辦法爬下去。情急之下，也可以跳下去。

倉木鎖上了落地窗的月牙鎖，也很謹慎地避免留下指紋。絕對不能讓警察發現自己曾經碰觸過落地門。

同時，還必須擦掉指紋。倉木撿起了地上的殺魚刀，用面紙擦拭了刀柄。這是事務所的刀子，所以應該是在衝動之下行兇，那個年輕人應該不可能冷靜地擦掉指紋。

倉木把刀子放回地上後，聽到了警車的鳴笛聲。

最先出現的是姓村松的刑警，問了倉木和事務所的年輕人很多問題。之後他們一起去了分局，其他刑警又問了相同的事。

除了極少數的事，倉木毫不隱瞞地說明了自己知道的事，和看到、聽到的一切。極少數的事當然就是有關白石健介的事，同時也必須隱瞞他鎖上落地門，和擦掉刀上指紋的事。

刑警向他瞭解情況之後，讓他等了很長一段時間，最後送他離開時，很客氣地對他說：「很抱歉，耽誤了你這麼長時間，謝謝你的協助。」雖然刑警沒有說明詳細情況，但倉木從刑警的語氣中猜測，警方應該確認了自己有不在場證明。他們一定去問了那家家庭餐廳。

回到家時，發現千里滿臉不安，不知所措地在家裡等他。好不容易擺脫了車禍的麻煩，沒想到又成為殺人案件的關係人，也難怪千里會擔心。

但是聽了倉木的說明後，她可能發現不必擔心遭到池魚之殃，才漸漸平靜下來。

「但是好可怕，到底誰是兇手？」千里內心的不安消失，所以產生了好奇心。

「不知道，他整天做一些偷雞摸狗的事，應該有很多人恨他吧。」倉木這麼回答。白石健介的事當然連妻子也不能說。

那天晚上，倉木躺在被子裡，回顧了自己的行為。他在命案現場動了手腳，在警方偵訊時也說了謊，當然不是正確的行為，但他不希望看起來善解人意、為人誠實的白石健介就這樣毀了自己的人生。無論怎麼想，都覺得是灰谷的錯，遭到刺殺也是自作自受。他想起白天去交通課時，負責處理車禍的員警對他說，並不是任何事都需要用處罰的方式解決。

但是，警方並不無能，很可能遲早會查到白石健介，然後找到某些證據。不，白石健介也可能自首。

到時候再說出真相，倉木打定了主意。只要說自己認為白石健介是一個很優秀的年輕人，忍不住想要袒護他，應該不至於追究自己的罪責。

命案發生的三天後，媒體報導警方逮捕了嫌犯。倉木看了報紙的報導，得知被捕的是一個名叫福間淳二，今年四十四歲的家電行老闆，因為金錢糾紛和灰谷發生衝突，在事務所打工的人證實，福間淳二當天也去了事務所。報導的內容最後提到，福間淳二雖然承認去了事務所，但否認自己殺人。

就是那個男人，倉木立刻猜到了，就是那個在事務所等待的矮胖男人。報導中提到的那個打工的人，應該就是接電話的年輕人。

雖然不知道警方根據什麼證據認為那個男人是兇手，但根本抓錯了人。對那個姓福間的人來說，真的是飛來橫禍，但遲早會獲得釋放。

問題在於白石健介看了這篇報導之後，會有什麼感想。

倉木猜想他可能會去自首，他看到無辜的人遭到逮捕，不可能視若無睹。倉木做好了心理準備，一旦白石健介自首，刑警應該會找上門。

沒想到——

又過了四天，倉木看到電視新聞，驚訝得手上的筷子也掉了。

福間淳二在拘留室自殺了。他趁員警不注意，把脫下的衣服捲成細長條，綁在鐵窗上上吊自殺了。

福間連日遭到偵訊，但沒有招供。負責偵訊的刑警在記者會上辯解說，並沒有不當偵訊的情事。

「你怎麼了？」千里問他，「你的臉色看起來很差。」

「不，沒事，因為……」倉木清了清嗓子後繼續說道，「因為我嚇了一跳，竟然自殺了。」

「對啊，沒有想到兇手竟然會自殺。」

不是這樣，這個人並不是兇手——倉木無法這麼回答。他放下了筷子，因為食慾完全消失了。

他等待這件事的後續報導，但媒體並沒有報導詳細的情況。這顯然是警方的疏失，所以可能封鎖了相關消息。

星期六白天時，接到了白石健介的電話，距離福間自殺已經過了四天。千里剛好出了門，倉木接起了電話。聽到電話中傳來低沉的聲音問：「請問是倉木先生的府上嗎？」倉木立刻想起了他蒼白的臉。

「我正在猶豫要不要打電話給你。要不要見面談？」

「好。」白石回答。他說打這通電話，也是為了這個目的。

白石說，他馬上從東京出發，五點多就可以到這裡，於是他們約定六點見面。見面的地點就是證明了倉木不在場證明的那家家庭餐廳。

倉木開車前往約定的餐廳，發現一臉憔悴的白石已經坐在餐廳深處的桌子旁。

「不好意思。」白石一開口，就用顫抖的聲音向他道歉。

「你沒必要向我道歉。」

「是。」他聽了倉木的話，低下頭，全身散發出悲愴的感覺。

「可不可以請你先告訴我，那天發生了什麼事？」

「好。」白石回答後，伸手拿咖啡杯，咖啡杯碰到杯托，發出了嘎答嘎答的聲音。因為他的手在顫抖。

白石喝了咖啡之後，開始說那天發生的事。他說話很小聲，不知道是在回憶，還是在思考如何表達，不時陷入長時間的沉默，但整體來說，條理清晰，也沒有矛盾之處。倉木猜想他很聰明。

根據白石的說明，案件的內容如下。

白石向通產省消費者諮詢室請教了他祖母購買的各種金融商品，得知都是一些接到很多投訴和諮詢的商品，很可能是詐騙。

白石確信灰谷欺騙了祖母，灰谷明知道祖母投資的錢不可能回收，還把那些詐騙業者介紹給祖母。不，也許該說是他把白石的祖母當作是「犧牲品」交給業者，他自己當然可以從中獲利。

於是，白石再度前往「綠商店」去質問灰谷，無論如何都必須要求他為這件事負責。

事務所內只有灰谷一個人，但室內一片凌亂，好像有人在這裡打過架，顯然很不尋常。

灰谷看到白石，撇著嘴說：「現在輪到你了嗎？」

白石聽了這句話，知道剛才已經有人來過，而且發生了爭執，但白石並不在意這種事。他說了向通產省消費者諮詢室打聽到的消息，要求灰谷負責。

灰谷冷笑著重複了之前的推託之詞。自己只是介紹業者而已，最終是白石的祖母自己決定要簽約，他完全沒有任何責任。

白石怒不可遏，狠狠瞪著灰谷，灰谷露出殘酷的眼神看著他說：

「你也想打我嗎？你這麼想打我，那就打啊。來啊，想打就打啊。」說著，他把臉湊到白石面前。

白石沒有動靜，他用鼻子冷笑一聲說：

「搞什麼嘛，連打人都不敢嗎？就憑你這樣，也敢來這裡。弟弟，乖孩子，趕快回家吧。」

白石聽了怒火攻心，剛好看到流理台上有一把殺魚刀。當他回過神時，已經把殺魚刀握在手上。

灰谷收起了臉上從容的笑容，但他終究是見過大風大浪的老江湖，並沒有輕易畏縮。

「你不敢打人，卻要拿刀子捅我嗎？你知道這樣做會有什麼後果嗎？你的人生就毀了。」

白石雖然很不甘心，但知道自己不可能殺他。他感受著內心的屈辱，把殺魚刀放到旁邊的桌子上。

灰谷不知道打什麼主意，突然拿起電話。

「雖然你放下了刀子，但事情還沒結束，我要報警，這是如假包換的殺人未遂，刀子上有你的指紋，你想賴也賴不掉。」

白石聽了灰谷的話驚慌失措，灰谷似乎察覺到他內心的想法，不懷好意地笑著說：

「不然這樣，我不報警，但你要答應，這輩子都不會來這裡，也不會再為你祖母的事來煩我。你覺得怎麼樣？」

白石當然不可能同意這種交易。他拒絕說：「不要。」

「既然這樣，那我就要報警了，竟然不把我放在眼裡，我可是認真的。」

白石看到灰谷的手指伸進電話的撥號盤，再度握住了殺魚刀。

他之後的記憶有點混亂。

他記得灰谷說「有膽量就動手啊」，但記憶並不明確。當他回過神時，發現自己用整個身體的力量把殺魚刀刺進灰谷的身體。

灰谷癱了下來，然後仰躺在地上。殺魚刀還在白石的手上，但他不知道是自己把刀子拔出來，還是灰谷倒地時，刀子離開了灰谷的身體。

他對眼前的狀況感到愕然時，聽到有人上樓的腳步聲。白石把殺魚刀丟在地上，打開落地窗，走去陽台。他來不及關上門。

有人走進房間。他覺得必須在被人發現之前趕快逃走，他從陽台往下看，覺得應該有辦法逃走，於是下定決心跨過欄杆，不小心踢到了什麼東西。

室內的人走了過來，那個人似乎發現了白石，瞪大了眼睛。

白石發現自己認識那個人，就是發生車禍，和灰谷有糾紛的人。

白石以為自己完蛋了，沒想到對方向他打了意外的暗號。那個人對他輕輕點頭，白石覺得那是對方催促他趕快逃走的意思。

謝謝——白石帶著這種心情鞠了一躬。

「我不能眼睜睜地看著一個年輕人的人生毀在那種男人的手上。」倉木聽完白石說明的情況後說道。

「我知道自己做了蠢事，真的太輕率了。」白石仍然低著頭。

「雖然你說的沒錯，但我完全能夠理解你的憤怒。光聽你說這些事，就再度對灰谷的卑劣感到生氣。」

「聽你這麼說，我心情稍微輕鬆了些。我當初覺得你放我走，也是瞭解其中的狀況，於是我就接受了你的好意，沒有去自首……」

「嗯。」倉木點了點頭問：「你沒有向任何人提起這件事吧？」

「對……這種事沒辦法向任何人啟齒。我媽媽常說，我的成就是她人生唯一的意義。但是……有人因為我犯的案遭到逮捕，而且那個人還自殺了，我得知這件事後，就不知道該怎麼辦才好……」白石發出痛苦的呻吟，倉木很擔心他隨時會哭。如果他在大庭廣眾之下哭泣就傷腦筋了。

「老實說，我也為這件事陷入煩惱。當初完全沒有想到因為沒有向警察說出你的事，導致無辜的人遭到懷疑，最後還變成那樣的結果。」

「我該怎麼辦？你覺得我現在該去自首嗎？」

倉木聽了白石的問題，無法輕易回答。因為他很清楚，事情發展到這個地步，自己也有一部分責任。

「警察有沒有去找過你？」

「沒有，曾經去找過我祖母一次，但並沒有問什麼重要的問題。」

「灰谷那裡有一個打工的年輕人，你有沒有見過他？」

「沒有，我在那裡只見過灰谷和你而已。」

「這樣啊……」

倉木認為既然這樣，警察懷疑白石的可能性就很低。灰谷的顧客名單上雖然有白石祖母的名字，但警方應該不會懷疑到住在東京的孫子身上。

「白石，」倉木緩緩開了口，「那個人是叫福間先生吧？雖然他很可憐，但是警方抓錯了人，而且死去的生命無法復活。我認為應該優先考慮活著的人的幸福。」倉木注視著眼前這個年輕人真摯的雙眼，繼續說道：「就是你和你媽媽的幸福。」

「這……這樣真的可以嗎？」白石問。他的雙眼通紅。

「可以啊，當然，如果你無法承受良心的苛責，可以按照自己想要的方式去處理。」

白石連續眨了好幾次眼睛，用力深呼吸後，深深點了點頭說：

「謝謝，感恩不盡。」

倉木在臉前搖著手說：「不必謝我，多保重。」

「好，謝謝你。」年輕人再次道謝。

倉木和走向車站的白石道別後，坐上了停在停車場的車子。倉木也有一種解脫的感覺，他希望那個年輕人為這次的事感到後悔，邁向更誠實的人生。

我認為應該優先考慮活著的人的幸福——他在發動引擎時，仔細思量著自己剛才說的話，然後得意地認為自己說了金玉之言。

幾年之後，他才知道自己犯了大錯。

47

茶杯裡的茶喝完時，察覺到門口有動靜。拉門微微打開，一個身穿傳統工作服的中年女人探頭進來說：「你的朋友到了。」

拉門開得更大了，中町走了進來。

「不好意思，讓你久等了。我剛才有點迷路。」

「這裡不太好找。」五代說，「沒事，我也剛到不久。」

中町打量著模擬了傳統民宅的室內，在下方有可以放腳空間的下挖式暖桌前坐了下來。

身穿傳統工作服的女人也為中町送上茶，並為五代的茶杯加了茶水。

「我們想先談事情，可以等一下再上菜嗎？」五代問那個女人。

「瞭解了，需要上菜時，可以麻煩你用對講機通知我們嗎？」

「好。」

女人離開後，中町再度環顧室內。

「不愧是搜查一課的人，竟然知道這麼高級的店。」

「我也只是跟上司來過一、兩次而已，但今天晚上不希望在說話時，還要擔心被別人聽到。」

他們正在日本橋人形町的一家和食料理店。五代想在包廂內安靜說話。

「你要告訴我的事，比這裡的料理更令人期待，因為我只聽到片段的消息。」

「這件事真的很抱歉，因為請你們調查公用電話周圍的監視器，之後就完全由我們接手處理了，畢竟涉及很多敏感的問題。」

「兇手是財務省官員的兒子，而且才十四歲，的確很棘手。」

「這也是原因之一，另一個問題是要不要釋放即將進入訴訟階段的被告，必須和檢方協調，而且警視廳的幹部也有他們的想法。」

「原來是這樣。」中町了然於心地點了點頭。

「安西知希目前軟禁在自己家中，但明天會移送去你們分局。」

「我聽說了，之後就要移送檢方吧？」

「在移送之前，搜查一課課長會召開記者會。我想會引起轟動，所以你要做好心理準備。」

「這也聽說了，我已經做好準備了。」

五代喝了一口茶，吐一口氣之後看著中町。

「你有沒有聽說殺人動機？」

「聽說了。我終於知道什麼叫瞠目結舌了，真的嚇了一跳，沒想到白石先生竟然是多年前那起案件的真兇，然後被告倉木……不對，倉木先生袒護了他。只不過詳細情況就不太瞭解了。」

「以前的那起案件，等一下邊吃邊說，因為說來話長。先針對這次的案件，大致說明一下從關係人口中瞭解到的情況，雖然已經告訴你們的長官了，但他應該還沒告訴你們吧？」

「你說的沒錯，因為我們只是小兵。」

「我也差不多，只不過這次剛好有機會接觸到詳細情況，所以才想到也要向你說明一下。雖然轄區警局會進行確認作業，但未必能夠掌握整體情況。」

「謝謝。」

「倉木接近淺羽母女的過程，和他最初供稱的內容並沒有太大的差別，不同的是他並不是兇手，而是為了袒護真正的兇手白石先生。為了補償受了不白之冤而深受痛苦的淺羽母女，他刻意接近了她們，當然並沒有提及自己和以前的案件有關，直到最近……」

「直到最近？所以……」

「一年前左右，他似乎只告訴織惠。雖然他說是無法承受良心的苛責，但我認為應該有更複雜的心理。」

中町歪著頭問：「怎麼回事？」

「關於這一點，織惠本人說明的情況提供了參考。」

「她說什麼？」

「嗯，簡單來說，就是令人難過的事。」

五代回想起針對隱避罪犯的嫌疑偵訊淺羽織惠時的情況。因為之前一直由五代和她接觸，所以就由五代負責偵訊。

因為我愛上了倉木先生——她露出惆悵的笑容說的話，一直迴盪在五代的耳邊。

「他不僅親切溫柔，最重要的是他有肩膀、有擔當這一點吸引了我。只要和他在一起，我內心就獲得了療癒，想要把身心都交給他。有一次，我鼓起勇氣說出自己的心意，我當然不否認，我有自信倉木先生並不討厭我。倉木先生的回答也符合我的期待，他說他也喜歡我，但他年紀大了，不希望我們之間有更深入的關係。我無法接受，責怪他說，如果他不喜歡我，可以直截了當告訴我。倉木先生露出極其痛苦的表情，然後突然跪在我面前。我嚇了一跳，以為他為了拒絕和我深入交往，不惜向我下跪。但是，當我聽了他接下來告訴我的事，深受打擊，差一點昏過去。」

倉木告訴她，他明明知道造成織惠父親福間淳二自殺的那起案件——「東岡崎站前金融業者命案」的兇手，卻讓兇手逍遙法外。雖然織惠難以相信，但倉木不可能在這種事上說謊。

我腦筋一片空白。織惠回想起當時的心境說。

「但是織惠說，雖然她聽了之後很震驚，但並沒有因此憎恨倉木。她說雖然如果沒有讓兇手逍遙法外，她的父親就不會遭到逮捕，但抓錯人和嫌犯自殺都是警方的疏失。只不過我認為真正的理由，是因為她對倉木的好感更加強烈的關係。」

「我也贊成你的看法，所以他們兩個人的關係之後有進展嗎？」中町露出了好奇的眼神。

「不，他們繼續維持原本的關係，並沒有發展為男女關係，但我認為他們之間的感情更加牢固了。織惠並沒有把倉木告訴她的事告訴母親洋子，也就是說，這是他們兩個人的秘密，而且織惠在倉木生日的時候送了他生日禮物。你猜是什麼？」

「生日禮物？」中町可能沒料到五代會問這個問題，眨了幾次眼睛後回答：「我完全猜不出來，是什麼？」

「手機，智慧型手機。是用織惠的名義申請的，她交給倉木時說，希望以後用這個聯絡。因為倉木使用的是傳統手機，織惠似乎為無法經常和他聯絡感到煩心。倉木以自己付電話費為條件，接受了生日禮物，兩人終於建立熱線，結果就引發了這次的案件。」

「是嗎？」中町露出嚴肅的表情。

五代從上衣口袋中拿出記事本，接下來的情況要看筆記才能清楚說明。

「九月中旬時，倉木在網路上查資料，剛好看到一個熟悉的名稱。就是『白石法律事務所』。白石的姓氏雖然並不罕見，但他記得多年前那起案件真兇的年輕人是法學院的學生，於是就好奇地看了事務所的官網。看到經營者的名字是白石健介，以及網站上的照片後，確信就是當時的年輕人。倉木為白石先生不負所望獲得成功感到喜悅，但也很想知道白石先生怎麼看待那起案件，於是就鼓起勇氣打了電話。就是十月二日那一天。」

「就是事務所留下來電紀錄的那通電話吧，你就是因為那通電話，才去愛知縣篠目和倉木見面。」

「沒錯。白石先生接了電話，他仍然記得倉木，於是兩個人相約見面。六日那一天，終於在東京車站附近的咖啡店重逢了。你應該也知道，咖啡店的監視器拍到了他們的身影，也成為倉木遭到逮捕的原因。」

「我當然清楚記得。」中町拿起茶杯，點了點頭。

「白石先生說，他從來不曾忘記那起案件，內心一直深受罪惡感的折磨。不僅是犯罪本身，更對因為蒙受不白之冤而自殺的福間先生的遺族深感愧疚。於是，倉木就把淺羽母女的事告訴了他，至於白石先生聽了之後採取什麼行動，他的智慧型手機清楚地留下了紀錄。」五代看著記事本繼續說道，「根據定位資訊的紀錄，隔天七日，白石先生在門前仲町走來走去，應該在找『翌檜』那家店。當他找到那家店之後，就走進了對面的咖啡店。二十日那一天，也在同一家咖啡店內逗留了將近兩個小時。」
「他想瞭解淺羽母女的狀況，但又沒有勇氣踏進『翌檜』……」
「你還記得命案發生後，我們去白石先生家時的事嗎？他太太提到白石先生時說，他這一陣子好像有點無精打采，好像經常在想事情。」
「他應該一直在想這件事，很煩惱該怎麼辦。」
「我認為他做好了放棄當律師的心理準備。我們不是去足立區的工廠，問了姓山田的工人嗎？他說白石先生去找他，但並沒有特別的事，只是問他適不適應那裡的工作。我認為他可能在放棄當律師之前，去瞭解之前那些委託人的近況。」
「你這麼說也有道理，而且他也說，白石先生看起來沒什麼精神。」
中町皺著眉頭，抓了抓額頭嘟囔說：「真讓人難過。」
「倉木也在煩惱該怎麼辦，左思右想之後，決心把白石先生的事告訴織惠。他覺得在電話中說不清楚，所以就寫了電子郵件，就是用他們的熱線。這封電子郵件就成為案件的導火線。」五代抬起頭說：「因為有人偷看了電子郵件。」
「安西知希嗎？」中町問。
五代點了點頭說：
「他從小就經常拿織惠的手機和智慧型手機玩，也知道解鎖的密碼。每次和織惠見面時，都會趁織惠不備，偷看她的電子郵件，然後就知道了白石先生的事。十月二十七日，安西知希去看了白石先生的事務所，他說當時並沒有決定要不要進去。但是他站在那棟大樓前時，白石先生剛好走出來。安西知希目不轉睛地盯著白石先生看，白石先生可能察覺到了什麼，於是就問他是否有事找自己。安西知希報上了自己的名字，說是福間淳二的外孫。白石先生看起來很驚訝，但說有急事要離開，希望安西知希改天和自己聯絡，然後給了他一張名片。名片上印了白石先生在工作上使用的手機號碼。」

中町皺著臉，搖了搖頭說：

「想到白石先生的心情就很難過。」

「是啊，雖然是他之前種下的禍根，但還是令人同情。」

「安西知希之後就聯絡了白石先生嗎？」

五代再次低頭看著記事本。

「他在三天後的三十日打了電話給白石先生，約定隔天傍晚在門前仲町見面。重點在於他當時就用了公用電話，他謊稱自己沒有手機，擔心留下來電紀錄。」

中町露出了嚴厲的眼神問：「所以他當時就已經決定犯案……」

「當時就決定犯案了，而且他本人也承認了。十月三十一日，安西知希把之前就持有的刀子放在口袋裡出了門。來到江東區清澄後，在那裡用公用電話打電話給白石先生，要求他到清洲橋下方的堤頂見面。之所以選擇清洲橋，是因為他知道那裡正在做工程，那片堤頂成為都會的死角。晚上快七點時，他看到白石先生出現後，確認周圍沒有人，就用刀子刺殺了白石先生。他事先在腦海中模擬練習了多次，看到白石先生倒在地上後，就拔腿逃走了。因為他戴了手套，所以並沒有留下指紋。」五代放下了記事本說，「以上就是安西知希針對犯案供述的所有內容。」

「所有內容？啊？為什麼？白石先生的遺體不是在港區海岸路上的棄置車輛中被發現的嗎？所以是安西知希以外的人把車子開去那裡嗎？」

「當然就是這樣，因為一般中學生不會開車，而且也沒辦法把遺體搬到車上。在說明這個問題之前，先說一下安西知希在犯案之後的行動。他回到家中，像平常一樣繼續生活，沒有把犯案的事告訴任何人。正如你所知，隔天早晨，遺體被發現後，警方展開了大規模的搜索，媒體也開始報導。倉木得知這起案件後大吃一驚，因為他在幾天之前，才用電子郵件把白石先生的事告訴織惠。雖然覺得不太可能，但還是擔心織惠會不會和這起案件有關，於是聯絡了織惠。織惠完全不知情，她告訴倉木，自己沒有和白石先生接觸，也沒有把白石先生的事告訴任何人，但是之後反覆思考之後，發現有一個人可能偷看了倉木給她的電子郵件。」

「她收到倉木寄給她的那封有關白石先生的電子郵件後，曾經和安西知希見過面。」

「沒錯。她覺得應該不可能有這種事，但這種可怕的想像讓她感到害怕，於是她找來安西知希，用很確定的語氣問他，是不是看了電子郵件，安西知希很乾脆地承認了，不僅如此，還說了更震撼的事。」

中町探出身體問：

「他坦承是自己刺殺了白石先生嗎？」

「沒錯。織惠說，她當時覺得好像被推入了地獄。」

五代再次回想起偵訊織惠時的情景。當她說到知希向她坦承，是他殺了白石先生的狀況時，一臉失魂落魄的表情。

「安西知希說，他無論如何都想要報仇。因為他從小就被人說是殺人兇手的孫子，讓他痛苦不已，而且也因此必須和母親分開生活。雖然父親再婚，但他從來不認為新的女人是他的母親，也不認為那個女人生的孩子是他的弟弟和妹妹。以前一直覺得自己是殺人兇手的孫子，這一切都是無可奈何的事，但看了倉木先生寫的電子郵件之後，才知道並不是這麼一回事。原來是那個姓白石的律師毀了自己全家，想到這件事，他就感到坐立難安。」

織惠說，她聽了兒子說的話，感到黯然神傷。她絕望不已，三十多年前的悲劇毀了知希的人生，她覺得整個家族受到了詛咒。她很後悔自己在沒有擺脫這個詛咒的情況下，卻和安西弘毅結了婚，而且還生了孩子。

織惠當然想到必須馬上報警，但想到在報警之前，應該通知倉木，於是就當場打電話給倉木。織惠提到當時的情況時說：

「倉木先生聽了之後說不出話，但隨即說想瞭解進一步的情況。他說話的語氣很鎮定，我甚至以為他沒有搞清楚狀況。但事實並非如此，他說如果知希在我旁邊，他要和知希說話。知希接過電話後，他在電話中問了知希很多細節問題，之後我又從知希手中接過電話。倉木先生說，不可以去報警，他會想辦法處理，叫我們不要輕舉妄動。」

之後有一段時間沒有接到倉木的聯絡。織惠整天提心吊膽，很擔心警察隨時會上門。

「接下來的情況，根據倉木的供詞說明會比較清楚。」五代再度翻了記事本，「倉木聽安西知希說明了犯案的詳細經過後，認為無論如何都要保護少年。」

「因為他認為自己在三十多年前犯的錯，是所有一切的原因。」

「這當然也是原因之一，但並不是全部。倉木聽了安西知希說明的情況之後，發現了某個人的意圖。」

「某個人……是誰？」

「現在回到你剛才問的問題。安西知希在清洲橋附近刺殺了白石先生，但是根據媒體的報導，遺體是在完全不同的地方被人發現。倉木對這件事感到納悶，最後得出了一個結論，那就是白石先生自己開了車。」

「什麼！」中町張著嘴，「白石先生當時並沒有死嗎？」

「雖然瀕臨死亡，但還可以勉強活動，而且也有思考力。白石先生在臨死之前的朦朧意識中，想到必須把車子開去其他地方。我猜想手機也是他自己丟掉的，可能在上車之前，丟進了隅田川。在開車之後，擦拭了方向盤，躺在後車座。至於他為什麼這麼做，相信不用我說明，你應該也已經猜到了。」

「是為了故布疑陣。只要把車子開去其他地方，通常就不會想到是未成年人犯案。白石先生用盡最後的力氣，想要保護安西知希。」

「倉木也得出了這樣的結論，他認為白石先生想要藉由保護安西知希，彌補自己過去犯下的罪，所以倉木決定尊重白石先生的意圖。當有一個姓五代的刑警從東京去找他時，他知道警方早晚會查到自己和『翌檜』的關係，於是他下定決心，在緊要關頭時為安西知希頂罪。供詞的內容絕對不能有絲毫的矛盾，所以他絞盡腦汁，想出了無懈可擊的犯罪情節，在保護安西知希的同時，澄清折磨淺羽母女多年的冤屈。自己是一九八四年那起案件真兇的故事，可以同時滿足這兩件事。他當然丟棄了和織惠互通熱線的那隻智慧型手機，他破壞之後丟進三河灣的並不是預付卡的手機，而是那個智慧型手機。」

中町用雙手指尖按著太陽穴，似乎忍著頭痛，然後吐了一口氣長長的氣。

「真是讓人無言，一個人能夠做到這種程度嗎？」

「也許你已經聽說了，倉木罹患了癌症，知道自己來日不多了。話說回來，這麼做仍然需要驚人的毅力和智力，但織惠應該也很痛苦。」

「喔喔……是啊。」

「她本人也這麼說。當倉木告訴她，萬一瞞不住時，自己會去頂罪時，她堅決表示反對，但倉木心意已堅，無法說服他改變主意。之後看到倉木遭到逮捕的報導，就覺得無能為力了。」

五代至今仍然清楚記得織惠在訴說當時心境的悲傷表情，她說她認真想過要一死了之。

「我曾經想，也許我和知希一起去死是最好的解決方法，但在此之前，必須把真相告訴警察，也寫過信，但只寫到一半。之後又想到，即使這麼做，也只會讓倉木先生感到難過，所以不知道該怎麼辦。」

在倉木遭到逮捕後，見到五代他們時，她曾經希望五代他們能夠識破真相。

「這樣的話，就可以死心了，也有臉面對倉木先生了，所以我很慶幸目前的結果。我想要感謝警察，謝謝你們查明了真相。這不是諷刺，而是我的真心話。」

五代認為織惠流著淚說的這些話並不是謊言，只不過之前查訪見到她們母女時，完全沒有察覺到任何跡象。這個世界上所有的女人都是出色的演員——五代再次體會這件事。

織惠說，向洋子隱瞞真相也令她感到痛苦。洋子似乎察覺到什麼，但她們母女單獨相處時，從來不談有關案件的情況。

「以上就是這次案件的所有真相，沒想到說了這麼久。」五代看著手錶，發現已經過了超過三十分鐘。

中町發出低吟。

「光聽這些事，就好像已經吃飽了。」

「那要不要把料理取消？」

「不，我要吃啦。話說回來，因果報應真的很麻煩，不知道該不該說是血債血還。沒想到過了三十多年後，會由孫子報仇。」

「關於這一點，我不予置評。自己和家人多年來因為蒙受不白之冤而深受折磨，因為找到了造成這一切的元凶，所以就殺了他——雖然說起來很簡單，但促使十四歲少年採取行動的，也許是更複雜的、大人難以理解的心理。話說回來……」五代歪著頭說：「那個笑容到底是怎麼回事？」

「笑容？」

「安西知希在回答用公用電話打電話的對象之前，露出了淡淡的笑容，我至今仍然猜不透那個表情所代表的意義。」

「這樣啊……」中町也露出了困惑的表情。

五代伸手拿起對講機的聽筒要求上菜後，把聽筒放了回去，喝完了杯中剩下的茶。
「等一下就邊吃邊告訴你倉木在三十多年前袒護白石先生的來龍去脈。」
「拜託你了。對了，不知道那兩個人之後會怎麼樣？」
「哪兩個人？」
「就是白石美令和倉木和真。」
「喔，」五代點了點頭，「光和影，白天和黑夜——他們的處境完全顛倒了，但正因為這樣，有些事只有他們才能體會，搞不好會因此萌生某種感情。」
中町瞪大了眼睛問：「會發生這種事嗎？會發生這種好像奇蹟般的事嗎？」
「這只是我的夢。刑警的工作整天必須面對痛苦的現象，偶爾也想看看美好的夢。」
五代的話音剛落，門外傳來一聲：「打擾了。」入口的拉門打開了。

48

聽到門鈴聲，美令走去玄關。

看到站在門外的佐久間梓，美令想起了第一次見面的日子。佐久間梓比原本想像的年輕嬌小，而且一身套裝、戴著黑框眼鏡，背著背包的打扮令人印象深刻。那次之後，就沒有再仔細打量過這位女律師的容貌。雖然曾經多次見面，但滿腦子都想著討論或是爭論的事，根本沒有餘裕打量對方。

「請進。」美令面帶微笑請她進屋。會不會只有自己認為她是世界上為數不多支持自己的人？

「我媽媽出門了，她說要去看電影。」美令帶著佐久間梓來到客廳時說。

「這樣啊，」佐久間梓出乎意料地瞪大了眼睛，「看什麼電影？」

「不知道。」美令把茶杯放在桌子上時歪著頭回答，「我猜想她並沒有決定要看什麼，只要場次適合，隨便什麼電影都無妨，她只是不想聽妳準備告訴我們的事。如果在家裡，一定會好奇地豎起耳朵，所以不如乾脆出門。雖然不知道她會看什麼電影，但我相信她即使看了，也不知道自己在看什麼。」

佐久間梓似乎有點不知所措，露出了難過的表情。
「她認為我會帶來這麼不好的消息嗎？」
「她只是感到害怕。雖然不知道妳來家裡的目的，但八成不是好事。她根本不想聽什麼新的事證——我猜想應該是這樣。」
佐久間梓低頭看著桌子說：「的確不是什麼好消息。」
美令雙手交疊，放在腿上，用力深呼吸。
「我沒有關係，請妳有話直說，不必有任何顧慮。」
今天上午，美令接到了佐久間梓的電話，說有事想要討論，是否可以登門拜訪，美令回答說沒有問題。
「妳知道兇手——那名少年現在的情況嗎？妳瞭解目前的狀況嗎？」
美令聽了女律師的問題，搖了搖頭說：「不知道，完全不知道。」
她完全避免接觸那起案件的相關報導。
「因為那名少年已經超過十四歲，所以必須負起刑事案件的責任，而且這是一起重大案件，在少年遭到逮捕後，已經移送檢方，但之後會送交到家事法院。由家事法院再次調查整起案件後，裁定要送去少年觀護所，還是少年輔育院，或是接受保護觀察、不付保護處分，或是逆解送回檢方。雖然十四歲的少年很少會逆解送回檢方，但這次因為是殺人案件，所以送回了檢方，也就是說，之後會和成年人一樣接受審判，做出判決。」

即使聽了佐久間梓淡淡說明的內容，美令也沒有特別的感想。雖然回答說「這樣啊」，但說話的語氣聽起來可能有點置身事外。

「承辦檢察官詢問，不知道妳是否打算使用被害人訴訟參加制度。之所以會和我聯絡，我猜想是因為被告是倉木達郎時，我是協助的參加律師。我回答說，我不清楚，即使妳打算使用該制度，也不確定是否會由我擔任參加律師，但我說可以確認妳的意願，沒想到檢察官向我提供了很多資訊，所以我想和妳討論一下這件事，才打電話和妳聯絡。當然這是我自願做的事，完全不打算向妳收取任何報酬。」

「謝謝妳特地為這件事奔波。」美令鞠了一躬，「但警方已經在某種程度上向我們說明了案件的詳細情況，我並沒有特別想要瞭解的情況。」

「也許是這樣，但檢方在調查之後，發現了新的事證。」

「新事證嗎？」

還有什麼新事證？美令產生了不祥的預感。

「關於新的被告，這件事可能會成為訴訟時的爭點，我可以稍微向妳說明嗎？」

雖然不太想聽，但不能逃避。「麻煩妳了。」美令說完，坐直了身體。

佐久間梓把茶杯挪到旁邊，從背包中拿出了檔案夾，在桌上打開。

「和之前倉木達郎是被告時一樣，這次在犯罪事實上也沒有爭議，爭議點在於動機。被告少年主張，因為外祖父蒙受不白之冤，導致外祖母和母親多年來深受折磨，自己也因為父母離婚和遭到周圍同學的霸凌而承受了苦難，所以在得知真兇之後，基於復仇心犯案。但是，檢察官向少年的班導師和同學查訪調查後，對這樣的主張產生了懷疑。」

「啊？」美令忍不住發出了驚叫聲，「這不是動機嗎？」

佐久間梓低著頭，用指尖推了推黑框眼鏡，繼續看著檔案。

「在他讀小學時，曾因為外祖父是殺人兇手的傳聞，遭到周圍人冷眼對待，但並沒有發現他因此遭到霸凌的事實。目前就讀的初中也一樣，檢察官判斷並不是會特別受到歧視的環境。因此，檢察官訊問少年，至今為止，曾經遭到怎樣的霸凌，以及外祖母和母親如何深受折磨，但少年針對這些問題的回答很模糊籠統，檢察官發現他並沒有實際聽外祖母和母親具體說過這些年來的辛苦，全憑自己的想像。」

「但是，如果是這樣，不是不會想到要復仇嗎？」

佐久間梓抬起頭，點點頭之後，再度注視著檔案。

「檢察官也產生了相同的疑問，於是就徹底追問了被告在決心復仇之前的心境，結果被告少年供述了和之前完全不同性質的犯案動機。」

「不同性質……請問是怎麼回事？」

「被告少年，」佐久間梓用強烈的視線注視著美令，「似乎對殺人產生了興趣。」

美令花了一點時間，才理解女律師說的話。幾秒鐘之後，她才「啊！」了一聲。「興趣？」

佐久間梓緩緩點頭後，再度低頭看著檔案。

「在他讀小學時，周圍的人知道他的外祖父是殺人兇手後，非但沒有霸凌他，他反而覺得大家開始怕他，於是對殺人行為帶來的巨大影響產生了好奇。不久之後，就想瞭解殺人時是怎樣的心情，很想實際殺人體會一下。他當然知道殺人是重罪，一旦犯了殺人罪，人生就完了，所以一直把這種陰暗的慾望留在想像中。但是他偷看倉木傳給母親的電子郵件之後，情況就發生巨大的變化，他認為有了殺人的動機，只要說是為了發洩多年來的憤恨，就會得到社會的諒解，可能不會被判太重的刑。這種想法急速膨脹，成為他採取行動的原動力——概括少年的供詞，大致就是以上的內容。」

美令覺得好像失去平衡，她抓住桌子，避免身體搖晃。「沒想到竟然是這樣……」

「他還說，在殺害白石先生之後，並沒有決定要特別隱瞞犯案，一旦警方出示證據，他不會抵抗，會坦承自己所做的一切。」

美令摸著胸口，她感覺到心跳加速。

「他對倉木先生為他頂罪，遭到逮捕有什麼感想？」

「檢察官說，他說並不是很清楚。雖然知道大人在袒護他，但並不瞭解詳細的情況。」

美令繼續摸著胸口，等心情稍微平靜後開了口。

「殺人動機的性質的確完全不同，對案件的看法可能也會跟著改變。」

「妳說的對，承辦檢察官認為，被告少年非但毫無反省之意，至今仍然試圖把自己的行為正當化。少年供稱殺人動機是為了發洩自己和家人的怨氣，但其實只是為了滿足殺人欲求而強詞奪理，他的內心仍然很扭曲。檢察官認為不能忽略社會上同情少年、對少年的行為正當化或是加以讚賞的現象，將以強硬的態度投入訴訟，所以希望由我來向身為遺族的妳確認，是否打算使用被害人訴訟參加制度。」

原本看著檔案的佐久間梓抬起頭問：「妳打算使用嗎？」

美令深深低下頭，雙手抱在腦後。思考良久之後，恢復了原來的姿勢說：

「我會和我媽討論，但我想應該不會參加訴訟。」

「這樣嗎？」佐久間梓的臉上有一絲失望的表情，「我可以請教一下原因嗎？」

「我可能無法表達得很清楚，簡單地說，就是我已經接受了。」

「妳……接受了嗎？」

女律師一臉不解，美令明確地回答說：

「對，今天很高興聽妳說明這些情況，我現在已經完全沒有疑問了。原來是這樣，原來父親是因為這樣的原因而死，我已經完全瞭解了。對檢察官或是律師來說，少年會得到怎樣的判決或許很重要，但對我來說，已經無關緊要了。即使少年犯案的原動力不是基於純粹的復仇心，而是扭曲的心，也是父親造成了他的扭曲。我聽說父親遇刺後，自己把車子開離了現場。我認為父親是想要以死彌補自己犯下的罪，我想應該就是這樣。那天早上——」美令用力調整呼吸後，再次開了口，「案件發生的那天早上，父親聊到下雪的事，他問不知道今年冬天會不會下很多雪。以前我們全家經常一起去滑雪，最近很少再去了。回想起來，父親一定在回顧曾經的幸福時光，同時也做好了必須放棄這份幸福的心理準備，所以我相信父親在斷氣時，內心應該無怨無悔。」

佐久間梓用力吐了一口氣後點點頭說：

「我瞭解了，也會把妳的意思傳達給承辦檢察官。」

「麻煩妳了。」

佐久間梓把檔案放回背包時問：「妳有去上班嗎？」

「目前正在休假，我想可能會直接辭職。雖然那起案件已經過了追訴時效，但沒有任何一家公司願意僱用殺人兇手的女兒擔任櫃檯工作。」

佐久間梓露出悲傷的眼神問：「周圍人們的態度果然和以前不一樣嗎？」

「不光是周圍人們，日本全國的人都討厭我。我已經把市內電話解約了，因為太多騷擾電話，而且還經常收到各種郵件，不光是痛罵我們的信件，還會收到刮鬍刀或是奇怪的白色粉末。太惡劣的東西會送去警局，但簡直沒完沒了，最近已經懶得理會這種事了。」

佐久間梓難過地皺起眉頭。

「我相信過一段時間，這種狀況就會改變。因為日本人向來喜新厭舊。」

「希望如此，我媽媽說，乾脆搬去國外，但不知道搬去國外，以後要怎麼生活，而且我們也沒有那麼多錢。」美令聳聳肩，然後嘴角露出微笑說：「說起來很不可思議，不久之前，我們還是被害人的遺族，現在變成了加害人的家屬。」

「妳們仍然是被害人的遺族，所以我認為妳們應該參加訴訟。」

「請不要再談這件事了。謝謝妳這段時間以來的協助，我曾經說了一些任性的話，造成妳的困擾，我為此道歉。」

佐久間梓把背包放在腿上，微微歪著頭說：

「當時倉木承認是自己殺了人，但妳無法接受他供稱的內容，努力調查真相。我有時候會不經意地想，我當時是不是該更強烈阻止妳，如果是這樣……呃，那個人姓什麼？就是那個優秀的刑警。」

「五代先生。」

「沒錯沒錯，五代先生也不會對這起案件產生疑問，也許就不會有目前的狀況。」

「倉木先生成為罪人，然後皆大歡喜嗎？佐久間律師，妳真的認為這樣比較好嗎？」美令注視著女律師的臉。

佐久間梓皺著眉頭，搖搖頭說：「身為法律人，這樣很失職吧。」

「我也曾經好幾次有這樣的想法，覺得自己是不是弄巧成拙了，但也有人在真相大白之後獲得救贖，不是嗎？」

佐久間梓似乎立刻知道了美令在說誰。

「你是說倉木先生的兒子嗎？」

「他才是身為加害人的家屬，承受了很多苦難，現在應該已經找回了往日的生活。這麼一想，就覺得自己的行為並沒有錯，身為一個人，做了正確的事。只要他能夠幸福，對我也是一種救贖。」美令說著，想起了曾經和他一起走在「陶藝散步道」的景象。

49

清洲橋的案件事發一年半後，倉木和真前往久未造訪的「翌檜」。走在門前仲町的商店街上，他有點擔心那家店已經歇業了。除了小餐館歇業，她們也可能會搬家。雖然透過各種管道，或許可以知道她們的聯絡方式，但如果問他是否需要這樣想方設法和她們見面，他也不知該如何回答。雖然今天來到這裡了，但內心仍然有很多猶豫。

他終於來到那棟大樓前。抬頭一看，「翌檜」的招牌還在，只是無法保證還繼續營業。

他想起之前來這裡的事。他在隅田川堤頂看到白石美令供奉鮮花後，一路走來這裡，剛好看到淺羽織惠和少年從這棟大樓走出來。現在回想起來，那名少年就是安西知希，也就是殺害白石健介的真兇。雖然少年的臉上還帶著稚氣，完全看不出會做這種殘酷的事，但他深刻體會到「人不可貌相」這句話。

和真沿著狹窄的樓梯上樓，「翌檜」依然存在。不只入口掛著「準備中」的牌子，拉門的縫隙透出了燈光。

和真深呼吸後，打開拉門。

店內和他之前來的時候一樣，排放著乾淨而有品味的桌子，一個女人挽起袖子，正在擦其中一張桌子。是淺羽織惠。她轉頭看向和真的方向，就像電池耗盡的人偶般愣在那裡。

「不好意思，突然不請自來。」和真向她道歉，「雖然也想過可以打電話，但因為有件事無論如何都想當面向妳報告。」

「報告。」織惠嘟噥著，然後把抹布放在一旁，雙手握在身體前方鞠躬說：「好久不見。」

「現在方便占用妳一點時間嗎？我說完就離開。」

「沒問題，我來倒茶，你請坐。」

「不，不用費心了。」

不知道織惠是否沒有聽到和真的聲音，她走向吧檯。

和真拉了旁邊的椅子坐下，織惠俐落地準備著茶水，看起來似乎瘦了一些。和真打量店內，發現的確沒有太大的變化。

「妳媽媽沒有來嗎？」和真向她打聽淺羽洋子的情況。

「她最近很少來店裡，一下子老了很多。」織惠把茶杯放在托盤上走回來，把茶杯放在和真面前說了聲「請喝茶」，在他對面的椅子上坐了下來。

「那我就不客氣了。」和真說完，喝了一口之後放下茶杯。

「最近還好嗎？」織惠問。
「嗯，馬馬虎虎。」
「工作呢？」
「回去公司上班了，雖然工作內容和之前大不相同。」
雖然和真調到了不需要和客戶見面的部門，但他覺得沒必要向織惠說明這些詳細情況。
「我記得你是做廣告工作，太好了，你父親一定很放心。」
「關於我父親，」和真坐直身體，努力露出微笑說：「他上週長眠了。」
「啊？」織惠驚叫一聲後愣住了。
「半年前發現癌症已經轉移到肺部，在愛知縣的醫院持續接受治療，最後還是回天乏術。」
織惠頓時紅了眼眶，她用手背按著眼睛後，用力呼吸著。
「這樣啊，真是令人悲傷的消息，請節哀。」
「請問妳最後一次和我父親見面是什麼時候？」
「我記得，」織惠露出努力回想的表情，「是知希遭到逮捕的一個月後，他來這裡。你不知道嗎？」
「父親沒有告訴我。那時候他已經回到安城的家中，所以他瞞著我來到東京。請問你們當時聊了什麼？」
織惠用力吐了一口氣之後說：
「他再次向我道歉，說很抱歉，沒辦法保護知希，所以我對他說，他做錯了，他又犯了和之前相同的錯。」
「犯了相同的錯？」
「他當時知道誰是兇手，卻讓兇手逍遙法外，這就是錯誤的起點，之後發生了很多陰錯陽差的事，難道不是嗎？」
和真皺著眉頭，抓了抓眉毛上方。
「我父親聽到妳這麼說，一定很受打擊。」
「他說他無言以對。」織惠瞇起眼睛，「你呢？有沒有和你父親好好聊一聊？」
「在父親獲得釋放的隔天，聽他說了關於案件的情況，包括三十多年前的事和這次的事，我終於瞭解了。正如妳剛才所說，父親的確犯了很大的錯，但我覺得很像是他會做的事。因為他很有責任心，而且也願意犧牲自己。」
「也許是這樣，但因此造成周圍的人，尤其是讓自己的孩子承受不必要的辛苦，就不應該了。」織惠皺起眉頭。
「但我父親說，他認為有這個必要。」
「有必要？什麼意思？」

「他說他頂罪遭到逮捕這件事本身並不會太痛苦，他知道因為生病的關係，自己活不了多久，所以也並不害怕死刑，但是想到兒子，也就是我會因為他受牽連，遭到世人的冷眼，甚至可能會失去工作，就痛苦得難以入睡。他還說，他發現這種痛苦正是對他的懲罰，承受這種懲罰是自己的命運。」

父親皺著眉頭，訴說這些苦惱的身影歷歷在目，彷彿是昨天的事。和真聽了這番話後，完全能夠理解。比起自己受到懲罰，擔心家人可能遭到迫害的恐懼可能更加痛苦。

「這樣啊，沒想到倉木先生這麼說……」織惠的眼神飄忽，似乎在體會著內心複雜的情緒。

和真迅速打量店內後，將視線移回她身上。

「店裡的情況怎麼樣？看起來並沒有太大的變化。」

「如果你是問店裡的生意，我只能回答說，雖然不好，但也沒有太差。雖然聽說網路上有很多評論，但這家店本來就是靠熟客捧場。」

「那就太好了。」

網路上以「清洲橋案件」的名稱討論了一連串的事，雖然沒有提到店名，但應該很多人發現「少年兇手的母親在門前仲町經營的居酒屋」就是「翌檜」。

和真極力避免看這些報導和留言，據他的朋友雨宮說，網路上有很多人對「頂罪遭到逮捕、住在愛知縣的男人」表達了正面的意見，也有很多人同情少年兇手，反而大肆抨擊「曾經殺了人，一直瞞到追訴時效屆滿，還若無其事地當律師的被害人」。

但是輿論向來喜新厭舊，最近似乎已經很少人討論這件事，和真在上網時也不必再提心吊膽。

「不瞞妳說，父親在死前留了話，希望我能夠幫助妳們。他說如果我的經濟寬裕，是否能夠分幾成遺產給妳們。」

織惠向和真伸出右手的手掌說：

「倉木先生也曾經和我談過這件事，我當時就斷然拒絕了。」

「父親也這麼告訴我，但我還是覺得需要向妳確認。」

「謝謝你們的心意，這份心意我收下了，這將成為我努力的動力。」織惠鞠躬說道。

雖然她說話的語氣很柔和，但可以從她的話中感受到她的決心和意志。她想要靠自己活下去。和真認為沒有必要動搖她的意志，於是回答說：「我瞭解了。」

和真雖然好奇安西知希被判處怎樣的刑罰，但最後並沒有問。雖然安西知希尚未成年，但應該會失去一段時間的自由，之後可能不會再和父親一起生活，而是和眼前這個女人一起生活。和真這麼想道。

一看手錶，發現已經快到開店時間五點半了，和真站了起來。

「我還有其他事，今天就先告辭了，下次會約朋友一起來吃飯。」

「請務必光臨，我會在這裡恭候。」織惠高興地睜大了眼睛。

走出大樓，和真從上衣內側口袋拿出一張明信片，上面印著「事務所搬遷通知」。雖然剛才對織惠說還有其他事，但其實他還沒有做好決定。他還沒有決定要不要把達郎的死訊告訴寄這張明信片給他的人。

和真站在路旁，一輛空的計程車駛了過來。他遲疑了一下，舉起手。坐上計程車後，對司機說：「請去飯田橋。」然後向司機出示了明信片上的地圖。

抵達目的地的那棟大樓時還不到六點，和真抬頭看著大樓，深呼吸幾次後邁開了步伐。

他搭電梯來到四樓，一出電梯，旁邊就是一道玻璃門的入口，門上寫著「佐久間法律事務所」。門內是櫃檯，但目前櫃檯沒有人。

和真走向入口，玻璃門自動打開了。「來了。」不知道哪裡傳來了說話聲，櫃檯旁的簾子打開，一個女人出現了。她在襯衫外穿了一件深藍色的開襟衫，一看到和真的臉，露出了驚訝的表情。

她是白石美令。她仍然像以前一樣美，也許是因為頭髮剪短的關係，所以和以前的印象稍有不同。她的氣色比之前去常滑後回到東京車站道別時好多了，和真在那天之後，就沒有再見過她。

「好久不見。」和真鞠躬說道。

美令吐了一口長長的氣問：「你怎麼會來這裡？」

「呃，因為我收到妳寄來的通知……」

「通知？」

「就是這個。」和真拿出那張明信片，「不是妳寄給我的嗎？」

美令拿著明信片，確認寄件人名字後搖了搖頭說：「我不知道。」

「那是誰……」

明信片的寄信人欄件中印了「律師 佐久間梓」，旁邊用手寫了「白石美令（事務員）」幾個字。

「美令，怎麼了？」簾子後方傳來說話聲，一個戴著黑框眼鏡的嬌小女人走了出來。

「律師，是妳寄的嗎？」美令出示了明信片。

戴眼鏡的女人接過明信片，看了寄信人名字後說：「對，是我寄的。」

「為什麼？」美令問。

「因為我覺得對妳來說，這樣比較好。」

「對我？」

戴眼鏡的女人露出笑容後，把明信片交還給和真，消失在簾子後方。然後又立刻走了出來，手上拿著風衣和皮包。

「我先下班了，美令，這裡就交給妳了。」
「啊……辛苦了。」
應該是名叫佐久間梓的女人對和真露出了意味深長的笑容後，走出事務所。
和真轉頭看著美令問：「妳從什麼時候開始在這裡工作？」
「去年夏天，律師說，她打算在事務所搬遷的同時僱用一名事務員，問我願不願意來幫忙。」
「妳是透過妳父親的關係認識她嗎？」
「父親的確成為我們認識的契機，在我們打算使用被害人訴訟參加制度時，她擔任參加律師。」
「喔……原來是這樣。」
被害人訴訟參加制度——和真覺得好像很久以前聽過這個名詞。
美令尷尬地低著頭，她可能不知道接下來該說什麼。
「其實，」和真說，「我父親上週去世了。」
「啊？」美令抬起了頭。
「他原本就罹患了癌症。」
「這樣啊，那真是……太令人難過了，願你父親安息。」
「謝謝。」

「你今天是特地為這件事來這裡嗎？」

「是啊……」和真調整呼吸後繼續說道：「這是表面上的理由。」

「表面上？」

「我的意思是，真正的理由完全不同。說實話，收到明信片之後，我很想馬上來這裡，但我沒有勇氣。父親去世後，我覺得終於有了很好的藉口，所以今天來到這裡。我一直無法忘記那一天的事——」和真注視著美令的眼睛，「去常滑那天的事，我想應該一輩子都不會忘記。」

美令低下頭說：「我也一樣。」

「那是很痛苦的一天，但也有我不想忘記的事。那就是在回程的新幹線上和妳牽手的事。雖然我無法表達清楚，我覺得似乎和妳心意相通，所以……所以我今天來了。」和真低下頭，伸出了右手，「我想問妳，還願意牽我的手嗎？」

他向對方傳達了心意，也期待對方能夠獲得回應。

但是，對方並沒有握住他的手。和真戰戰兢兢地抬起頭，發現美令握著雙手放在胸前，一動也不動地注視著斜下方。

「我曾經思考，自己有沒有資格活著。」她纖細的聲音緩緩訴說起來，「我父親殺了人，卻逃避了罪責，過著正常的生活，還建立了家庭。這種男人的女兒，可以繼續活在這個世上嗎？我母親和父親沒有血緣關係，但我身上流著殺人兇手的血液，如果我生了孩子，那個孩子也會繼承這種血脈，我真的有這樣的資格嗎？」

和真放下了伸出的右手。

「追溯我的祖先，應該也有一、兩個殺人兇手，更何況以前曾經發生過戰爭。」

「也許是這樣，」美令無力地笑了笑，「佐久間律師對我說，罪和罰的問題很複雜，無法輕易得出結論，她認為以後也會繼續深入思考這個問題，所以希望我能夠協助她的工作，我們一起尋找答案。」

這番話很沉重，和真感覺到這番話沉入內心深處。

「罪與罰的問題嗎？對不起，雖然我不是完全沒有思考過，但我的行為顯然太輕率了，我向妳道歉。」

「你別這麼說，」美令搖了搖頭，「你的心意讓我很高興。如果有朝一日，我找到答案了，我會通知你。到時候如果你還願意向我伸出手，我希望可以回應你。」

她注視和真的雙眼顯示她並不是說謊或是敷衍。她還需要時間，而且應該需要能夠給予她時間的人——能夠等待她的人。

「我瞭解了。」和真說，「那我今天就先離開了，但請妳不要忘記，無論那一天要等多久，我都會向妳伸出手，我向妳保證。」

「謝謝。」美令說完，嫣然一笑。

一滴淚水順著她的臉頰滑落。

國家圖書館出版品預行編目資料

天鵝與蝙蝠 / 東野圭吾著；王蘊潔譯. -- 初版. --
臺北市：皇冠, 2022.02 面；公分. --（皇冠叢書；
第 5002 種）(東野圭吾作品集 ;39)
譯自：白鳥とコウモリ

ISBN 978-957-33-3841-3(平裝)

861.57 110021302

皇冠叢書第 5002 種
東野圭吾作品集 39
天鵝與蝙蝠
白鳥とコウモリ

作　　者—東野圭吾
譯　　者—王蘊潔
發 行 人—平雲
出版發行—皇冠文化出版有限公司
台北市敦化北路 120 巷 50 號
電話◎ 02-27168888
郵撥帳號◎ 15261516 號
皇冠出版社（香港）有限公司
香港銅鑼灣道 180 號百樂商業中心
19 字樓 1903 室
電話◎ 2529-1778 傳真◎ 2527-0904
總 編 輯—許婷婷
責任編輯—黃雅群
內頁設計—李偉涵
行銷企劃—蕭采芹
著作完成日期— 2021 年
初版一刷日期— 2022 年 2 月
初版二刷日期— 2022 年 8 月
法律顧問—王惠光律師

讀者服務傳真專線◎ 02-27150507
電腦編號◎ 527038
ISBN ◎ 978-957-33-3841-3
Printed in Taiwan
本書定價◎新台幣 580 元 / 港幣 193 元